미래가
사라져갈
때

When
the Future
Disappears

The Modernist
Imagination
in Late Colonial
Korea

Janet

Poole

미래가
사라져갈
때

식민 말기 한국의
모더니즘적
상상력

자넷 풀 지음
김예림 최현희 옮김

문학동네

현대는 역사의 전형기라 말한다. 전형기란 말 그대로 커다란 위기이다. 우리의 일상생활을 지도하던 모든 상식과 도덕, 전통과 관습이 무너지는 대신 새것, 이상異常한 것을 창조하기 위한 모든 정열이 혼돈하게 육박하는 시기이다.

　　　　　　　　　　　　　　　　　　　　　—서인식,「현대의 과제」(1939)

반성에는 지쳤고, 자책에는 양심이랄 게, 이성이 마비되고 말았지만 (…) 호수 같은 시간 위에 떠도는 것입니다.

　　　　　　　　　　　　　　　　　　　　　—최명익,「심문」(1939)

한국어판 서문

'당신이 쓴 글은 번역해서 다른 언어권에 내보일 만한 가치가 있다'라고 누군가 생각한다면 저자에게 그보다 더 기쁜 일은 없을 것이다. 동시에 그처럼 두려운 일도 없으리라. 번역자는 가장 세밀하게 읽는 독자이기에 글에서 숱한 실수와 모순을 발견하기 마련이다. 이 책의 번역자들은 친절하게도 문제 있는 문장들에 대해 어떤 불평도 하지 않았다. 이 번역본은 영어판 출간 후 수년 뒤에 나오게 되었는데, 책을 지금 다시 쓴다면 분명 몇 가지 다른 선택을 할 듯하다. 특히 시간적 제약 때문에 애초 다루고자 했던 작가들에 대해 쓰지 못한 점은 여전히 아쉽다. 또 식민 말기에는 잘 알려지지 않았으나 시대적 상황에 대한 응전이라는 면에서 충분히 평가되어 마땅한 작가들을 최근에야 발견하게 되었는데, 진작 그들에 대해 알았더라면 하는 생각도 든다. 이 책은 식민 말기의 문학을 이해하려는 나의 첫 노력을 보여주지만, 이 시기 소설의 세계를 읽어내는 내 독해의 한계도 드러낸다. 그러나 오늘

책을 다시 쓴다 해도 나의 주된 논의가 크게 달라질 거라고 생각하지는 않는다.

『미래가 사라져갈 때』를 쓴 이후로, 다른 두 방면에서 더 넓고 깊게 읽고자 했다. 첫번째로, 한동안 1930~40년대 세계 곳곳의 문학을 탐색했고, 그 결과 이 책에서는 소략하게 제시된 논점, 즉 한국 모더니즘이 이미 진정 글로벌한 모더니즘의 형식을 보여주었다는 점을 더욱 확실히 주장할 수 있게 된 듯하다. 언젠가 이를 덜 추상적인 방식으로, 다른 지역들의 소설과 시 읽기에 기반한 연구를 통해 규명할 수 있기를 바란다. 그 핵심은 식민지 문학들의 비교가 될 것이다. 두번째로, 이 책에서 살펴본 저자들이 1940년대 후반과 1950년대로 이어지는 시기에 했던 작업을 따라가보았다. 내게 이 책이 아직도 단지 시작인 듯 느껴지는 것은 저 작가들이나 그들의 딜레마를 놓아버릴 수 없기 때문이다. 그들은 다른 방식들로 탐문되지 않은 채 침묵을 강요받고 있는 듯하다. 나는 내가 아는 최선의 방법, 즉 자세히 읽고 텍스트에 몰입하는 가장 특별한 형식인 문학 번역을 통해 이 일을 시작했다. 지금까지 이태준이 작가적 이력 전반에 걸쳐 발표한 작품들을 추려 번역 출간했고, 올해 말에는 최명익 단편선의 영역본이 나올 예정이다. 나는 영어로 글을 쓰는데, 내 제한된 언어능력을 생각할 때 상황이 조만간에 달라질 것 같지는 않다. 하지만 영어로 쓰기 때문에 과분한 관심을 받는다는 것을 절감하고 있다. 이러한 상황을 신중하고 책임감 있게 감당할 수 있기를 바랄 뿐이다. 나의 생각과 사유를 지속적으로 탐색해가는 만큼 타인의 그것도 드러날 수 있도록 노력할 것이다. 내게 번역이 중요한 이유가 여기에 있다.

한 사람의 번역자로서, 나는 번역 일이 가져다주는 좌절감, 긴 작업 시간, 가끔씩 찾아오는 즐거움을 잘 이해하고 있다. 김예림 선생과 최현희 선생이 나의 책을 번역할 것이라는 소식을 들었을 때 기뻤다. 두 훌륭한 학자가 자기 연구를 잠시 내려놓고 내 책을 번역한다니, 감동적이었고 또 든든했다. 이 책을 위한 연구를 처음 시작하던 시절에 김예림 선생과 함께 공부했던 행복한 기억이 있다. 내가 잘 알고 좋아하고 존경하는 누군가가 나의 말들을 위해 이토록 많은 시간을 들였다는 것은 나로서는 최고의 선물이고 영광이다. 두 분에게 진심으로 감사의 인사를 전한다. 책을 읽고 독자들이 의문을 가진다면 그것은 번역자들이 아니라 전적으로 내 책임일 것이다.

마지막으로, 이 연구를 시작할 때부터 격려해주고 번역을 통해 두 번째 생명을 불어넣는 데 도움을 준 황종연 선생님께 깊이 감사드린다. 이렇게 오랫동안 지원받을 수 있었다는 것은 큰 축복이 아닐 수 없다. 다시 한번 감사드린다.

차례

한국어판 서문 **7**
감사의 말 **13**

서론　식민지 파시즘의 사라지는 미래 **19**

1장　식민 말기의 통제되지 않는 디테일 **47**

2장　식민지 노스탤지어의 사회학 **96**

3장　사적인 동양 **151**

4장　도시 변두리의 꿈 **202**

5장　황민화, 혹은 위기의 해소 **252**

6장　천황의 언어를 소유하기 **298**

에필로그　이후의 삶 **335**

주 **345**
참고문헌 **392**
옮긴이의 말 **412**

일러두기

1. 이 책은 Janet Poole, *When the Future Disappears: The Modernist Imagination in Late Colonial Korea* (Columbia University Press, 2014)를 완역한 것이다.
2. 본문에서 인용한 한국 근대 작가들의 글은 기본적으로 한국어 판본을 따르되, 한자는 한글로 바꾸어 표기했다.
3. 옮긴이가 부연하거나 추가한 내용은 [ ]로 표시했다.
4. 단행본과 잡지, 신문은 『 』, 시詩와 단편, 기사 등은 「 」로, 예술 작품은 〈 〉로 표시했다.

감사의 말

이 책을 집필중이던 어느 순간, 나는 이 책이 스스로 자기가 끝나가는 것을 완강히 거부하는 듯한 느낌이 들어, 내게 이 책의 완성이라는 미래가 사라져가고 있는 것은 아닌가 생각하기도 했다. 이제 겨우 끝내고 나니, 이 책을 쓸 수 있게 해주었을 뿐 아니라 어떤 때는 집필 과정이 즐겁다고까지 느끼게 해주었던 모든 이들에게 감사하고 싶어진다. 이태준은 글쓰기란 혼자서 꽃을 피우는 일이라고 말한 바 있는데, 키보드 앞에 앉아 보낸 수많은 나날을 돌이켜보면 과연 글쓰기란 고독한 작업인 듯싶다. 하지만 지금 나는 이태준의 그런 생각이 얼마나 틀린 것인지를 그 어느 때보다 강하게 느끼고 있기도 하다.

이 책은 나의 박사학위 논문은 아니지만, 여기 전개된 공부와 문제들 중 얼마간은 대학원 시절의 공부에서 기원했다. 논문 심사위원이었던 폴 앤더러, 찰스 암스트롱, 해리 하루투니언, 황종연, 스즈키 도미에게 감사한다. 해리 하루투니언은 끝없는 호기심, 열정, 격려를 통해, 말 그대로 영감의 원천이 되어주었다. 하지만 그보다도 더 중요한 것은, 전간기戰間期 일본 모더니즘에 대한 그의 연구가 식민지 시대 한국 모더니즘의 성좌들을 그려나가는 나에게 지침이자 도전 상대가 되어주었다는 점이다. 황종연은 크든 작든 내 질문이라면 언제나 인내심 있게 대답해주었다. 그와 오랜 동안 알고 지낸 것은 비할 데 없는 행운이었다. 컬럼비아대학 시절 초기에 참여했던 세미나에서 나의 스승이 되어준 캐럴 글루크는 내가 글을 쓰는 사람이 될 수 있다는 것을 처음으로 깨닫게 해주었다. 그후로도 계속해서 글루크는 항상 최선의 방법으로 나를 지지해주었다.

서울에 머무르는 오랜 기간 동안 나는 과분한 도움을 받았다. 김철의 파시즘 세미나원들에게 특히 감사한다. 백문임, 차승기, 김철, 김현주, 김예림, 권명아, 이경훈, 신형기, 그리고 식민지 시대 문학으로 나를 인도하여준 모든 참가자들에게 감사한다. 북미로 돌아온 후 그들과 활발하게 소통하지는 못했지만, 언젠가 그 도움의 빚을 갚을 수 있기를 바란다. 내가 처음 서울에 갔을 때, 여러 사소한 실무적 문제들 때문에 연구를 본격적으로 시작하기도 전에 문제가 생겼는데, 그때 이재손은 이를 처리하는 데 도움을 주었다. 김재용은 내가 요청한 적도 없는 너무나 중요한 복사물들을 보내주기도 했다. 진심으로 감사한다. 또 샘 페리는 서강대학교의 코트에서 이른 아침 함께 테니스를 치면서 연구의 첫 단계에 머물러 있던 나를 격려해주곤 했고, 서지영은 내가 질문할 것이 있고 조언을 구할 때 언제나 곁에 있어주었다.

대학원 시절 중 가장 행복했던 때는 어느 여름 로라 나이첼과 뉴저

지 해변가에 머물며 글쓰기를 했던 때였다. 기복 많았던 대학원 시절 내내 조이 김, 세러 코브너, 릴러 와이스로부터 너무나 큰 도움을 받았다. 뉴욕대학에 재직중일 때 키스 빈센트는 내가 문학 텍스트를 좀더 깊이 들여다보도록 해주었고 강의계획서를 만들 때 함께 고민해주었으며 무슨 책을 읽을지를 알려주곤 하는 최고의 파트너였다. 뉴욕대학에서 내가 선생으로서 보낸 처음 몇 해 동안 나를 도와준 동료들, 레베카 칼, 톰 루저, 박현옥, 모스 로버츠, 요시모토 미쓰히로, 장수동, 그리고 그곳의 훌륭한 도서관에서 일하는 돈 로슨에게 감사한다.

토론토대학에서 영감을 주는 동료들과 함께 성장해가는 학과에서 일할 수 있게 된 것은 축복이다. 앙드레 슈미트는 여기 실린 여러 논문들을 여러 단계에서 읽어주었고 어서 원고를 보내라고 참을성 있게 독려해주곤 했다. 어느 해 여름인가 내가 게으름을 피우고 싶어할 때 에비 구는 엄격한 감독자 역할을 수행해주었다. 린다 펭은 내가 결승선에 도달할 수 있도록 귀찮을 정도로 채근해주었다. 맹 유에는 언제나 창조적인 생각을 불러일으켜주었으며, 톰 키어스테드, 그레이엄 샌더스, 빈센트 셴은 학과장으로서 늘 나를 도와주었다. 아리모리 조타로, 에릭 캐즈딘, 어맨다 굿맨, 가와시마 겐, 고경록, 조애나 리우, 샤오웨이 룸프레히트, 사카키 아츠코, 퀴리 바이랙, 우 이칭, 리사 요네야마와 함께 일할 수 있다는 것은 내게는 기쁨이다. 언제나 미소를 짓는 이쿠코 고무로-리는 일본 인명人名 독해를 도와주었고, 유로우 종은 차와 초콜릿의 제공자였다. 김하나는 도서관 사서로서는 가장 친절한 사람일 것이다. 폴 진, 노마 에스코바, 나타샤 밴더버그는 내 직장생활이 순조롭도록 도와주었고, 특히 책을 마무리하는 마지막 몇 주 동안 큰 도움을 주었다. 김성조에게는 특별한 감사를 표하고 싶은데, 그는 저술의 마지막 단계에서 놀랄 만한 효율성을 발휘하여 지금 이 책에 실려있는 이미지들의 저작권 문제 처리라는 복잡한 임무를 훌륭히 수행해주었다. 또 토론토대학에서 학생들을 가르치면서, 나는 무엇이 중요하고 무엇은 별로 문제가 되지 않는지를 이해하고 정확히 말할 수 있게 되었다.

안드레아 아라이는 늦은 밤까지도 언제나 나의 수다 상대가 되어주었는데, 이는 내 정신을 살찌우고 또 특별한 따스함을 느끼게 해주었다. 헨리 임은 저술의 초창기에 큰 도움을 주었다. 오래전 킴 브랜트는 내 박사학위 논문을 읽어주었고 그것을 발전시키는 초기 단계에 지침이 될 만한 조언을 해준 바 있다. 웨더헤드동아시아연구소와 컬럼비아대학출판부의 심사자들에게 깊이 감사드린다. 특히 대대적인 수정을 제안해주었던 한 심사자에게는 특별히 고마움을 표한다. 그 심사자의 조언을 따르려고 노력했으며, 다만 그분이 자신의 리뷰가 가치 있는 것이었다고 생각하기를 바랄 뿐이다.

나는 이 책 집필과 번역 작업에 컬럼비아대학출판부로부터 큰 도움을 받았다. 인문학 저작과 아시아 문학 번역의 힘을 지속적으로 믿어준 제니퍼 크리위에게 감사한다. 조너선 피들러, 아니타 오브라이언, 캐스린 셸은 함께 일하기 즐거운 상대가 되어주었다. 아울러 디자인 부서가 언제나처럼 환상적인 작업 결과를 내놓으리라 큰 기대를 안고 기다리고 있다. 표지는 출판 과정의 끝에 가서야 완성되므로, 내 번역으로 출판된 이태준의 『무서록』 영어판에 멋진 표지를 만들어준 이창재에게 정식으로 감사를 표할 기회가 없었다. 이 자리를 빌려 작가 이태준의 높은 미적 기준에 부응할 만한 책을 디자인해준 그에게 감사를 표한다. 웨더헤드동아시아연구소와 댄 리베로로부터 큰 도움을 받았는데, 리베로는 모든 것이 위태로이 무너져버릴 듯하던 때에 내게 심리적 안정감을 주었다. 그 점에 감사드린다.

느리게 진행되는 이런 식의 문헌 연구는, 긴 안목으로 미래를 볼 때에만 풍성한 성과를 거둘 수 있다는 점을 정확히 아는 지원 기관의 관대한 후원이 없었다면 불가능했을 것이다. (여러 번에 걸쳐) 지원을 해준 한국국제교류재단, 국제 학생을 위한 박사논문 연구 펠로십을 지원해준 사회과학연구위원회, 아시아학회의 동북아시아위원회의 도움을 감사하는 마음으로 기록해두고 싶다.

마지막으로, 이십 년 전 내가 이 여정에 처음 발을 디디도록 이끌어준 고故 마셜 필을 떠올리고 싶다. 그는 내가 영국에서 하와이로 이주하도록, 또 어느 외국보다도 낯선 세계였던 대학원으로 이주하도록 도와주었다. 이 책이 그가 옳은 일을 했음을 조금이나마 증명할 수 있었으면 좋겠다.

남동생 크리스는 집에서 종종 믿을 수 없다는 듯 어조를 높이며 "지금 그게 십 년 전부터 쓰던 그 책이야?"라는 말로 내게 창피를 주어 결국 일을 하도록 만들곤 했다. 그가 이제부터는 다른 질문을 해야 할 것이라는 점이 다행이다. 레이철은 언제나 열의를 가지고 나를 이해해주었다. 어머니는 스카이프를 통하여 언제나 내게 든든한 지원을 해주었다. 책을 끝냈다는 기쁨과 안도감을 혼자서 경험하지 않아도 된다는 것은 참 좋은 일이다.

내가 쓰는 모든 단어 하나하나마다 내 곁에 있어준 아이들, 듀와 그레이스에게 이 책을 바친다. 나를 도우려는 마음에서 너희가 쳐 넣은 것들을 다 지워버릴 수밖에 없어 미안하다. 하지만 내가 너희에게서 말로 다할 수 없는 도움을 받은 것만은 사실이란다.

식민지 파시즘의 사라지는 미래

> 우중충한 집 속에 연대순으로 진열된 도자기나 불상이나 맘모스의 해
> 골이 지니고 있는 오랜 시간이 횡한 찬바람으로 느껴질 뿐이었다.
>
> —최명익, 「심문」

이 책의 핵심에는 시간의 문제가 가로놓여 있다. 이 책은 일본 식민 지
배의 마지막 십 년 동안 한반도에 살았던 시인, 철학자, 소설가, 저술
가 들의 작품에서 사라지는 미래에 대한 감각과 현재를 재구성하기 위
한 상상의 고투가 전개되는 양상을 다룬다. 아직 나타나지도 않은 것
들이 사라지는 역설적인 상황에 시달리면서도, 이 작품들은 일상 속에
들어와 있는 과거와 반복되는 현재에 주목했다. 이는 전쟁중이던 제국
의 당시 상황에서, 과거가 박물관에 귀속되어가고 있었던 것과 비슷하
다. 최명익 소설의 한 주인공은 환멸감 속에서 하얼빈박물관을 방문하
는데 거기서 불어오는 찬바람은 그에게, 과거에서 현재를 분리하고 그

것을 연대기적 서사에 맞춰 재배열하는 행위, 즉 근대적 시간 의식에서 중추적인 그 행위로는, 이미 그 자체로 냉랭한 죽음을 낯설게 하거나 할 뿐 그 어떤 소통도 할 수 없을 것이라고 속삭인다. 전대前代의 이야기들은 중년과 노년의 인물들이 낯설고 새로운 세계에 적응하기 위한 고투 과정에서 일정한 합의에 도달하게 하는 서사적 장치를 통해 희망, 꿈, 청년의 야망을 제시했다. 그러나 1930년대 후반에 나온 단편소설, 수필, 시, 장편소설은 파편화되고 단편적이며 순환적인 구조를 채용하며 결국 저 연대기적 시간이 미래의 약속을 제공하는 데 실패하는 것을 보여준다. 한반도의 산업화가 가속화됨에 따라 진보와 근대화의 이데올로기에 대한 믿음이 근본적으로 상실되었음을, 이 사라지는 미래는 암시하고 있다. 산업화된 유럽 사회에도 이와 동일한 믿음의 상실이 나타나지만, 식민 말기 조선에서는 미래와 더불어 탈식민의 개념 혹은 그 희망도 함께 사라졌다. 식민 통치가 전면적으로 파시즘화되어감에 따라, 민족의 미래에 대한 상상은 일본제국이 취하는 위협적인 황민화 정책하에서 머나먼 지평으로 멀어져갔다. 특히 조선 작가들은 조선어를 공적 장에서 추방하는 정책이 황민화의 주요 전략으로 부상하면서 특별한 문제를 떠안게 되었다. 이전까지 근대라는 시간으로부터 대부분의 경우 배제되어왔던 자들이, 이 시점에 이르게 되면 근대적 시간의 본질을 창조적이고도 다양한 방식으로 탐구하기 시작하는데, 이는 경이로운 순간이라 할 만하다. 그들이 겪었던 배제는 그 글쓰기의 형식 자체에 각인되고, 그 결과 이 작품들은 20세기 중엽 세계 모더니즘에서 가장 흥미로운 사례 중 하나가 되었다. 미래의 상실이란

미래가 사라져갈 때

곤장 시간에 대한 이야기에 종말을 가져오지는 않았지만, 다음과 같은 물음을 발생시켰다. 미래를 상상할 수 없고 서사화할 수 없게 되었을 때, 시간에는 과연 어떤 일이 일어나는가?

식민 말기 소설에서 미래는 부재하는 것으로 나타나는 반면, 그에 대한 후대의 역사 서술에서 미래는 너무나도 압도적으로 존재한다. 식민 말기 한국을 다루는 역사가는 다음의 두 가지 중요한 문제에 부딪힌다. 이후 언급될 다수의 작가들이 식민지 시대의 마지막 단계에 작품을 발표하고 불과 삼사 년 후에 일본은 태평양전쟁에서 패하고 갑자기 식민 지배가 종식된다. 후대의 역사가는 이를 알고 있는 입장에서 식민 말기의 역사를 쓰게 된다. 또 해방 후 한반도에서는 조선민주주의인민공화국과 대한민국이 경합을 벌였으며 지금도 양자는 휴전 상태에 있다. 육십 년 이상 지속된 냉전 세계의 역사를 관망하면서 또 한편으론 여전히 그 역사 안에 머물러 있는 채로 역사는 쓰인다. 그렇다면 이 책에서 논의되는 작가들은 삼중의 검열에 처한 셈이다. 그들이 실제로 글쓰기를 하고 있던 시대에 작용했던 식민 당국의 검열, 그들의 협력 행위에 대한 해방 이후 두 국가의 검열, 그들이 분단과 더불어 남북 중 어느 한쪽을 택한 이후에는 반대편 냉전 국가의 검열이 그것이다. 그들이 대면하고 있는 재현의 위기는 자본주의, 식민주의, 냉전이 첨예하게 분기하고 있는 20세기 한국 근대사의 한 부분이다. 그러한 위기는 역사주의의 논리 때문에 더욱 악화될 뿐인데, 역사주의의 논리란 역사를 현재의 전주곡쯤으로 치부하는 도구이며, 식민 말기의 작가와 작품을 읽는 데 지대한 영향력을 끼쳐온 도구인 것이다.

그 영향력이 어찌나 컸던지, 특정 작품의 합법적 출판 여부와 같은 아주 기본적인 결정도 매우 복잡했다. 1940년대 후반에 자의든 아니든 북으로 넘어간, 소위 월북 작가들의 작품은 1988년까지 남한에서 출판이 금지되었다.[1] 이 책에서 논의되는 이태준, 박태원, 최명익, 임화, 오장환, 김남천 같은 작가들이 모두 월북했거나 북한에 머물러 있었다는 점을 고려한다면, 이 출판 금지 조치가 식민지 한국의 문화사 기술에 얼마나 영향을 끼쳤을지 쉽게 가늠될 것이다. 다시 말해 이 책에서 논의된 거의 모든 작가들이 대한민국 역사의 첫 사십 년 동안은 기피 인물이었던 것이다. 이천 년대 들어 이 작가들을 남한 문학사에 편입시키려는 많은 작업들이 이뤄졌지만, 오랜 금지의 여파는 아직도 감지된다. 북한 학계에서 이 작가들 중 다수는 1950년대 말 수차례의 숙청을 거치면서 호의적 평가로부터 멀어졌고, 그 결과 남한에서보다 딱히 나은 취급을 받지도 못했다.[2] 또 영어로 번역되어 출판된 작품이 있는 작가에 대한 금지령은 오히려 더 극심한 지경이었다.[3]

식민 말기 역사를 기술함에 있어 이후 분기해온 복수의 국사國史들에서 당시의 작가들은 통상 네 가지 유형의 서사로 서술된다. 첫째는 무조건 복종의 서사인데, 이는 역설적으로 일제가 구사한 총동원의 수사학을 그대로 반영하고 있다. 예컨대 이 서사에서, 일본어 글쓰기의 선택은 제국 체제에 대한 무조건적 지지의 표명으로 해석되며, 전향 좌파는 1930년대 초의 가혹한 탄압 결과 궤멸되어버린 좌익 운동이 남긴 형상에 해당한다.[4] 둘째는 해방 직후 제기된 전략의 서사로, 재일 조선인을 묘사한 소설로 식민본국[일본]의 평단에서 절찬받은 바 있

미래가 사라져갈 때

던, 작가 김사량의 설명으로 널리 알려졌다.[5] 해방기에 김사량은 식민지 시기 자신의 일본어 문필 활동을 변명투로 변호한 후, 만약 숨어서 몰래 조선어 창작을 계속한 작가라면 몰라도 위기의 시대에 침묵을 지킨 것을 결코 명예로워해서는 안 된다는 논리를 제시하며 자신의 일본어 창작을 옹호한다.[6] 이러한 김사량의 설명에는 셋째 서사가 포함되어 있기도 하다. 식민 통치가 끝나기를 숨죽여 기다리면서 황순원 같은 작가들은 조선어로 글을 써서 해방을 고대하며 그것을 묻어두곤 했다는 사례가 있었던 것이다.[7] 여기에서는 시간 인식상의 혼동이 일어나고 있는데, 이런 서사는 총력전 시대가 얼마 가지 못할 것이라는, 당대의 사람들은 공유하지 못했던 사전지식을 전제하고 있다. 식민 말기 역사를 구성하는 넷째 서사는, 조선민주주의인민공화국 문학에서 가장 완벽한 형태를 얻은 바 있다. 즉 만주에서 전개된 반제反帝 게릴라전을 성공적 저항으로 그려내는 서사가 그것이다. 식민 권력에 대한 승리를 이끌어내는 끊임없는 투쟁의 서사를 통해, 선형적 인과성의 법칙에 의거하여 현재에 맞게 과거를 서사화하는 과제를 해결하고 있는 것이다.[8] 이때 그러한 투쟁은 해방 이후의 정치적 타협을 정당화하며 오늘날 북한 정권의 기반을 공고하게 해준다.

이 책은 역사주의 때문에 생겨난 시간 인식상의 혼동을 완전히 해소하고자 하지는 않는다. 그 대신 파시즘의 기획에 빠져든 자들까지를 포함하여, 작가들이 자기 나름의 미래를 어떻게 인식했는가 하는 문제에 초점을 맞춘다. 이때 역사적 방법론으로 미래의 선재성future anteriority을 내세웠던 타니 발로의 논의를 참조할 만하다. 이는 식민 통치의 종말이 임박했으며 민족 분단이 발생할 것이라는 사후적 지식이, 식민 말기 한국의 역사를 서술하는 데 어떻게 작용했는지를 고찰하는 데 도움이 될 것이다. 식민 말기에 대한 역사 서술은, 민족의 미래에 대한 여러 대안이 모색되었던 시대를 다루기 위한 고투를 담게 된다. 발로가 말하듯 "우리 이전 시대의 사람들이 역사적 행위를 할 때 자신들이 인간의 시간 중 어떤 위치에 있는지를 알았다고 상정하는 것은, 무력함을 초래할 위험성이 있는 추론일 것이다."[9] 발로는 중국 페미니즘에 대한 연구에서 이 미래의 선재성이라는 시제를 강조하는데, 이 개념은 궁극적으로 사후적으로만 나타날 뿐인, 이미 과거의 일이 되어버린 식민주의의 과거성을 사유할 때 하나의 지침을 제공한다. 미래의 선재성이라는 시제를 강조하는 역사 서술에서, 초점은 과거에 그랬던 바에 있지 않고 미래의 어느 시점에 과거가 될 것에 있다. 즉 실제로 무엇이 발생하여 지나갈 것인지는 상관없이, 어떤 한 순간에 나타난 미래에 대한 상상에 초점이 맞춰지는 것이다. 그러한 역사 서술은, 역사 쓰기에서 우발성contingency을 복원하고자 하며, 과거의 주체들이 단지 거기 존재했다는 점 때문에 과거를 재현하고 있으리라고 가정하지 않으려고 한다. 과거의 주체들은 여태껏 마치 발굴될 만한 가치가 있는 형식으로 "그들이 살았던 현재를 예시한다든가 체화하고 있"다는 듯 취급되어왔던 것이다.[10] 이렇게 입장을 설정하면 식민 말기 역사를 서술하는 일반화된 논법들에 중대한 변화를 발생시킬 수 있을 것이다.

한국에서 통용되는 역사 서술에서 1930년대 말과 1940년대 초의 기간은 "암흑기"로 알려져 있다. 이 시기는 통상적인 시간 관념, 나아가 책임 관념이 사라져버리는 블랙홀 같은 것으로 생각되는 것이다.[11] 이 시기에 대한 논의가 꺼려진 것은, 민족에 대한 대안이 실현되는 미래가 상상되고 실행된 시대를 국사 안에서 서술하기가 어렵다는 데 그 부분적 이유가 있다. 또 여기에는 법률적·윤리적 이슈들도 관련되어 있는데, 이 시대 직후에 납치, 처형, 정식 재판, 공개적 망신 주기 등이 곧장 뒤따랐던 것이다.[12] 식민 지배가 종식된 지 거의 육십 년이 지난 2002년, 남한 국회 측 대표단과 학자들은 작가 및 예술가 들이 식민 권력에 대해 어떠한 입장을 취했었는지를 좀더 명확히 규명한다는 목표하에 공식적인 대일對日 협력자 명단을 재작성한 바 있다.[13] 이때 강조점 중 하나는 최근 학술 연구의 경향과 마찬가지로, 언어 선택 자체에만 기반하여 성급한 판단을 내리지 않고 일본어로 된 글의 내용까지 검토하는 것이었다. 하지만 식민 말기의 작가들이 국민문화 이념에 분명한 지지를 표했는가 아닌가를 판별하는 데서 나아가, 그들의 동기와 상황을 판단하기란 여전히 어려운 일이다. 또 그들의 동기를 고려치 않고 작품을 판단하는 것도 어려운 일이다.[14]

한편 암흑기라는 용어에서 존더베크Sonderweg, 즉 독일사에서 나치 시대를 '독일 특유의 길'이라는 개념을 통해 보는 역사주의적 논리에 따라 일본제국의 파시즘 역사가 이해되고 있음을 알 수 있다. 이 논리에 의하면 일본의 전시기戰時期란 "암흑의 계곡"에 함몰된 시대로 묘사된다. 그러한 수사학을 통해 그 시대는 독일과 일본 민족이 일반적 근대사에서 이탈하여 비이성적으로 행동하며 자신들의 문화적 "정수精髓"로 복귀했던 때로 재서술된다. 따라서 최근까지도 파시즘의 역사란,

사람들이 일시적으로 이성을 상실했다가 어찌어찌하여 진정한 근대성의 경로로 복귀하거나 복귀할 수밖에 없게 될 때까지 일어났던 일, 즉 정상에서 벗어난 시대 혹은 지워져야 할 시대로 서술되었다. 이때 진정한 근대성이란 진보, 발전, 민주화를 그 이데올로기로 하는 것으로 그 의의가 재확인된다.[15] 최근 들어 역사가들은 대신에 파시즘의 역사가 근대와 불가분의 관계에 있음을 드러내는 방향으로 역사를 재서술하기 위해 많은 노력을 기울여왔으며 이는 모더니즘과 파시즘의 관계를 검토하는 경향으로 이어졌다. 파시즘이 인간의 원시적 과거에 속한다는 점을 거부함으로써, 역사가들은 현재 안에 있는 파시즘의 유산들을 고려해야 함을 강조했다. 암흑기가 이제 더이상 암흑 속에 머무를 수 없게 된 이상, 그것은 현재 안에서 지금까지와는 다르고도 또 강력한 존재감을 띠게 된 것이다.

이 책은 거시적 차원에서, 식민 말기의 역사를 전 세계적 차원에서 전개되어갔던 근대와 파시즘의 문화사라는 맥락 속에서 서술하고자 한다.[16] 이 책의 파시즘 고찰은, 파시즘에 대한 상상이 훨씬 용이했던 식민본국의 맥락에서뿐만 아니라 식민지의 맥락에서도 이뤄질 것이다. 이때 "용이하다"는 표현은, 이 책에 나오는 파시즘 문화가 파시즘 하의 문화만이 아니라 적극적으로 파시즘을 지지하는 문화도 포함하기 때문에 사용되었다. 따라서 일본 파시즘은 식민지와 공동으로 생성된 것임이 인정되어야 한다. 물론 그것은 식민지에서 저항 혹은 용인의 대상으로 받아들여졌지만 거기서 그치지만은 않았다. 여기서 몇몇 텍스트를 대상으로 하여 시도되는 독해의 전략은 다음과 같은 믿음에서 나온다. 일제 강점하의 조선 작가들이 자신의 삶을 비판하고 자기 나름의 미래를 꿈꾸기 위해 취했던 전략들과 형식들은 역사 기록에서 누락되어버렸다. 그 모든 난관에도 불구하고 조선어로든 일본어로든 글쓰기는 이뤄졌으며, 이제 막 생성되기 시작하던 한국 부르주아계급이 지녔던 딜레마와 꿈에 어떤 형식이 부여되었다. 그들의 작품은 진보, 발전, 민족이라는 역사주의적 이데올로기가 비가시화해버렸던 다른 역사를 열어 보이고 있다.

이 책은 피터 오즈번의 모더니즘에 대한 새로운 사유에 영향받았다. 오즈번은 모더니즘이란 "부정이 취하는 특수한 시간적 논리에 대한 문화 영역에서의 지지"이며, 그것은 새로움을 향한 탐색을 낳는다고 쓴 바 있다.[17] 이때 부정이란 역사적 진공상태에서 발생하는 것이 아니며, 자본주의 시장의 확장에 따라 전개되는, 근대라는 시간의 전 세계적 문화를 추인하는 것이다. 모더니즘은 전 세계적이기도 하지만, 동시에 특정한 위치성과 상황성이 각인되어 있다. 모더니즘이 기본적으로 부정을 그 작동 방식으로 한다면, 부정의 대상이 무엇이냐에 따라(그것은 자주 전통으로 지칭된다), 또 그 부정이 어떠한 상황에서 발생하느냐에 따라 모더니즘의 내용과 형식은 달라질 것이다. 또 그것은 부정이라는 양식이 어떤 모델을 취하느냐에 따라서도 달라질 것이다.

　오즈번의 연구에 따르면, 모더니즘이란 특정 유럽 문학에서 관찰되는 실제 문학작품들이나 형식들로 구성된 하나의 집합체가 아니라 그 이상의 것임을 파악하게 된다. 그러나 여전히 학자들은 모더니즘을 유럽 근대문학의 발전 과정에서 나타난 순전히 예술적인 현상으로 보려하며, 그에 따라 한국 모더니즘과 같은 현상은 제대로 인식되기 어려워진다.[18] 모더니즘을 단순히 형식상의 혁신이나 예술운동으로만 생각하는 것은, 그 자체가 모더니즘이라는 이데올로기에 함몰된 사고방식이다. 이때 모더니즘은 전통적 개념의 재현적 작품에 대한 반발로 정의되곤 하는데, 그것은 애초에 전통적인 재현적 작품이라는 개념 자체가 모더니즘이 새로움을 특권화했기 때문에 생겨난 것임을 무시한 결과이다.[19] 최근까지도 한국 모더니즘 작품들은 유럽의 모델에 근접한 정도에 따라 인식되어왔으며, 그 결과 한국 모더니즘은 오리지널이 나온 후에 생겨난, 진정성 없는 수입품이거나 모방조차 제대로 잘 안 된 결과물로 판단되었다. 반면 오즈번은 시대 흐름에 따라 변천된 하나의 스타일 혹은 자기의식적 예술운동이라고 이해되어온 모더니즘을, 그 시간적-문화적 형식으로서의 위상을 강조함으로써 새로 구제해내고자 했다. 모더니즘을 역사적 스타일 혹은 예술운동이라고 보는 데서그치면, 모더니즘의 시간적 역동성이 간과된다는 점을 그는 강조한다. 이때 시간적 역동성이란 "시간적 형식으로서의 역사 경험이 분명하게미래 지향적인 일련의 형식들을 취할 수 있는 가능성의 조건"이 된다. 결국 모더니즘에 대한 상투적 이해 방식을 취하면, 모더니즘이 갖는 "삼투성과 모순적 복합성"을 인식할 수 없게 된다.[20] 어떤 문학작품을 범주화하고 평가하는 데서 그치지 않고, 역사와 미래 양자 모두를 서술하는 형식에까지 이르는 것이 중요하다.

오즈번은 다른 글에서, 모더니즘은 단지 근대라는 역사적 시간에 대한 의식에서 그치지 않으며, "서양"이라는 자신의 지정학적 기원을 억압하는 이데올로기이자 식민 통치에 부수되는 보편화의 과정이라고 주장한 바 있다.[21] 이제 모더니즘의 정치적 목적이 모든 새로운 것, 그리하여 특권화된 것을 신화적인 서양에 위치시키는 데 있다는 사실은 잘 알려져 있다. 전 세계적 차원에서 볼 때 이러한 시간적 도식은 비서양인 타자에게 무언가가 결여되어 있다고 전제할 때에만 성립 가능하다. 식민주의 역사를 탐구한 앤 매클린톡 같은 역사가들은, 식민주의는 식민자의 시간 이전의 시간에 식민지를 위치시킨다고 지적한다. 이는 낙후된 지역을 유럽적 진보와 이성의 시간을 향하여 점차 이끌고 가는 수단으로써 제국주의를 정당화하는 움직임이다.[22] 식민지는 절대로 구미歐美와의 동시성을 성취할 수 없는데, 그렇게 되면 시간성의 공간적 위계질서는, "서양"이라는 연약한 정체성과 함께 종말을 맞게 될 것이기 때문이다.

일본 식민주의 역시 이러한 논리의 힘을 빌려 폭력을 정당화했지만 그 논리는 동시에 근대성에 반대하는 수많은 근대주의자들을 자극하기도 했다. 때로는 의식적으로 때로는 무의식적으로, 여러 작가, 철학자는 아시아 내에서 일본이 강제하는 시간적 위계질서를 강화하는 역할을 한, 범아시아 보편주의라는 대안을 지지하는 작품을 썼다. 동시에 그들은 소위 서양 사상의 지배를 의문시했으며 아시아 지식인들의 자기 정체성 확립에 어떤 중심점을 제공했다.[23] 그처럼 부흥했던 범아시아주의는 일본에서와 마찬가지로 조선에서도 풍성하게 전개되었던 낭만적 상고주의를 어떻게 볼 것인가 하는 문제를 매우 어렵게 만들었다. 반식민주의 사상가 프란츠 파농이 비판했듯, 과거 지향성이란 식민자의 논리를 그대로 수용한 결과라는 점에서 식민 이데올로기 특유의 것이다. 동시에 그것은 종종 피식민 주체가 제국의 시간에 개입할 수 있는 통로를 제공하기도 했다.[24] 식민 말기의 조선 모더니즘은 미래 전망을 마련하려 고투하는 듯하지만, 그렇다고 해서 다른 모더니즘에 비해 그 미래 지향성이 약하다고 할 수는 없다. 다른 모더니즘들에서처럼, 그 미래 지향성에는 특유의 정치적 음영이 각인되어 있을 뿐이다.

그 음영들 중 하나가 파시즘이며, 이때의 파시즘은 일종의 "자본주의 없는 자본주의"를 추구하는 욕망으로 이해된다. 슬라보이 지젝과 다른 저자들을 따라, 이 책에서 파시즘은 "과잉" 없는 자본주의를 지향하는 꿈을 가리킨다. 이때 과잉이란 계급 분열, 농민 및 노동자로 인한 사회 불안, 공산 혁명의 위협(이런 것들은 사실 대부분 자본주의 때문에 생겨난 것이다)을 가리킨다.[25] 최근 메릴린 아이비는 파시즘이란 "기존의 재산 관계를 그대로 유지하면서, 계급 분열을 초월하는 유기적 공동체로서 민족을 제시함으로써 계급 분열"을 지워버린다는 간략한 명제를 제시한 바 있다.[26] 1940년대 초 문학평론가 최재서의 강연록을 읽어본 사람이라면 누구나, 이 책의 5장에서 언급되듯, 파시즘이 조선에 도래해 있는 상태임을 의심할 수 없을 것이다. 최재서에 따르면 불행하고 빈곤한 농민을 묘사하기 위해 조선의 공동체적 조화라는 행복한 상황을 무시하려 하는 그 어떤 소설도 더이상 리얼리즘일 수 없다.[27] 근대성에서 재산 관계가 식민주의보다 더 핵심적이라고는 상상하기 어렵다. 식민 말기 조선에서 파시즘은 식민 관계에 대한 수사

미래가 사라져갈 때

적 부인이라는 형식을 취했다. 즉 자본주의 없는 자본주의는 또한 필연적으로, 식민주의 없는 식민주의를 의미한 것이다. "일본인이 되"어야 하며 조선을 식민지가 아니라 제국의 한 "지방"으로 다시 생각해야 한다는, 전시기의 명령이 바로 그러한 부인의 기능을 수행한 것이다. 이를 통해 계급과 제국의 기존 재산 관계는 제자리를 지킨다.

근대성의 세계사 속에 식민지 조선의 자리를 지정하기 위하여 이 책은 파시즘에 대한 비교연구의 관점을 취한다. 이 책은 한국의 식민지기 역사를 논함에 있어 문화적 동화와 같은 용어로 식민 말기 제국이 취한 정책들을 보는 관점, 즉 문화적 예외주의라는 한정된 틀에 식민지 조선을 배정하는 관점을 배격한다. 식민 말기 조선이 동화 정책하에 놓여 있었던 것은 사실이지만, 이때의 동화란 "일본인임"에 대한 동화보다는 파시즘적 판타지와 파시즘의 산물인 "일본 문화"라는 판타지에 대한 동화 쪽에 가깝다. 이 과정은 "조선 문화"에 대한 관념을 재조정하고 강화하는 효과를 낳았다. 이 때문에 현재도 널리 구사되고 있는, 그토록 다양한 "한국적인 것"에 대한 미학적·문화적 관념들, 예컨대 자의식이 결여된 직접성으로부터 비애의 미美에 이르는 관념의 "기원들"을 이 시기에서 찾아볼 수 있는 것이다.[28] 파시즘하에서 "문화" 개념은 특히 중요성을 띠는데, 이는 한국의 식민지기 역사를 탐구하는 데 있어 특히 주목을 요한다. 식민지 시대 중 1920년부터 1931년 혹은 1937년에 이르는 시기는 잠시나마 군사통치가 사라진 듯한 인상을 주는 "문화통치"라는 용어로 채색된다. 그 기간 동안 미디어와 예술 분야에서 번성하는 문화적 장이 허용되었지만, 이는 정치적 자치에 대한 열망을 부추기지 않는 한에서만 가능했다. 식민 통치하에서 "조선"의 정체성이란 정치적인 것이 아니라 문화적인 것으로만 추구되었지만, 식민 말기에 오면 문화적 정체성은 동시에 전쟁의 대의를 뒷받침하는 것이 된다. 역설적이게도 이러한 정책은, 개인적 차원에서든 공동체적 차원에서든 스스로에 대한 관념들이 구체화되고 길항할 수 있는 실천 공간을 제공함으로써, 결국 제국주의 세력에게뿐 아니라 반反식민주의 편에도 의의를 부여했다. 미학과 정치는 쉽게 분리될 수 없는 것이었던 셈이다.

브루스 커밍스는 한국에서 시행된 일본 식민주의의 특징을 "개발주의적"이라고 규정한 바 있는데, 이는 식민 통치의 성과를 긍정적으로 평가하고자 한 것이 아니다. 이는 이제 시작 단계에 있는 산업혁명을 적극적으로 유도하면서 식민지를 제국의 시장에 통합시키기 위해 기반시설과 산업에 집중하는 식의 정책을 가리킨다.[29] 식민지 조선에서 근대성이라는 시간적 혼란의 경험은, 극빈 농민과 새로운 공장 노동자, 일본 이주민이 유입되면서 급격히 인구가 증가한 여러 도시들에서 가장 가시적으로 드러났다. 1940년이 되면 경성京城의 인구는 백만 명에 이르며 그중 삼분의 일이 일본인 거주자들이다. 다른 도시들도 성장세를 보이지만 특히 남북으로 이어져 만주까지 연결되는 철도 노선 주변 도시들이 그러했다. 도로 확장, 빌딩 건축, 전차 노선 확충, 버스망 확립 등을 통해 도시환경은 되돌릴 수 없을 정도로 변모했다. 도시 주변부에는 슬럼과 새로 개발된 택지가 인접해 있었고, 최초의 아파트가 건설되고 있었으며, 경성의 중심 상업지구에는 네온 불빛이 매일 불야성을 이뤘다. 낡은 것과 새로운 것, 부자와 빈자의 공존과 극명한 대비가 가시화됨으로써, 조선의 도시들은 첨단 패션, 최신 기술, 극빈, 부의 불평등한 분배 등이 맞부딪히는 장면을 연출했다.

일본의 패전과 더불어 법적으로 식민 통치로부터 해방된 시점에 이르기까지 십 년 동안의 기간을 가리키는 "일제 말기"라는 부정합적 시대는 한국사 서술에서 흔히 정치사의 관점에서 이해된다. 만주사변이 발생한 1931년부터 반反식민, 공산주의 운동을 탄압하며 이미 극심해졌던 식민지 감시 체제는, 1937년 중일전쟁이 발발하자 피식민자들의 자기 정체성을 "황민화皇民化"하는 데 초점을 맞춤으로써 분명한 전환을 이룬다. 악명 높은 "내선일체內鮮一體" 슬로건은 제국의 수사로 나타났으며, 이는 (1910년 이래 공식적으로 식민지였던) 조선이 이제 식민지가 아니라 일본의 한 지역이라는 선언이었다. 이 선언의 목표는 두 방면으로 그 전선을 확대중이던 전쟁에 필요 노동력을 동원하는 것이었으며 공장을 가동하고 전투를 수행할 신체를 요구하는 것이었다. 새로 건국된 만주국과 중국에 펼쳐진 전선과 가깝다는 이유에서, 조선은 전략적으로 중추적인 지위를 점하게 되었으며, 철저한 착취 혹은 총동원 체제는 식민지의 주체들에게 자기 지위와 처우를 개선하기 위한 투쟁을 멈추라고 명령할 뿐 아니라 총을 들고 싸우다 전장에서 죽을 각오를 할 정도로 적극적으로 전쟁의 명분을 받아들이라고 요구하기까지 했다. 식민지인들은 믿음으로 충만한 자가 되어야 했던 것이다.

오늘날 식민 말기로 알려진 시대는 몇몇 상징적 사건을 통해 기억된다. 수백만의 남녀가 광산, 공장, 위안소에 자발적으로 혹은 강제로 갔다거나, 황군皇軍이 조선 남성들을 징집했다거나, 1939년에 발효된 명령에 따라 조선인들이 일본식 이름을 써야 했다거나, 신사에서 강제로 참배해야 했다거나, 1940년에 조선어 언론 매체들이 폐간되었다거나, 공적영역에서나 각 가정에서 일본어가 점점 널리 사용되었다거나 하는 것이 그것이다. 전황이 악화되어감에 따라 작가와 예술가 들은 작품을 창작하고 학병 응모를 독려하고 전쟁에서 희생된 자들을 순교자로 칭송하는 순회강연을 하며 승전의 서사에 부응하는 작품을 생산하고, 익숙한 조선어 대신에 일본어로 글을 써야만 했다. 최소한 공적 생활에서는 일본어를 사용하고 이를 점차 사적영역까지 확대하도록 한 정책은, 조선인들이 미래에는 일본인이 되도록 하는 것을 목표로 하는 논쟁적인 정책들 중 하나였다.

총독부는 조선어가 근거가 되어 조선을 일본제국의 충성스러운 한 지역으로서가 아니라, 어떤 대안적 공동체로 상상할 수도 있다고 보았다. 이러한 총독부의 시각은 1942년에 발생한 조선어학회 사건에서 극명하게 드러난다. 최초의 조선어 사전을 편찬한 바 있던 조선어학회 회원들은 제국에 반대하는 음모를 획책했다는 혐의로 체포, 구금되어 고문받았다. 그중 두 명은 옥사했다.[30] 조선의 사회적 삶의 물질적 육화물로서 조선의 말을 보존하고 그 단어들을 다른 조선어 단어로 설명하려 한 기획이 자기지시성self-referentiality과 자치를 향한 몸짓으로 보였던 것은 그리 놀랄 만한 일은 아니다. 태평양전쟁 동안 일본어가 아

미래가 사라져갈 때

니면 아예 출판이 불가능한 상황은 점점 더 현실화되어갔으며, 작가에 따라 선택은 날났나 해도, 이제 조선어를 쓸 수 없을지 모른다는 점은 더이상 상상 불가능한 것이 아니었다. 한국의 근대 초기 개혁가들은 고유 언어를 지닌 민족이 머나먼 미래까지 실존할 것임을 당연히 전제했지만, 태평양전쟁의 절정기에 이르면 그러한 믿음은 점차 흔들리기 시작했다.

여기서 논의되는 세대의 작가들에게 황민화 정책이 끼친 영향은 극심했다. 그들은 대부분 식민 통치가 시작된 1910년 직전 혹은 이후에 태어났다. 그들은 식민지 이전 사회에 대한 기억이 전혀 없었고, 학교 교육도 모두 식민지 교육 체제 내에서 받았다. 더구나 그들 중 다수는 식민지 교육을 받은 후 식민본국 일본에서 유학한 경험을 갖고 있었다. 한편 그들은 일본에서 돌아온 이후에는, 높아진 문자 해독률과 일부 작가에 국한되긴 했지만 어느 정도 수입을 올릴 수도 있을 만큼 형성된 시장을 기반으로 성립되었던, 1930년대의 번성하는 조선어 매체에서 경력을 쌓은 작가 세대이기도 했다. 신문 판매 부수는 1930년대 내내 지속적으로 최고치를 경신했으며 다양하게 세분화된 독자층을 대상으로 한 잡지와 저널들이 출현했다.[31] 1920년대에 출판업이란 무조건 손해를 보는 사업이었으며, 민족주의적 신념으로 조선어 문학과 매체를 발전시키고자 출판업에 손을 댄 사람들은 때때로 재정파탄을 맞기도 했지만, 1930년대가 되면 매체들은 신분 상승을 꿈꾸는 개별 작가들을 뒷받침할 수 있을 정도로 안정적으로 운영되었다.

1930년대는 몇몇 작가들이 전업작가로서 생계유지가 가능해진 시대였으며, 그들은 식민지에서 자수성가한 부르주아의 가장 전형적인 예가 된다.[32] 3장에서 논의되는 이태준이 그 예인데, 단편소설과 문장 작법을 쓰고 때로는 신문 학예면 편집자로 일하며 작문법을 가르치는 등의 활동을 하면서 신문에 장편소설을 연재함으로써, 이태준은 식구 수가 늘어가는 가족을 부양하고 또 우아한 생활을 누릴 수 있을 정도 의 돈을 벌었다. 이태준 같은 작가들은 조선 사회가 상품화 논리에 휩 쓸려가는 과정을 비판하는 글을 자주 쓰곤 했지만, 그들이 행한 이런 식의 자본주의 비판은 때로는 그 자체가 모순적이었던 것이, 그들 중 다수는 그러한 사회의 변모로부터 혜택을 입은 자들이었기 때문이다. 예컨대 오늘날에는 시골 장터 마을의 평화로운 묘사로 잘 알려진 이 효석의 경우, 1930년대에 시작된 원고료 시스템이 얼마나 좋았는지를 서술하면서 작가의 상품화를 긍정적으로 평가한다. 1930년대가 되자 작가들은 매당 얼마씩의 원고료를 받았는데, 그는 이것이 이전까지 밥 이나 술로 때웠던 "원시적" 방법과 대비되는 "근대적이며 발전의 징표 가 되는" 방법이라고 서술하고 있는 것이다.[33]

이 책에 나오는 작가와 예술가는 부르주아 주체들이다. 그들은 시 장으로부터의 자유를 꿈꾸면서도 시장에 종속된 상태에서 자수성가를 이뤘으며, 언어를 통해 민족문화의 관념에 접속된 채로 여태까지 제국 의 뒤편에서 번영을 누려오다가 결국 배신을 당하고 만다. 그들은 국 가, 세계경제, 식민지 이전 시대의 기억, 그 모든 것들 사이에 놓여 있 으며, 매우 특이한 방식으로 조직된, 민족과 자본의 모순을 살아낸다. 1940년에 조선어 매체가 폐간되면서 더이상은 시장이나 정치로부터의 자유를 꿈꿀 수 없게 되자 결국 그들이 처한 모순들은 극히 현실적인 것이 된다. 어떤 이는 신문 편집자 직을 잃었고, 모든 작가들은 발표 지면이 쪼그라드는 것을 목격한다. 그들은 조선어로 작품을 써내기 위해 여태까지 받은 교육과 습득한 지식을 활용하며 살아왔는데, 단편소설 정도만 실어주는 소수의 잡지만이 남은 상황에서, 이제 대부분의 작가들은 제국의 언어로 글을 쓰는 것만이 작가로서 살아갈 수 있는 유일한 길인 상황에 봉착했다.

　세계 식민주의 역사를 통틀어, 식민지의 언어가 근대가 되어서도 살아남았다가 국가권력에 의해 폭력적으로 폐지된 사례란 거의 없다. 19세기 말과 20세기 초의 제국주의 절정기에 식민지 언어로 근대문학 형식을 만들어내고자 했던 시도들은 대부분 결국 제국 언어에 지배되고 말았다.[34] 교육, 언론, 정부를 통어하는 식민본국의 제도가 갖는 권위에 대항하여, 식민지 언어는 글쓰기를 통하여 근대적 주체를 재현하고자 고투했다. 이것은 그 모든 악조건에도 불구하고 조선에서는 가능한 이야기였다. 그러나 전쟁이 시작되고, 일본에서 교육받은 젊은 세대들이 필연적으로 조선어를 망각하기 시작한데다가 억압까지 더욱 강화되면서, 조선어는 점차 사라져갈 운명에 처했다. 식민 말기에 사라져간 그 모든 것들 중에서, 이는 작가들에게 그들의 정치적·사회적 삶의 실천적 핵심을 타격하는, 가장 힘든 문제였다. 작가들의 대응은 새로운 언어를 사용하여 혁명적 이상을 고취하겠다는 단호한 태도에서부터, 식민지의 주체가 짊어져야 하는 부담에서 해방된 미래를 성취하는 길로서 파시즘을 전면적으로 승인하는 태도에 이르기까지 매우 다양했다. 제국의 언어를 선택하지 않은 작가들의 경우, 서술의 매체 자체가 더이상 사용할 수 없는 것이 되어가는 사회의 복합성을 서술하기 위하여 소수자의 것으로 급격히 전락해가는 언어를 사용해야 하는 위기에 직면했다.

지금까지 많은 이들에게 익숙하지 않을 역사의 거시적 맥락을 제시했지만, 이후의 논의에서는 비교적 소수의 작품을 통해 해당 시대의 미학적 성좌들을 검토할 것이다. 1930년대 조선에서 가장 유력한 문학 양식들을 설명하는 한 글에서 작가이자 편집자인 이태준은 "시간적으로나 공간적으로나 일반적 상황을 감당하려 할 때 겪게 되는 다양한 난점들에 부딪히게 되는, 조선 같은 환경에서는, 가장 부분적이고 파편화된 단편소설 형식이 가장 적합한 문학 형식이라고 해도 과언이 아닐 것"[35]이라고 한 바 있다. 이태준은 식민지 상황과 그 경험을 바탕으로 발생하는 형식 사이의 관련성에 주목하고 있다. 그 점에 주목하여 이 책은 철학, 문학비평, 단편소설, 일화적 수필과 같은 "비주류" 장르에 초점을 맞춘다. 여기서 형식이란 구속복 같은 것 혹은 작가들이 따르기 위해 애쓰는 규칙의 집합 같은 것이 아니라, 지속적으로 변경되고 그 한계가 시험되며, 식민 말기라는 뒤엉킴의 시간 속에서 발생하는 역동성을 지속적으로 굴절시키는 것이다.[36] 예컨대 그 파편적이고 반복적인 형식을 통해 일상적 경험의 본질을 효과적으로 포착하는 일화적 수필이 흥미로운 대상이 된다. 또 역사철학의 부흥과 식민지 검열 체제를 우회하는 철학적 언어의 추상적 본질이 갖는 강력한 기능성, 극적인 사회 변동 속에 놓인 가정의 범속한 일상에 대한 연속적 서사화 등이 다뤄진다. 동시에 당시 만연한 갈등의 원인을 자본주의의 위기에서 찾았던, 사회주의와 파시즘 진영 양측에서 공히 등장했던 파편화 담론에도 관심을 가질 만하다. 서사의 파편화 현상이 퇴조하는 것은 파시즘 체제에 찬동하는 문학비평가들에게는 변화된 미래가 꼭 올 것이라는 암시였다. 이는 여전히 사회주의를 꿈꾸고 있던 사람들에게는 번창하는 파편화된 서사가 혁명에 대한 상상을 폐색시킨다고 상정되었던 것과 정확히 짝패를 이룬다. 한편 다른 사람들에게 파편화는 당대의 경험을 대면하는 가장 적절한 양식이었다.

1930년대 말 모더니즘 특유의 전개를 부각시키기 위해 이전 시대의 모더니즘을 짧게나마 검토해보는 것이 도움이 될 것이다. 최명익과 그 동시대 작가들의 소설은 1910년 일본에 의한 식민화를 전후하여 산출된 소설들과 극명하게 대비된다. 1910년 전후의 소설에서 청년들은 민족의 미래를 위해 일하며 자기의 변모뿐 아니라 조선 사회의 혁신을 위해 근대적 교육을 받으러 유학길에 올랐다. 다른 식민지 문학에서와 마찬가지로, 이인직(1862~1916)과 이광수(1892~1950) 같은 근대 초기의 작가들은 성장소설Bildungsroman 모델로 개인과 민족을 연결하고 그 둘이 공동 운명체가 되어 미래를 향해 나아가는 운명을 제시해주는 자기의식을 획득했다. 진보라는 강력한 근대적 이데올로기에 대한 믿음은 주인공, 민족 공동체, 소설 자체의 발전을 보장했다. 이때 소설은 미래라는 시간에 대한 인식, 즉 미래란 저 셋 모두가 도중에 어떤 어려움에 부딪히더라도 도달해야만 하는 목적지라는 인식에 기반을 둔다.[37] 이로부터 단지 이십 년이 지났을 뿐인데, 그런 개인은 잡지, 신문, 책 어느 곳에서도 찾기 어려워진다. 당시 문단에 팽배했던 파편적이고 삽화적이며 순환적인 구조를 갖춘 단편소설, 시, 수필 작품은, 진보와 운명의 자리에 데카당스와 노스탤지어의 분위기를 채워넣는다. 개인적 미래와 민족적 미래의 관계에 나타난 이 같은 변화는 서술될 수 있었던 이야기들과 그러한 이야기가 서술되는 방법에 의문을 제기하면서, 서사 형식에 지울 수 없는 각인을 남긴다. 명확한 미래를 완전히 상실하게 된 작가들은 그들이 처한 현재를 시간적 경험의 복잡한 혼합물로 보고 그것을 탐구하기 시작한다. 이 복잡한 혼합물이란 기억이 일상생활에 영향을 끼치고, 과거가 고개를 들고 출몰하며 자기를 상기시키지만 현재 안에서 쓸모 있는 무언가로 자기를 변모시키며, 매일매일 끝없이 반복되는 일상이 신화적 층위에까지 이르지만 동시에 바로 그 일상적 삶 안에 근본적 변화가 일어날지도 모른다는 희망을 던져주기도 하는 것이다. 소설은 개인적이고 가정사에 관련된 문제 영역으로, 과거와 전통에 눈을 돌리지만, 또한 결정적으로 불확실한 미래를 향하여 변모해가는 어떤 특정한 현재에 눈을 돌리는 것이다. 철학과 비평은 예술가와 사상가 들이 시간에 대한 새로운 감각을 구체화할 방법을 찾으면서 그러한 방향을 따랐다.

이후의 논의는 토착어와 제국의 언어 사이를 오갈 때 개별 작품에 어떠한 가능성의 공간이 개시되는지를 검토하기 위하여, 몇몇 작가들의 식민 말기 작품에 나타난 모더니즘적 상상력을 추적한다. 이것은 당대의 문학에 대한 전반적인 검토는 전혀 아니며 여러 장르, 예술가,

미학적·정치적 경향의 총체적 상을 제시하는 것을 목표로 이뤄지는 논의도 전혀 아니다. 다만 식민 말기라는 조건하에서 문학적 실천에 주어진 기준과 가능성에 초점을 맞추며, 분석 대상 작품들로부터 식민지 시대의 역사와 문학을 재고해야 할 필요성이 도출됨을 부각시키고자 한다. 이를 성취하기 위해 우선, 1930년대 말 어느 진영에서나 개탄의 대상이 되었던, 서사의 파편화에 대한 감각을 보이면서 이를 통해 독자적 미학을 창출해냈던 작가 최명익에 대한 논의가 첫머리를 차지한다. 1장에서는 미래가 사라짐에 따라 "디테일"이 비평과 창작 양면에 걸쳐 주요 대상으로 부상하는 과정을 검토하고, 이를 바탕으로 식민 말기 파시즘의 맥락에서 새로운 의미를 지니게 되는 어떤 역사적 이해의 양식을 고찰한다. 최명익의 작품에서 도시의 일상은 역동적인 부조화의 현장으로서 역사적인 의미를 지니는 것으로 나타나며, 따라서 위기와 가능성 둘 모두의 현장으로서의 일상이라는, 이 책 전체를 관통하는 주제를 개시해준다. 여러 면에서 이러한 일상은 식민지 말기라는 시대에 임재해 있던 시간성이었으며, 작가와 철학자 들은 그것을 이론화하고 가시화했다.

2장에서는 식민지기 역사의 맥락에서 볼 때 각별한 의미를 지니는, 과거가 지배적 시간성으로서 널리 주목받게 된 현상을 검토한다. 식민화 이전 시대일 수밖에 없는 과거에 대한 관심이란 결국 현존 체제의 정통성을 위협할 가능성이 있었지만, 그것은 또한 일본 지식인과 상업 매체 등도 공유하는바, 즉 과거에 대한 모더니즘적 노스탤지어 같은 광범위하게 관찰되는 현상에 흡수되고 순치되어버릴지 모르는 위험에 지속적으로 노출되어 있었다. 이 장에서는 조선에 교토학과 철학을 소개하며 문명文名을 얻은 철학자 서인식의 글을 통해 식민 말기 노스 탤지어의 정치를 다룬다. 서인식은 철학이라는 추상적 언어를 사용하 여, 상이하고도 보편적인 미래에 대한 자기만의 사유를 전개하는 과정 에서, 노스탤지어 현상에 대한 비판을 가한다. 식민 치하에서 복역한 적도 있는 충실한 공산당원 서인식은 현재는 '전향' 좌익으로 종종 기 억되곤 한다. 하지만 그토록 극렬한 검열하에서도 미래의 정치를 간단 없이 추구했다는 점에서, 그가 정치적 이상을 완전히 저버렸다는 고정 관념에는 반론의 여지가 있다. 서인식의 철학적 에세이들을 그 형식적 층위에 초점을 맞추어 재독함으로써 식민지 시대의 문헌들을 읽는 방 법론을 일신하고 식민지 조선의 지식인들이 일본의 작가와 예술가 들 의 작품과 사유에 "과도할 정도로 의존"했다는 식의 비판을 넘어설 기 회를 갖게 될 것이다.

1940년대 초가 되면 조선 문화를 과거의 것으로 치부하며 서술하 는 경향이 강해져, 조선을 방문한 몇몇 저명한 일본 작가들과의 좌담 회에서 평론가이자 시인인 임화는 조선 문학을 무슨 "박물관 같은 것" 으로 치부해버려서는 안 된다고 호소하기에 이른다.[38] 3장은 차갑고도 텅 빈 느낌을 주는 바람에 휩쓸려가던 과거를 구제하여 새로운 매력을 느낄 만한 대상으로 만드는 이태준의 시도를 검토한다. 이태준의 작품 은 부상하는 부르주아 엘리트에게 골동품 취미가 갖는 매력을 드러내 고, 그러한 과거에 대한 매혹이란 사실 일상적 현재에 대한 매혹을 겨 냥한 것임을 드러낸다. 이태준의 낭만적 골동품 취미는 범아시아주의적 제국 담론의 절정기에 동양을 새롭게 서사화하는데, 이를 통해 완전히 제국의 경제 안에서 살아가면서도 매우 밀도 높은 사적私的 주체성을 구성하는 양상을 포착할 수 있을 것이다. 이 주체는 스스로 자본주의의 산물이면서도 상업을 평가절하고, 사실은 모더니즘을 견지하면서도 오래된 것을 패러디한다는 점에서, 본질적으로 모더니스트이다. 이렇게 모순으로 점철된 개인의 영역은 1930년대에 재부흥기를 맞는 양식인, 일화적 수필 형식으로 표현된다. 이 양식에는 전통과 근대, 공公과 사私가 똑같이 뒤엉켜 들어가 있다.

4장에서는 변해가는 경성 변두리를 배경으로 한 소설을 읽으면서, 이러한 사적 주체가 살아가고 있던 물질적 환경을 고찰한다. 특별히 오래된 것과 새것이 격렬하게 맞부딪히는 도시 주변부를 배경으로 삼은 이야기들은, 그곳이 곧 자본과 식민 국가가 맞부딪힌 결과물임을 드러낸다. 국가 주도의 도시계획, 세계 경제 위기, 식민화 이전 시대에 대한 기억이 다 뒤섞이는 그 공간이, 조선의 성장하는 부르주아계급을 형성해가는 것이다. 여러 요인들의 이러한 뒤섞임으로부터 등장한 서사 형식은 주인공의 의식과 그의 가정생활의 세부 사항에 초점을 맞추면서 끝없이 내면으로 침잠해 들어간다. 이 장에서는 작가 박태원의 연작에 초점을 맞춤으로써 이처럼 비정치적·비사회적으로 보이는 이야기들이 전시 경제와 맺고 있는 관계를 드러낸다.

5장에서는 다른 미래를 상상하고자 고투했던 최명익 이래의 모든 작가들에게 영향을 끼쳤던, 시간의 위기를 타개하기 위한 하나의 방법으로 제시된 황민화 식민 정책에 대한 협력을 검토함으로써 파시즘의

심장부에 다가간다. 이 장에서는 비평가 최재서의 작업을 추적하는데, 그는 문학의 황민화 정책을 이끌었으며 일본어 글쓰기와 전쟁 동원에 대한 적극적 참여를 주장했다. 황민화의 실현은 전장戰場에서의 희생을 통해서만 가능한 것이었음에도, 최재서는 황민화에서 의심과 불안이 일소된 행복한 미래에 대한 약속을 보았다. 1943년에 출판되어 그의 가장 논쟁적인 텍스트가 된 비평집에 대한 세밀한 독해를 통해 최재서가 제국의 기획에 대한 믿음과 비극적 카타르시스를 향한 자신의 욕망을 서술하기까지 밟아나간 논리를 추적한다.

마지막 6장에서는 한때 공산주의 운동의 지도 인물이었던 김남천이 최재서가 전시기에 운영한 잡지에 발표했던 소설 한 편을 논의함으로써, 황민화라는 획일적 담론에 균열을 내고자 한다. 김남천이 아들의 탄생을 둘러싸고 전개하는 감동적인 사유의 행로는, 민족과 개인 모두에게 해당되는 미래에 대한 성찰의 핵심에서 어린이라는 형상을 조명하고 있다. 제국 체제에 대한 지지 표명은 잠시 제쳐둔 채, 소설은 제국의 이데올로그들이 약속하는 행복한 미래에 근본적인 의문을 표한다. 그 과정에서, 파시즘적 욕망을 작동시키는 일본어 권력에 대한 의심 역시 드러난다. 이 책의 결구를 이루는 짧은 에필로그에서는 이 작가들이 했던 말이 해방 이후 한국에서 그들의 삶을 어떻게 굴절시켰는지를 논의한다. 다시 말해, 모두에게 양심을 건 선택을 강요했던 시대가, 또 한편으로는 20세기 중반 세계 모더니즘 중에서 가장 복합적이고 흥미로운 몇몇 작품을 생산해냈던 시대가, 그 시대가 끝난 후에도 어떻게 이어져갔는지를 논의한다.

아마도 독자들은 이 책이 검열에 관해 어떤 직접적 서술도 하지 않음을 의아해할지도 모르겠다. 분명 검열은 침묵이나 부재를 통해서뿐만 아니라 다양하고 직접적으로 드러난 현상들을 통해서도 살펴볼 수 있는, 식민지 문학을 규정하는 여러 특징들 중 하나로 존재한다. 식민지의 글쓰기는 은유 혹은 환유, 알레고리 혹은 다른 수사적 장치들을 통해 가능해지는 다르게 말하기의 능력과 같은, 문학적 언어의 본질적 자질들을 매우 밀도 높은 방식으로 드러내고 있다. 어떤 면에서 보면 식민지 문학은 검열 때문에 이토록 가장 문학적인 차원에 이른 것이다.[39] 이 책은 작가들이 기어코 써낸 결과물에 관심을 두며, 바로 그러한 이유에서 침묵의 생산성에 초점을 맞추고자 한다. 그러지 않으면 결국 어떤 작가가 "진정으로" 말하고 싶었던 것을 가정하거나 그렇게 가정된 것으로 쓰인 것을 대체하게 될 것이다. 이 책은 그런 욕망에 저항하려 한다. 물론 검열이 작가들에게 끼친 영향은 다양한 양상을 띠고 있기도 하다. 골동품 취미가인 이태준이 받은 영향은 공산주의 운동가이자 철학자인 서인식이 받은 영향과 완전히 다를 것이며, 그러한 차이점은 충분히 고려되어야 할 것이다.

미래가 사라지는 때라고 해서, 시간이 끝나는 것은 아니다. 식민 말기 조선에서도 시간은 멈추지 않고, 식민지 파시즘 아래 펼쳐진 일상생활이라는 복잡한 영역으로 흘러들어갔다. 그때의 미학적 성좌들은, 식민지 시대 역사 중 한 부분이라고 손쉽게 환원되어 간과되곤 하는, 힘들과 시간성들의 충돌을 가시화하고 있다. 이 책은 그러한 성좌들을 재활성화함으로써, 탈식민 상태로 상정되는 우리의 현재와 속박에서 풀려난 성좌들이 새로운 관계를 맺게 하고자 한다. 하지만 그 관계로 부터 어떤 질서를 발견해내는 과제는 독자의 몫으로 남기고자 한다.

미래가 사라져갈 때

1장
식민 말기의 통제되지 않는 디테일

병일이는 이렇듯이 발걸음 하나나마 자신 있게 내지를 수 있는 명일의
계획도 세우지 못하고 오직 가혹한 운명의 채찍 아래서 생명의 노예가
되어 언제까지 살지도 모를 일생을 생각하매 깨어날 수 없는 악몽에서
신음하듯이 전신에 땀이 흐르는 것이었다.

—최명익, 「비 오는 길」

회의감에 사로잡힌 최명익 소설의 주인공은 딜레마에 빠진 채 고통스
러워하고 있다. 일본 파시즘의 군국주의가 식민지 장악을 강화하던 시
기의 소설 속 인물들이 공유했던 이 딜레마란 바로 미래를 현재의 집
요한 반복으로밖에는 상상할 수 없다는 것이다. 병일은 매일 평양 외
곽 슬럼 지역의 좁은 길을 터벅터벅 걸어 사무실에 도착한다. 팽창하
는 신흥 공업지대에 위치한 이곳에서 그는 사무원으로 일한다. 틀에
박힌 일상의 중단은 병일이 지나다니는 골목에서 작은 사진관을 운영

하는 한 사진사와 조우하는 형식으로 일어나는데, 이 중단은 급변하는 도시환경 한복판의 정체停滯에 관한 소설에 스며 있는 감각을 강화할 뿐이다. 병일이 걷는 길은 세밀하게 묘사된 벌레, 양서류, 빈민굴의 거주민과 행인들로 가득하지만, 병일 자신은 고립되어 있다. 그는 고용주의 신뢰를 얻기 위해 신원보증인을 구하려 하지만 이 소박한 목표도 이루지 못한 상태다. 반면 사진사는 가난한 사진관 소사 처지에서 벗어나 사진관 운영자가 되어, "셋집이나 아니구 작으마하게나 자기 집에다 장사면 장사를 벌이고 앉아서 먹고 남은 것을 착착 모아가는 살림이 세상에 상 재미"[1]라며 상승이동에 관해 조언하는 데 열심이다. 사진사가 들려주는 포부에 병일은 혐오감을 느낀다. 그가 일과 일상을 기피하기 때문이 아니라, 시간을 "거꾸로" 돌려 결코 오지 않을 듯한 미래를 위해 돈을 모으는 일에 어떤 신뢰도 갖지 않기로 했기 때문이다. 이러한 병일의 입장을 확증이라도 하듯, 소설 말미에 사진사는 장티푸스로 갑작스러운 죽음을 맞는다. 시간의 우발적 속성은 보장된 미래라는 이데올로기, 더 나은 삶으로의 이행이라는 진보와 경제적 소유에 대한 믿음을 훼손한다.

최명익(1902~1972)이 이 소설을 쓴 1936년 무렵 문화비평가들 역시 미래의 성격에 대해, 좀더 정확하게 말하면 서사 형식에서 뚜렷하게 나타난 미래의 소멸에 대해 질문을 던지기 시작했다. 혁명 시인 임화(1908~1953)만큼 이를 격렬하게 감지한 인물도 없을 것이다. 조선공산당의 일원으로 1920년대 후반 전성기의 조선프롤레타리아예술가동맹KAPF(Korea Artista Proleta Federacio)을 주도적으로 이끌었던 그는 1935년 극심한 억압하에서 카프 해산을 신고하기 위해 경찰국으로 향해야 했다. 심대한 좌절의 여파 속에서 임화는 문예비평가로서 그의 또다른 영역으로 관심을 돌려 수백 페이지에 달하는 숙고의 산물을 남겼다. 그의 현재에 대한, 보다 적확하게는 시인과 소설가가 현재라는 것을 어떻게 서사화하고 있는지에 대한 반추였다. 비평적 시선을 카프 해산 후의 소설로 향했을 때 그는 자신이 목도한 것에 실망하고 말았다. 카프의 정치적 추동력이 전하고자 했던 통일된 방향성을 결여하고 있을 뿐 아니라, 서사성 자체가 파괴된 채 모자이크 같은 조각들만 남아 지속적인 비판적 힘을 그려내는 일을 감당할 수 없어 보였기 때문이다. 문제는 단지 다른 이야기들이 들려온다거나 몇몇 작가들이 현재보다 과거에 관심을 기울인다는 것이 아니라, 서사적 디테일이 증식하면서 발전과 인과因果의 시간 논리 그리고 이와 더불어 전진하는 혁명의 추동력을 묘사할 역량이 사라지고 있다는 것이었다. 그는 이 서사적 디테일이 전혀 통어되지 않는다고 보았다. 혁명이 소설에서 상상되거나 서사화될 수 없다면, 그것이 거리에서 어떻게 일어날 것인지도 알기 어려운 법이다.

인상적인 점은 사진사의 사진관을 향한 최명익 특유의 몰입이 분산적인 디테일로 이루어진 미래 부재형 소설을 설명하기 위해 임화가 사용했던 비유와 공명하는 양상이다. 임화는 세태소설이 이 특정한 경향을 대표한다고 보았다. 세태소설에 관한 글에서 그는 이러한 소설이 "조밀하고 세련된 세부 묘사가 활동사진 필름처럼 전개하는 세속 생활"을 "재현"[2]한다고 언급했다. 영화배우이기도 했던 임화로서는 아이로니컬하게도, 소설은 영화적으로 되어가면서 그의 혁명적 어젠다를 전복시켰다. 아니, 그는 그렇게 믿었다. 최명익 작품의 수사법도 많은 부분 영화에 기대고 있다. 그는 일터로 가기 위해 허우적거리며 골목 길을 걷는 병일에게 서서히 줌인 하면서 소설의 첫 장면을 연다. 그리고 후반부, 잠자리에 누워 천장을 쳐다보며 "자기의 변화 없는 생활의 코스인 오늘밤 비 오는 길에서 보고 들은 생활면"을 "바라보는"[3] 장면에서는 병일의 묘한 중첩이 나타난다. 임화가 비판했듯이, 여기서 최명익의 관심은 단호한 서사 전개 동력으로서의 영화보다는 일련의 고정된 이미지들, 즉 사진들의 연쇄로서의 영화를 향해 있다. 또 주제론적으로나 형식적으로 의미를 지니고 있는 것도 사진관 사진사의 세계다.

이 세계는 좌파 운동의 몰락과 전시 경제의 강화 속에서 새롭게 출현한 계급의 이상을 둘러싼 논쟁의 무대가 된다. 최명익의 작품에서 사진은 지배자와 피지배자 사이에 결박된 채, 팽창하는 도시의 주변부에서 살아가는 프티부르주아의 이중화된 존재를 구현한다. 임화와 최명익 모두 카메라 기술과 이것이 표상하는 세계를 프티부르주아계급, 일상이라는 어떤 새로운 가시성, 그리고 일상이 연결되지 않는 디테일로 분해되는 현상과 연관지었다. 이는 사진이 단지 미래 소멸의 감각을 표현한다는 의미일까, 아니면 식민지 부르주아의 일상을 파열시키는 전략을 제공할 수도 있다는 의미일까.

식민지 사진술의 언어

이후에 출간한 수필집 『글에 대한 생각』에서 최명익은 "나는 늘 소설과 그림을 연결해 생각하는 습관이 있다"[4]고 언급했다. 1930년대 후반에서 1940년대 초반까지의 단편을 묶은 짧지만 중요한 작품집을 통해 그는 정교한 테크닉의 작가, 한국 근대문학에서 찾아보기 힘든 밀도 높고 섬세한 묘사 기술을 가진 장인이라는 평가를 받았다. 자신의 창작 스타일을 설명하는 자리에서 그는 소설쓰기에서 "데쌍"이 지닌 중요성과 함께 "데쌍 공부"가 신장시키는 두 가지 능력을 강조했다. 정확성과 관찰력이 그것이다. 그에 따르면 정확성은 적재적소에 위치한 말의 아름다움을 생산한다. 이는 "내가 하고 싶은 말과 독자에게 보이고 싶은 인물이며 정경을 명확히 묘사하고 서술할 수 있었으면 하는 염원"[5]의 시각적 모델로 이해되는 질서 관념이다. 달리 말하자면, 최명익의 서사 개념은 당시의 기호학적 질서에서는 시각 이미지의 인지 생산에 상응하는 것으로 여겨진 디테일 묘사와 활용의 프로토콜을 동반한다. 소설쓰기를 데생이나 사진술과 연관된 인지 양식으로 모델링 하기는 대상을 보다 정확하게 그려내는 "관찰력"의 강화에 대해서도 동일하게 적용된다.[6] 관찰력의 강화는 특정한 관찰 시점의 강화와 관련되는바, 사진술 및 데생과 더불어 발흥한 시각적 훈련은 마찬가지로 모종의 주체성 생산에 관계하고 있다. 이 주체성은 최명익 시대의 사진 이미지에서, 그리고 식민지 사진술이라는 물질문명의 역사와 이것이 지닌 의미, 의의, 표상에서 보다 구체화된다.

「비 오는 길」(1936)에서 최명익이 사진 이야기를 위해 선택한 장면은 "사장寫場" 내부이다. 주인공 병일은 일을 마치고 집으로 돌아오다가 처마 밑에서 비를 피하게 된다. 사진사와의 우연한 만남은 이렇게 시작된다. 최명익은 평양의 변두리 길거리에 있는 작고 허름한 것들을 묘사한다. 담을 도려내어 유리를 끼워 만든 쇼윈도에는, 갓 없는 16촉 전구 빛이 비치는 금박 무늬 푸른 벽지를 배경으로 지역 고무 공장에서 일하는 창백하고 구부정한 소녀들의 사진이 걸려 있다. 안쪽으로는, 장지문을 열면 나무가 그려진 배경 위로 침침한 전등빛이 드리운 비스듬한 유리 천장이 보인다. 그 앞에 소파와 작은 탁자가 있고 탁자 위에는 양서 한 권과 수선화 화분이 놓여 있다. 작은 방을 밝히던 불이 꺼지자 병일의 눈에 수선화는 수묵화처럼 보인다. 회화 장르, 특히 초상화를 초기 사진 장르의 기원으로 환기시키는 전환이다. '포토그래프photograph'의 지시어로 정착된 단어 '사진'은 '어진'이라는 개념을 담고 있었다. '어진'은 왕의 초상화를 일컫는 용어들 가운데 하나였다. 1900년대, 초기 초상화들은 초상화의 일반적 규범에 따라 앞을 향해 앉거나 선 인물의 전신을 정면 또는 4분의 3 각도로 그렸는데, 이는 신체 일부의 생략이 선조로부터 물려받은 신체의 완전성을 부정하는 것으로 여겨졌기 때문이다. 지위에 어울리는 복장을 한 인물은 대부분 탁자 옆에 앉거나 서 있고, 테이블보가 덮여 있는 탁자에는 꽃병 혹은 난이나 작은 분재 같은 화분에 심은 화초가 놓여 있다. 일반적으로 사진관은 이러한 초상화 양식을 활용했다. 겨울에는 상대적으로 오랫동안 자세를 취해야 했기 때문에 적당한 밝기와 온기를 갖추었고, 적절

미래가 사라져갈 때

한 장신구나 의복도 제공했다. 이는 처음에는 긴 노출 시간 때문에 요구된 것들이다.

대다수 조선인에게 자기를 사진으로 찍는 첫 경험은 초상 사진이라는 매개를 통해, 그리고 사진관이라는 상징적 공간과 함께 이루어졌다. 권위 있는 한국 사진사 연구에서 최인진은 사진관을 상세하게 다루었다. 사진관은 우선 기술적 근대성을 구현하지만 이뿐만 아니라 사회질서의 변화를 담고 있다. 높은 지위의 공직자나 왕족만이 초상을 그릴 수 있었던 사회에서 돈만 지불하면 누구나 자신의 사진을 찍을 수 있는 사회로 변화했음을 보여주는 것이다.[7] 기술적 숙련이 상승 이동을 제공할 수 있는 상품 중심 사회와 사진 사이의 연관은 최명익 소설에 줄곧 나타난다. 「비 오는 길」의 사진사는 다른 사진관에서 견습 시절을 마친 후 월부로 자신의 카메라를 마련했고 이제는 지정 간판을 단 시내 중심가의 사진관으로 옮겨갈 꿈을 꾸고 있다.

처음에 조선인은 사진을 찍으려면 상하이나 베이징에 있는 사진관으로 먼길을 가야 했지만 1882~1883년 무렵부터는 한성에도 사진관이 생겨나기 시작했다.[8] 초기의 사진관은 카메라 장비만이 아니라 건물 자체에도 상당한 투자가 필요했다. 전광電光, 필름, 인공조명에서 양질의 사진을 만들어내는 기술 등이 상용화되기 이전의 사진관은 인물이 자세를 취하고 있는 공간에 자연광이 충분히 들어오도록 남향의 창과 북향의 유리 지붕을 갖추고 있었다. 보통 단층의 한옥은 이러한 요구를 만족시키기엔 너무 어두웠기 때문에 사진관은 서양식 또는 일본식 2층 구조로 지어졌다. 손님을 맞는 접대실은 아래층에, 촬영실은 유리 지붕이 있는 위층에 두어 자연광을 받는 데 최대한 유리하게 했다. 1930년대에는 전깃불과 새로운 현상 기술의 보급이 확대되었는데 이는 곧 사진 촬영에 건물 자체가 주는 부담이 줄었음을 의미한다. 카메라 장비는 더 저렴해졌고 구하기도 용이해졌다. 최인진에 따르면 아마추어 사진사들의 증가로 사진관의 전성기도, 실제적인 카메라 기술의 독점도 끝나게 된다.[9] 1936년경 사진관은 견습 조수에게 가족 부양의 기회와 경제적으로 더 나은 미래라는 꿈을 줄 수 있었다. 바꿔 말하자면 사진관은 프티부르주아의 꿈을 향한 하나의 전형적인 길이 된 것이다.

최명익은 사진관 내부의 시간을 사진이 발전해온 시간만이 아니라 저 프티부르주아의 꿈이 전개되어온 시간으로 제시한다. 병일이 여공의 사진 앞에서 그녀들의 꾸민 얼굴 초상에는 빠져 있는 일하는 거친 손을 상상하는 장면이 있다. 이때도 최명익은 사진이라는 프레임을 환기시킨다. 사진에는 특정한 관점의 표현이라는 임무가 주어지는데 여기서는 연관된 또다른 발전 형식, 즉 그의 고향 평양을 틀 짓는 공업 개발을 위장하거나 장식하는 게 바로 그것이다. 사진과 사진관에 의해 구성된 내부는 그 물리적 과정의 가혹함과 분리 불가능하게 뒤얽힌 채 가혹함을 위장하려 든다.

이 시기 도시 사진은 도시를 밝고 깨끗한 상업의 중심 혹은 식민 권력의 기념비적 전시장으로 표현하곤 했다. 평양을 찍은 사진들은 대동강변 평지에 늘어선 2, 3층 건물들의 쭉 뻗은 지평선을 잡아, 빠르게 발전하는 정돈된 도시를 보여준다. 평양은 산업의 중심으로, 즉 행정통치의 중심이 아니라 급증하는 프티부르주아지의 중심으로 알려지고

미래가 사라져갈 때

1920년대 사진관 초상 사진
(이흥경, 한길사)

있었다. 20세기 초반 평양은 유례없이 왕성했던 기독교 선교활동과 여러 교육기관의 집중을 기반으로 이미 특징적인 초기 부르주아 문화를 형성하고 있었다. 1930년대에는 교육과 교회의 중심지이자 대규모 상공업 도시가 되었다. 또한 평양은 일본발 만주행 철도의 마지막 주요 정류장이기도 했다. 당시 가장 많이 읽힌 잡지였던 『조광』은 지역 도시를 조명하는 시리즈의 일환으로 좌담회를 마련했는데 이 자리에서 평양 출신 인사들은 역사의 매우 다른 지점들을 들어가며 이 도시의 긴 역사와 불교 및 기독교의 전국적 전파에서 평양이 수행한 역할을 자랑했다. 평양, 상하이, 북부 도시들을 잇는 선운 항로의 개통과 더불어 "동양의 중심"으로서 갖게 될 전략적 위치, 서양식 의료를 이용하고

평양 풍경(서문당)

매일 도서관에 간다는 주민들의 문화와 근대성에 대해서도 자부심을 갖고 이야기했다.[10] 근면함은 평양 사람들의 특징으로 이야기된다. 좌담에 참여한 『조광』의 주필 이훈구는 모든 집에서 새어나오는 "똑똑똑똑" "싹싹싹" 소리가 거리에서도 선명하게 들려 놀랐다고 하면서 이런 "가내공업"이 널리 퍼져서 평양의 큰 공장들의 기반을 형성한 것 아니겠냐고 추측한다.[11] 그의 묘사에 의하면, 내부는 그야말로 공업의 현장인 것이다.

　평양을 찍은 사진들의 통상적 관습은 도시 사진엽서 양식이라 불릴 만한 것을 따르고 있다. 중심로가 엽서의 한가운데를 사선으로 가로지르며 지평선 앞에서 사라진다. 그 위로 전차, 보행자, 자전거를 탄 사람, 말이 끄는 짐수레가 질서정연하게 지나다닌다. 활기 넘치는 산업 중심지 평양의 위상을 증명이라도 하듯, 지붕 위로 솟은 굴뚝도 지평선 여기저기에서 눈에 띈다. 길을 따라 나란히 늘어선 전신주는 전

미래가 사라져갈 때

기가 보급되고 있음을 말해준다. 이 모든 경관 위로 두 대의 복엽 비행기가 날고 있다. 지평선에 이르기까지 도시 전체가 내려다보이는 높은 위치에서 찍은 이 사진은 이것이 바로 도시이고 근대성의 중심이라고, 그리고 무엇보다도 사람·교통·물자 순환의 중심이라고 말하는 것 같다. 1930년에 출간된 『일본지리풍속대계日本地理風俗大系』 가운데 조선 반도를 다룬 두 권이 잘 보여주듯이 도시에 대한 이러한 관점은 식민지 조선을 담은 사진 목록에 거듭 나타난다.[12] 사진엽서집 『조선명소朝鮮名所』에서도 마찬가지로 지배적인데, 주로 식민 통치가 조선의 도심을 쾌적하고 부흥하는 상업 중심지로 변모시키는 데 성공했음을 증명하는 듯하다.[13] 여행객들이 이런 엽서를 제국 본토나 세계 어딘가로 보낸다면 그들은 식민지의 성공적인 교화와 발전을 입증해주는 셈이 된다. 보는 사람을 길거리 먼지에서 벗어나게 하고 도시를 전시장으로 바꿔버리는 파노라마적 경관이 조선 사진엽서에만 독특하게 나타나는 것은 아니다. 이러한 특징은 낸시 암스트롱이 "도시의 흐름"이라는 개념으로 설명한 다른 사진 전통에서도 보인다.[14] 조선 엽서는 국제적 감각을 공유하고 있었지만, 도시 공간을 역동적인 순환과 매끈한 상업 공간으로 미학화하는 경향은 일본의 "개발주의적" 식민주의를 정당화하는 것이기도 했다.

도시를 포착하는 또다른 주요한 양식은 식민지라는 조선의 위치에 좀더 직접적으로 접근했다. 이 양식은 기차역, 은행, 관공서, 학교 등 식민 권력과 결부된 중요한 건축물들의 강고하고 기념비적인 장면을 담으면서 말 그대로 '역작'의 환유를 취했다. 일반적으로 보행자와 잠

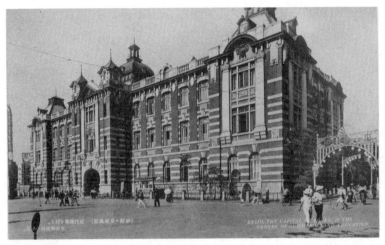

경성우편국

재적 감상자 모두를 왜소하게 만드는 단단한 벽돌 건물을 올려다보는
구도를 갖고 있다. 여기에는 식민 권력의 견고함, 장대함, 그리고 그것
을 향한 경외감이 표현되어 있다. 사진 앞쪽에는 가끔 일본식 혹은 조
선식 복장을 한 보행자들이 있지만 종종 삭막하게 텅 빈 거리나 광장
은 사람들의 상호작용에서 분리되어 있는 건물의 무거운 물질성을 고
립시키곤 한다. 넓게 열린 공간은 식민 권력기구의 출현이 미친 영향
을 강조하는데, 이는 '충격과 공포shock and awe' 작전[2003년 이라크 공
습에 나선 미국의 작전명]의 20세기 초반 버전이라 할 만한다. 사진을
보는 누군가는 이런 이미지들을 조선반도에 근대성과 질서가 출현했
다는 의미로 읽을 듯하다. 하지만 이 이미지들은 도시를 식민 개척지
로 표상한다. 앞서 존재하던 사회적 삶이나 거주의 흔적을 비가시화하
는 고압적인 건축물이 주도하는, 삭막하고 공허한 공간인 것이다.

미래가 사라져갈 때

이 같은 도시 묘사에서 사라진 것이 바로 골목으로, 최명익 소설은
이 공간을 배경으로 삼고 있다. 「비 오는 길」의 첫 부분에서 우리는 병
일이 걸어 다니는 길이 "부府 행정구역도"에 나와 있지 않다는 것, 즉
영토 감시로부터도, 사진엽서 미학으로부터도 멀리 떨어져 있다는 것
을 알게 된다. 병일은 성벽 모퉁이를 지나는 한 지점에서 도시를 볼
수 있다. 그는 "다시 그 성문 구멍으로 휘황한 전등의 시가를 바라보"
며 "10만! 20만! 이라는 놀라운 인구의 숫자를 눈앞에 그리어"[15]보지
만, 저 거대한 인구는 결국 "모두 자기네 일에 분망한 사람들"일 뿐이
라 생각하면서 빛나는 도시를 향했던 시선을 거둔다. 병일은 도심을
등진 채 걸음을 옮기는데 여기서 결정적인 공간적 분리가 드러난다.
근대 조선의 도시 사진은 "구시가지" 풍경과 뚜렷한 대조를 이룬다. 구
시가지 풍경에는 검은 지붕들이 보이고 좁은 미로가 개방적인 순환을
대신한다. 어떤 엽서들은 이 두 풍경을 선명하게 병치시켜, "완전히 열
린" 빛나는 도시를 통해 식민지의 진보를 선전하듯 증명한다.[16] 하지
만 대부분의 엽서에 골목길은 등장하지 않는다. 엽서는 근대 도시계획
원리들을 적용한, 자동차 교통과 전신주에 맞춰 디자인된 격자 패턴의
대로人路를 선호한다. 한때 경성에서 살았던 다나카 히데미쓰의 『취한
배』(1949)처럼 식민지 조선을 배경으로 한 소설들은 어두운 미로투성
이인 식민 도시의 조선인 구역에 초점을 맞추곤 했다. 다나카의 소설
에서 이 길들은 범죄자와 음모자를 숨기고 있으며 일본인 거주자나 방
문자를 향해 노골적인 위협을 가한다.[17] 똑같은 골목길이 최명익 소설
에서는 병일이 밤마다 되새기는 "평범하고" "진기"할 것 없는 "생활면"

평양 구시가(서문당)

의 장소인 것이다.

사진엽서 미학이 도시 공간 재현을 지배한다면, 농촌은 자본의 유통이 회화주의적 미학으로 승화되는 또다른 사진 경제에서 이상화되고 있었다. 1930년대 후반에는 카메라와 현상 기구의 산업적 생산에 힘입어 더 작고 저렴한 카메라 장비가 확산되었다. 그 결과 사진관은 사진 촬영의 독점권을 점차 상실하게 되었고 아마추어 사진가들이 부상하기에 이르렀다. 첫 아마추어 사진 단체는 보다 이른 시점인 1904년과 1909년에 만들어졌다. 그러나 취미로 여가활동과 예술에 관심을 갖는 부르주아계급의 성장과 신기술이 결합하면서 사진가와 사진의 양적 증가에 작은 폭발이 일어난 것은 1930년대에 들어와서다.[18] 『조선일보』는 1937년에 아마추어 사진 공모전을 시작한 후 신문이 강제 폐간되는 1940년까지 매년 이어갔다. 신문에 게재된 수상작들을

미래가 사라져갈 때

최계복, 〈여름 구상〉, 1939

통해 아마추어 사진 영역의 발전을 가늠해볼 수 있다.[19]

　1939년 공모전에서 1등으로 입상한 최계복의 작품은 그림 같은 농촌이 어떻게 도시 아마추어 애호가들이 즐기는 지배적인 풍경이 되었는지를 말해준다. 이들은 농촌 풍경을 통해 사진을 "예술"의 차원으로 높이고 사진과 상업적 모험이 맺은 이른 연관이라는 오점에서 벗어나고자 했다. 최계복의 작품은 "실루엣" 사진을 높이 평가하던 당시의 국제적인 미학에 맞춰져 있다.[20] 고도로 양식화된 공간 배치의 강조는 흐르는 시간 혹은 역사의 영향을 프레임 경계 내부에서 모두 축출해내는 정적靜的 효과를 발휘한다. 〈여름 구상丘上〉은 최계복이 거주하던 대구시의 외곽을 촬영한 것으로 기록되어 있다. 이 사진에서는 도시 공간의 역동적 순환을 의미하는 일련의 디테일과 식민 통치 및 경제를 상징하는 기념비적 건물의 묵직한 단조로움이 전혀 다른 종류의 희소성과 특이성으로 대체되고 있다. 사진의 심미적 호소력은 전면에 넓게 펼쳐진 빈 공간에 기대고 있다. 강한 바람에 노출된 잎 없는 나뭇가지의 또렷한 선과 농촌의 전통적인 지붕 실루엣이 하늘을 배경으로 비스듬하게 드러나 있다. 사진은 마치 수묵화 같다. 한복 차림의 인물이 사진 한 귀퉁이에서 집을 향해 걸어가고 있는데 이 역시 옛 그림을 떠올리게 한다. 다른 사진 전통에서와 마찬가지로 조선에서도 카메라라는 신기술은 높이 평가된 예술 영역인 회화 형식을 모방했다. 이를 통해 사진가들은 의식적·무의식적으로 그들만의 매체가 지닌 가치와 부르주아 아마추어로서의 정체성을 주장한 것이다.

최계복의 이미지와 회화를 차별화하는 것은 지평선 위 구름에서 보이는 빛에 대한 주목이다. 빛의 형상을 포착하는 것이 사진술의 기본 테크닉인 만큼, 사진을 지배하는 회화주의에서 이 점이 중심 주제가 되었다는 것은 그리 놀랍지 않다. 1937년 공모전 수상작인 김정래의 〈한강철교 부근〉에서 빛은 강물을 통과하며 굴절·반사되면서 식민지 수도의 대수로大水路를 그림 같은 돛단배들의 정렬과 서예가의 검은 획을 모방한 사선들로 바꿔놓는다. 수면의 빛에 대한 탐구는 조선 아마추어 사진가들의 주요 테마 가운데 하나가 되었다. 이러한 경향은 많은 부분 새로운 카메라 기술력에 기인한 것이기도 하지만 공모전 참여를 바라는 아마추어 사진가들에게 주어진 지침에 따른 것이기도 했다. 공모전에서는 매년 주제가 공지되었는데 1938년에는 '여름 풍경', 1939년에는 '구름과 물'이었다.[21] 이 같은 주제가 물가 풍경이 압도적으로 반복되는 데 기여했음은 분명하다. 실제로 신문에 게재된 스물세

김정래, 〈한강철교 부근〉, 1937

개의 수상작 가운데 바다건 호수건 강물이건 간에 물을 다루지 않은 작품은 다섯 점뿐이다. 사진 대부분이 어부, 여름 강가에서 물놀이하는 벌거벗은 아이들, 고요한 호수에 비친 달빛에 초점을 맞추고 있다. 물이 등장하지 않는 사진들은 외떨어진 농가든 황량한 시골길을 걸어가는 흰옷 입은 소녀든, 한결같이 조선의 농촌을 묘사한다.

이렇게 작가가 되려는 아마추어 사진가들의 렌즈에 들어온 대상들은 상당히 제한적이었다. 벌거벗은 소년이나 전통 복장을 한 소녀 같은 아이들, 학, 배, 그리고 시골길. 모두 당시 유화와 수채화를 의미하던 소위 서양화에서 이미 인기를 얻었던 소재로, "로칼 칼라"라는 이념과 미학으로 서로 연결되어 있었다. "로칼 칼라"는 종종 영어 단어 그대로 쓰였고 때때로 "향토색"(말 그대로 "고향땅의 색")이라는 한자어가 사용되었다. "로칼 칼라"는 조선미술전람회의 일본인 심사자들이 가장 명시적으로 지지하고 옹호했던 스타일로, 1930년대 후반에는 내지인의 흥미와 관심이 지배하는 권위 있는 관전官展 화단에 접속하는 양식이 되었다.[22] 다채롭고 이국적이며 신비롭지만 아이들, 신화적 동물, 자연 풍광의 형상을 통해 역사 발전에서는 제거되어버린 조선 농촌을 담은 회화는 시장과 학계에서 모두 인기가 있었다. 일본인 거류민과 예술비평가들이 어떤 위협이나 위험도 없는 식민지 로컬 컬러를 즐겼기 때문이다. 이 인기라는 것이 조선인 예술가와 작가 사이에서는 높이 평가받는다는 의미로 번역되었다. 『조선일보』의 사진 공모전 광고 역시 "반듯이 절대조건은 아"니지만 "조선의 향토색이 만흔 것을 추장"[23]한다는 문구를 넣었다.

로컬 컬러론은 아마추어 사진가들의 회화적 관습을 식민지 표상이라는 논쟁적 장으로 강하게 불러들였다. 예술적 이상에 근접한다는 것은 늘 조선을 "현실의 발전" 바깥의 농촌적인 것 혹은 전원성으로 재현하는 일을 수반한 듯하다. 임화는 세부 묘사에 집중하는 소설 역시 "현실의 발전"을 결여하고 있다고 보았다.[24] 소작농의 동요, 착취적인 지주에 대한 공격, 농촌의 빈곤 같은 것은 농촌 이미지 그 어디에서도 찾아볼 수 없다. 식민 관계의 지속에 도움이 되는 특정한 공간적 관계가 예술 미학의 최고 이상을 구현하게 된 것이다.

사진이 특정한 관계들이나 사회적 공간을 시각화하여 안정시키는 데 어떤 역할을 했는지는 식민 기획이라는 맥락에서 충분히 논의되어 왔다. 논자들은 아카이빙과 민족지적ethnographic 수행에서 사진 기술이 갖는 중요성을 규명했다. 대부분의 근대 제국은 효과적인 자원 착취를 목적으로 식민 영토와 주체들을 조사하기 위해, 그리고 자신들이 이룬 식민지 "진보"의 우수성과 피식민 주체의 후진성을 선전하여 식민화를 정당화하기 위해 인종적 차이와 우월성론을 강화하는 증거이자 이국화하는 미학으로 사진 기술을 활용했다.[25] 이 작업은 사진이 주체나 지역성의 "진실"을 자명하게 재현하며 어떤 특정한 관점에서 벗어나 그 자체를 드러낸다는 주장에 초점을 둔다. 더불어 이미지의 반복에서 발생하는 누적 효과에도 기대고 있다. 여기서 사진은 역설적이게도 특정한 관점 혹은 사진-보기의 주체성을 생산하게 된다. 이런 것들과 무관한 듯 보인다 해도 그렇다. 오리엔탈리즘을 통해서도 알 수 있듯이 공통된 관점의 출현은 스테레오타입의 영역으로 넘어간다. 이 경우 이국화 전략은 예외 없이 피식민자를 타자로 드러내고 이를 통해 식민화되지 않은 관찰자라는 자기상을 구성한다. 19세기 후반 기차와 증기선 기술에 힘입어 등장한 상업적 여행과 관광은 사진엽서라는 형식으로 사진술과 결합하여 관습적으로 재현된 대로 민족들을 보는 민족지적 시각을 일반화했을 뿐 아니라 도시든 농촌이든 풍경을 바라보는 특정한 양식을 보편화했다.[26] 하지만 보는 자 혹은 보여지는 자라는 주체의 위치가 특정한 인종적 위치와 본래적으로 연관되어 있는 것은 아니다. 식민지 엘리트가 낙후되거나 이국화된 동족 집단의 오리엔탈리즘적 이미지를 생산하는 경우도 빈번하다.[27] 사진은 일련의 복잡한 동일화와 비동일화를 통해 식민 지배자와 피지배자의 주체성뿐만 아니라 계급적·젠더적 주체성 역시 생산하고 강화했다.

제국 소유물에 관한 수많은 사진 자료가 식민자의 관점과 이데올로기를 강화하는 경향이 있다면, 이는 국가 내부에서도 마찬가지로 작용한 사진 촬영과 역사적으로 일치하는 것이었다. 일국적 차원에서 사진 촬영은 주체가 자기를 보는 방식과 자기를 보여주는 방식 모두를 보편화함으로써 부르주아 주체를 생산하는 핵심 기술로 작동했다.[28] 이러한 관계는 가족사진이나 개인 인물사진 장르에서 가장 뚜렷하게 구현되었을 뿐만 아니라 다양한 도시·농촌사진 장르 또한 형성하면서 전 세계의 팽창하는 도시들에서 부상했다.[29] 몇 가지 점에서 우리는 식민지 조선에서의 사진 이미지 작동에 관해서도 생각해볼 수 있다. 조선에서 사진은 시골과 도시 사이, 그리고 거리와 내부 사이의 긴장을 가시화하고 질서화하는 작업을 했는데, 이는 부상하는 부르주아 주체성을 구성하는 것이었다.[30] 여기서 도시와 시골의 관계는 식민본국과 식민지라는 또다른 관계로 덧씌워진다.

초상 사진, 기념비적인 식민도시 엽서 미학, 예술사진 기법의 회화주의적 농촌 미학은 각각 사설 사진관, 식민지 조사·선전·사진엽서 산업, 아마추어 사진 애호가라는 다른 생산 경제들과 관련되어 있다. 이들은 식민 통치와 증가하는 부르주아지의 결합 속에서 작동하면서, 어떻게 식민체제에서 부르주아 주체성이 중심에 놓일 수 있었는지를 묻는다.[31] 촬영 기구는 조선 부르주아의 일상에 진입하여 가정, 단체 모임, 학교에서 그들의 초상 사진을 찍는 데 쓰였지만, 식민 주체와 영토의 확증에 그것을 이용하는 식민국가에 의해 전유되기도 했다. 혹자는 식민지 시기에는 조선 사진이 거의 없었으므로 조선인은 이렇게 구성되는 주체 위치를 점하는 데서 소외되어 있었다고 주장하기도 했다.[32]

이러한 입장은 내가 앞서 논의한 사진관 사진사들과 아마추어 사진가들의 경험을 부정하고 있는 듯하다. 카메라는 이들에게 사회적 상승이동, 경제적 자원의 축적, 부르주아적 여가의 풍족함을 제공해주었다. 더불어 논쟁적인 재현 영역으로의 접근 기회 역시 제공했다.

분명 사진 촬영은 지배적인 보기 방식과 동일화 방식을 동요시키고 불안하게 만드는 능력도 갖고 있다. 그리고 보는 자 역시 언제나 그/그녀의 규정된 역할만을 요구받는 것도 아니다. 그럼에도 불구하고 식민지 조선의 특정한 풍경들의 순전한 축적과 반복은 역사적으로 특정한 관계성이나 사회적 공간을 구조화하는 데 기여하는 효과를 갖는다.[33] 조선의 사진 혹은 조선을 찍은 사진들을 살펴보면 주제나 포즈 면에서 소란한 균열보다는 다양성의 결여가 더 강하게 나타난다. 아카이브를 지배하는 다양한 장르들은 서로 겹치고 얽혀 있는 공간적 관계를 운용하는데 그 가운데 주된 것은 도시-농촌, 내부-외부, 식민본국-식민지 연관이다. 이 모두는 식민 관계뿐 아니라 계급 및 젠더 관계와 연관되어 있다. 하나같이 다 묘하게 정적靜的 효과를 갖는 미학으로 작동해서, 시간은 멈춘 듯하고 역사는 정지해 있는 듯하며 공간적 관계는 고스란히 유지되는 듯하다. 확신하건대 임화와 최명익 같은 작가들이 사진적 재현에 불신을 표했을 때 그들이 대응했던 것은 바로 사진의 이런 면이었을 것이다.

사진관 초상 사진이 구현하는 내부-외부라는 공간적 관계, '사실에 입각'한 것으로 드러내는 도시 사진에 의해 재현된 식민 관계, 아마추어 '예술'사진이 전하는 도시-농촌의 분리는 도시의 다른 시간을 서사화한 최명익의 시도가 지닌 의미를 규명할 때 도움이 된다. 그것은 그림 같은 이미지의 정체停滯가 역사의 물질적 잔여에 의해 파열되는 시간이며, 식민지 부르주아의 삶의 역설이 질문에 부쳐질 수 있는 시간이다. 최명익의 작품에서 시간과 계급 주체성이라는 두 가지 문제는 자기만의 시간과 돈의 철학을 전하려는 사진사의 열띤 설교와 연결되어 드러난다. 이들은 주변부 길거리라는 취약한 장에서 모인다. 여기서 신흥 개발구역은 오래된 성벽을 부수고 나아가고 프티부르주아는 성문을 지나 도심으로 진입하는 꿈을 꾼다.

이중화된 삶

「비 오는 길」에서 글쓰기는 이러한 이미지들에 대응하는 방식을 제공하는 듯 보인다. 그러나 사진의 시대에 글쓰기는 식민 국가가 전유한 사진 미학에서 벗어날 수 없었다. 최명익 소설들의 세밀하고도 정교한 묘사적 구절들은 그에게 글쓰기 자체가 일종의 사진이 되었음을 말해준다. 그러나 이때 사진이란 도시 공간에 대한 일방적인 시선을 조직화하여 부르주아적·식민적 주체성을 중심화하려는 사진의 시선에서 벗어나려는 사진이다. 미니어처, 경험, 풍경 묘사에 집중하는 경향은 주체화하는 동시에 대상화하는 강고한 시각 체제인 사진적 재현의 일종의 분열증적 체험을 반영한다. 사진이 언제나 이 같은 이중화를 수행한다는 데 반대할 수도 있겠지만 이중화가 식민지 부르주아에게 가하는 힘은 극심하다. 식민지 부르주아는 주체와 객체, 내부와 외부, 일본인과 조선인 사이에 결박된 존재이며, 카메라 앞에서도 뒤에서도 식민화된 존재다. 사진을 찍고 보는 행위를 통해 호명되는 식민지 부르주아 주체를 어떻게 이해할 수 있을까. 최명익의 소설은 이 '사이'에 결박된, 반은 주체이고 반은 객체인, 반은 식민화하고 반은 식민화되는 주체들의 삶이 분열되어 있다기보다는 이중화되어 있다고 제시한다. 두 위치 사이의 전환이 불가능하다는 점에서 그러하다.[34]

부르주아적 삶의 이중적 특성은 그의 대부분의 소설에 깃들어 있는 분신적 존재들을 통해 드러난다. 1938년작 「역설」은 최명익 작품의 공통된 수사적 형상인 분신과 디테일이 합쳐진 좋은 예를 제공한다. 소설 마지막 부분에서 주인공 문일은 영어를 가르치고 있던 학교의 교장직 제안을 거절하고 돌아오는 길에 집 현관문 밖에 앉아 있는 두꺼비를 발견한다. 야위고 고집스러워 보이는 두꺼비를 따라 숲길로 들어서는 순간, 두꺼비는 무너진 무덤 속으로 사라져버린다. 썩은 나무와 검붉은 물이 천천히 흘러나오는 구멍에 지친 두꺼비가 앉아 있다. 그는 "생명체이던 형해조차 이미 없어진 지 오랜 빈 무덤 속에 드러누웠거나 앉아 있을 옴두꺼비를 생각하며 자기 방에 누워 있는 자기를 눈앞에 그려"[35]본다. 단장을 쥐고 작은 두꺼비를 내려다보는 문일이 힘과 지배력을 느끼면서도 누추하고 작고 형체 없는 무덤 속의 자신을 상상하는 장면은 지배력 결여를 둘러싼 이중의식을 드러낸다. 그는 더 많은 권력과 사회적 상승 이동의 기회를 거부하고 지금 자신을 초라하고 냉담한 존새로 보고 있다. 문일이 숲길로 인도하는 두꺼비의 뒷다리를 꿈속으로 이끄는 손에 비유하고 자신이 매일 혼자 길을 걸은 게 아니라 작은 분신이 있었음을 깨달을 때, 두꺼비가 은유적 위상을 지닌다는 점에는 의심의 여지가 거의 없다. 문일은 아마도 자아를 보고 있을 터, 이 같은 직접적인 비유가 아니어도 이미 미니어처는 주체의 내면 세계를 불러내는 역할을 한다.[36]

최명익 소설은 비유적인 미니어처화 작업에 기대고 있다는 점에서 특이한데 이는 종종 평양 부르주아지의 사회적 열망에 불만을 표하는 파충류, 곤충 그리고 여타의 불쾌감을 주는 동물의 형태로 나타난다. 그리고 병일의 분신은 사진관이라는 상징적 공간에서 사진사의 형상으로 출현한다. 술과 닭고기를 즐겨 불룩해진 사진사의 배는 병일에게 "선뜩선뜩하고 번질번질한 청개구리의 흰 뱃가죽"을 연상시킨다. 그는 이상적인 프티부르주아의 삶을 대변하는 존재로 등장한다. 병일은 자신이 이 계급에 속함을 전적으로 인정하면서도 이러한 삶을 거부한다. 사진사가 집 마련을 위해 저축을 하는 대신 책 사는 데 돈을 쓰는 병일을 나무랄 때, 프티부르주아의 이상적 삶은 돈을 다루는 적절한 방법에의 확신과 올바른 처신의 바탕이 되는 미래 지향적 시간관을 통해 설명된다. 병일은 이런 충고와 미래를 위한 저축이라는 주장에 얼굴을 찡그린다. 그는 미래를 위한 저축을 "시간을 거꾸로 보아" 십 년 후에 갖게 될 돈을 지금 즐기는 것이라 부른다. 병일은 미래에 의탁한 시간의 진전이란 것을 충분히 신뢰할 수 없는 듯하다.

사진술은 부르주아 문화의 발전주의 이데올로기와 연관되어 있다. 이에 반해 「비 오는 길」은 또다른 이중화의 형상으로 독서라는 형식을 설정한다. 병일에게 독서는 그가 "나의 시간"이라 부르는 것을 통어하는 방법, 즉 부르주아적 삶의 양식의 목적 지향적이고 미래 지향적인 도구주의에서 벗어나기 위한 소일거리다. 이러한 탈출은 부르주아의 사회적 삶에 매우 깊이 배어 있는 것으로, 안락함과는 거리가 멀다. 근무중에 장부에 적힌 숫자를 볼 때면 걷잡을 수 없는 말들이 활자로 박혀 병일의 마음을 괴롭힌다. 매일 밤 서둘러 귀가해서 월급을 다써가며 구입한 책들을 읽지만, 결국 도스토옙스키가 신음하고 니체의 피 흐르는 이마가 바위에 부딪히는 악몽에 시달릴 뿐이다. 그는 생활세계, 즉 사진사와의 술자리나 결혼하고 자기 장사를 해서 소위 "사람 사는 재미를 보도록 하라"는 훈계로 표상되는 소비 주도적 일상에 잠시 끌리지만, 곧 사회적 관계를 희생하더라도 독서에 매진하겠다는 뜻을 다시 한번 굳힌다. 소설은 "노방의 타인은 언제까지나 노방의 타인"으로 남아 "더욱 독서에 강행군을 하리라"는 맹세로 끝난다. 이렇게 일상의 이념은 일상을 사는 방식들의 대비를 통해 제시되고 있다. 책들은 비판을 제안하는 듯하지만 샐러리맨의 소일거리로서만 그럴 뿐이며 탈출을 제공하지는 못한다.

병일과 사진사를 통해 지지되는 부르주아 삶의 서로 다른 두 버전은 상이한 가치와 시간관을 갖는다는 점에서 차이를 보이지만, 실상둘 다 부르주아 주체의 관점 구성을 돕는 시각 체제에 연루되어 있다. 병일은 사진사가 아니지만 필름에 담겨 묘사되고, 또 필름 속 자기를 바라보는 것으로 묘사된다. 독자가 병일의 생활을 필름에 찍힌 사건들처럼 바라보는 유일한 관찰자는 아닌 셈이다. 바로 병일 자신이 잠자리에 누워 자기의 생활을 그렇게 보고 있기 때문이다.

그는 천장을 쳐다보며 2년래로 매일 걸어다니는 자기의 변화 없는 생활의 코스인 오늘밤 비 오는 길에서 보고들은 생활면을 다시 한번 바라보았다.

그것은 새로운 것도 아니었다. 물론 진기한 것도 아니었다. 오히려 그 같은 것을 머릿속에 담아두고서 생각하는 자기가 이상하리만치 평범하고 속된 것이었다. 그러나 그같이 음산하게 벌여져 있는 현실은 산문적이면서도 그 산문적 현실 속에는 일관하여 흐르고 있는 어떤 힘찬 리듬이 보이는 듯했다. 그리고 그 리듬은 엄숙한 비관의 힘으로 변하여 병일이의 가슴을 답답하게 누르는 듯하였다.[37]

「비 오는 길」은 일상생활을 내용적·형식적으로 모두 가시화하는 과정을 고스란히 실연하는바, 그 방식 면에서 교육적이다. 분신을 통해 병일은 스크린, 즉 방 천장에 펼쳐지는 자신의 생활을 바라보고, 이와 동시에 독자는 그가 그렇게 하고 있는 것을 그려보도록 초대된다.

병일의 시야에 들어온 것들에 따르면 길거리에서의 우연한 마주침은 일상 영역을 분리하고 묘사하려는 시도만큼 중요하지는 않다. "평범한" "속된" "산문적"이라는 단어의 되풀이는 일상을 이토록 많은 일들이 일어날 때조차도 반복적이고 단조로운 시간으로 묘사하는 데 요구되는 특별한 노력을 암시한다. 파편화된 디테일의 모자이크를 위해 혁명과 변혁이라는 큰 서사를 포기한 작가들을 공격한 임화에게 「비 오는 길」은 비판의 대상이 되었을 법하다. 하지만 가슴을 짓누르는 비관과 단조로움 속에서도 지속적으로 흐르는 "리듬"을 느끼는 상황이

미래가 사라져갈 때

말해주듯이, 이 작품은 일상이라는 범주를 형상화하고 일상의 출현 자체를 역사적 사건으로 제시하려 한다. 소설은 통근이라는 새롭게 출현한 시간을 서술한다. 산업화 시대 공장을 왕래하는 발걸음의 새롭고도 반복적인 리듬을 이야기하는 것이다. 이 소외된 산업의 시간은 스크린에서 자기를 바라보는 경험과 변화에 대한 상상을 저해하는 반복이라는 형식으로 나타난다. 소설은 이것이 바로 일상이라고, 그리고 일상은 모순적인 요구들과 불편한 인간관계로 꽉 차 있어서 깃들기에 평안한 장소가 아니라고 말하고 있다.

통근 시간은 섬처럼 고립되어 있고 매우 내면화되어 있다. 병일은 자기 자신으로부터만이 아니라 주변 사람들로부터도 소외되어 있다. 그는 거리에서 아무하고도 인사하지 않는다. 사진사와의 관계가 소원해진 후에는 길에서 어느 누구에게도 말 걸지 않겠다고 다시 한번 다짐한다. 이 소설에서 우리는 장구한 "도시의 인간"의 문학사에서 레이먼드 윌리엄스가 언급한 관계의 상실을 보게 된다. 그는 제임스 조이스 소설에 나타난 "근원적 변화"에 대해 고찰하면서 "행위의 힘은 내면화되고 어떤 면에서 도시는 더이상 존재하지 않는다. 도시를 걷는 사람이 있을 뿐"[38]이라고 했다. 「비 오는 길」의 행위 역시 이 샐러리맨의 마음에 난 내면의 길을 취한다. 그는 사진사와 대화할 때는 온갖 생각을 다 하지만, 사진사의 이야기나 질문에 대한 답은 "글쎄요, 글쎄요"라는 중얼거림의 반복적인 따분함에 그칠 뿐이다.

병일은 사진 체제 내부에 위치하며 자본주의적 리듬에 따라 시간화되고 통근으로 상징되는 도시에 존재한다. 그러나 글쓰기는 사진이 텍스트 내로 들어오면서 이로 인해 도전받게 되는 다른 방식을 드러낸다. 우선 도시를 응시하는, 사진 이미지가 생산하는 것과 동일한 시선이 있다. 「비 오는 길」은 도시의 관찰하는 주체를 둘러싸고 서사를 재조직한다는 점에서 당대의 소설들과 유사하다. 이 점은 거리를 걷는 고독한 관찰자 형상을 통해 매우 뚜렷하게 드러난다. 여기서 도시적인 것은 도시의 표층적 디테일과 고도로 내향화되고 분열된 의식 사이의 긴장을 통해 구축되고 있다. 인물의 의식은 환경이 과잉되고 분열적인 디테일들로 변화되는 것을 바라보면서 거리를 이동한다.[39] 주인공은 빠르게 증식하는 디테일들을 세밀하게 인지할 수 있는데, 바로 이 디테일들로 인해 내적 고뇌에 갇힌 채 다른 미래를 상상하려 고투한다. 상품 유통 장으로의 진입에 불편함을 드러내면서 슬럼가에서 사무실로 통근할 때의 병일이 그 예이다. 그가 걸어다니는 길은 시가市街에서 제외되어 성벽 바깥쪽으로 나 있다. 그는 소비 영역과 통치 권력으로부터 단절되어 있다. 대신 그의 걸음은 공장과 시곗바늘의 반복적인 움직임과 닮았다.

병일의 도시 걷기는 부르주아 주체성을 부분적으로 구성하는 거리와 내부 사이의 긴장을 시각화하고 질서화한다. 본다는 것의 역사적 과정에는 도시를 바라보는 방식이 함축되어 있는데, 이는 식민지를 바라보는 방식과 흡사하다. 여기에서, 식민 도시가 이미지화되면 그 도시의 관찰자에게는 어떤 일이 일어나는가라는 질문이 생겨난다. 몇몇 논자들은 1930년대 작품들에서 처음 등장한 이런 인물들을 산책자 개념을 활용하여 분석했다. 하지만 이 개념은 오히려 19세기 파리를 거

미래가 사라져갈 때

니는 보들레르적 존재와 경성·평양 거리를 걷는 존재 사이의 괴리를 강조하는 데 더 유용하다. 지친 병일이 집에 돌아와 발견하게 되는 것은 길들이 그의 머릿속에 있다는 것, 그래서 잠들려 할 때조차도 분명이 길들을 계속 배회하게 될 것이라는 점이다. 근대적 삶의 속도에 저항하는 산책자에게 길이 일종의 내부라면, 전도顚倒는 반대 방향으로 일어나, 외부에 의해 구성되지 않는 내부란 없는 것이다. 길들이 뚫고 들어오는 것에 병일이 저항할 수 없듯이 말이다.[40]

병일이 거리를 다니며 도시를 바라보는 방식에는 뚜렷한 감정 구조가 있다. 그는 성벽 바깥으로 배제되어 있는 동시에 슬럼 지역과도 어느 정도 분리되어 있다. 슬럼과 그 슬럼 지역에서의 일상은 페이소스의 정서 속에서 제시된다. "범속함"은 인지 대상보다는 인지 주체인 병일과 잠재 독자를 되비추는 감정 과잉으로 나타난다. 이는 1930년대 소설에 공통되게 나타나는 도시 빈곤층 묘사 방식으로, 이들과는 거리를 둔 감상적 주체의 생산을 돕는다.[41] 페이소스는 이웃이나 주민을 거대한 변화 속에서 불변하는 일상에 집착하는 유령적 존재로 만들어버리는 방식으로 관찰 주체의 관점을 주조한다. 그런데 이러한 관점은 양가적이다. 병일이 걷는 골목은 인력거를 타고 지나가는 기생이라는 어리고 약한 존재로 상징된다. 그녀는 인력거꾼에게 가족의 생계를 짊어진 자신의 고충을 이야기하고 있다. 한편 이 어두운 골목은 군사적 존재들에게 침투당한다. 출입구의 번쩍이는 장화와 병일의 "얼굴을 가로베"[42]기라도 할 것 같은 행인의 콧수염이 상황을 말해준다. 여성화된 골목길의 정서는 공감 능력을 통해 관찰자를 분리시키지만 동시에 그가 군사적 인간에 취약함을 드러냄으로써 그를 두 힘의 바깥에 위치시킨다. 궁극적으로 병일은 자신과 거리 사이의 분리를 견딜 수 없다. 기진맥진하여 집으로 돌아온 그는 거리가 자신의 머릿속에 있으며 잠들려 할 때조차도 그 길을 계속 걸어야 한다는 사실을 깨닫는다. 자기만의 영역이나 시간이라는 판타지는 단지 판타지일 뿐이라고 최명익은 말한다. 병일은 슬럼 거주자들과 편하게 어울리지도 못하고, 부르주아적 삶의 행로로 자신 있게 나아가지도 못한다. 그는 이중화된 삶의 그 어떤 쪽으로부터도 자신을 떼어낼 수 없는 것이다.

해방 후 조연현은 식민 지배의 마지막 십 년 동안 활동한 문인들 가운데 일제하 지식층의 경험을 뛰어나게 포착한 최명익이 작가들의 "애정과 호의를 받아" 왔다고 언급했다.[43] 그의 주인공들의 이중노출은, 교육과 직업의 장에서 성공했지만 민족주의적 목표나 정치적 이상주의라는 정당성을 결여한 상업 문화의 길로 나아가는 자들의 경험과 공명한 것으로 보인다. 우리는 밤에는 도스토옙스키와 니체의 꿈을 꾸지만 낮에는 사장의 의심의 눈길을 받으며 숫자 세는 일로 나날을 보내는 병일을 생각하게 될 것이다. 혹은 낮에는 작은 유리공장을 운영하다가 밤에는 오늘의 우리에게 전해진 이 소설들을 구상하며 지냈을 최명익을 떠올릴 수도 있겠다.[44] 그러나 그가 서사의 붕괴에 관한 글에서 임화가 그토록 비판했던 논쟁적인 이중화된 삶의 개인성만을 강조한 것은 아니다. 그는 이 삶에 깔려 있는 선형적 시간과 도시를 보는 시선 둘 다를 중단시키는 방법 역시 탐색했다. 디테일의 활용은 프레임의 경계를 무너뜨리고, 역동적이고 비균질적이며 서로 경합하는 복수의

미래가 사라져갈 때

힘과 시간성으로 구성된 도시 공간을 드러내는 중단의 전략이 되었다. 최명익은 이 중단의 전략을 전시 경제의 부상과 더불어 급속도로 개발되는 도시의 변두리 생활경험을 통해 제시했다. 도시 변두리에서 부르주아는 그들의 환경으로부터, 그리고 그들 자신의 의식으로부터 모두 공격받고 있었던 것이다.

통제되지 않는 디테일

최명익 소설에서 도시를 보는 관점은 다층적으로 굴절되어 있다. 도시의 거리와 그 거리를 보고 있는 자신을 동시에 바라보는 병일을 독자들이 보는 식이다. 이렇게 여러 겹으로 굴절된 시선들 가운데 병일의 관찰자적 시점이 그의 환경 전반을 압도하고 있는 듯하다. 하지만 도시가 완전히 사라지는 것은 아니다. 소설이 병일의 시선을 동요시키기 때문이다. 도시환경은 서사의 흐름을 깨는 이미지들의 몽타주, 잠잠해질 수 없는 일군의 소란스러운 동물적 존재들, 도시 시공간의 일치를 거부하는 시간성들의 충돌 속에서 귀환한다. 질서정연한 도시에서의 생활과는 정반대로 병일은 사방에서 공격받고 있다.

　몇몇 지점에서 소설은 플롯과 무관하여 잉여적으로 보이는 이미지들에 의해 간섭받는다. 이런 장면들은 사진 이미지의 정적인 특성이 근대화의 전진하는 서사를 지지할 뿐 아니라 방해할 가능성 역시 제시한다. 예를 들어보자. 병일이 사진관 앞에 서 있는 상황에서 옆집 유리창 안으로 보이는 장죽을 물고 앉아 있는 노파에 대한 묘사가 갑작스럽게 나온다.

> 옆집 유리창 안에는 닦아놓은 푸른 능금알들이 불빛에 기름이나 바른
> 듯이 윤나 보였다. 그 가운데 주인 노파가 장죽을 물고 앉아 있었다.
> 피어오르는 담배 연기를 바라보며 졸고 있는 것이었다.
> 푸른 연기는 유리창 안에서 천장을 향하여 가늘게 떠오르고 있었다.
> 노파의 손에 들린 샛부채가 그 한 면에 깃든 검은 그림자를 이편저편
> 뒤칠 때마다 가는 연기줄은 흩어져서 능금알의 반질반질한 뺨으로 스며
> 사라졌다.
> 그때마다 병일은 강철 바늘 같은 모기 소리를 느끼고 몸서리를 쳤다.[45]

희미하고 반복적인 담배 연기의 움직임과 부채를 부치는 노파를 제
외하면, 모든 움직임은 정지된 채 상점 창문으로 삶이 흘러가는 것을
바라보는 구경꾼으로서의 노파로 대체된다. 잉여의 디테일은 뒤에 남
겨지고, 죽지 않는다. 이 정지된 순간을 다시 보면 우리가 사진을 보고
있음을 알게 된다. 노파는 삐걱거리는 디테일로 텍스트 안에 깃들어
있다. 그녀는 정물화 양식을 취했지만 더 세밀한 디테일 묘사를 보여
주는 초기 사진을 연상시킨다.

노파 이미지의 소음 효과를 강화하는 것은 모기 소리다. 최명익의
소설은 미래 지향적인 사진사의 서사와 도시를 향한 페이소스의 시선
모두를 방해하는 통제되지 않는 디테일로 가득하다. 도시가 이미지로
완전히 사라지지 않고 폭력적 병치를 의미하는 소음의 형식으로 귀환

하기 때문이다.[46] 노파 이미지가 병일에게 미친 영향은 날카로운 모기 소리로 인해 조각나는데, 모기가 도시의 유일한 생물은 아니다. 도시로 편입하려는 거리라는 이 중간지대에서, 병일의 길은 울어대는 청개구리의 소란스러운 기척, "빗물 고인 웅덩이"에서 "끊어낸 신경 줄기같이 꼬불거리"는 "수없는 장구벌레", 성문에 나타나 잡을지 말지를 놓고 노인과 젊은이들 사이에 충돌을 불러일으킨 구렁이 이야기가 차지하고 있다. 개발로 도시 평양의 몸체가 해체되고 그가 매일 따라 걷는 성벽이 깨지며 포장되지 않은 길이 그야말로 "꺼멓게 멍들"어가는 동안, 동물들은 그 길에 면한 빈터에서 소란스럽게 자기 존재를 알린다.

성문 밖에서의 삶은 도시 고덕지대로 깃든다. 이곳에서 과거는 조용히 사라지기를 거부한다. 병일은 성문을 지나다가 빛나는 불빛을 바라보며 거기에 살고 있는 이십만의 사람들을 떠올리곤 놀라는데, 이런 생각은 바로 성벽의 어둠과 병치된다. 어둠 속에서 박쥐는 "마치 옛 성문 누각이 지니고 있는 오랜 역사의 혼이 아직 살아서 밤을 타서 떠도는 듯이" "캄캄한 누각 속에서 나타났다가 다시 누각 속으로 사라"[47]진다. 도시의 팽창은 옛것과 새것을 지속적인 병치 상태에 놓는다. 병일은 매일 통근할 때마다 길이 평탄하지 않아 고생한다. 어두울 때는 진창과 얼음에 미끄러지고, 비행기 소리로 주의가 산만해지기라도 하면 "영양 불량성인 아이들의 똥을 밟"고 만다. 슬럼 지구에서 "부府 행정구역도에 없는" 비탈길을 따라가다보면 새로 닦은 길이 나오는데, 여기에서 "도시의 발전"은 "옛 성벽을 깨트리고 아직도 초평草平이 남아 있는 이 성 밖으로 꾸며나"와 상공 지대로 이어진다. 길은 아직 포장되어 있지 않다. 길 한편의 "헐린 옛 성 밑"에 "들추어놓은 고분같이 침울하게 버려져 있는" 오래된 오두막을 뒤로하고 새집들이 늘어서 있고, 다른 한편에는 시탄 장사, 장목 장사 그리고 공장들이 있다.[48] 한가운데에 시끄럽게 남아 있는 것은 개구리, 벌레, 구렁이 무리로, 보이기보다는 주로 들리는 존재들이다. 꺽꺽 울어대고 놀래키고 꿈틀거리려고 남은 잔여물인 듯, 그로테스크한 곤충과 파충류 떼는 도시에 서식하면서 사라지기를 거부한다. 이렇게 분열된 디테일들은 「비 오는 길」에만 나타나는 것은 아니며 최명익의 모든 소설에서 반복된다.

그 자체 인쇄된 디테일로서, 최명익의 분열적 디테일들은 동시에 앞선 문학적 전통의 잔여물이기도 하다. 기존의 문학적 전통은 근대문학이 선언되는 순간 제거되었을 터, 이는 도시개발이 과거의 완벽한 삭제를 기도하는 것과 같은 논리일 것이다. 최명익 소설이 근대 초기와 맺은 관계는 그의 작품이 사진적 질서로 특징지어지는 초기 창작론을 어떤 식으로 긍정하고 또 질문에 부쳤는지 뚜렷하게 보여준다. 이쯤에서 초반기 근대문학론자인 이광수(1892~1950)의 권고를 떠올려볼 수 있겠다. 그는 1916년 11월 『매일신보』 1면에 연재한 대표적인 에세이 「문학이란 하何오」에서 작가는 "세계를 충실하게 사진寫眞"한다고 했다.

이광수의 글은 오늘날 이해되고 있는 의미에서의 근대문학이란 것을 조선어로 논한, 가장 이른 시기에 나온 역작 가운데 하나다. "신문학" 정도로만 알려졌던 문학을 두고, 이광수는 미학적이고 민족적인 범주로서의 문학 이념을 주창했다. 그리고 소설·시·극·논문으로 장르를 구분하고 이를 창조성의 기원인 상상력과 연관지었다. 「문학이란 하오」는 기존의 '문학' 개념을 "학學"이나 "기록"이라는 의미로부터 멀리 이동시키고 영어 "literature"의 역어로 전유하려는 시도였다. 서구의 "literature" 개념도 18세기에 이미 유사한 의미상의 변화를 거쳤다.[49] "literature"와 '문학'은 이제 문자로 기록된 개인의 창조적 상상력의 산물을 뜻하게 되었고, 개인의 감정적 삶이라는 미적 영역에 부응하게 되었다. 이광수의 공식에 따르면 개인은 고립되어 있지도, 소외되어 있지도 않다. 그/그녀의 상상력이 민족 공동체에서 윤리적 기원을 찾을 것이기 때문이다. 이광수의 '논문'(비평) 그리고 아마도 더 중요하게는 이론을 소설의 형식으로 밝히려는 매우 대중적인 시도는 민족적 미학이라는 20세기 문학적 실천의 한 계열을 예고했다. 인간을 사유하고 느끼며, 민족공동체를 위해 헌신하고, 읽고 쓸 수 있는 리버럴 엘리트층의 성원이 아닌 대중에게 선의를 표하는 근대적 지식인 모델을 구축한 것이다.

이광수의 근대문학론의 핵심은 언어였다. 그는 "신문학은 반드시 순현대어, 일용어 즉 하인何人이나 지知하고 용用하는 어語로 작作할 것이니라."[50]고 했다. 신문학은 남성 엘리트의 전통적인 한문 글쓰기 관습에 대한 거부로 상상되었다. 한문은 별개의 민족어로 새롭게 인식되었고 이에 반反할 때 민족어로서 조선어의 윤곽은 또렷해질 수 있었다. 한글이 널리 보급되고 자국어 글쓰기 시스템을 이용한 산문과 시 형식이 발전했음에도 불구하고 한문은 공식 문서들, 문헌들에 대한 지식과 과거제도를 통한 관료제로의 성공적인 진입 전통 속에서 여전히 유지되고 있었다. 과거제도가 폐지된 것은 1895년이었다. 신문학은 국문으로 쓰여야 한다는 이광수의 요구는 구질서의 중심축을 겨냥하면서 자국어를 새로운 민족적 질서를 여는 상징이자 매개로 표방했다.

자국어화는 시대적 변화를 동반한 것이기도 했다. 이광수가 강조한 것처럼 근대문학은 "현대에 재在하여 현대를 묘사함에는 생명 있는 현대어를 용用"[51] 할 필요가 있다. 구질서에 대한 반발은 새로운 것과 지금-여기의 시공간에 주목할 것을 요구한다. 식민화의 위기 그리고 해외여행이나 유학을 떠나는 청년세대의 등장은 제국주의적 세계질서 내에서 조선의 위상을 파악하려는 움직임을 불러일으켰다. 이 같은 흐름은 조선 사회의 성격에 대한 비판적 관심을 고조시켰다. 동시대성의 새로운 의미는 이광수가 "일용어"라 부른 것의 분리와 이용을 요구했는데, 이는 곧 중국 중심 문학장의 문학적 도구들과 전통들로부터 자유로워지는 것이었다. "일용어"는 이광수가 근대문학의 내용이 되어야 한다고 주장한 생활이라는 것을 더 잘 묘사할 것이다. 그는 '묘사'와 '생활'이라는 개념에 문학의 참된 형식과 내용이라는 새로운 의미를 부여했다.

묘사 자체가 새로운 개념은 아니지만, 이광수가 '묘사'를 통해 논한 바는 최명익의 글쓰기론을 다시 한번 연상시킨다. 이광수에 따르면 묘사에는 "정正·부정不正"이 있다. "정"한 묘사는 무언가를 "진眞인 듯이 과연 그러하다 하고, 있을 일이라 하"게 그리는 것이다. 이러한 묘사는 또 "정精"해야 한다. 그는 "정精"을 "모사건某事件을 묘사하되 대강대강 하지 말고 극히 목도目睹하는 듯하게"[52] 그리는 것이라 규정했다.

미래가 사라져갈 때

이처럼 소설의 목적은 "작자의 상상 내의 세계를 충실하게 사진寫眞"하여 "독자의 안전眼前에" 제시하는 것으로, 이때의 '사진'은 '포토그래프'를 지시하는 '사진'과 같은 단어다.[53] 이제 묘사적 디테일의 목적은 고전적 전통이나 유교적 세계관을 입증하는 데 있지 않다. 사진에서 보는 것처럼 세계를 묘사하는 것이 목적이다. 이 세계는 전통의 속박에서 벗어나 지금-여기를 살고 있는 개인의 상상력에서 출현한다. 사진적 질서가 이미지로서의 세계를 입증할 뿐 아니라 새로운 보는-주체를 중심화하려 한다면, 고전 전통에서 자기 위치를 찾는 유학자를 대체하며 식민지의 새로운 부르주아 질서에 출현한 젊은 조선인이 바로 그들이다.

이광수의 글은 조선에서 근대문학의 역사와 사진 기술의 역사가 공존적이었기에 근대문학 자체가 언제나 사진적이었다는 점을 환기시킨다. 최명익은 글쓰기의 이 같은 기호학적 질서를 물려받는 동시에 의문에 부친다. 최명익 소설의 통제되지 않는 디테일들은 독자에게 세계의 상을 보여주는 게 아니라, 무엇인가가 남겨졌다고 역설하면서 편재하는 상을 소란스럽게 흐트러뜨린다. 이러한 디테일들은 글쓰기가 사진적 이미지에 의해 침투될 때 읽어낼 의미가 더 많아진다. 더불어 「비 오는 길」이 이질적인 텍스트임을 독자에게 다시 한번 환기시켜준다. 이는 다른 재현 양식들이 서로 중첩되어 결코 완전히 포섭되지 않기 때문에 성문 외곽의 재현이 매우 불안정하다는 것을 암시한다. 길가 옆 벌판에서 나는 소음은 시각 질서를 교란시키는데, 소음에 의한 교란이 없었다면 시각 질서는 비판 대상이 된다 해도 온전히 유지되었을 것이다. 리얼리티를 담는 사진의 능력이 의심될 때조차도 그것은 사진적 재현에 전적으로 빚진 형식으로 이루어지기 때문이다.

민족과 민족문화에 대한 억압이 강화되는 시점에 최명익이 근대화의 전진하는 추동력을 신뢰하고 윤리적·서사적 종결로서의 민족에 의지했던 이광수의 인식에 질문을 던진 것은 그리 놀라운 일이 아니다. 그가 초점을 맞춘 것은 부르주아 식민 주체성으로도 제국 근대성으로도 포섭되지 않는 잔여였다. 최명익은 이 잔여를 평범하고 산문적인 생활영역이라 칭하면서, 도시의 자본 축적과 함께 출현하여 자연의 시간성을 모방하는 시간성으로 서사화했다.[54] 일례로 「비 오는 길」에서 병일의 통근은 매일같이 내리는 장마철의 비로 점철된다. 최명익 소설의 일상은 민족적이고 제국적인 시간의 청명함과 경합하며, 이 불화는 통제되지 않는 디테일들로 물질화된다. 현재에 남아 좀처럼 사라지지 않는 과거가 다층적으로 드러나면서 식민지 일상의 착종을 암시하게 되는 것은 바로 이 경쟁하는 디테일들의 충돌 속에서다.

일상을 디테일화하기

묘사적 서술의 밀도 면에서 이례적이긴 해도, 최명익의 작품은 보다 디테일해지는 시각적 묘사와 이것이 동반하는 서사적 미래의 소멸을 둘러싼 광범위한 우려 속에서 등장했다. 비평가들은 최명익을 통해 새롭게 발견된 도시의 시간성, 즉 범속하고 반복적인 일상의 시간성에 주목했다. 그 의미에 대한 해석은 서로 달랐지만, 디테일이 문학적 징후라는 점에는 모두 동의했다. "디테일"―발음 그대로 "디테일"로 표기되었고 종종 한자어 "세부細部"라는 주석이 달렸다―은 민족적 종결이 더 문제시되고 선형적 서사가 덜 확실해 보임에 따라 논쟁의 표면으로 떠올랐다. 음차는 이 용어의 새로운 중요성을 시사했다. 어떤 비평가들은 디테일의 부상을 상찬하면서 미학적 가치를 부여했고, 또다른 비평가들은 묘사의 진전을 넘어서서 새로운 서사의 가능성을 열었다는 확신을 표했다. 디테일이 어떤 역할을 하는지, 디테일을 만들어내는 것이 무엇인지에 대해서는 견해에 진폭이 있었다. 하지만 근대성의 경험에 결정적인 변화가 진행중이며 적어도 도시적 삶의 점증하는 복잡성을 재현하기 위해서는 그에 상응하는 서술 형식의 변혁이 요구된다는 인식을 공유했다는 점에서 이들은 서로 일치했다.

최재서(1908~1964)는 묘사 양식의 변화에 주목한 비평가 중 하나로, 이를 바로 카메라와 연관지었다. 1936년 10월 『조선일보』에 발표한 유명한 평론에서 그는 이상(1910~1937)과 박태원(1909~1986)이 서사의 혁신이라는 면에서 이룬 성과를 상찬했다. 이상의 단편 「날개」는 최재서의 글보다 한 달 앞서 발표되었다. 그리고 박태원의 『천변풍경』의 경우, 이후에는 십 년간 나온 작품들 가운데 중요한 소설로 인정받게 되지만 1936년 당시로서는 8월부터 시작하여 첫 세 절을 연재중이었기 때문에 아직 미완성 상태였다. 최재서는 두 소설에서 중대한 변화를 시사하는 사건을 목도한바 이는 두 작품이 시도한 의식 실험의 수준 그리고 이들이 획득한, 그가 "현대세계문학"의 두 경향이라 부른 것과의 동시대성으로 특징지어진다. "현대세계문학"이란 말로 최재서가 지시한 것은 자본주의 세계의 문학이었다.[55] 「날개」와 『천변풍경』은 모두 도시적 삶을 무대에 올린다. 「날개」가 경성 중심가를 헤매는 밤 시간을 빼고는 스스로를 어두운 방에 유폐시켜버린 소외된 지식인의 내면을 일인칭 시점으로 다뤘다면, 『천변풍경』은 경성의 중심 청계천변에 사는 빈한한 주민들을 통해 여러 시점에서 삶의 만화경을 제시했다. 『천변풍경』은 임화가 비판했던 세태소설의 대표적인 예였다. 그는 선형적이며 위계적으로 질서정연한 플롯을 묘사적 디테일의 모자이크로 대체해버린다는 이유로 세태소설을 평가절하했다.

최재서는 두 소설이 성취한 서사적 혁신이 "재료에 있는 것이 아니라 보는 눈"[56]에 있다고 언급했다. 이어서 서사 범주화를 위한 모델을 정립하는데 이 작업은 이후의 비평가와 연구자에게 큰 영향을 미쳤다. 그에 따르면 박태원은 "객관을 객관적으로 보고" 이상은 "주관을 객관적으로 보"았다. 더불어 제재상으로는 서로 다르지만 "관찰의 태도 및 묘사의 수법에 있어서"는 "공통되는 특색"[57]을 지녔다고 해석하면서 두 작품을 연관지었다. 이를 설명하기 위해 최재서는 "예술가가 될 수 있는 대로 카메라적 존재가 되려고 하는 노력을 (…) 우리는 현대문학에서 얼마든지 구할 수 있다"[58]는 비유를 썼다. 이상과 박태원의 경우, 디테일은 종종 카메라의 보는 능력이라 여겨지는 역할을 완수했다. 사회적 삶의 새로운 면들을 가시화한 것이다. 도시 거주민과 지식인의 소외된 내면적 삶은 이광수가 "작자의 상상 속 세계"라 표현한 관점을 명확히 해주는 관찰 대상이 되었는데, 여기서는 부상하는 부르주아 계급 주체성으로 보다 정확하게 설명될 수 있다. 최재서는 이상과 박태원에게 적극적인 찬사를 보냈지만, 한편으로는 박태원 소설에 모든 "디테일"을 관통하는 "통일적 의식"이 결여되어 있다는 의구심을 표하면서 의미가 과도하게 흩어져버리는 경향을 지적했다.[59] 그는 윤리적 관점이든 경제적 비판이든 작품의 여러 장면들을 통합하는 질서가 있어야 한다고 보았다. 디테일은 이 통합하는 질서에 기여하는 것으로, 환언하자면 상위의 질서에 종속되고 서사의 위계구조 내에 자리잡아야 하는 것으로 간주된다.

"트리비얼리즘trivialism" 개념을 통해 1930년대 문학에 어떤 질서가 생겨나고 있는지를 물은 것은 임화였다. 그는 트리비얼리즘을 묘사적 디테일의 부상과 연관지었다. 1930년대 말에 발표한 비평에서 마르크스주의 시인이자 문화비평가인 임화는 소설이 모자이크처럼 되어버려 단순한 묘사와 디테일 과잉이 서사를 장악하고 플롯을 와해시켜버렸다고 불만을 표했다. 세태소설화 경향을 비판하면서 그는 "소설의 구조가 시추에이션으로 분리되어버리면 세태소설적 묘사란 결국 모래알 같은 세부 묘사의 집합에 불과하고 만다"[60]고 언급했다. 임화에게 식민 후기의 조선 소설은 "전형적 성격과 운명적 치열미를 가진 플롯이 불가능한"[61] 디테일 과잉으로 특징지어졌다. 그 결과는 "세태소설 가운데선 작가는 주의를 한군데 집중시키는 법이 없다. 현실의 어느 것이 중요하고 어느 것이 중요치 않은가—이것을 구별하는 것이 진정한 리얼리즘이다—가 일절 배려되지 않고 소여의 현실을 작가는 단지 그 일체의 세부를 통하여 예술적으로 재현코자 한다"[62]고 설명되었다. 플롯이 무차별적 "시추에이션"으로 분열되는 현상에 대한 임화의 비판은 그가 디테일을 작품의 시간적 진행과 위계적 질서를 모두 붕괴시키는 텍스트적 존재로 파악했음을 시사한다.[63] 달리 말하면, 임화에게는 좋은 디테일과 나쁜 디테일이 있다. 좋은 디테일은 혁명의 클라이맥스를 향해 나아가는 일관되고 목적 지향적인 서사를 확고히 해줄 것이다. 그러나 이것은 그가 식민 말기 소설에서 일어난다고 본 일이 아니다. 이 시기 소설은 표면적으로 혁명의 서사보다는 퇴보의 서사에 더 가까워 보인다. 소설들은 어떤 목적 지향적 결론을 향해 나아가려고 분투하지만 종종 죽음, 회귀나 순환하는 자연 같은 또다른 비선형적 전략 속에서 결말을 찾는다.

임화의 질문은 단지 선형 지향의 플롯을 방해하는 디테일이 아니라 그런 디테일이 만들어내는 영역을 향한 것이었다. 여기서 그의 비판의 특수성은 매우 중요하다. "조밀하고 세련된 세부 묘사가 활동사진 필름처럼 전개하는 세속 생활의 재현"이라는 서술이 말해주듯, 소설의 새로운 초점은 "생활" 영역으로 옮겨갔다. "생활"은 다소 모호한 개념으로, 그가 정치적인 것과는 반대되는 것으로 파악한 영역이다. 즉 현재를 넘어 나아가는 이상적인 목적의식 없이, 소외된 채 일상 잡사와 관심사를 영위하는 개인 주체가 살고 있는 소비주의와 가정의 장인 것이다. 1939년의 비평 「생활의 발견」에서 임화는 당시 조선의 작가들에게서 나타나는 일상의 "발견"에 주목하면서 사실상 일상을 재발견할 것을 요구했다. 그는 "일상성의 세계"를 "현실", 즉 "발전하는 것으로서의 현실" "역사적으로 보아진 현실"[64]과 대비시켰다. 이것은 1920년대부터 카프 작가들이 "리얼리즘" 소설을 통해 그리고자 했던 바로 그 현실이었다. 임화에 의하면 당시 발굴되고 있던 "생활"은 일상성을 "밥 먹고, 결혼하고, 일하고, 자식 기르고 하는" 일같이 삶의 표층적 디테일을 구성하는, 서로 구분되지 않는 단순한 "현상들"의 집합으로 드러냈다. 이들은 발전 도상의 역사적 현실을 가려버리는 현상들 혹은 표층적 디테일에 지나지 않는 것이다.

이 글을 쓸 무렵 임화는 카프의 해체에 대해, 그리고 발전하는 현실, 즉 발전하는 미래의 "맹아"를 그려낼 가능성이 사라져가는 듯한 상황에 대해 성찰하고 있었다[65] 그에게 질서정연한 선형적 플롯의 파열이 지닌 중대성은 그것이 잠재적 미래를 모호하게 가려버린다는 데 있었다. 그렇다면 "맹아"란 무엇이고 역사적 미래에 어떻게 발전하게 될 것인가? 임화로서는 이러한 질문들이 문학을 구성하는 참된 내용이었다. 그의 성찰은 현실을 서사화한 지난 십 년 동안 프롤레타리아 작가들의 천착에서 생활이라는 매우 물질적인 측면이 간과되어왔다는 결론에 도달했다. 다른 논자들과 마찬가지로 임화 역시 프롤레타리아 운동이 그것이 변화시키고자 한 구체적인 존재는 무시한 채 지나치게 추상적이고 정치적인 이상에만 초점을 맞추었다고 주장했다. 이제 임화는 일상을 시대 현실과 연결짓고 이로써 일상 안에서 역사의 운동을 좇는, 그런 생활의 발견을 요구하고 있다. 문학의 궁극적 목적은 여전히 "진眞"을 포착하는 데 있다. 이것이 바로 현실을 보는 역사적 관점으로, 여기에는 반드시 미래에 대한 인식이 요구된다. 생활의 장을 역사적 현실의 차원으로 "뽑아내"지 않는다면 그것은 발전하는 시간으로부터 소외되어 제국 체제의 전유에 노출되거나 혹은 적어도 제국 체제에 용이해질 것이다. 단지 생활이라는 현상과만 관계한다면 디테일은 사회주의 운동의 몰락과 파시즘 권력의 강화로 이어지게 된다.

임화의 논의는 카프 지도자로서의 그의 과거와 식민지의 혁명적 미래를 상상하려는 욕망에 깊이 뿌리박고 있었다. 하지만 동시에 역사적 변화의 국제적 성격과 이것이 수반하는 문제들을 강조하면서 세계 동시대인의 사유와 공명하고 있기도 했다. 유럽에서는 죄르지 루카치가 문학적 묘사를 따로 떼어내서 변화 모색의 가능성이라는 이슈를 제기하는 시간적 문제로 다루고 있었다. 1936년의 글「서사냐 묘사냐」에서 루카치는 "서사"와 "묘사"를 대조적으로 파악한다. "서사"의 경우 텍스트의 모든 디테일과 장면들은 플롯의 필수 불가결한 부분을 구성하며 인물들은 사건을 "경험"한다. 반대로 "묘사"에서 인물들은 넘쳐나는 정체된 디테일을 단순히 구경하는 자로 축소된다. 그는 디테일이 질서와 변화의 시간성을 붕괴시킨다고 비판했다. "묘사의 허구적인 동시성이 구성을 분산된 자율적 디테일들로 분해시켜버린다"는 것이다.[66] 루카치에 따르면, 발전하는 시간이 소거된 결과 현대 서사는 사회에 패배당한 인물을 보여주되 그들의 패배가 초래되기까지의 과정은 드러내지 않는다. 표층의 현상을 서술하든 인물의 내면을 서술하든, "주관적 인상의 연속은 물화된 객관의 연속에 비해 서사적 연관성을 구축하기에 충분치 않다. 이것이 상징으로 확장될 때조차도 그러하다."[67] 대공황, 연속되는 국제적 경제위기, 임박한 전쟁의 영향은 세계 곳곳에서 새로운 동시성의 감각을 극적으로 가시화했다. 임화와 루카치의 비평 언어의 교접은 이 거대한 국제적 추이를 보여주는 하나의 징후라

미래가 사라져갈 때

할 수 있다.

일상이라는 범주는 1930년대 후반 조선에서 상당한 논쟁과 이견을 낳았다. 일상을 그리 비하하지 않는 시각도 있었고 일상의 누추한 위상에서 잠재력을 보는 시각도 있었다. 통제되지 않는 디테일의 축적이 초래한 탈구적이고 "만화경"적인 표층 묘사에 대한 임화의 비판은 그의 동료이자 카프의 주도적 인물이었던 김남천(1911~1953)에게로 이어진다. 김남천은 디테일이 반드시 분열적인 것은 아니며 구체적인 것으로의 귀환을 제공해줄 수 있다고 보았다. 구체성의 결여는 김남천, 임화 그리고 여타의 논자들이 지난 십 년의 프롤레타리아 문학을 두고 애석해했던 점이다. 김남천은 플롯의 방해라는 문제에 대해서는 덜 염려했고, 디테일에 대해서는 그것이 의미를 갖거나 진실을 드러낸다는 긍정적 관점을 더 취하려 했다. 그는 임화를 향해 "사실을 단순한 일편一片의 사실로서 취급하는 데 그친다면 그것은 산 나무가 아니라 죽은 목편木片에 불과하다"[68]고 썼다. 김남천의 관점에서는 "사실 이상"의 것으로 파악된다면 진실된 디테일은 일상으로의 접근을 제공해야 한다. 임화와 달리 김남천은 자신이 풍속이라 명명한 차원의 분석을 통해 "일상생활"의 드러냄에서 사회 비판 가능성을 보았다. 진정한 디테일은 사실이나 현상을 풍속의 차원으로 끌어올리고, "사회 기구의 본질"은 이 "풍속에 이르러서" "단적인 표면현상을 얻"[69]는 것이다. 현상을 현상 이상으로 파악하고 세태를 풍속의 수준으로 높일 때, 풍속은 "문학적 관념"[70]이 된다.

천착의 대상을 옮겨 디테일이 근대 사회의 본질이나 사회적인 것의 분열 방식을 드러낸다고 본 것은 김남천만이 아니었다. 실제로 풍속에 대한 김남천의 이해는 일본의 철학자 도사카 준(1900~1945)과 그가 남긴 일상에 관한 글에 빚지고 있다. 도사카 준에 의하면, 사회적 관습은 궁극적으로 개인들의 살아 있는 삶과의 관계를 통해 결정되고 따라서 "풍속"이라는 범주는 현상을 현상성보다는 사회 생산구조와의 관련 속에서 분석하게 해준다.[71] 이는 식민본국과 식민지 사이의 동시성이라는 또다른 동시성을 보여주는 표지로, 도사카 준의 풍속론은 고현학자 곤 와지로(1888~1973)에 대한 비평으로 작성되었고 다시 곤 와지로는 박태원의 세태소설에 영감을 주었던 것이다. 김남천이 디테일을 풍속의 차원으로 상승시킨 것은 디테일에 사회의 기본 구조를 드러낸다는 진리가치truth-value를 부여하기 위함이었다. 그의 작업은 근대성을 사유한 동시대 세계 각지의 이론가들과 공명하고 있다. 이들은 모두 일상이라는 범주에 시선을 두었고, 일상 경험으로의 접속을 제공하는 여러 실천들의 디테일과 범속하고 피상적이며 사소한 것에 초점을 맞춘 담론을 향해 있었다.[72] 이 사상가들에게 주어진 과제는 자본주의의 위기가 역설적으로 혁명의 상상을 소멸시켜버린 듯한 시기에 어떻게 변화를 모색할 것인가였다.

제국의 시간에서의 일상

일상생활에 대한 임화의 비판은 그가 민족 혁명의 시간에는 어딘가 결부되지 않는다고 여긴 영역을 거론하고 있음을 말해준다.[73] 일상이 관

　　　　　　　　　　　　미래가 사라져갈 때

심의 대상으로 부상한 현상이 대도시의 출현뿐 아니라 특히 조선에서 민족의 소멸이라는 위기와 함께 나타난 것은 우연이 아니다. 식민체제의 황민화 정책은 의복, 가옥, 제례 같은 일상의 측면에 집중하여 이를 제국의 시간에 맞추려 했다. 이 같은 역사적 사실이 알려주는 바는 식민 권력이 일상을 동요의 위협이나 잠재성을 품은 장으로 인식했다는 점이다.

최명익의 작품은 식민 말기 조선에서 일상의 재구성이 혼란스럽고 비균질적인 작업이었음을 드러낸다. 디테일에 집중하면서 그는 빠르게 과거화된 것의 잔여에 남아 있는, 근대화에 대한 저항에 시선을 던졌다. 최명익은 1940년까지 지속적으로 작품을 발표했는데 그 가운데 「비 오는 길」은 총동원으로의 공공연한 이행보다 시간적으로 앞선다. 하지만 이 소설은 소멸에의 관심이 특정한 식민지 동화정책뿐 아니라 환경의 물질적 변화와 상품화의 환영적 연출에 그 뿌리를 두고 있음을 말해준다. 「비 오는 길」에서 상품 논리는 현재의 반복 속에서 특정한 질감의 소멸을 생산한다. 이로써 최명익의 디테일은 민족의 상실에 직면하여 보존이나 복원에 의존할 수 없는 혹은 의존하지 않는 정치적 기획을 구성하는 것이다.

또한 최명익의 작품은 근대화의 역사주의적 서사와 식민적 시선의 정체停滯 모두, 전시 체제로 휩쓸려들어가는 식민지 개발도시에서의 삶 경험을 포착하는 데 실패했음을 말해준다. 패권적인 제국의 시간과 식민적 시선의 옆에서 최명익은 알레고리적인 것, 소음, 과거의 잔여, 몽타주가 제공하는 틈 그 무엇이건 간에 다른 가능성을 열고 있다. 이러한 문학적 요소에 구현되어 있는, 공존하면서 경합하는 시간의식을 하나로 묶는 것은 범속하고 산문적인 일상이라는 인식이다. 이것은 식민지에서 일어나는 특수한 부르주아 소외 경험을 지시하는바, 시공간적으로 '사이'에 위치하고 자신을 식민지 주민과 동일시하지만 정작 이들로부터는 소외되어 있으며, 경제체제에서 이익을 얻지만 그 반복되는 주체화의 무게에 허덕이고, 새로운 것에 익숙하지만 과거와는 아주 멀며, 둘을 융합하지 못한 채로 식민사회의 모순을 특히 첨예하게 겪는 계급에게서 발생하는 것이다. 「비 오는 길」은 일상이 황민화와 함께 전개될 때 이중화된 삶 내부에서 생겨나는 균열 가능성을 언급하고 있다.

최명익의 언어 자체를 균열이라는 하나의 목적을 위해 존재하는 또 다른 소란스러운 디테일이라 생각할 수도 있겠다. 이 무렵 이광수는 문학의 본질에 관한 초기의 선언에서 그랬던 것과는 달리 "평이"한 조선어 생산을 더이상 주창하지 않았고 오히려 제국 주체성의 계발 방법으로 일본어 수용을 주장했다. 사전 편찬이라는 또다른 형식으로 언어의 축적을 맡아왔던 조선어학회 회원들도 투옥되기에 이른다.[74] 최명익의 디테일 생산은 "민족문화"라 불리는 것의 보존을 지향하지 않았으며, 과거보다는 현재에 관심을 기울였다. 그의 작업은 민족주의 서사나 제국의 서사 그 어느 편으로도 동화되기를 거부하는 페티시즘적 글쓰기 기획을 보여준다. 최명익의 언어적 천착은 이 역사들에 균열을 내면서 일상을 자신이 태어난 도시 평양에서 일어난 변화를 기억하는 장으로 의미화한다. 그는 향토색 담론에 휩쓸리지 않고 로컬리티를 그려내려 했다.

최명익의 작품을 읽으면서 우리는 사진 시대의 글쓰기 그리고 황민화 시대의 조선어 글쓰기에 관한 논의를 열 수 있을 것이다. 식민 말기 조선의 비평가들이 문학적 묘사 개념을 민족적·문화적 진보 이념과 연관지은 것, 그리고 이를 저발전 상태나 완벽하다고 가정된 수준에 미치지 못하는 상태로 파악한 것은 그리 드문 일이 아니었다. 이들이 상정한 완벽한 상태는 언제나 다른 곳에 존재했고 그것은 종종 유럽이나 일본이었다.[75] 최명익을 비롯한 작가들은 묘사를 필연적인 문화적 결여로 기록하지 않았으며 그것이 훨씬 역동적이고 모순적인 어떤 것임을 보여주었다. 묘사는 일상에서 정보가 조직되는 방식을 성찰하는 행위로, 일상이 크고 작은 역사적 힘과 경합하면서 변화되는 방식을 드러낸다. 묘사적 실천의 다시 읽기를 통해 우리는 그 한계들을 온전히 평가할 수 있을 뿐 아니라 식민 말기의 조선 문학과 역사 자체를 역사주의적 노선 바깥에서 읽어낼 길을 찾을 수 있다. 역사주의적 노선에서라면 역사는 오직 실패와 결여를 증거할 뿐이고 완전한 묘사는 다른 어딘가에서만 발견될 뿐이다. 그러나 조선어의 묘사적 힘을 의심했던 논자들과는 달리 묘사는 거의 문제가 아닌 듯하다. 오히려 묘사는 민족적 위기의 시간에 서사의 문제에 정면으로 맞선 역동적인 경합의 장이었다. 미래가 사라졌다면, 여기서 그것을 대체하는 것은 일상이라 불리는 일종의 역동적인 불화다. 이후의 장에서는 후기 식민주의의 내부로부터 벼려진 가능성들을 탐색하면서 이 불화의 의미를 좇을 것이다.

2장

식민지 노스탤지어의 사회학

끝으로 사과할 것은 이곳에서 풍부한 역사 사상歷史事象을 건조한 지
성의 논리적 구조에 결박하여 해석한 것이다. 사상事象의 이러한 논리
화는 물론 관념론적이다. 그러나 그것은 나에게는 필요한 의상衣裳이
며 또는 고의로 선택한 의상이라 하는 것을 양해하여주기 바란다.

— 서인식, 「지성의 시대적 성격」

공산주의 혁명가에서 역사철학자로 변신한 서인식(1906~?)은
1940년 11월에 발표된 그의 최후 글에서, 자신이 살고 있는 현시대의
세계가 노스탤지어의 물결에 휩쓸리고 있다는 점에 주목한다. "아시
아의 신질서"를 가져올 중일전쟁 전선으로 떠나며 플랫폼에서 열렬한
배웅을 받고 있는 지원병들, 북적대는 거리와 최신 패션을 전시해놓은
쇼윈도로 가득찬 성장하는 도시들, 새로 개발된 공단과 증가하는 노동
자들, 박람회 개최 준비로 개발중인 경성 교외 등을 배경으로 하여, 그

러한 거대 기획들 옆에는 그것이 지향하는 미래와는 정반대 방향을 가리키는 경향이 나타났던 것이다. 1930년대 중반 이래 학계와 문단에는 「고완품과 생활」 「회고지념懷古之念」 「고전과 같이」 「역사의 매력」과 같은 제목의 글들이 발표되었다. 조선에 설립되기 시작한 박물관들은 역사적 가치가 높은 공예품들의 소장 목록을 점점 늘려갔고, 그런 공예품들은 국제 골동품 시장을 거쳐 세계 각지의 수집가들에게 팔려갔으며, 경주 외곽에 위치한 이름 높은 석굴암 같은 새로 발견된 유적지에는 관광객들이 모여들었고, 이 시대의 작가 이태준이 묘사하듯, 이전까지 음지에 묻혀 있던 "골동骨董"이 고완점 상가를 채우자 그것에 흥미를 느낀 젊은 신사들이 모여들기 시작했다.[1] 이처럼 지난 시간을 돌아보고자 하는 욕망은 다면적이고 또 널리 공유되고 있었는데, 여기에는 어떤 의미가 있는가? 그리고 혁명가였던 자들은 왜 거기에 관심을 갖게 된 것인가?

서인식은 자기가 서 있는 역사적 순간이 어떤 시간적 좌표에 위치하는지를 규정하려는 목적하에 노스탤지어에 대한 논의를 전개했는데, 이는 시간의 본질에 대한 철학적 성찰의 결과물이다. 오 년 형기를 마치고 출소하던 1936년에 서인식은, 과거 시간 속에 조선을 서술해 넣으려는 경향이 초래할 파장에 주의를 기울이게 되었다. 혹자는 이를 위대한 과거의 회복으로 생각했지만, 서인식이 보기에 그것은 미래에 대한 책임을 적당히 방기해버리는 태도였다. 미래를 회복하기 위하여 그는, 와세다대학 철학과라는 제국의 엘리트 교육기관에서 배운 언어에 눈을 돌렸고, 1939년에 출간된 『역사와 문화』라는 저서의 근간을 이룰 여러 편의 글을 발표했다. 사 년 동안 서인식은 과거에 대한 탐구의 기획을 다양한 방식으로 전개했는데, 이때 과거는 노스탤지어이기도 했고 고전적 전통의 건설이기도 했다. 그는 전통에 어떤 지정학적 의미가 들어 있는지, 전통이 세계 이해를 공간적으로 구획하는 특정 방식을 어떻게 수립하는지에 주의를 기울였다. 또한 그는 제국주의로부터 노스탤지어를 재전유하고자 시도했는데, 이는 노스탤지어를 차이 짓기의 정치학이라는 역동적이면서도 비균질적인 영역으로 열어놓음으로써 가능했다. 이러한 탐구는 최명익 초기 소설에 나타난 일상 개념과 유사한 시간 이론을 낳았다. 서인식은 일상의 비균질성으로부터 과거의 재배치가 거부되고 다른 미래가 상상될 가능성을 보았던 것이다.

이 장에서는 서인식의 유토피아적 비전을 재포착하고자 한다. 서인식은 다른 방식의 시간적 실천으로서 노스탤지어를 구제하고자 했으며, 전 지구적으로 평등이 성취된 미래 속에 탈식민화된 조선을 상상하는 데까지 그의 비전을 확장시킨다. 그러나 조선어 독자들에게 그의 연구가 교토제국대학의 저명한 철학자들의 작업을 소개하는 역할을 했다는 점에서 이 유토피아적 비전은 복잡한 맥락에 놓이게 된다. 주지하다시피 교토학파의 작업 중 다수는 일본 제국주의의 이데올로기적 버팀목 역할을 해왔던 것이다. 따라서 서인식의 작업에 대한 검토는, 그가 이 일본 학자들이 구사한 제국의 수사를 다만 반복하는 데서 그칠 운명이었던가, 아니면 그들의 언어 안에 머물면서도 자기만의 지적 기획을 수립하고 나아가서는 교토학파의 논리와 대결까지 할 수 있

미래가 사라져갈 때

었던 것인가 하는 물음에서 출발해야 한다. 이는 넓혀 말하면, 식민지 시대에 쓰인 텍스트들을 어떻게 읽을 것인가, 혁명가로 활동한 바 있던 저자들의 글을 어떻게 읽을 것인가 하는 물음이기도 하다. 서인식은 반복적으로 등장하는 전향자轉向者라는 인물형과 연관된다. 전향자란 말 그대로 해석하면 방향을 전환한 자, 혹은 회심한 자를 의미한다. 전향이라는 용어는 1930년대 중반의 가혹한 탄압에 굴복하고 만 좌파와 민족주의자들에게 사용된다. 이 용어는 공산주의와 정치적으로 자족적인 하나의 단위로서의 조선이라는 관념을 과거의 시간 속에 엮어넣는다. 과거에 대한 서인식의 탐구는 공산주의와 조선이라는 관념 둘 모두와 전선을 형성한다. 그러나 그는 전시戰時 체제가 자기 내부에 교란을 초래할 모든 표현들을 압살해버렸다는 관념에 의문을 제기한다. 노스탤지어에 대한 질문 속에서 서인식은, 정치적 비판을 지속적으로 행할 수 있는 우회적이고도 전략적인 방법(그 자신의 표현을 빌리자면 의상衣裳)을 드러내 보인다. 또한 그는 비판이란 어떤 상상된 외부로부터가 아니라, 식민 담론이라 불리는 사상과 표상의 영역 내부에서 솟아나야 하는 것임을 암시하고 있다.

노스탤지어에서 데카당스로

발터 벤야민의 인상적인 정의에 따라, 노스탤지어를 "마지막에 이르러서 사랑에 빠짐"이라 한다면, 서인식이 최후로 발표한 글의 주제가 노스탤지어라는 점은 매우 시사적이다.[2] 이 글을 쓴 후 서인식은 절필하

고 조선 남부 목포 인근 지방으로 내려갔음이 분명해 보인다. 이후 그
의 삶에 관해 확인되는 바는 조선문화건설중앙협의회의 평론 부문의
위원으로 1945년 8월에 이름을 올린 것과 동년 12월에 다시 조선문학
동맹에 이름을 올린 것밖에는 없다. 두 단체 중 후자는 이데올로기적
으로 급속히 양극화되어가던 해방 직후 정국에서 좌익 사상가들을 대
변하는 단체였다.[3] 서인식의 침묵은 노스탤지어를 논한 저 글을 일종
의 최종 증언으로 재구성한다. 바로 이러한 종결의 감각으로부터 논의
는 시작된다.

　이제는 상실되어버린 무언가로 귀환하려는 욕망으로서의 노스탤
지어가 빚어내는 이 종결이란 기만적이다. 하나의 시간적 실천으로
서 노스탤지어란, 미래를 사유하고 따라서 유토피아적 차원을 포함하
기 위해서, 어떤 상실 혹은 선행하는 무언가를 상정한다. 이때 유토피
아적 차원은 수전 스튜어트에 따르면, "미래-과거를 향하고 있는 하나
의 얼굴, 오직 이데올로기적 현실만을 갖는 과거"를 가리킨다.[4] 노스탤
지어가 상정하는 그 상실 때문에 현재에 대한 판단과 미래를 지향하는
서사가 가능해지며, 그에 따라 결국 새로운 시작을 지향하는 어떤 종
결이 상정된다. 따라서 광범하게 퍼져 있는 노스탤지어라는 현상에 대
한 서인식의 글쓰기를 읽다보면 식민지 말기의 지식인이 시간의 분할
과 역사에 대한 사유를 밀고 나아간 방식을 더듬어볼 수 있는 통로를
찾을 수 있게 된다. 또한 이는 어떻게 미래가 상상될 수 있었는지를,
즉 탈식민적 미래, 반反식민적 미래, 혹은 더욱 철저하게 식민적인 미
래 중 어떤 미래가 상상될 수 있었는지를 이해하는 방법을 제공한다.

노스탤지어란 역사적 개념이며, 서인식은 노스탤지어의 독일어 nostalgie라는 용어를 통하여 그 역사를 상기시킨다. 그리스어 노스토스nostos(귀가歸家)와 알지아algia(간구懇求)를 합쳐서 노스탤지어라는 용어를 고안한 것은 17세기의 스위스 의사 요하네스 호퍼였으며, 그는 이 신조어를 가지고 새로운 곳에 정착한 중부 유럽 사람들(학생, 군인, 하인)이 느끼는 불편함dis-ease을 진단했다. 이에 제안된 처방은 대개 그토록 그리워하는 고향으로 돌아가는 것, 그리하여 간절한 그리움을 일으킨 원인이었던 과거와 현재 사이의 거리를 없애는 것이었다. 노스탤지어란 "신체가 제대로 작동하지 못하도록 만드는 고통스러운 상상력의 질병"으로 생각되었던 것이며, 그에 대한 치료법으로는 귀향과 더불어 거머리 붙이기와 위세척이 권고되기도 했다.[5]

20세기에 이르면 노스탤지어는 더이상 의학적 치료의 대상으로 생각되지 않지만, 대신 보편적 현상으로 자리잡게 된다. 스베틀라나 보임의 연구에 따르면 노스탤지어는 한때 "지역적으로 나타나는 가벼운 증상, 향수병maladie du pays이었다가 근대의 질병, 세기의 질병mal du siècle이 되었다."[6] 보임은 산업사회가 되면 진보라는 세속적 관념이 전대前代의 종말론적 시간 이해를 대체하기 시작하고, 그에 따라 시간 개념이 변화하면서 그러한 변동이 나타난다고 설명한다. 라인하르트 코젤렉의 '경험공간'과 '기대지평' 범주를 차용하면서 보임은, 경험공간에서 과거는 현재에 섞여들어가고 기억되는 한편, 기대지평에 의해 미래를 현재 속에서 사유할 수 있게 된다고 설명한다. 코젤렉에 따르면 산업 자본주의의 이데올로기로서 진보의 이념이 등장하는 것은 매우 중요하다. 이 이념은 "경험과 기대 사이의 시간적 차이를 단일 개념에 환원시킨, 최초로 나타난 진정한 역사적 개념"이기 때문이다.[7] 진보의 시간 속에서 과거는 극복될 시간으로서만 의미가 있다. 따라서 보임은 "역사적 감정의 하나로서 노스탤지어는, 새로운 기대지평에 더이상 부합하지 않는 경험공간의 위축을 간구하는 것이다. 노스탤지어적 현상의 출현은 진보라는 목적론적 사유의 부수적 효과"라고 서술한다.[8]

서인식 역시 이러한 진단을 거부하지는 않을 것이다. 한국사 서술에서 흔히 "개화"라 불리는 시대인 1906년에 출생한 서인식은 진보이념이 초기 민족주의 운동과 반식민 운동을 추동하는 동력인 동시에 일제에 의한 식민화를 정당화하는 동력이기도 했던 시대를 살아왔다. 경성사립중앙고보를 1924년에 졸업한 그는, 일본으로 건너가 엘리트 교육기관인 와세다대학에서 철학을 공부했다.[9] 1928년 8월 29일(이날은 한일합병조약이 공포된 날이다) 도쿄 무사시야 상점 앞에서 벌어진 시위와 이어 발생한 시가전에 대한 경찰 조사 기록을 보면 서인식은 조선공산당 조직의 구성원으로 올라 있는데, 이 사건 직후 그는 와세다대학을 중퇴한다.[10] 서인식은 도피생활을 하다가 1931년 말에 체포되어 오 년 형을 선고받는다.(카프 지도자 김팔봉은 1931년 서인식을 자기 집에 숨겨준 일을 회고한 바 있는데, 1931년은 만주사변 발발과 함께 조선의 공산주의 활동가들에 대한 1차 검거 선풍이 일어난 해이기도 하다.)[11] 서인식에게 경험공간의 위축은, 기대지평을 말했던 갈라진 혀가 그러했듯 목을 죄어오는 듯한 느낌을 주었을 것이다. 그러나 그의 노스탤지어에 대한 관심은 본질상 시간적 실천으로서 자리잡왔다. 이 지점에서 그는 노스탤지어란 무엇보다도 역사적 감정이라는 보임의 의견에 동의할 것이다.

서인식에게 식민지 말기의 노스탤지어는 하나의 좌표를 형성했다. 그것은 그 원인, 효과, 지향점 어느 면에서 보더라도 단선적이거나 단일한 것일 수 없었다. 노스탤지어가 형성한 좌표 속에서 서인식은 과거, 현재, 미래가 상상되고 부정되고 꿈꾸어지고 간구되는 여러 방법들로 이어지는 실마리를 발견했다. 「'향수'의 사회학」이라는 제목이 붙은 그의 최후의 글에서 서인식은 한자어 '향수鄕愁'와 독일어 단어 nostalgie에 기초하여 그 감정의 세 층위를 구분한다. 향수란 '애수' 혹은 간구의 한 형식이지만, 그 "페이소스"의 대상을 '고향'으로 하는 감정이다. 서인식이 구분하는 세 층위의 '향수' 중 첫째는 물리적 대상 혹은 "육체"로서의 고향에 대한 간절한 그리움이다. 이는 고향의 "자연적 풍토"에 대한 노스탤지어에 빠진 사람의 정신에 나타나는, 우리의 물리적 신체의 "요람"에 대한 간절한 그리움이다.[12] 근대가 되면서 나타난 거대한 전환기 동안 농촌에서 도시로 이주한 첫 세대에 서인식이 속한다는 점을 고려해보면, 그 그리움의 대상이란 이주민들이 성장했던 마을, 놀던 시냇가, 어린 시절 들짐승을 잡던 숲을 의미할 것이다. 이 물리적 고향은 한 개인에게만 속하지 않고 다수 사람들에게 동등하게 귀속된다. 고향으로부터 지리적으로 떠난 자의 예로 유대인이 제시되고 그들에게 팔레스타인의 "수척한" 자연 풍경이 지니는 중요성이 서술되는데, 이는 시사하는 바가 큰 암시적 예시라 할 만하다.[13]

향수의 둘째와 셋째 유형은 상징적이며 보편적이다. 우리의 몸은 여전히 고향에 있다 하더라도 정신은 과거의 어느 시대 혹은 나라(국토)를 상징적 차원에서 그리워할 수도 있다.[14] 서인식은 다시금 휠덜린의 그리스와 괴테의 이탈리아라는 먼 곳으로부터 예를 끌어온다. 고향 풍경이 신체에 요람이 되어주었다면, 저 그리스와 이탈리아는 정신을 함양시키는 정신적 혹은 지적 풍경이 된다고 할 수 있다. 이 지점에서 서인식은 조선 지식인들이 겪어온 정신적 역사를 상기시키는데, "우리의 생활 실감"에서 보면 조선인들은 물질적 고향과 정신적 고향이 분열되어 있다는 것이다. 즉 그들은 근대 초창기에 도입된 유럽식 사상과 교육제도하에서 저 먼 곳에서 기원한 전통에 침윤된 채 지적 훈련을 받았던 것이다. 서인식이 보기에, 이러한 이원적 혹은 이중적 고향이라는 상황은 부조화를 초래하며, 환경에 따라서는 더이상 지탱될 수 없는 상황이 되기도 한다.[15] 그러나 서인식은 노스탤지어를 진정 형이상학적으로 이해하기 위해서는 보편적 방법론이 필수적이라고 본다. 이때 고향은 인류의 자기초월 과정에서 산출되는 원초적 고향 감각에 해당한다.[16] 인간은 그 환경에 내속되지 않기 때문에, 여기가 아닌 다른 어딘가에서 나와서 또다른 어딘가로 돌아가는 여정으로 자기의 삶을 감각하는데, 이는 다른 고향의 존재가 전제되어야만 산출되는 감각인 것이다. 이러한 자기인식은 불교와 기독교 같은 종교에서 발견되는 것이지만, 시와 노래에서 발견되는, 종교를 초월한 간절한 그리움을 산출하기도 한다.

서인식은 노스탤지어에 관한 궁극적인 발언을 다 해버린 것처럼 보이지만, 여기서 갑자기 방향을 틀어, 역사적 감정으로서의 노스탤지어를 "사회역사적"으로 분석할 필요성을 제기한다. 노스탤지어의 형식들이 특정 사회의 지배적 감정을 구성하는 듯할 때, 그것은 "그 시대 그 사회의 객관적 역사적인 제조건 제정세의 분석과 해명을 통하여서만 이해할 수 있는 것"이다.[17] 이는 그가 앞서 원초적 고향을 묘사한 것만큼이나 추상적으로 들리지만, 이 발언은 지원병 제도가 도입된 지 이년이 경과하여 교육체제가 완전히 일본화되고 일본식 이름 사용과 신사참배가 강제되고 있던 1940년 11월의 시점에 나온 것이었음을 고려해야 한다. 아마도 서인식은 추가 설명을 붙이지도 않은 상태로, 독자들에게 사유의 공간을 열어주고 있었던 것이다.

또다른 사유의 공간은 서인식이 유럽 문학과 "이 땅 문학"을 비교할 때에 열린다. 여기서 서인식은 유럽과 조선 문학에서 소위 니힐리즘이 누리는 인기를 면밀하게 고찰하는데, 이 부분에서 보편성을 사유하고자 하는 그의 철저한 노력(이는 서인식 사상의 근본 방법론에 해당한다)이 자명하게 드러나고 있다. "현대 인간의 심리적 공동空洞을 메우는 운무雲霧는 각양각태의 향수"라고 그는 서술한다. 이 점을 증명하기 위해 그는 현대 유럽 문학의 전개에 주목하는데, "소위 '여행자의 문학' '도망 문학'이라는 것도 고향을 상실한 사람들의 향수를 그 근저에 지니고 있는 것"이라고 지적한다.[18] "아프리카의 사막"과 "동양의 삼림"을 찾아 헤매는 사람들의 욕망이란 단순한 허무주의에 불과하다고 비판하는 것은 인간 심리의 모순적 본질을 잘못 이해한 결과라고 그는 주장한다. 그러한 니힐리즘의 근본은 "현재의 자기들의 장소-구라파의 환경에 안주할 수 없는 데"서, 따라서 "안주할 향토를 상실한

데서 생기는 심리의 공동"에서 찾아져야 함을 주장한다. "그들의 일상적 삶"을 움직여가는 충동은, 정신적 안정감을 찾아가는 운동으로 그들을 밀어넣은 노스탤지어로부터 나온 것이다. 결국 서인식은 끊임없이 오래된 것을 간구하고 또 새로운 것을 탐색한다는 점에서 "이곳에 있어서도 다를 것이 없다"고 본다. 그러한 현상은 역사적인 것의 증상이지만 또한 근대의 보편적 상태이기도 한 것이다. 서인식은 자연스럽게 유럽 제국주의에 내재한 불편함과 근대 조선의 허무주의를 연관짓고 있는 것이다.

서인식은 한 보편적 "현대인"으로부터 "이 땅"으로 시선을 이동시키면서 논제를 일반화하고 있으며, 이를 통해 아직 발화되지 않은 그 대답에 의해 현체제를 의문에 부치는 하나의 질문을 던질 수 있게 된다. 그의 글쓰기는 추상적이지만 암시적인데, 이는 철학이라는 장르로 글을 쓰기 위한 전략이자 선택으로 이해되어야 한다. 철학에서 추상화는 혹독한 감시와 검열이 이뤄지는 체제에서는 성취하기 어려운 과제, 역사적·정치적 맥락을 다 제시하지 않고 암시만으로도 하나의 주장을 전달할 수 있는 전략인 것이다.[19] 서인식이 "현대 향수의 이러한 사회적 근거를 논하는 것이 목적이 아니"라고 하면서 결론을 제시할 때, 그는 이미 그런 방향으로 논의가 전개될 때 어떤 과정을 거칠지를 가리키고 있는 셈이다.

「'향수'의 사회학」에서 수립된 세 유형의 노스탤지어는, 서인식이 이전에 작성한 글에서 좀더 세부적으로 설명한 바 있는 노스탤지어의 좌표에 기반을 제공한다. 「애수와 퇴폐의 미」에는 식민 말기 조선에서 발견되는 다양한 노스탤지어에 내재한 정치성과 그에 대한 서인식 특유의 인식이 훨씬 상세하게 기술되어 있다. "애수와 퇴폐의 미를 말하고 지내기에는 우리의 앞에 놓여 있는 현실의 가지가지의 사실이 너무나 엄숙하"다는 말로 글을 시작하는 서인식은, 이어 간절한 그리움과 데카당스라는 두 현상을 정의하는 데로 나아간다. 이러한 전개 방식은 그 두 현상이 궁극적으로는 식민지 상황에서 심대한 의미를 지니는 상실과 소유라는 개념과 근본적으로 연관된 것이라는 점에서 간과하기 어려운 중요성을 지닌다.[20]

노스탤지어적 그리움에 대한 서인식의 정의는 연속하여 진보하는 직선적 시간에 대한 믿음을 부정하는, 과거와 현재의 관계를 구성한다. 그는 간절한 그리움에 의해 지나가버린 혹은 상실해버린 무언가가 상기된다고 본다. 즉 시간이 흘러가면서, "지난날에 갖고 있다가 잃어버린 것에 대한 마음의 상흔이란 밤송이같이 시일이 경과하면 차츰 우리의 영혼을 날카롭게 찌르던 예리한 극피棘皮를 벗게 된다."[21] 노스탤지어의 감정은 따라서 달콤한 것으로 변모하고 "자기에게도 한번은" "있었던" "그러한 시절"과 "자기도 한번은" "차지한 일이 있었"던 "그러한 것"에 초점을 맞추는 경향을 갖지만, 새로운 종류의 소유를 가능하게 한다. 다음 문장에서 간절한 그리움이 갖는 가능성의 정체를 확인할 수 있다.

상실한 옛것에의 추억에 잠길 때에 과거는 환영과 같이 또다시 현재로 돌아온다. 추억만은 영원히 나의 것이다. 지상의 그 어떠한 권력이라도 우리의 정의情意의 세계에 떠오르는 옛것에의 추억만은 빼앗을 수 없다. 그러나 환영은 끝끝내 환영에 지나지 않는다. 과거는 충전充全한 의미에 있어서 현재가 아니다. 그러므로 애수의 감정에는 환희와 비애가 특이한 형식으로 혼합되는 법이다. 자기만이 가질 수 있는 추억에 대한 환희와 그 추억이 결국 하나의 환영에 불과한 데서 우러나는 비애—이 두 낱의 모순되는 감정이 특이하게 결합한 것이 애수의 정이다.[22]

여기서 서인식의 독자들은, "지상의 그 어떠한 권력도" 앗아갈 수 없는 기억의 폭발적 잠재력 혹은 강제 점령하에서 상실되어버린 소유물들이 갖는 반향을 간취하지 않을 수 없을 것이다. 과거가 갖는 환영적phantasmic 본질을 집요하게 추구하는 서인식의 태도는, 안정성과 전통이라는 분명한 현실성을 추구하는 자들에게는 그다지 호응을 얻지 못할 것이다. 그러나 이 환영幻影은 연속성으로서의 시간이라는 관념을 혼란시키며, 식민 당국의 검열관에게는 불온한 것으로 보일 만한 그 어떤 직접적 규탄도 하지 않으면서도 동화주의 정책이 불러일으키는 환영들을 암시할 수 있도록 해준다. 도래할 이 환영들의 정체는 무엇일 것인가? 삶의 "오래된" 방식인가, 공산당의 구성 원리인가, 평등에의 꿈인가, 조선어인가?

서인식은 현재의 모순성에 대한 이해를 바탕으로 간절한 그리움을 데카당스와 연결시킨다. 쇠락과 부패의 미학으로서의 데카당스란 현대의 경험을 이해하고 그 의미를 음미함에 있어 아이러니와 모순을 유일한 방법으로 제시한다. 서인식은 세계, 구체적으로 조선은 데카당스

미래가 사라져갈 때

로 가득차 있다고 서술한다. 사실 데카당스는 근대 미의 보편 형식일 것이다. 이는 누구라도 해질녘 거리로 나가 "한 종일 집무執務에 부대끼다가 집으로 돌아가는 샐러리맨의 피로한 안색에서도 잃어버린 그 무엇에 대한 비애"를 발견하거나 밤중의 거리 주점에서 "낮빛이 창연愴然한 청년의 술잔을 잡을 때에 짓는 기괴한 표정"을 발견할 때 생생히 목격되는 것이다.[23] 데카당스의 예로서 서인식은 당시 인기를 끌던 유명한 유럽 영화들, 예컨대 요제프 폰 스턴버그의 〈모로코〉나 쥘리앵 뒤비비에의 작품을 들지만, 이는 밤중에 서울 거리를 헤매는 부적응자를 그린 이상李箱의 작품(「날개」(1936)), 혁명가였지만 하얼빈의 어느 방에서 헤로인 중독으로 죽어가는 인물을 다룬 최명익의 그로테스크한 이야기(「심문心紋」(1939)) 등 조선 작가의 작품에서도 동일하게 나타난다.[24] 이러한 데카당스의 보편성은 20세기 초엽 성장해나간 도시와 그에 동반되었던 사회생활의 변동에 대응해서 생겨난 것으로 보인다. 데카당스 미학을 통해 식민지에서의 일상생활과 조선의 도시 생활이 유럽이나 식민본국의 그것과 갖는 어떤 동시성이 형상화될 수 있었던 것이다.

노스탤지어가 인간에게 부정적인 그 모든 것을 긍정하려 할 때 나오는 감정인 것과 마찬가지로, 데카당스 역시 모순적 미학이다. 이를 극단까지 밀어붙인 서인식은 데카당스가 "긍정적인 가치에 대한 추구와 갈망"이라는 점에서 역설적 긍정에 해당한다고 본다. 현대사회에서 긍정성이 찾아질 수 있는 유일한 길은 아이러니밖에 없다는 점이 여기에 암시되어 있는 것이다.[25] 애정과 반항, 쾌락과 불쾌가 데카당스의 미학적 영역에서는 결합되어 있다. 따라서 아이러니와 모순은 현대사회를 재현하고 이해하는 전략이 되는 것이다. 서인식에게 데카당스한 노스탤지어란, 그 안에 과거라는 강렬한 환영을 포지하고 있다는 점에서, 근대의 아이러니와 모순을 포용하고 현재를 긍정할 터였다. 그의 철학은 본질적으로 자기의 현재와 대결하고자 하는 모더니즘 철학이며, 식민지 시대 이전의 전근대적 과거로 귀환하고자 하는 달콤한 노스탤지어가 아니다. 그는 그러한 과거란 환영에 지나지 않는다고 인정하는 것이다.

노스탤지어의 좌표들

앞에서 제시한 노스탤지어의 삼분법에 따라, 서인식은 식민 말기 조선에서 광범하게 관찰되는 다양한 역사적 노스탤지어를 세 가지로 분류한다. 봉건적, 현대적, 데카당스적 노스탤지어가 그것이다. 각 노스탤지어 유형별 대표 작가의 작품에는 식민지적 시간의 복잡한 층위가 드러나 있다. 이 층위들 가운데서 서인식은 미래적 과거에 이르는 길을 탐색하는데, 이때 미래적 과거는 현재를 오래된 것으로 만들고 또 말기에 이른 식민주의를 시대에 뒤처진 것으로 만든다. 독일 낭만주의에서 노스탤지어란 상실한 고향이라는 중세적 시간에 대한 간절한 그리움의 증상이라면, 또 프랑스 데카당스란 자기상실의 표현이라면, "이 땅"에 대한 간절한 그리움은 어떻게 설명할 수 있을 것인가, 하고 서인식은 묻고 있다. 조선을 지시하는 "이 땅"의 반복은 정치적, 영토적, 심지어는 문화적 전체성의 상실을 표시한다. 노스탤지어는 이러한 상실로서의 탈영토화 경험을 추적하는 한 방법이다. 그러나 서인식이 선택한 서사는 민족적 자주성의 전적인 상실에 관한 것이 아니며 근대의 불평등이라는 보다 광범위한 감각에 관한 것이다.

봉건적 노스탤지어는 이미 사라져버렸거나 소멸이 임박한 듯 보이는 토착적 전통에 대한 그리움을 의미한다. 다수 민족의 역사에서 봉건적 노스탤지어가 공통적으로 발견되지만, 서인식은 조선의 경우 그 특유의 정치적 역사 때문에 "이 땅"의 과거에 대한 애도가 매우 특별한 양상을 띤다고 본다. 경성 도심의 동네를 배경으로 한 박태원의 단편소설과 이태준의 일화적 수필은 봉건적 노스탤지어를 대표한다. 오늘날의 시각에서 볼 때 1930년대에 박태원이 발표한 다수의 단편소설은, 경성 도심의 핵심부인 청계천 주변 동네 인물들의 생활을 사라져가는 삶의 방식으로 형상화했다는 점에서 놀라움을 안겨준다.[26] 예의 차리지 않는 말다툼, 가십, 치정 관계, 노동계급과 소시민들이 사는 동네에서 펼쳐지는 가슴 저린 불운의 이야기들과 신분 상승의 열망이 드러나는 이야기들로부터 우리는 한편으로 연민을 느끼면서도 따뜻함과 애정을 느끼게 된다. 저 인물들과 다른 배경을 가진 독자라도 친근감에 기반을 둔 따뜻함을 느끼며, 확장되어가는 수도 경성의 사회조직으로부터 상실되어버린 깃으로 보이는 친밀한 공동체를 애도하게 되는 것이다. 반면 이태준은 1930년대 후반 일화적 수필이라는 유사 고전적 스타일의 글쓰기를 했는데, 이 형식은 선비의 자기수양이라는 과거의 전통을 상기시키지만 이태준에게 있어서는 부상하는 부르주아계급이 애도하는 심정으로 가졌던 간절한 그리움을 기념하는 양식이었다.[27] (하나는 과거 유교적 전통에서의 선비 생활이고 다른 하나는 도시 하층계급의 연대의식이라는 점에서 그렇다.) 두 작가가 그리움의 대상으로 삼은 것은 달랐지만, 그들은 모두 근대적 현재에 대한 관점과 근대화 때문에 나타난 상실에 대한 예민한 감각을 공유하고 있었다.

서인식은 이태준과 박태원의 그리움을 봉건적인 것으로 규정하면서 그들 작품에는 근대적 미학의 자질이 없다고 본다. 이어지는 3장의 논의에서 이태준 작품에 대한 정독을 통해 이러한 입장의 복잡성이 드러나겠지만, 서인식은 두 작가의 재현 방식보다는 재현 대상에 집중했기 때문에 위와 같은 진단에 도달한 것으로 보인다. 서인식이 보기에, 이태준과 박태원은 근대적 현재보다는 "옛것"을 선호하는 태도라서 봉건적이라는 것이다. 이렇게 함으로써 서인식은 미래를 단선적으로 바라보는 자기 나름의 시각을 드러내고 있다. 이는 일본 철학자들보다는 역사 단계에 대한 마르크스주의적 비전을 지닌 혁명가들에 근접한 관점인데, 일본 철학자들은 단수의 근대에 이르는 단선적 경로라는 관념으로부터 이탈하고자 노력하고 있었던 것이다. 서인식은 이태준과 박태원으로부터 현재 안에서 과거에 머물고자 하는 태도를 읽어내며, 그런 의미에서 이는 극복될 필요가 있는 것이었다.

하지만 서인식이 그들의 노스탤지어를 봉건적이라고 규정한 것은, 확실하게 모더니즘 이념에 뿌리를 두고 있는 다른 형태의 노스탤지어적 자세와 봉건적 노스탤지어를 구분하기 위해서였다. 그것은 근대적 혹은 모더니즘적 노스탤지어인데, 이는 여러 면에서 서인식 자신의 지식인으로서의 삶의 경험을 포착하여 드러내고 있다. 식민 지배 초기, 식민본국인 일본으로 유학한 후 미디어, 학교, 문학, 시 등의 여러 분야에서 근대적 제도를 수립하고자 귀국한 지식인들이라면 모두 이 근대적 노스탤지어를 품고 있었다. 근대 초기의 여러 문학·문화 잡지들 중 하나였던 『소년』의 제목이 암시하듯, 이 유학생들의 젊음은 곧 새로 등장하는 근대사회의 육화로 표상되었으며, 이는 그들 스스로도 받아들이고 있던 바이기도 했다.[28] 새로운 "지적 풍토"가 도래할 때 태어난 이 유학생들은 일본 학교와 대학에서 받은 교육 덕분에 새로운 법칙들을 이해하는 데 그들의 부모 세대보다 유리했다. 그들은 지도자로서 자기를 갈고닦았고 새로운 사회의 건설을 바랐다. 따라서 젊음은 곧 야망, 에너지, 미래의 희망을 의미했으며 민족을 계몽함으로써 그 사유와 존재의 빛을 얻는 개인들을 민족 공동체에 연결시켰다. 더군다나 새 세기의 처음 십 년 동안 태어난 청년들(이 책에서 지속적으로 등장하는 인물들이 속한 세대)은 한일합방의 기억이 없었다. 이어 그들은 1920년대 일본에서 극단적인 교육을 받았으며, 이 시기에 사회주의 사상은 소탕되고 한일 지식인들 사이에는 유대가 형성되면서, 합방이라는 상황은 더이상 대안을 상상할 수 없는 기정사실이 되어갔다. 이 세대의 사람들은 한반도로 귀향하여 가두시위를 조직하며 엄혹한 감시와 억압에 종속되어갈 때조차 이미 법학, 철학, 과학, 문학 교육을 받은 상태였다. 그들은 "새 시대의 이상과 정열에" "그들의 청춘의 첫날을" "바치던 사람들"로, 모더니즘 이데올로기에 전심을 쏟았으며 그 목표를 심화시키고자 했으나, 서인식이 지적하듯 이제 그들은 더이상 청춘이 아니라, 도시의 일상에 지치고 "고매(?)한 정신이 물러가고 비만肥滿한 육체만이 날뛰는" 상태로, 자기의 고국에서마저 이방인이 된 느낌을 가진 채로 삼십대에 접어들어버렸다.[29]

서인식의 이 수수께끼 같은 진술은 무엇을 의미하는가? 그가 예로 든 임화의 근작 시를 검토하면 육체와 거리에서의 삶이라는 문제와 관련한 시사점을 얻을 수 있다. 임화는 서인식과 더불어 공산당 활동을 했으며 혁명 시인이자 카프의 지도적 멤버로 자기를 정립했다. 1935년 김남천, 김기진과 함께 동대문경찰서에 걸어들어가 카프 해산계를 제출한 이가 바로 임화였다. 이는 두 차례의 검거 선풍에 따른 결과로, 첫번째 탄압 때 임화는 삼 개월 형을 살았으며 두번째 탄압 때에는 지병인 결핵 때문에 간신히 검거를 면할 수 있었다. 이후 1940년까지 임화는 고려영화사에서 일하면서 '신문학사' 연재를 지속했다.[30] 임화가 지니고 있던 근대적 노스탤지어의 감각을 이해하려면 그의 시편들 중 가장 유명한 두 편을 읽는 것이 최선일 것이다. 이 두 작품은 도심지에 거주하는 식민지 조선인들에게는 전형적인 가족 로망스를 설정하고 있다.

임화의 1929년 시 「네거리의 순이」는 고아 순이, 그녀의 남동생, 순이의 애인, 이 셋의 이야기를 남동생의 시점에서 서술한다. (식민지 시대 문학과 영화에서는 너무나 흔하게 발견되는) 현실상의, 혹은 문학적으로 설정된 부모 세대의 부재는, 기존의 관습적 세계의 붕괴에 상응하며, 여기서 임화는 구세계에 대한 저항의 몸짓을 보이는 청춘의 정열을 어머니로 형상화한다.

어머니가 되어 우리를 따듯한 품속에 안아주던 것은

오직 하나 거리에서 만나 거리에서 헤어지며,

골목 뒤에서 중얼대고 일터에서 충성되던

꺼질 줄 모르는 청춘의 정열 그것이었다.

순이의 연인은 투옥되고 남겨진 순이와 남동생은 스스로를 보살펴
야 하는 상황이 된다. 이때 남동생은 용기와 희망의 선언으로 시를 마
무리한다.

자 좋다. 바로 종로 네거리가 예 아니냐!

어서 너와 나는 번개처럼 두 손을 잡고,

내일을 위하여 저 골목으로 들어가자,

네 사내를 위하여,

또 근로하는 모든 여자의 연인을 위하여……

이것이 너와 나의 행복된 청춘이 아니냐?[31]

임화가 청춘의 정열과 가능성을 도심의 거리, 즉 경성 도심의 종로
네거리와 연결시키고 있음은 널리 알려져 있다. 임화는 순환의 형상을
사용하고 있는데, 이는 도시 가운데서 일어나는 우연한 마주침들로 식
민지 통치기구가 이루고자 하는 안정을·전복시키려 함을 암시한다. 거
리에서만 가능한 우연한 마주침은 여기서 온 나라가 파업으로 소란스

러운 때에 단결하는 노동자들의 상징으로 전유된다. 1929년은 원산 총파업이 일어난 해로 기록되어 있다. 노동운동은 1920년대 내내 확대되는 추세에 있었으며, 1930~31년에 그 절정에 이른다.[32] 임화에게 거리란 연대와 희망의 형상으로, '청년'이라는 기호 안에 내재되어 있는 전진하는 에너지로, 이러한 역사를 체현하고 있다.

육 년 후, 카프 해산계를 제출한 임화는 「다시 네거리에서」라는 시에서 종로 네거리로 귀환한다. 다시금 그는 순환의 형상으로 시를 시작하지만, 그 정조는 완전히 달라졌다.

지금도 거리는
수많은 사람들을 맞고 보내며,
전차도 자동차도
이루 어디를 가고 어디서 오는지,
심히 분주하다.

네거리 복판엔 문명의 신식 기계가
붉고 푸른 예전 깃발 대신에
이리 저리 고개를 돌린다.
스톱―주의―고―
사람, 차, 동물이 똑 기예敎練 배우듯 한다.
거리엔 이것밖에 변함이 없는가?[33]

이제 초점은 네거리에 일어난 물질적 변화들, 즉 신호등, 네온 불빛, 빌딩들의 주변 등에 일어난 변화들에 대한 세부적 관심으로 이행한다. 이전의 시편에 나타난 서사적 가능성들은, 도시의 순전한 물질성에 완전히 압도된 것처럼 보일 정도이다. 이 시는 거리를, 잃어버린 집으로 직접 호명한다.

> 번화로운 거리여! 내 고향의 종로여!
> 웬일인가? 너는 죽었는가, 모르는 사람에게 팔렸는가?
> 그렇지 않으면 다 잊었는가?

　　임화 시에서, 청년과 열정의 가능성들이 상실된 집은 도시화에 따라 변모해가는 풍경이라는 익숙한 수사를 통해 가장 잘 형상화되어 있다. 1920년대 중반에 이르면 경성 땅의 절반 이상은 이미 일본인 소유가 되어버린다.[34] 한편 1930년대가 되면 도시 내 상업 활동의 번창과 거리에서의 혁명 가능성 상실을 연관시키는 수사법이 일반화되는데, 예컨대 종로 네거리를 통해 볼 수 있는 조선의 역사에 대해 기술하는 에세이에서 다음과 같은 관찰이 발견되는 것이다. "봄이 되면 이 거리에서 무슨 역사적 발동이 일어난 것 같은 것은 꿈에도 잊은 듯이 자동차 또 진차 타고 창경원으로 문밖 꽃구경을 가는 사람이 많고 이렇게 교통이 복잡한 때마다 네거리 한가운데에는 팔에 푸른 휘장을 두른 교통 순사가 서서 손을 이편으로 들고 저편으로 들고 한다."[35] 여기서 저자가 가리키는 "역사적 발동"이란 분명 1919년의 3·1운동을 가리킨다. 이 운동에서 모든 조선인들은 계급, 연령, 성별을 초월하여 일본의 식민 통치에 반대하고 독립을 요구하며 거리를 점거한 채 시위를 벌였다. 그날 종로 네거리 옆의 파고다공원에서는 독립선언서가 발표되었지만, 이제 경성 주민들은 총독부가 의미심장하게도 상징적으로 전유해버린 고궁에 건립해놓은 동물원을 향해 서둘러 간다. 여가와 소비생활이 정치와 혁명을 초극해버린 것처럼 보인다. 임화의 1938년 시집 『현해탄』에 수록된 「향수」 「고향을 지나며」 「행복은 어디 있었느냐?」 같은 제목만 보아도 그 전반적 분위기를 감지할 수 있다. 이 시집은 지적인 흥분과 희망의 시기에 대한 심오한 노스탤지어를 다룬 서인식의 논의에 완벽하게 부합한다.

아마도 서인식 역시 오 년의 복역을 마친 직후 그러한 감정에 빠지고픈 유혹을 느꼈을 것이다. 그러나 그가 보편적 노스탤지어 개념을 철학적으로 구명할 필요성을 느꼈다는 점과 여전히 이러한 불만스러운 상황으로부터 벗어날 방법을 찾고자 욕망했음을 고려한다면, 그가 식민 말기 조선에 특징적인 세번째 종류의 노스탤지어를 준별해내는 방향으로 나아갈 것임은 분명해 보인다. 상황으로부터의 탈출 방법은 상실을 별것 아닌 듯 포장하거나 몽상의 대상에 대체물을 제공하거나 하는 것이 아니었다. 진정한 탈출은, 불만 상황에 더 천착하고 그것을 적극 받아들이며, 그 고통을 감내하면서 자기 정체성의 내밀한 한 부분으로 받아들일 것을 요구했다. 퇴폐적이라 할 만한 이 노스탤지어는 특정한 대상이 없는 노스탤지어, "그 어떠한 특정한 대상도 갖지 못하고 방황하는 세대—말하자면 정신적 표박자漂泊者"[36]의 노스탤지어이다. 서인식에 따르면, 이때의 퇴폐는 전래된 관습으로 구성된 구세계에 어떤 확고한 기반도 없고 계몽기 초기와 혁명운동의 희망과 에너지를 경험하기에는 너무 늦게 태어난 세대 가운데서 나타난다. 절망이나 불신감만 불러일으킬 뿐인 문화적·지적 전통이 그들에게는 아예 없다. 이 세대가 자기들의 상황을 대면할 때, 서인식이 완전한 부정 가운데 나타나는 긍정이라고 규정하는 에너지가 솟아난다. 혹은 서인식이 퇴폐적 노스탤지어의 예로 든 시인 오장환(1919~1950)에 대하여 저명한 평론가 유종호가 쓴 것처럼, "절망을 노래할 수 있었기 때문에 우리는 절망하지 않은 것이다."[37]

서인식은 오장환이야말로 보편적 의의를 가질 수 있는, 퇴폐적 노스탤지어를 대표할 만한 시인이라고 평가한 바 있다. 이 점을 고려하여, 오장환 작품을 상세히 고찰할 필요가 있을 것이다. 시인 오장환은 1918년, 즉 임화보다 십 년 뒤에 태어나, 만주사변과 그에 이어지는 일본 군국주의의 전면적 확대 과정이 조선에 그림자를 드리우던 시기에 성장했다. 오장환은 1930년대 말에 다소 미숙한 두 권의 책을 출판했는데 그것들은 질병, 부패, 매춘, 황무지의 충격적 이미지를 담고 있었다. 이 충격의 감각은 오장환이 그러한 비천한 주제들을, 그때까지 민족 전통의 성스러운 상징으로 받아들여졌던 것들, 즉 행상인들의 향수, 가문의 이름이 갖는 권위, 오랜 성벽의 울림, 고전의 아우라 같은 것들과 병치시킴으로써 창출된다. 노스탤지어에 대하여 쓸 때 오장환은 과거를 장밋빛으로 물들이지 않고 요지경적 이미지를 선택하는데, 이는 「여수旅愁」라는 시에 다음과 같이 드러난다.

여수에 잠겼을 때, 나에게는 죄그만 희망도 숨어버린다.
요령처럼 흔들리는 슬픈 마음이어!
요지경 속으로 나오는 좁은 세상에 이상스러운 세월들
나느 추억이 무성한 숲속에 섰다.

요지경을 메고 단이는 늙은 장돌뱅이의 고달픈 주막꿈처럼
누덕누덕이 기워진 때문은 추억.
신뢰할 만한 현실은 어듸에 있느냐!
나는 시정배市井輩와 같이 현실을 모르며 아는 것처럼 믿고 있었다.

괴로운 행려ㅅ속 외로히 쉬일 때이면
달팽이 깍질 틈에서 문밖을 내다보는 알미운 노스타르자
너무나, 너무나, 뼈없는 마음으로
오— 늬는 무슨 두 뿔따구를 휘저어보는 것이냐!³⁸

오장환의 요지경 속 이미지와 서인식의 기억의 유령의 관련성을 알아채기란 어렵지 않다. 여기서 과거란 그때의 현실이라 믿어지지 않고, 요지경을 통해 보이는 흔들리는 넝마와 현실성이라곤 없어 보이는 이미지를 통해서 보일 뿐이다. 노스탤지어라는 회상적 시선을 통하여 어떤 믿음직한 대상을 회복할 가능성이란 거의 존재하지도 않는다. 이효석의 「메밀꽃 필 무렵」(1936) 같은 작품에서 노스탤지어의 형상으로 제시되었던 떠돌이 장돌뱅이는 여기서, 이효석 작품에 나오는 어떤

이상화된 공동체의 흔적을 간직한 전자본주의적 농업경제의 현현이 아니라, 닳고 닳은 기만적 형상으로 변모된다.

안정을 갈구하지만 가짜 대상만을 복원할 뿐인 역겨운 노스탤지어에 대한 오장환의 경멸은 과거에 대한 보다 일반화된 시각으로 또 (당시 끊임없이 논쟁의 주제가 되곤 했던) 고전과 전통 같은 범주들이 어떻게 하여 지켜질 수 없는 약속들을 만들어내는가 하는 문제로 확대된다. 「고전」에서 오장환은 어느 너저분하고 불도 밝히지 않은 골목에 고물상을 위치시킨다. "구멍 뚫린 속내의를 팔러온 사람, 구멍 뚫린 속내의를 사러온 사람. 충충한 길목으로는 검은 망또를 두른 쥐정꾼이 비틀거리고, 인력거 위에선 인력거와 함께 이믜 하반신이 썩어가는 기녀들이 비단 내음새를 풍기어가며 가느른 어깨를 흔들거렸다."[39] 오장환 시에서는 민족 전통의 담지물 혹은 미래의 국민정신을 북돋울 영감의 원천으로서 고전의 성스러운 가치에 대한 존중심을 거의 발견할 수 없다. 다른 작품을 보면 유교가 지배하던 조선의 상류 계층에게 사회적 지위를 보장해주는 수호자였던 족보를 다루고 있다. "똑똑한 사람들은 항상 가계보家系譜를 창작하였고 매매하였다. 나는 역사를, 내 성姓을 믿지 않아도 좋다 영리한 사람들은 언제나 자기 족보를 만들어 내서는 교환했다. 역사나 내 성을 믿을 어떤 필요도 없다. (…) 이기적인, 너무나 이기적인 애욕을 잊을랴면은 나는 성씨보姓氏譜가 필요치 않다."[40] 여기서 오장환이 족보에 대하여 드러내는 경멸과 불신은 보수적인 것으로 간주되는 어떤 전통에 대하여 모더니스트가 가하는 비판으로 드러난다. 그러나 이 시는 조선인들이 일본식으로 이름을 바꾸도록 한 조치가 공포되기 이 년 전인 1937년에 처음 출판되었다. 조선인들에게 족보에 기록된 자기 이름을 포기하도록 한 조치는 조선 고유의 전통에 대한 직접적 공격으로 보였다. 이 정책이 실행될 때 어떤 사람들에게 이 시는 스캔들로 보일 수도 있었을 것이다. 그러나 그것이 지닌 퇴폐적 힘은 정확히, 이 시가 전통적 민족의 기호를 파괴하는 데 성공했으며, 그리하여 일본이 추진한 정책을 무의미하게 만들어버린 데서 나온다. 오장환 시는 서인식의 보편적 비판 및 현재에 대한 집중과 일맥상통한다. 이 둘은 모두 민족적 전통의 수사에 내포된 오류로 이어진 선들을 따라가기를 거부한 것이다.

오장환은 자기 시편들을 전시 체제와 민족주의적 보수주의 양자 모두에 대한 신랄한 비판으로 만듦으로써, 현재 현실에 대한 신뢰도, 과거 전통에 대한 존중도 고백하지 않는다. 유종호는 오장환의 「The Last Train」이야말로 시인의 대표작이자 당대의 대표작이라고 선언한 바 있다.

저무는 역두驛頭에서 너를 보냈다.
비애悲哀야!

개찰구에는
못쓰는 차표와 함께 찍힌 청춘의 조각이 흐터저 잇고
병든 역사가 화물차에 실리여 간다.

대합실에 남은 사람은

아즉도

누궐 기둘러

나는 이곳에서 카인을 맛나면

목노하 울리라.

거북이여! 느릿느릿 추억을 실고 가거라

슬픔으로 통하는 모든 노선이

너의 등에는 지도처름 펼처 잇다.[41]

　전통과 과거가 밀려나버리면 무엇이 남는가? 이 시에서 드러나듯, 오장환은 상실과 상상력의 지향점을 노래할 가능성 외에는 그 무엇도 제시하지 않는다.

　서인식이 보기에 이러한 극단적 부정이야말로, 창조력과 창조의 희망이 개시하는 변모의 가능성 가운데서 현재를 절망의 시간으로 표현할 수 있게 해준다. 서인식은 노스탤지어와 퇴폐란 "사상과 감정에 있어 현실과 타협할 수 없는 거리를 두고 사"[42]는 자들이 갖는 수동적 감정이라고 보았다. 이를 통해 자신과 같은 지식인이라면 암울한 현실에 대하여 퇴폐적 노스탤지어로 대응할 수밖에 없음을 암시한다. 「애수와 퇴폐의 미」에서 서인식은, 그러한 감정은 극복되어야 한다고 덧붙이지만, 그것은 "시대의 새로운 전환"이 없다면 "이 땅"에서는 그다지 가능해 보이지 않는다. 그 "전환"이 도래하기까지 노스탤지어와 퇴폐는 근대의 "사실"과 "현실의 모순"을 대면하는 가장 진실한 양식으로 남을 것이다.[43]

노스탤지어에 대한 서인식의 글쓰기는 스스로 노스탤지어의 덫에 걸려들지 않으면서 자기의 현재를 고찰하기 위한 치밀한 노력이었다. 그렇기 때문에 그는 현재의 보편적 조건으로서 애수를 받아들이는 퇴폐적 노스탤지어를 특권화하면서도 애수의 대상에 의해 보장되는 결말을 유예시킨다. 그의 시간의 정치학이 미래에 취할 방향성은 명확하다. 즉 과거를 지향하고 있는 현재를 진단한 결과 조선인들은 그 수동적 감정을 극복하기 위해 어떤 변화가 필요하다는 점이 드러나는 것이다. 이때의 변화는 현재와 직접적으로 대면하고 시간을 사유하는 방법론을 고안할 때에야 생각될 수 있다. 그렇다면 서인식에게 노스탤지어에 관한 글쓰기의 초점은, 미래에 대한 상상을 가능하게 하는 역사적 조건과 이를 금지시키는 역사적 조건을 구별하는 데 맞춰진 셈이다. 이는 필연적으로 현재에 대한 그 나름의 비판이다. 이런 식의 비판은 당시의 가혹한 조건하에서는 구체적으로 진행되기가 거의 불가능했음에도 끝내 이뤄진 것이다.

그러나 서인식은 현재 그 자체에는 여러 시간성들의 혼합물이 담겨 있음을 알고 있었다. 현재에는 미래를 향할 씨앗이 포함되어 있으며, 또 과거 역시 다양한 양식을 취한 채로 포함되어 있었다. 그가 출판한 유일한 책 『역사와 문화』에서 서인식은 시간의 문제, 즉 어떻게 다른 미래를 지향할 것인가 하는 문제에 집중적으로 초점을 맞춘다. 이는

미래가 사라져갈 때

노스탤지어 이외의 방식으로 과거가 살아남는 방식들에 대한 고찰을 필요로 한다. 예상 가능하게도 그는 당시 빈번하게 논의되곤 했던 주제, 즉 전통과 고전에 관한 논쟁에 주의를 기울였던 것이다.

고전적 전통

1930년대 중반부터, 대중매체들은 점차 고전 부흥을 소리 높여 부르짖기 시작했다. '고전 부흥' 혹은 고전 부활이라는 문구는 신문 1면과 잡지 특별호에 등장했다. 또 그 문구는 새로운 미디어로 라디오가 여러 프로그램을 방송하고 그중 판소리 이야기가 인기를 끌면서 부상했을 수도 있다. 당시의 판소리는 재즈의 인기에 맞서는 "전통적"이며 "향토적"인 음악 형식으로 이해되었다.[44] 이 흐름을 이끈 것은 당시 주요 일간지 중 하나였던 『조선일보』였는데, 이 신문은 1935년 신년 특집호에서 3면에 걸쳐 '조선고전연구'를 수록했다. 이중 첫 면에 나온 기사들을 통해 현재 고전문학의 정전을 구성하고 있는 내용을 볼 수 있다. "신라 향가 해석" "훈민정음의 기원과 세종대왕의 반포" "시조의 기원과 형식" "월인천강지곡 주석: 최고의 한글 노래집". 둘째 면은 전체가 『춘향전』에 할애되어 있는데 이는 "조선 고전에서 찾은 우리의 잃어버린 문학의 맛"의 첫번째 연재분이며, 마지막 면은 『홍길동전』을 싣고 있다. 이달 내내, 신문의 기사들은 판소리 이야기들을 다루었지만, 초점은 한문으로 쓰인 엄청난 양의 작품들이 아니라 한글 쪽에 맞춰져 있었으며, 춘향과 심청 이야기의 경우에는 음반, 라디오, 영화 등의 근대적 미디어에 실린 버전들에 큰 관심을 비치는 경향을 띠었다. 이후 신문은 '조선 문학에서 복고주의 사상'이라는 심화된 연재를 게 재했는데, 그 1회는 김진섭의 글인 「고전 탐구의 중요성: 역사적 감수 성의 각성」이 장식했다.[45]

첫날부터 이 특별 연재들은 그 중요성이 매우 열정적인 어조로 강 조되었다. "하찮은 어떤 사람들은 냉소하며 이 새로운 우리 고전문학 에 대한 오늘날의 새로운 탐구를 비웃을지도 모른다. 우리 문자와 심 지어는 우리 문학은 한때는 우리의 생명혈이었으나 이제 버려졌기에. 그러나 누구나 고향을 절대 잊지 못하듯, 우리의 문학을 잊을 수는 없 다. 우리가 숨쉬는 한, 우리는 우리 자신의 문학을 발견하고 그 성취가 빛나게끔 해야 한다."[46] 너무 오랜 기간 동안 조선인들은 다른 나라의 문화적 생산물들을 연구하는 데 압도되어왔다. 이제 잃어버렸던 고향 의 문학을 발견해야 할 시점이었다. 따라서 대중매체의 운동은 고향에 대한 노스탤지어와 새로이 그 중요성을 인정받은 조선 고전을 결합시 켰다.

이 기사들과 더불어 고전과 전통이라는 주제는 새로운 매체를 장으 로 한 공론 영역으로 진입했다. 이는 신문이 전통이라는 개념을 발명 했다는 말이 아니라, 다만 과거의 발견이라는 개념에 지속적인 관심을 드러내 보였던 여러 실천들이 연동되는 가운데 신문이 하나의 장을 제 공했다는 뜻이며, 신문을 통하여 고향에 대한 감정 양식 속에서 과거 가 표상될 수 있었다는 뜻이다. 그러한 실천들에는 고고학적 발견, 박 물관 개관, 사라져가는 듯했던 지방의 음악과 의식에 대한 기록, 역사물의 출판, 유적지 방문, 조선의 영광된 과거를 찬미하는 시 창작 등이 포함된다. 『조선일보』에도 역시 고전에 접근함에 있어 광범위하고 종합적인 면모가 발견되는데, 이는 장밋빛 노스탤지어의 영역을 극복하려는 기획으로 고양되었으며, 또 오늘날까지 전승되어온 옛 한국사와 문화에 대한 이해를 담고 또 형성해왔던 문헌들을 포함한, 일종의 문서고 건설에 착수한 것이었다.

레이먼드 윌리엄스가 상기시키듯, 전통이란 언제나 과거에 대한 어떤 선택적 관점을 나타낸다. 나아가 과거에 대한 선택적 관점은 현재에 대한 관점을 강화하기도 하고 미래에 대한 어떤 지향성을 제시하기도 한다. 윌리엄스가 "선규정된 연속성의 감각"이라 부른 것을 매끈하게 제시하려는 목적하에, 전통은 현재를 이해하고 또 미래를 형성함에 있어 매우 유용한 통로로 사용된다. 동시에 전통은 폐기되어야 할 것으로 나타나든 보존해야 하는 것으로 나타나든, 과거를 분리시키고 고립시킴으로써 어떤 시간적 단절을 표시한다.[47] 따라서 전통이 갖는 시간성은 애매하며, 거기에는 언제나 전유와 조작의 가능성이 있다. 윌리엄스는 확고하게 전통이란 "지배적, 헤게모니적 압력과 한계의 가장 확실한 표현이며 (…) 비활성의 역사화된 파편 그 이상의 것이며 (…) 통합의 가장 강력한 수단"이라고 주장한다.[48] 이는 전통이란 현재로부터 혹은 정치권력으로부터 고립되어 있다고 보는 이해 방식에 대한 강력한 반론이다. 통합시키는 (또 한편으로는 배제시키기도 하는) 힘을 바탕으로, 전통은 지배와 헤게모니를 다투는 투쟁의 장이 된다.

서인식이 주목했던 것도 전통이 지니는 바로 이러한 형성력이었다.

그는 다시금 이 복고에 대한 요구에 따라 작동되기 시작한 시간의 정치와 헤게모니적 실천에 주의를 기울였다. 장문의 논고인 「전통론」을 보면, 전통 문제에 대한 그의 관심의 근저에는 전통 개념이 갖는 시간성을 이해하는 독특한 방식이 자리하고 있음이 드러난다. 서인식은 전통의 특별한 성격을 정의하는 긴 논의를 펼치는데, 이는 다음과 같이 요약된다. 우선 전통의 내용은 과거 역사에 들어 있지만, 모든 과거 역사가 전통을 구성하는 것은 아니며, 현재로 전승되어 내려왔으며 현사회에 살아 있는 주체성을 형성하는 과거 역사의 측면들이 전통을 구성한다. 서인식은 주체적이고 현대적인 성격의 사회적 존재로 재탄생하기 위하여 부정을 행하는 능동적 주체가 객관화할 수 있는 과거 역사로 전통을 바라봄으로써, 변증법적 사고를 전개하고 있는 것이다.[49] 그렇다면 서인식에게 전통이란 현대적 주체성의 역동적 범주이다. 그는 관습을 자연적 시간에 귀속된 것으로, 혹은 과거로부터 현재로 전승될 때 연대기적이며 동질적인 시간을 통하여 전승되는 것으로 정의함으로써, 이를 전통과 구별하기도 한다. 전통은 역사적 시간에 귀속되는 것인데, 역사적 시간이란 자연적 시간과 행위의 동시대성의 혼합물인 것이다. 관습은 부정을 통해 실제로 사라져버리는 반면, 개별적이며 이질적인 본질로서의 전통은 객관화되며 지속적인 부정의 행위들을 통하여 주체성의 형식으로서 주체화된다. 서인식의 논리에 따르면, 전통은 이렇게 전승된다는 그 본질 덕분에 과거, 현재, 미래 시간 모두에 귀속된다. 그것이 만약 과거에 귀속된다면, 전통은 현재 안에서 반복되며, 또 부정의 대상으로서 재탄생하는 것을 통하여 미래의 역사에

미래가 사라져갈 때

귀속된다. 반면 관습은 부정을 통해 재탄생하는 것이 아니라 부정을 통해 사라지거나 긍정을 통해 지속되는 것이다.

이러한 전통 이해로부터 몇몇 중요한 논점들이 부상한다. 첫째, 전통은 돌아가야 할 고향이라기보다는 출발점에 해당한다. 서인식은 전통을 통하여 귀환이라는 결말을 제공하려 하지 않았으며, 역사적 변화가 나타나는 보다 개방적인 역사적 과정을 인식하고자 했다. 하나의 시간성으로서 전통은 부정이라는 창조적 행위들을 통하여 지속되며 그 본질상 미래를 향하고 있는, 자기의 한 핵심적 부분을 구성한다. 영광스러우나 이제는 살아 있지 않은 과거의 대상으로서 전통을 찬미하는 태도를 서인식은 추인하지 않았다. 발견되고 그 이전의 영광을 되살려 복원해야 할 과거의 대상으로서 전통을 본다면, 역사적 과정에 대한 서인식의 변증법적 이해 방식으로부터 전통은 제거되고 말 것이다. 그가 쓰듯, "현대의 많은 전통주의자는 우월한 의미의 전통의 가치를 찾기 위하여 역사를 소행遡行한다. 금일에서 작일昨日로 작일에서 재작일再昨日로. 그러나 전통의 우월한 가치가 참으로 창고蒼古한 곳에만 있을까?"[50] 서인식의 대답은 명백히 '아니요'이며 대신 그는 전통을 명백히 현재와 "생활" 가운데 재정위하고자 한다. 과거, 현재, 미래의 이질적 혼합으로, 또 정치적 행위의 현장으로 현재를 이해한다면, 전통은 똑같은 정도로 이질적이며, 미래 지향적인 시간적 혼합물이 된다. 이러한 이유에서 서인식은 노스탤지어의 대상이나 생기 빠진 역사의 파편이라는 너무나 뻔한 운명으로부터 전통이라는 범주를 구제하는 것이 그토록 중요하다고 생각했던 것이다. 만약 "정치"가 "일정한 사회의 생활양식"이며 전통은 그 생활의 한 형식이라면, 전통도 정치의 행로를 필연적으로 따라갈 것이라고 서인식은 적고 있다.[51] 서인식에게 정치란 따라서 매일 그 기반이 새로 다져지는 것이며, 바로 그러한 기반 위에서 전통에 대한 사유는 재정립되는 것이다.

나아가 서인식은 동시대의 전통주의를 전 지구적 시간의 정치라는 맥락 안에 위치시킨다. 그는 전통은 미래 지향적일 뿐 아니라 보편적 과정과 연동된 것이기도 하다고 지적한다. "전통주의자들은 가치를 창고한 것 중에서도 특히 특수한 것에서 찾는다. 동양 문화의 그것은 서양 문화와의 상이한 측면에서, 독일 문화의 그것은 불란서 문화와의 상이한 측면에서. 그러나 전통의 우월한 가치가 참으로 특수한 곳에 있을까?"[52] 서인식은 보편적 근대성이야말로 이미 전통을 변증법적으로 부정하고 통합한 결과이므로 "우월한 가치"를 제공할 가능성이 더 높다고 생각한다. 그러나 보편이라는 범주는 희망의 원천 이상의 의미가 있는데, 보편은 왜 전통이 특정 시기에만 가시화되는지를 알려주는 기반이기도 했다. 서인식은 전통에 대한 경사가 조선 특유의 현상이 아니며 전 지구적 근대성의 산물임을 확고하게 주장했다. 즉 그가 보기에 "현대는 정히 역사가 전형轉形하는 시기이다. (⋯) 그만큼 전통에 대한 부정의식이 한 개의 세계적 저류를 이루고 있다. 그러나 그 반면에 있어서 전통에 대한 긍정의식이 또한 그만 못하지 않게 한 개의 세계적 표류表流를 이루고 있는 것만도 사실이다."[53] 전통의 부상 현상에 대한 이 분석은, 전 지구적 시간 범주로 근대를 보고 그 안에 조선 사회 역시 위치시키는 사고방식을 그 핵심으로 한다. 서인식은 특수주

미래가 사라져갈 때

의라는 유혹을 끝내 거절하고 있는 셈인데, 그에게 특수주의란 현대라 칭해지는 이 전 지구적 시간의 한 효과에 지나지 않는다.

여기서 서인식의 "현대" 이해가 서 있는 기반에 대한 질문이 떠오른다. 서인식에게 현대란 세계사라는 하나의 서사 안에 자리를 잡고 있는 전 지구적 범주이다. 세계사 안에서 현대는 주요 세계사적 문제들이 자본주의의 모순 때문에 생기고 있는, 아직 어디로 나아갈지 결정되지 않은 전환의 시대로 규정된다.[54] 이때 현대는 '근대'와는 구분되는 것으로, '근대'는 현대의 초입으로 여겨지며 그 관건은 봉건성을 어떻게 해결하느냐에 놓여 있다. '현대'(현재)에는 과거, 현재, 미래가 결정적 행위의 시간 안에서 역동적으로 연동되어 있다.[55] '근대'란 유럽에서 자본주의가 등장하던 시기라고 한다면, 16세기 이래 진행된 근대의 발전과 더불어 세계의 모든 사람들은 서로가 맺는 "세계사적" 연관관계 속으로 진입한다.[56] 이렇게 높아가는 통일성은 저 자본주의의 작동 때문에 이제는 갈등 속으로 빨려들어가는 것으로 이해된다. 세계사의 전개는 공간적 확장을 성취하는 것이면서 동시에 그 시간적 내용에 혁명적 변화를 일으키는 것으로 이해된다. 그러나 서인식은 공간적 확장이란 오직 그것이 시간적 내용상의 혁명을 동반할 때에만 역사적으로 유의미한 것이라고 주장한다. "그러면 세계사적 '현대'의 시간적 내용이란 무엇인가? 그것은 논자가 지적하듯이 단순한 구라파의 원리로서의 구라파주의가 아니고 동시에 세계의 원리로서의 '캐피탈리즘'이었다."[57]

서인식은 악명 높은 일본의 교토학파 철학자들과 관련된 세계사 이해를 제시하고 있었다. 그들은 서양과 동양의 분리가 근대의 필수적 구성 요인이라 보는데, 일본이 주체가 되어 이를 극복할 수 있는 계기라는 점에서 태평양전쟁에 세계사적 의의를 부여하는 이론을 세웠으며, 일본제국이 전시기 동안 행한 행위들을 옹호하는 지적 논리를 형성하는 데 일조했다.[58] 서인식은 교토학파의 작업에 대한 해석을 제시한 셈인데, 이를 단순한 모방이나 안이한 순응으로 환원하는 것은 비약이 될 수 있다. 교토학파는 전시기의 위기를 자본주의의 모순을 해결하려는 시도의 일환으로 파악했을 것이다. 그러나 서인식은 전체주의 비평가와 진보적 비평가 어느 편이든 공히 세계사적 현재를 파악함에 있어 자본주의의 위기를 인식했음을 지적했다.[59] 양자는 자본주의 문제에 대한 해결책을 제시하는 것이 당시 가장 시급한 과제였다는 점에서는 동의하나 이에 대한 접근법은 크게 다르다는 것이다.

서인식은 현재가 전환의 시대라는 점을 끊임없이 강조함으로써 위기감을 고조시킨다. 이 지점에서 "전환"과 "위기"라는 두 단어는 "전통"만큼이나 광범위하게 발견되며, 서인식이 전통에 대한 열광을 정확히 전환의 한 증상이라고 이해한 것은 사실이다. 그렇다면 이 전환의 성격은 무엇일까? 서인식은 반복적으로 자유주의의 몰락과 새로운 사회적 안정성에 대한 탐색을 강조한다. "시민문화"의 발전으로 규정되는 '근대'라는 틀은, 대공황의 여파와 중국에서 확대일로를 걷던 전쟁 가운데 그 명을 다했음이 극적으로 드러났다. 그렇다면 고전에 대한 관심이란 지금은 상실되어버린 것처럼 보이는, 형식과 내용의 조화에 대한 추구로 이해될 수 있다. 이 지점에서 서인식의 논리는 제1차세계

미래가 사라져갈 때

대전의 발발과 더불어 죄르지 루카치가 제시한 논리, 즉 "통합된 문명"의 행복을 확고하게 고전적 과거에 위치시켰던 논리와 공명한다.[60] 서인식은 전환기에 새로운 문화는 고전의 부흥이라는 표면적 형식을 띠면서 창조된다고 보지만, 그 진정한 목적은 미래를 향하는 새로운 통합적 문화의 발견에 있음을 확실히 한다.[61] 서인식은 역사를 민족 신화로 대체한다는 점에서 전체주의를 공격한다. 이는 현재 사회에 나타나는 형식과 내용의 불일치라는 문제는, 민족 내에 또 민족들 간에 존재하는 계급이라는 역사적 범주에 대한 일정한 이해를 결여한 채 개인과 국가 간의 무매개적 관계를 제시함으로써는 해결할 수 없음을 의미한다.[62] 그는 신라 사회의 계급 관계에 대한 본격적 이해를 결여한 채 통일신라(668~935)기의 불교 황금시대나 '화랑'(신라의 전설적 군인 계층)을 찬미하는 조선의 논자들을 비판하는데, 이런 논리는 전체주의 이론가들이 환기시키는 신화적 분위기에 함몰될 위험이 있기 때문이었다.[63]

서인식에게 전통에 대한 집착은 현재라는 전장戰場에 서 있는 대신 거리에서 아틀리에로 퇴각하는 것으로 보였다.[64] 지식인들이 고전과 동일시된 "마음의 고향"으로, 또 최초의 "국가"로 퇴각함에 따라, 전통이라는 매개를 통하여 수행되는 헤게모니 투쟁은 식민 권력에 대한 항복이나 마찬가지가 되어갔다. 그 함의는 명백하다. 즉 고전의 세계에 충실하다는 것은 현재 조선의 엄혹한 상황으로부터 주의를 돌려버리는 행위라는 것이다. 설사 그것이 제국의 국가 기구에 대한 반항 행위로 보일지라도 실상 그것은 반反식민 국가의 가능성을 포기해버리는 것에 불과하다. 고전이 교양 있는 삶이나 심리적 위안의 한 요소로 일단 환원되어버리면, 그것은 현재의 역사 속에서 기능하기를 멈춰버리는 것이다.[65]

서인식의 분석은 반식민주의 이론가 프란츠 파농(1925~1961)의 후기 사상과 일치하는데, 파농에게 전통이란 식민지 문제로 간주되었고 따라서 그는 "현재라는 전장"에 서 있어야 할 필연성을 강력하게 주장했던 것이다. 『대지의 저주받은 사람들』에서 파농은 문화 영역에서 민족적 과거를 부활시키고자 하는 욕망은 식민주의적 상황에 대한 합당한 반응이라고 이해했다. 식민주의란 피식민 사회의 현재와 미래를 지배하는 데서 만족하지 않으며, 식민지의 현재를 어떤 발전으로, 야만적 사회에 대한 정당한 교정과 해방으로 제시함으로써 과거를 파괴하고 왜곡하기 때문이다. 그러나 이러한 식민적 시각을 교정하기 위하여 과거를 영광스러우며 현재보다 우월한 어떤 것으로 제시하여 부활시키려 한다면, 이는 "논리상 식민주의의 그것과 동일한 관점을 취하는 것"이라고 파농은 주장한다.[66] 따라서 전통에 기대는 것은 식민주의에 반대하고자 할 경우라도 본질상 전前식민의 과거에 대한 식민자의 관점을 승인하는 것이다. 그 과정에서 현재와 미래라는 기반은 식민주의에 넘어가버린다.

궁극적으로 서인식은 혁명을 유도해낼 수 있는, 전통에 대한 비非복고주의적 관점을 탐색하고 있었다. 그는 "민족의 증거를 제시할" 수는 없지만 "점령 세력에 반대하는 인민의 투쟁이 그것을 실체화한다"[67]는 파농의 논점에 분명 동의를 표할 것이다. 그러나 서인식은 전통을 완전히 포기하고자 하지는 않는다. 대신 미래의 창조 속에서 전통의 변증법적 부정을 옹호하며, 이때 미래 안에서 과거는 완전히 폐기되지 않고 그 현재 안에서의 역할이 변한다. 프랑스와 알제리가 전쟁을 치르는 와중에 저 글을 쓰고 있었던 파농의 경우보다 서인식의 상황이 더 복잡했던 것은, 전통 담론이 놓여 있던 지정학적 기반 때문이었다. 어떤 공간적 좌표들이 끊임없이 과거, 현재, 미래의 시간적 영역을 채워넣는 데로 미끄러져 들어갔기 때문이었다고도 할 수 있다. 서인식이 묻듯, 왜 조선에서의 전통 논의는 계속해서 동양 문화 개념에 함몰되었던 것일까?

동양

전통이 시간적 개념임은 분명했지만, 서인식은 실제적으로 전통은 언제나 특정 내용으로, 자신의 표현에 따르자면 어떤 보편적 기준으로부터 떨어져나온 특수한 것들로 채워져 있었음을 지적했다. 이 내용은 공간적 형식을 취했으며, 식민지 말기 조선에서는 '동방' 혹은 '동양'을 의미했다.[68] 전통 담론 속에 억압되어 있었던 공간적 전제들을 조명함으로써 서인식은 일본 식민주의에 대한 자신의 가장 직접적인 비판을 가할 수 있었다. 이는 조선의 전통주의자들이 동양을 부각시킬 때, 1930년대 말까지 자신들의 행위를 정당화하려는 의도에서 서양에 대립하는 동양의 방어와 개혁이라는 명분을 내세우고 있던, 일본 식민주의의 논리를 반복하고 있는 자신을 발견하기 때문이었다.

동양 개념은 긴 역사를 갖고 있음에도, 1930년대 말에는 매우 특정한 방식으로 제국의 국가기구에 의해 그 의미가 재규정된다.[69] 중국에서의 전쟁이 강한 저항에 부딪혀 장기전화할 것으로 보이자, 고노에 수상은 1938년 말 "신아시아 질서"를 구축할 필요성을 공표한다. 이는 일본이 지도하는 통일된 아시아 태평양 지역이 서양 제국주의와 공산주의의 위협에 맞서야 함을 제안한 것이었다.[70] 이 질서는 대동아공영권으로 명명되었으며, 동양이라는 공간적 개념은 점차 확대되어가는 세계전쟁의 맥락 속에서 완전히 새로운 의미를 지니게 되었다. 이렇게 동양 개념이 재규정될 수 있었던 것은 19세기 말 구미 제국주의에 부수된 오리엔탈리즘 이데올로기 때문이지만, 아시아에서 주창된 동양 개념은 일본 식민지들의 민족적 통일성을 비가시화했다. 조선에 있어 그 결과는 식민적 관계의 부정과 일본제국이라는 민족의 경제적·사회적 조직 속에 반도를 흡수시키려는 시도로 나타났다. 동양이라는 기호 하에서는 어떤 종류든 주권을 회복할 마지막 희망마저 사라져버렸기 때문이다.

대동아공영권이라는 언명은 현재와 미래를 위한 기획이었지만, 아시아 문화권이라는 개념의 정교화는 과거의 기반 위에서 행해졌다. 이 작업은 일본제국의 옹호자들에 의해 추진되었을 뿐 아니라 조선 지식인들의 전통 논의에도 겹쳐져 들어왔다. 또다른 "전前혁명가" 백철(1908~1985)의 글에서, 동양은 "풍류" 같은 가치들을 구가하고 있던 고대 한국 문화의 우월성을 주장하기 위한 장소가 된다. 백철이 볼 때 풍류는 신라(기원전 57~기원후 935) 불교문화에서 그 완성을 보았다.[71] 그에 따르면 동양의 우월한 자질들은 사실 중국 문자와 문화를 받아들이기 전의 고대 한국에서 가장 명백하게 드러나 있다. 이러한 논리는 한자 수용 이전 시대에서 일본의 진정한 본질을 찾고자 했던 민속학자 오리구치 시노부折口信夫(1887~1953) 같은 일본 학자들의 논의를 그대로 반복한 것이다. 한국의 영광스러운 과거에 대한 찬미는 대개 유교 왕조였던 조선(1392~1910)을 우회하는데, 이 시대에 대하여 일본 식민자들이나 조선의 계몽사상가들은 공히 나태, 무능, 퇴폐 같은 딱지를 붙여 부당하게 비난했으며, 대신 유교 이전의 황금시대의 현장으로서 신라에 초점을 맞추었다.[72] 심지어 조선의 황금시대를 표나게 드러내고자 할 때에도, 그들은 동양 전통이라는 틀 안에서 그렇게 했다. 이는 중국, 일본, 조선 문화의 독특한 특징들을 드러내 보여주는 특별한 연쇄에 의해 증명되는 것이었다.[73] 이러한 논리만으로도 그들은 제국주의의 이데올로기적 작용에 근접하는 타협을 행한 것이다.

서인식은 어떤 독특한 동양 문화를 옹호하는 경우 나타날 결과를 명확히 분석하여 보여준다. "구라파주의가 그 내용에 있어 '캐피탈리즘'이었다면 그의 혁신원리로서 출현하는 것이 '캐피탈리즘'이 될 수 없으며, 구라파주의가 단순한 구라파의 원리가 아니고 세계의 원리였다면 그의 혁신원리로서 출현하는 것도 동양적 세계 이외에는 수출할 수 없는 이른바 동양주의가 되어서는 안 될 것이다."[74] 서인식은 "오늘날 제창하는 사상적 원리로서의 동아협동이론東亞協同理論"에 반대하는데, 이는 그가 신질서의 뿌리를 이루는 것으로 보았던 것, 즉 자본주의적 모순의 극복에 필수적인 보편적 자질을 결여하고 있기 때문이었다.

유럽주의와 동양주의라는 범주는 다만 당면한 현실적 문제, 즉 서인식에 따르면 자본주의라는 문제에 맞서는 것으로 위장하기 위한 혹은 대결에 실패했음을 보이는 단순한 문화적 기호였을 뿐이다. 동양이라는 대안적 공간을 제시하는 것은 유럽주의를 액면 그대로 받아들이는 것이며 따라서 제국주의 권력의 논리를 다시 추인하는 것에 불과했다.[75]

피터 오즈번이 언급한바, "근대 개념에 억압된 채 내재하는 공간적 전제들", 즉 직선적 시간 개념이 세계 지도 위에 펼쳐지는 논리를 서인식은 보여주고 있다.[76] 근대를 축복하는 진보의 시간은 또한 동양과 서양이라는 지정학적 개념의 형성에 일조하기도 했다. 근대란 서양에 존재하는 것으로 이해된 반면, 동양은 고대적 시간으로 퇴행하는 것이 되었다. 이렇게 인식된 시간적 지체는 곧 유럽과 일본 제국주의자들의 식민지 경영 행위를 정당화하여, 그것이 식민지를 근대적 시간으로 진입시키는 자비의 실천으로 보이도록 했다. 진보의 시간은 따라서 살아 있는 과거를 동양으로 칭해진 하나의 지정학적 단위로 전환시키면서 퇴행성의 시간을 생성했다. 식민지 말기 조선의 많은 동양론자들이 동양 민족들의 문화적 성취를 잘 부각시켰을지도 모르지만, 그러한 성취들은 모두 먼 과거에 확고부동하게 자리했다. 이 이론가들이 과거의 영광 이면에서 더욱 영광스러운 미래를 주장하려 했다 해도, 구미가 헤게모니를 쥔 근대라는 일반화된 지정학적 틀을 재긍정하는 것을 피할 수는 없었다. 그러한 점에서 서인식은 그들이 조선의 현재 문제를 다룰 때 보이는 효용을 인정하지 않았다.

동료 역사철학자인 박치우(1909~1949)와 김오성(1908~?)과 함께 1940년 3월에 행한 좌담회에서 서인식은 회의적 태도로 "동양에도 발전은 없었을까"라고 물었다.[77] 동양과 서양 문화의 차이점들에 대한 활발한 토론 끝에, 서인식은 동양에는 과학적 사고와 시민사회가 부족하다고 주장하는 다른 좌담회 참석자들에게 반대를 표한다. 그러나 세 참석자들은 모두 아시아적 정체성(停滯性)을 탓하는 듯하며 동양 역사에는 봉건 시대로의 진입과 그 극복이라는 명확한 역사적 진전의 과정이 없었음을 한탄한다. 아시아적 생산양식을 명확하게 특정하는, 역사에 대한 단계론적 이해 방식은 이 마르크스주의 지식인들에게 강한 영향을 끼쳤다. 하지만 박치우는 이것을 진보와 과학적 사고 부재의 증상이라고 한 반면, 서인식은 아시아적 사회의 독특한 본질은 진보의 부재가 아니라 "다만 여러 시대가 겹쳐 있"고 "죽은 것과 살아 있는 것이 뒤섞"인다는 데 있다고 단언한다.[78] 서양적 진보와 비서양의 퇴행이라는 서사로 규정되는 헤게모니적 역사 서술 논리에 따르면, 아시아 역사란 어떻게 서술해야 하는가 하는 문제가 나타나게 된다. 이 지점에서 서인식이 그 문제를 회피하고 있는지는 명확하지 않다. 하지만 서인식이 서양과 동양의 이분법에서 동양을 서양의 특수화된 대립항으로 전락시키는 것을 거부하고 있으며, 동양 문화의 특수성을 포착하려는 그의 시도는 어떤 독특하고 동종적인 본질에 대한 믿음이 아니라 동양 문화의 보편적 면모들에 대한 탐색을 통하여 매개되어 있다는 점만은 명확하다.

같은 해 초에 서인식은 '동양 문화의 이념과 형태: 그 특수성과 일반성'이라는 제목하에 그로서는 가장 심도 깊은 동양 문화 개념에 대한 고찰을 제시한 바 있는데, 여기서 그는 '동양 문화'의 개념적 일관성에 의문을 표하고 그것이 보편적 과정을 흐릿하게 만든다는 점을 비판한다.[79] 먼저 그는 동양 문화의 이념 자체에 의문을 표하면서 시작하는데, 그 용어가 통상적으로 중국, 인도, 일본의 문화를 가리킨다면, 그것은 언제나 그 본질상 서양에 대한 대립항으로서 이해되는 것이기 때문이다.[80] 동양에서 나온, 기독교 사상과 결합된 그리스 고전 문화가 어떤 통일적 세계의 감각을 산출하는, 하나의 공유된 역사로부터 뻗어나오는 유럽 문화라는 관념에는 어떤 "문화적 본질"이 있음을 서인식은 인정한다. 반면 서인식은 아시아에서는 인도와 중국의 문화가 통일을 위한 기반을 구축하지 않았으며, 그 결과 명백하게 분리된 민족들에 기반을 둔 문화들이 있었을 뿐임을 강조한다. 그는 특수성의 차원에서 볼 때 동양에 일정 부분 유사성이 있을 수도 있음을 인정하는데, 이는 동양이라는 용어가 때에 따라서는 유용한 수사적 장치가 될 수도 있음을 의미할 뿐, 어떤 "본질"의 형식을 취하지는 않는 것이다. 헤겔의 세계사 개념을 참조하여 서인식은 "서양 문화는 동양 문화만큼의 민족적 특성이 명확하지 못한 반면 동양 문화는 서양 문화만큼의 시대적 특성이 분명치 않다. 전자는 민족과 민족이 교대한 역사라면 후자는 민족과 민족이 병립한 역사로 볼 수 있다"[81]고 썼다. 아시아 민족들의 역사는 유럽사에 기반을 둔 역사적 서사의 틀에 부합하지 않지만, 서인식은 통일된 아시아 문화에 대한 대안적이며 대립적인 믿음을 용인하지 않는다.

정작 이 글이 가장 흥미로워지는 것은, 동양 개념에 철학적 기반을 제공한 영향력 높고 저명한 두 명의 일본 철학자를 비판하는 논리가 나타날 때이다. 서인식의 이 글은 "이 나라의 권위" 니시다 기타로(1870~1945)의 형이상학적 무無 개념에 기초를 둔 동양 문화론, 그리고 고야마 이와오(1905~1993)의 동서양 문화 비교론에 대한 설명의 형식을 취한다.[82] 서인식의 요약에 따르면, 교토대학 철학 교수를 지낸 바 있는 니시다는 존재의 기반으로서의 무 개념 안에 동양 문화의 기반을 잡고자 했다. 이것은 이미 서인식이 언급한 니시다 글의 제목, 즉 「형이상학적 입장에서 본 동서 고대의 문화 상태」가 암시하고 있듯, 형태와 한계가 명료한 하나의 전체 안에서 존재의 기반을 찾고자 하는 유럽 문화 개념과의 비교이다. 이때 유럽 문화는 그리스 철학에 기반을 둔 것이며, 그리스 철학은 절대적 한계 개념이 없었고 또 초월적 현실을 현실적인 전체로서 인정하지 않았다. 기독교 사상의 부상과 더불어, 절대적 초월은 구세주의 형태로 인간화했고 따라서 유럽 문화는 중세기에 사물성의 영역으로 진입했다. 반면 '무'는 동양 문화에서 근본적인 것으로 나타나는데, 이는 불교의 공에서, 도교의 자연에서, 유교의 천天에서 확인된다. 이에 따라 유럽 사상이란, 주체적 행위와 직관을 통하여 기능하는 동양 사상과는 반대로, 논리적이고 지성적인 것으로 생각된다. 니시다의 제자 고야마가 '무'의 철학에 대해 논한 글에서도 이러한 이분법은 지속되며, 서인식은 이 점을 이어서 상술해나간다. 고야마에 따르면 유럽적 논리에서 인간은 어떤 객관적 목적을 마음에 지닌 채로 환경에 그의 노력을 기울임으로써 중심 무대를 차지하는 반면에, 동양 문화에서 모든 인간의 노력은 "주체적 고향을 삼는 태도"[83]에서 기원하여 거기로 돌아가고 만다. 후자에서 나타나는 귀환은 주객 분리에 선재하는 행위 세계로의 귀환을 통하여 가능해지며, 이는 행위를 통해서 성취되는 것이지 지성적 사유를 통해서는, 이를테면 명상이나 파편적 "삶 경험"의 진리를 통해서는 성취될 수 없는 것이다. 진리란 사유를 통해 객관화되는 것이라기보다는 삶을 통해 획득되는 어떤 것이다.

하지만 서인식의 글은 이러한 기초적 요약을 넘어선다. 모든 사유는 부정되고 행동이 긍정되어야 한다면, 동양 문화의 본질이 "비인간적·비지성적"[84]이라 할 때 동양이 야수적 세계로 추락하지 못하도록 막는 것은 무엇인지 그는 묻고 있다. 글의 말미에 나오는 짧은 단락들에서 서인식은 니시다와 고야마의 "동양" 문화 전유에 대한 자신의 생각을 밝히기 위하여 그들의 논의로 돌아간다. 먼저 서인식은, 문화를 인간적 표현과 의식의 산물로 본다면 '무'의 세계란 과연 하나의 문화로 사유될 수 있기나 한 것인지 묻는다. 자신의 문화 규정 자체가 유럽 사상에 기반을 둔 것이라는 반론에 대해서는 그 개념들을 구사할 수 있는 유일한 방법은 이것뿐이며 문화란 인간들의 일상생활의 표현일 때에만 그 보편성을 얻는다고 반박한다. 동양 특유의 문화적 정신이라는 개념은 "동양 문화의 정화를 발양하기는커녕 동양 문화의 문화로서의 정화를 고갈시키는 것"이다. 그리하여 "그것은 문화의 암癌"이 될 것이다.[85] 이어 서인식은 동양 문화에 대한 그와 같은 규정의 문제는 그러한 규정들이 오직 서양과의 비교 결과로서만 나타날 뿐이라는 점과 따라서 특수성 자체만으로는 동양 문화가 형성되지 않는다는 점

미래가 사라져갈 때

이라고 주장한다. 모든 특수성은 보편을 동반해야 하므로, 이제 과제는 그러한 보편적 본질을 되찾는 것, 보편이 특수자들과 맺는 관계를 지정하는 것, 인류의 보편적 문화사 안에서 특수의 위치를 이해하는 것이 된다. 이 지점에서 서인식은 논의를 멈추고 더이상 진행하기에는 지면이 부족함을 밝히지만 이미 그는 니시다와 고야마에 대한 비판에 착수한 셈이었다.

서인식의 이 비판은 '동아협동체'라는 레토릭을 직접 논의한 이전의 글에서 이어지는 것이었다. 1939년 10월 발표된 「문화에 있어서의 전체와 개인」에서 서인식은 국책에 대한 비판과 고야마 같은 교토학파 철학자들이 정교화한 세계사 이념에 대한 긍정, 이 둘의 경계선 위를 걷고 있었다.[86] 이 글에서 그의 목적은 협동주의의 유효성과 전체주의의 역사적 필연성을 주장하는 논의들을 고찰하는 것이었다. 일본이 세계사의 결정적 전환점에 서 있다고 판단한 논자들은 중국, 일본, 만주를 통합하여(당연하게도 여기서 조선은 독립된 단일체일 수 없었다) 동아협동체를 구성함으로써 성립되는 세계 신질서 속에서 일본이 스스로를 재정위해야 하며, 동아협동체 권역 내부의 정치경제를 재구성해야 한다고 요구했다. 서인식은 이 기획들을 수행해감에 있어 전체주의의 필요성을 주장하는 사람들을 이해하지 못할 바는 아니라고 쓰면서도, "우리는 오늘날 소여된 고유한 의미의 전체주의를 그대로 연하(驀下)하기 전에 우선 그가 현계단의 일본이 당면한 정치적 문화적 과제의 해결에 적합한 것인가를 음미하여 보는 것이 옳지 않은가?"라고 묻는다.[87]

이어지는 글에서 서인식은 당시의 전체주의 이해 방식들을 비판하고 전체성을 이해하는 자신만의 대안적 방식을 제안한다. 당시의 전체주의 이해(대부분의 경우 그것은 독일식 전체주의에 기반을 두고 있다고 그는 지적하는데, 그것이 구체적으로 일본의 그것과 어떻게 다른지는 여기서 거의 제시하지 못한다) 중에서 그는 주요한 세 문제를 발견해낸다. 첫째, 전체주의는 민족 내부에 그리고 민족들 사이에 불평등을 가정한다. 둘째, 전체주의는 민족 내에서나 민족이 없는 경우에나 공히 이 불평등을 급진적 민족주의의 형식으로 극단화한다. 그리고 마지막으로 전체주의는 민족이나 개인의 독립성을 존중하지 않음으로써 "문화의 세계성과 보편성"이라는 성취를 가로막는다. 이 점에 관하여는 아래와 같이 길게 강조된다.

> 끝으로 전체주의는 이와 같이 개인과 민족, 민족과 민족의 양립을 배제하는 만큼 그는 한 개의 문화 원리로서는 일방 각개인의 자립이 보증되는 한에서만 실현될 수 있는 문화의 세계성 보편성을 저해하지 않을 수 없으며 타방他方 각 민족의 자립이 가능한 한에서만 확보될 수 있는 타민족 문화의 민족성, 전통성을 조상阻傷하지 않을 수 없다. 한 민족의 특수한 문화가 보편성 세계성에 도달한다는 것은 개인의 지성적 활동의 자유가 보증되는 한에서만 가능하며 각 민족이 그들의 고유 문화의 특수성 전통성을 발휘한다는 것은 그들의 정치적 문화적 생활의 독립이 구속되지 않는 한에서만 가능한 것이다.[88]

미래가 사라져갈 때

이 서술에 의하면, (식민 권력인) 일본은 세계적이거나 보편적인 문화에 미달할 가능성이 높은데, 이에 바로 이어지는 부분에서 서인식은 이 주제를 다룬다. 한 짧은 단락에서 그는 앞서 언급된 전체주의와 당시 선전되고 있던 동아협동체 이데올로기를 비교하고 있다. 서인식은 협동체가 어떻게 발전해갈지는 구체적으로 드러나지 않았다는 점을 지적하지만 "정부의 성명을 신빙하여서 무방하다면" 협동체는 동아시아 민족들의 정치적 주권과 문화적 독립을 보호할 것이고, 그 주장이 "단순한 정치적 제스처나 레토릭"에서 그치지 않는다면 그 이상은 전체주의와 동일시될 수 없다고 했다.[89] 이 지점에서 서인식의 문장은, 그가 다른 글에서 문학 고유의 특질로 제시한 바 있는 "아이러니와 패러독스"를 가지고 또 "풍속 비판의 예리한 수단"을 가지고 읽어야 하는 것으로 보인다.[90] 물론 그는 일본이 그가 비판적으로 보는 부류의 전체주의적 행동을 하고 있음을 이미 지적하고 있다.

서인식의 비판은 "대등한 것이라야 대등한 것을 낳는다"는 구절을 통해 한 나라 안에서의 행동과 다른 민족에 대한 행동을 연결시키면서 더욱 직접적인 것이 된다. 이때 조선이 국경 안에 있음을 상기한다면 중국, 일본, 만주의 민족들 사이의 평등이 일본이라는 공간 내에서의 평등에 달려 있다는 제안은, 종속적인 일본-조선의 식민 관계 때문에 무력화된다. 나아가 서인식은 직접적으로 일본이 동양과 서양의 통합을 통하여 새로운 세계 문화를 생산하기에는 충분히 "문화적으로 성숙하"지 못하다고 말한다. 조선을 "반도"라고 빈번히 부르면서 얼마간 축소된 지위만을 부여하는 지정학적 명칭을 사용하는 것을 보면, 일본은 새로운 세계 문화를 출현시킬 지적 자유를 허용하기는커녕 그 "도국적島國的"[섬나라 특유의] 근성을 극복하지 못하고 있다고 그는 말한다.[91]

식민 말기 조선에서는 어떤 비판의 가능성도 차단되어 있었다고 믿는 이들에게, 서인식이 계속하여 "후진 일본"이라 명명을 하는 것은 놀랄 만큼 직접적인 것이다. 그러나 그는 이렇게 경계선 위를 걸어간 끝에 결국 도달한 지점에서 회복해야 할 합당한 전체성의 윤곽을 그리고 있다. 그에 의하면, 전체주의의 당시 형식들에 반대되는 합당한 전체성이란 개인과 전체가 서로를 압도하지 않는 방식으로, 양자의 관계를 변증법적으로 매개하는 전체성이다. 일본제국의 다른 많은 문화평론가들과 마찬가지로, 서인식은 자본주의 사회가 곤경에 처하게 된 것은 그 과도한 개인주의와 도구주의 때문이라고 본다. 그의 새로운 전체성은 개인주의의 최선의 면, 즉 그 자발성과 책임감을 보호하면서도 사람들이 서로 관계를 맺을 때 대상으로서가 아니라 사람으로서 관계를 맺는 사회적 관계의 틀 위에서 구성될 것이다.[92] 그는 이 구상을, 과거 시대로의 귀환을 목표로 하는, 개인주의에 대한 "기계적" 비판과 구별한다. 그리고 그는 이 개념에 "세계성의 세계"라는 새로운 유토피아 담론을 담는데, 그 세계는 전체와 부분의 관계가 변증법적으로 매개되어 중심과 주변이라는 관계 자체가 존재하지 않는 세계이다. 이 신세계의 모든 곳은 중심이 될 수 있으며, 보편은 개별자에 내재하고, 세계는 각 민족에 내재한다. 여기에는 지배 관계도, 동양과 서양 문화도, 식민본국과 식민지도 없으며, 어떤 개인도 자기주장을 위해 타자를 부정

미래가 사라져갈 때

할 필요가 없다.[93]

그러나 서인식의 유토피아주의는 그의 지적 동지들에 대한 의문을 제기한다. "세계성의 세계"라는 이념은 서인식 고유의 것이 아니라 고야마와 미키 기요시 같은 철학자들이 아시아 신질서에 관한 글에서 이미 논의했던 바 있다.[94] 식민본국과 식민지 관계의 소멸이라는 관념은 분명 불평등한 관계를 그대로 유지하면서 식민 관계를 수사적으로만 부정하는 데서 그침을 긍정하는 것일 수 있다. 이러한 점에서 서인식이 교토학파 철학자들의 손아귀를 벗어나지 못한 채 그들의 논의를 반복하고 있다고 생각되기도 한다. 동아협동체론이라는 당시의 이념이 당대 자본주의의 위기를 해결하고 봉건적 동양과 근대적 서양 사이의 분리를 극복하는 형식인지를 서인식이 지속적으로 미심쩍어했음을 인식하는 것이 중요한 만큼, 그럼에도 불구하고 그가 식민주의와 인종주의적 사상 없는 세계에 대한 유토피아적 꿈을 지니고 있었다는 점 역시 중요하다. 그는 일본이 과연 이 새로 통합된 전체성을 지도하는 주체일 수 있는지를 끊임없이 의심했다. 이 글의 마지막에 이르러서도 그는 "문제는 오로지 오늘날의 일본이 세계성의 세계를 창조할 정열과 역량을 가졌는가 하는 데 달렸다"며 질문을 제시하고 있는 것이다.

철학이라는 통제되지 않는 실천

"현대에 있어 문화를 논할 무기를 갖지 못한 필자는 이 소론의 구성에 있어 고야마 이와오 씨의 인간학 사상을 많이 참작했다."[95] 서인식은 상당한 분량으로 된 그의 유일한 저서 『역사와 문화』를 이렇게 끝맺고 있다. 그의 전형적 결말 맺기인데, 이로써 그는 자신의 발화 위치의 명료성에 심각한 의문을 제기할 뿐 아니라 최악의 부류에 속하는 제국주의 사상과 연관된 담론장에 말려든다. 누가 무기를 갖고 있는가, 그것이 그가 겨우 제기하는 질문이다. 이러한 결말 속에서 비판이자 통제를 벗어나는 실천인 철학의 언어를 포용한 모더니즘의 한 형식에 내재한 간극과 균열이 드러나기 시작한다.[96] 서인식은 식민지 조선의 소설가들에게 섬나라의 문화적 향토주의라는 스스로 만든 보호막 뒤에 숨지 말라고 권유하면서, 아이러니와 패러독스의 사용을 의식적으로 옹호한다. 그는 조선 소설가들에게 언어와 보편적 현대성이라는 무기를 장악할 것을, 그리하여 제국 영역 내에 있는 조선이라는 장소를 파헤칠 것을 권유한다. 이때 조선이라는 장소는 그 모든 동아협동체 논의에도 불구하고 침묵에 잠겨 있는 곳이었는데, 다시금 조선은 협동체 구성의 두 주축인 중국, 일본과 달리 이름을 부여받을 수 없었다. 서인식 자신이 이러한 아이러니와 패러독스를 자기의 글쓰기에 전유하지 않았으리라고는 상상하기 힘들다.

나는 1940년의 서인식을 설명할 때 처음에 "전前혁명가"라는 단어를 사용했는데 이는 얼마간의 설명을 요한다. "전혁명가"란 1930년대 초 공산당에 가해진 폭력적 탄압의 후폭풍 가운데 등장하는 형상으로 볼 때 더 잘 이해될 것이다. 일본과 식민지 조선의 감옥에서 당의 지도급 당원들은 "이전"의 신념을 버리고 일본제국의 명분에 적극적으로 부응하기 시작했다. 이 행위가 바로 "전향"이다. 전향 서사는 일본 천황에 대한 유사종교적 지지로의 급작스러운 방향 전환을 보여주며, 식민지 시대 이후의 시각에서 보면 동화 체제에 대한 지조 없는 투항이다. "전향"의 영어 번역어 "conversion"은 한 대상을 다른 것으로 교환함을 암시하며 따라서 공산주의 신념의 어떤 대체물을 전제한다. 공산주의와 민족주의에 반대하는 선언을 내놓은 대가로 재정적 원조를 받은 공식적 전향자들 역시 신사와 조선신궁에 매달 2회 참배할 의무가 있었다.[97] 이 주제를 여러 차례 다룬 바 있는 비평가 김윤식의 표현에 따르자면, 그들은 이전 신념을 "일본"으로 대체할 것을 강요받았다.[98] 하지만 이 대체라는 말 때문에 그들이 이전에 지녔다고 상정되는 이념이 순수한 상태였다거나 대체의 전 과정이 어떠한 잔여물이나 잉여를 남기지 않는 완전한 것이었다는 식의 인식이 자리잡는 문제가 생긴다. 이는 식민지 말기에 이 말을 사용한 또다른 전향자, 즉 민족주의로부터 전향한 자인 이광수가 "일본 정신"이 민족주의자들과 공산주의자들에게 "쏟아져 들어간다"고 할 때의 그 논리를 그대로 반복하고 있다.[99]

서인식이 형성하고 있던 인적 네트워크는 오늘날의 관점에서 보면 놀랄 만한 것임에 틀림없다. 「문화에 있어서의 전체와 개인」은 『인문평론』 창간호의 권두 논문으로 실렸는데, 이 잡지는 경성제국대학의 영문학과 조교를 지냈고 이후 악명 높은 협력자가 되는 최재서가 1939년에 창간한 잡지였다.[100] 그 글에서 서인식은 교토학파 철학자들이 발전시킨 핵심 개념들을 사용했는데, 이는 그가 저쪽 편으로 건너간 증거로 사용될 수도 있을 것이다. 하지만 그의 작업을 모방으로 읽어야 할 어떤 이유도 없다. 현재를 행위의 기반으로 인정하는 서인식의 태도를 보면 알 수 있듯, 우리는 그가 자기 행동의 근거를 건설할수 있는지를 확인하기 위하여 일본 철학자들의 개념을 본격적으로 사용했음을 알 수 있다. 그가 이해한 그 자신의 현재에 기반을 둔 채, 서인식은 동아협동체에 식민지로서 흡수되어버리지 않는 조선의 대안적미래를 상상할 수 있는 공간을 만들어내기 위하여 분투했다. 이러한노력 덕분에 그는 노스탤지어, 전통과 고전, 동양에 관한 지배적 담론들 속에서 조선이 점점 더 과거 속으로 밀려들어간 채 서술되는 방식들에 지속적인 관심을 기울일 수 있었다. 그는 과거로부터 미래를 만들어내기 위하여 이러한 담론들 내에 머무르기를 선택한 것이다.

서인식의 결말 중 가장 눈에 띄는 것은 1940년 11월 이후에는 그에관한 어떠한 기록도 남아 있지 않다는 사실이다. 아마 그가 선택한 의상은 이제 더이상 그를 가려주지 못하게 되었고, 이에 그는 침묵을 선택했을 것이다. 이후 그의 사상과 행동을 확증할 수 있는 길은 전혀 없지만, 통제되고 과도한 감시의 시선하에 놓인 식민지의 문서고에는, 침묵을 깨뜨리고 큰소리를 내는 외침이나 비명은 아마도 존재할 수 없을 것이다.

미래가 사라져갈 때

3장
사적인 동양

새처럼 재재거리던 아이들은 다 잠든 듯, 아내마저 고운孤雲처럼 자기
침소로 돌아간 후, 그야말로 상간양불염相看兩不厭하여 저와 나와 한가
지로 밤 깊은 줄 모르는 것이 이 고완품들이다.

　　　　　　　　　　　　　　　　　　　　　　　—이태준, 「고완古玩」

자기모순을 고민해야 할 줄 안다. 생활과 작품은 한덩어리라야 서로
좋을 것이다.

　　　　　　　　　　　　　　　　　　　　　　　　　—이태준, 「동양화」

이태준의 수필집 『무서록』을 일별하고 거기서 고뇌의 경험을 읽어내
기란 쉬운 일이 아니다.[1] 매우 세련된 스타일로 쓰인 이 수필집은, 벽
을 완상할 때 즐길 수 있는 고요함을 성찰하며 시작되어, 동시대 문학
경향들에 대한 상세한 논의를 시작하기에 앞서 사라져버릴 운명을 지

닌 아름다움에 대한 애조 띤 송가를 한 묶음 제시하고, 문서들과 일상적 습속 가운데서 발견될 과거의 흔적들에 대한 탐색을 거쳐, 동해안과 멀리 만주까지 뻗어가는 여정을 기록한 여행기로 마무리된다. 이태준은 경성 외곽에서의 자기 삶을 성찰하고 있는데 거기에는 멜랑콜리한 고독과 옛 선비의 생활양식에 대한 환영적 그리움의 감각이 배어 있다. 그러한 성찰이 고민과 모순으로 표나게 덧칠되는 일은 좀처럼 없다. 이태준은 그의 수많은 작품들 가운데서도 가장 널리 읽히며 사랑받는 이 정교하게 빚어진 수필들을 한데 모을 때, 일상생활의 모순에 천착해야 한다는 다짐을 스스로 무시해버렸던 것은 아닌가?

서인식이라면 분명 이 질문에 대해 그렇다고 답할 텐데, 서인식은 봉건적 형식의 노스탤지어의 탁월한 예로서 이태준의 수필집에 실린 글들을 언급한 바 있기 때문이다. 그에 따르면 봉건적 노스탤지어는 압도적으로 오래된 것을 선호하고 새것을 거부하는 경향을 띠며, 토착 전통이 사라져버렸거나 곧 사라질 위기에 처해 있다고 인식될 때면 늘 등장하곤 하는 것이다. 그것은 어떤 점에서 보면 도피의 형식이며 오래된 사물들에 대한 사랑에 자기를 침잠시킴으로써 현재의 모순들과 대면하기를 거부하는 것이다. 그러나 한편으로 서인식은 사라지고 있음이 분명한 전통을 애도하는 이러한 경향은, 조선의 경우 정치적 역사에서 연원한 것이라고 지적하기도 했다. 다시 말해 서인식은 당대의 상고주의가 어떤 독특한 역사에 대한 대응이며 단순한 유행이나 개인적 편향성이 아니라는 점을 이해하고 있었다. 이는 이미 "봉건적 향수"가 옛것에 대한 단순한 집착을 넘어서는 시간적 복잡성을 띠며 개별

예술가 차원을 초월하는 역사적·사회적 상황에 대한 대응을 함축하고 있음을 암시하고 있다.

그 상황이 가장 분명한 형태로 자기를 드러내는 장으로 이태준의 상고주의가 취하는 공간적 틀을 들 수 있는데, 이는 『무서록』에서 두 개의 범아시아적 비전이라는 형식을 취한다. 첫째 비전은 아시아에서 공통적으로 존재했던 엘리트층이 전대에 지녔던 환영幻影으로서의 고독한 유자儒者이며, 둘째 비전은 만주와 일본제국이라는 근대적 첨단이다. 동양과 서양이라는 틀로 과거를 탐색해가면서 확실히 이태준은 그의 현재로 회귀하게 되고, 또 빈번히 천명되는 동서양의 문화적 분열이 불평등한 식민주의적 관계와 조선이 자본주의 체제로 편입됨에 따라 나타나는 모순들을 은폐해버리는 일제 식민주의 담론으로 회귀하게 된다. 그 모순들은 이태준 작품 전반에 그 표지들을 남겨놓는데, 이태준의 사적私的 동양이라 불릴 만한 미묘하고도 분명 시대착오적인 형식 가운데서 특히 그러하다. 사적 동양이란 동양이라는 제국의 지정학적 미학 내에서 이뤄지는 고도로 개인화된 자기탐구를 의미한다.[2] "동양 문화"의 본질에 관해 명상하고, 난蘭을 완상하며, 옛 선비의 문헌을 재구하면서 이태준은 선비의 일상생활이라는 관념을 스타일로서 모방한다. 이는 그가 당대 몇 되지 않는 자수성가형 전업작가 중 한 명으로서 식민지 수도의 근대 경제에 완전히 파묻혀 살아가는 와중에 일어나는 일이다. 그는 이 스타일에 걸맞은 형식을, 당시 부흥기를 맞고 있던, 의식적으로 의고풍을 띠는 수필에서 발견한 것이다.

수필은 의고적이거나 하찮은 비주류 장르로 간주되곤 하지만, 이 장르의 재부흥은 그와 달리, 더 정확하게는 말기적 자본주의에 대한 하나의 대응으로 이해될 수 있다. 말기적 자본주의에서 부르주아 주체성을 구성하는 모순들은 수필 형식이 지닌 알레고리적 내면 가운데서 해소된다. 따라서 수필은 더이상 어떤 본능적인 탈출이 아니며 예술작품과 일상생활을 한데 모으는 어떤 것이다. 내면으로 깊이 침잠하는 순간에 이태준의 수필은 외부를 차단해버리지만, 이 수필집을 외부에 대한 글로 마무리지음으로써 이태준은 여기 나타나고 있는 종류의 주체성을 근본적으로 제약하는 외부가 있다는 인상을 남긴다. 자기 최선의 근대성, 자기 역량의 최선을 다한 동원, 궁극적으로는 최고의 폭력성을 달성한 제국은, 내부와 외부로 변별되는 양자 사이에 연결선을 긋는다. 이태준 이후 세대들이 보기에는 과거에 대한 이태준의 애정이란 식민 권력과 연동되어 있을 뿐이다. 즉 그 애정은 식민 권력이 구성해낸 지식, 역사, 나아가 미학에 포섭된 결과로 보이는 것이다. 예술이 그러한 사회적 형성의 틀 안에서 생성되는 것이 당연함에도, 어찌하여 이태준의 저 애정은 놀랄 만한 것으로 보일까?

고완품 연적

이태준은 옛것들 속에서 기쁨을 맛보았다. 그의 수필은 그가 과거와 맺는 고도로 개인적이며 깊이 내면화된 문학적 관계를 보여준다. 아내와 아이들이 곁에 잠든 밤, 방에서 홀로 깨어 앉아 이태준은 고완품들과 함께 시간을 보내는 자신을 묘사한다. 이 장면은 이태준 작품의 몇

미래가 사라져갈 때

몇 주요 테마들을 종합하고 있다. 여기서는 한 개 사물로 물질화되어 있지만 다른 글에서는 인간을 통해 구현되곤 하는,[3] 과거와 하나가 되는 찰나적 깨달음의 순간, 그리고 고독한 선비라는 유교적 인간형을 고독한 예술가에 대한 숭배라는 틀로 낭만적으로 재구성하는 것, 마지막으로 텍스트라는 공적영역 안에 가장 "사적"인 장면이 등장하는 것이 그 테마들이다. 이태준이 고완품들과 나누는 교감은 서인식이 분석한 바 있는 향수의 물결 가운데서 1930년대에 인기를 얻게 된 상고주의의 한 유형에 모델을 제공하며, 과거에 기대는 것을 봉건적이라 규정하며 평가절하하는 식의 분석이 가지는 한계를 암시한다. 이태준은 밤 시간의 고독 속에서 그에게 가장 가까운 동무가 되어주는 것으로 고완품을 묘사하는데, 이때 둘이 제시하는 동료적 관계는 어떤 형식을 띠는가? 또 이태준의 과거에 대한 사랑에는 무슨 의미가 있는가?

처음에 이태준은 고완품이 계속 마음 써야 할 어떤 내밀한 세계를 제공한다고 했다.

> 그림 하나를 옮겨 걸고, 빈 접시 하나를 바꿔 놓고도 그것으로 며칠을 갇혀 넉넉히 즐길 수 있게 된다. 고요함과 가까움에 몰입되는 것이다. 호고인들의 성격상 극도의 근시적 일면이 생기기 쉬운 것도 이러한 연유다. 빈 접시오, 빈 병이다. 담긴 것은 떡이나 물이 아니라 정적과 허무다. 그것은 이미 그릇이라기보다 한 천지요 우주다. 남 보기에는 한낱 파기편명破器片皿에 불과하나 그 주인에게 있어서는 무궁한 산하요 장엄한 가람伽藍일 수 있다.[4]

고완품이란 근접해서 보아야 한다고 강조하며 이태준은 관계라는 측면에서 고완품을 규정한다. 이를 볼 때 이태준이 고완품을 통해 또 그것에 대해 글을 쓰면서, 방에 들어앉아 있으면서도 보다 넓은 세계와 관계를 맺을 수 있음을 주목하게 된다. 고완품과의 관계에는, 아내와 아이들 혹은 보다 넓은 공동체와의 관계를 대체해버리는 듯한, 가까이서 대해야 한다는 아우라가 있다. 그러나 글쓰기 자체가 이미 관계 맺기라는 점에서 이 텍스트도 하나의 사회적 세계에 이미 관여되어 있는 것이다. 상용어구 하나가 그 외연을 암시해준다. 이 특수한 세계의 구조를 이루는 감정적 근접성 때문에, 친밀함으로 번역되곤 하는 한자 친親이 암시하는바, 즉 거리의 좁힘이 마음에 떠오른다. '친하다'는 말은 애정어린 가까운 관계를 가리키며, 또 '친'은 아버지 혹은 부모를 뜻하는데 이는 존경하고 따르는 가족관계를 나타낸다. 그리고 '친일'이라는 단어를 보면, 이는 문면대로는 일본과 친밀함을 의미하며, 일본 식민 권력과의 협력 행위를 가리킨다. 통상적인 해석에 따라 협력이라는 의미를 이끌어내는 대신, 친일에서 친밀성의 의미에 주목하면 식민 지배의 종말을 지향하는 주체성이라는 문제에 접근하는 데 좀더 유용할 것이다. 과거와 현재의 간격을 좁히는, 고완품이 제공하는 시간의 친밀성과 식민지 조선을 기술한 역사들에서 보통 더 자주 지칭되곤 하는 친밀성에 관한 다른 서사 사이에는 어떤 관련이 있는 것일까? 조선이 전시 파시즘 체제에 흡수되어가던 1940년대 초에 고완품을 통해 가능했던 근접성과 친밀성의 형식들에는 어떤 것이 있을까?[5]

수전 스튜어트는 "골동품을 옹호하는 감수성을 충족시키기 위해서는, 역사적 의식상 어떤 파열의 발생이 전제되어야 하는데, 이는 자신의 문화를 멀리 떨어지고 비연속적인 '타자'로 만드는 감각을 창조하는 것"이라고 쓴다.[6] 스튜어트는 여기서 18세기 영국에서 상고주의가 낭만적 노스탤지어로 변모해간 지점에 대해 논하고 있는데, 그 시기 영국에서는 왕국을 하나의 정치 단위로서 승인하고자 하는 의도와는 상관없이, 상업주의의 제약들 때문에 사라져가던 시골 문화에 관심을 기울이는 태도가 나타났던 것이다. 산업화 도정에 있던 유럽에서 나타난 상고주의에 관한 논의를 보면, 낭만주의의 영향하에 일어난 역사와 시간에 대한 이해 방식이 변화했고 그 과정에서 상고주의가 나타났음이 드러난다.[7] 동시대성이 새로운 힘을 획득해감에 따라, 과거를 이질적으로 느끼는 감각이 생기고 그로부터 골동품 애호의 감정이 생겨나는 것이다. 그러한 감정은 사랑의 형식을 취할 때조차도, 분열된 시간의 피안에 존재하는 것으로 인식된 어떤 현재에 뿌리를 내리고 있다. 그 간극은 이해의 상실로 생각되며, 상고주의자들은 "사물들을 새롭게 깨어나도록 하고, 그리하여 서사를 새로이 깨어나게 함"으로써 그러한 상실감을 상쇄하고자 한다.[8] 산업경제가 등장함에 따라 대량생산된 상품의 홍수 속에서 새로이 눈에 띄게 된 골동품은, 상고주의자에게 과거와 거리를 유지할 수 있게 하면서 동시에 전유 혹은 소유할 수 있는 기회를 제공한다. 골동품은 분열의 서사가 새롭게 상기될 수 있는 방법을, 재해석하고 재포장할 수 있는 수단을 제공하며, 잠재적으로는 과거와의 관계를 가깝게 할 수 있는 수단을 제공하는 것이다.

식민지의 상고주의자에게 산업화와 도시화가 초래한 시간적 분열은 식민 통치라는 물샐틈없는 통제 때문에 은폐된 것이었다. 멀리 저 편에는 과거의 정치적 주권이라는 환상이 배회하고 있었다. 이편에서 식민지 교육을 받은 일군의 조선인들은 소외감을 느낄 수밖에 없었는데, 그들이 느끼는 상실감과 이제는 새로이 전유되어야 할 불가해성은 식민화 이전의 시간들에 대한 지식과 그 시간 속에서 행해졌던 실천과 그때 존재했던 사물들에 투사되었다. 서인식은 언제고 돌아올지도 모를 유령 같은 것으로 저 과거를 제시한 바 있는데, 상고주의자가 과거를 재소유하는 행위는 향수를 달래는 행위일 뿐 아니라 정치적 행위이기도 했다.

상고주의적 감수성을 역사적 의식상의 파열로 보는 사고는, "시간적으로 아득함은 공간으로 아득함보다 오히려 이국적이요 신비적이다"[9]라는 이태준의 의미심장한 문장에 축약되어 있다. 그는 고전의 아우라와 현대에는 옛것이 멀리 있는 것보다 더 낯설게 느껴지는 감각에 대해 쓰고 있었다. 이 문장은 식민지 수도에 사는 예술가와 지식인의 코스모폴리턴적 세계를 암시하는데, 이는 식민지 도시에서 서양의 소비 물품이 신기하고 이국적인 것으로 느껴졌음을 강조하는 최근의 경향과는 상충된다. 이태준의 문장은 유행 이상의 심오한 의미가 있는 파열을 암시하고 있다. 목판인쇄 서적, 조선조 학자들의 붓과 도자기 문방구, 또 구식 낚싯대 같은 옛 물건들이 축음기 레코드판, 커피잔, 최근 연구에서 빈번히 언급되곤 하는 책들보다 더 이국적으로 보일 정도로까지 경성의 물질문화는 변모해왔던 것이다.

그러한 사물들에 의해 지지되고 또 그것들이 상징하는, 지식과 경제 체제상의 신질서가 성립함에 따라 상고주의적 경향을 초래하는 역사적 파열이 발생했고, 따라서 이는 유용성이 있는 대상의 단순 교환이 아니다. 이태준의 수필은 도시 외곽에 새로 지은 "전통" 가옥에서 가정적인 일상생활을 즐기는 소시민 작가의 상을 보여준다. 이 글들이 쓰인 1930년대 동안 이태준은 『조선중앙일보』 학예면 편집자였으며 단편소설을 쓰면서 여러 신문에 일 년에 한 번 꼴로 장편소설을 연재하고 있었다. 그는 19세기 말 선교사들이 설립한, 그의 아내의 출신교이기도 한 이화여전에서 가르쳤고 버스로 신문사와 학교를 오갔다. 조선이 일본의 보호국이 되기 한 해 전인 1904년에 태어난 이태준은 작가이자 상업 출판 매체의 편집자로 명성을 확립하기 전에 식민지 교육 체계를 통과하며 성장했고 일본에서도 공부했다. 이태준의 일상생활은 식민지 수도의 네온 불빛 가운데서, 또 도시에 새로이 편입된 경계 지역에 자리한 조용한 안식처에서, 특히 집 안에서 영위되었다. 그 집은 1934년 경성의 영역이 확대되었을 때 그 가치가 비약적으로 상승한 구역에 세워진 것이었다.[10]

따라서 우리는 이태준이 고완품 소유를 통하여 다시 일깨우고자 했던 특정한 서사들에 주목해야 한다. 이태준은 고완의 "극진"한 성격을, 과거는 알기 전에 "느끼"는 것이 중요함을 강조하며, "산사를 찾아가는 심경"으로 고완을 대해야 한다고 강조한다.[11] 그러한 경이감을 지닌 태도와 육화된 지식에 대한 욕망은 문헌 탐구에 기반을 둔 역사학자의 합리성이 아니라 과거를 대하는 상고주의자의 접근법을 보여준다.[12] 미덕, 단순한 도덕성, 자연법칙에 대한 존중이 있었던 옛 세계를 수필을 통하여 다시 일깨우려 시도함으로써, 이태준은 1930년대 경성 사회의 특질로 지적한 바 있는 고도의 생산성, 합리성, 상업주의, 경쟁에 대한 미학적 비판을 산출하고 있는 것이다. 어느 글에선가 그는 날이 갈수록 속도를 중시하며 경쟁적이 되어가는 근대 도시의 생활양식 때문에 낚시질마저 변모했음을 지적하기도 한다. 근교의 낚시터에 버스를 타고 도착하면 저마다 버스에서 뛰어내려 가장 좋은 자리를 잡으려고 경주를 벌이게 되었다는 것이다.[13] 이태준은 철원의 작은 농촌 마을에서 했던 다양한 종류의 낚시를 매우 상세하게 묘사하는 데 수필 한 편을 온전히 바친 적도 있는데, 그의 태생지 철원에서는 계절 변화에 따라 범람했다가 말랐다가 하는 강물의 변화를 이용하여 계곡에서 다양한 낚시를 했다고 한다.[14] 이태준에게 낚시질이란 물고기를 잡는 일이 아니라 "고기와 사귐"이며, 따라서 자연과 함께하며 자연의 순환적 시간 속에 머무는 행위이다. 그것은 또 상황과 환경에 맞춰 달라지는 미끼와 낚싯대에 대한 묘사를 통해 때로 꽤나 모호하고 토속적인 수많은 말들을 가지고 낚시질을 묘사하는 글을 쓰는 것을 의미하기도 한다.[15] 그것이 낚시질이든 말이든, 그 대상과 행위들은 전통적, 자연적, 시골풍의 존재 방식으로서 주조되며 어떤 도덕적 가치를 부여받고 있다. 따라서 이태준은 애정어린 시선으로 옛 물건들을 제시함으로써 소시민의 도시 생활과 그에 대한 불만족의 윤곽을 제시하고 있는 셈이다.

20세기 중엽의 경성 주민들은 상실되어버린 시골 생활에 대한 향수를 경험하기 시작했지만, 이는 거의 언제나 어떤 정치적 단위를 진정한 것으로 만드는 문제와 연결되어 있었다. 신흥 부르주아의 성원으

미래가 사라져갈 때

로서 이태준은 식민 통치가 정착되는 과정에서 경제적으로 혜택을 받았다. 작가이자 교육자였던 이태준은 조선어로 글을 쓴다는 것에 그의 개인적·직업적 운명이 달려 있었다. 그러나 동시에 그는 조선어 발표 지면이 거의 소멸하리라는 끔찍한 전망에 직면해 있기도 했다. 이 때문에 그는 아마도 자기 실존상의 모순, 즉 식민지 사회에서 부를 일군 작가가 이제껏 지켜온 규칙이 무엇이었는지를 깨닫고 발견하는 모순과 대면하게 되었을 것이다. 그러나 몇몇 논자들처럼, 이태준이 내비치는 고완품과 옛것에 대한 취미를 민족애의 표현이나 군사 점령기라는 난세에 민족을 보존하고자 하는 시도로 읽어내서는 안 된다. 그런 독법으로는 이태준이 과거에 대한 사랑을 표현하는 형식의 의미도, 조선 근대 초기 경험을 규정짓는 파열의 심각성도 이해하기 힘들다.

소중히 여겨지는 사물들에 대한 이태준의 묘사는 거기에 삶의 경험의 흔적들이 담겨 있다는 점에서 통일성을 얻는다. 이는 어떤 유명한 과거 인물의 것이든 혹은 알려지지 않은 사람들의 것이든, 또 심지어는 그 사물들이 자주 그러듯 인사동 거리에서 상품으로 구매된 것이든 동일하다. 이태준은 다른 나라에서 완벽한 상태로 건너온 세공품들, 즉 작은 흠집만 나도 그 가치가 사라져버리고 마는 그런 사물들은 자기 취향이 아니라고 쓴다.[16] 그의 이상형은 조선 시대의 단순한 공예품, 오랜 세월 손때를 타고 음식을 담아내느라 금이 가고 더럽혀진, 장식성이라곤 없는 그릇이나 목공품이다. 이러한 사물에는 한 사람 혹은 여러 사람이 사용한 흔적이 남아 드러나 보이는 것이다. 따라서 그것은 그 몸체에서 시간의 흐름을 보이고 있지만, 이때 시간이란 역사적 사건의 드라마가 아니라 지루한 일과들과 일상생활이라는 무차별적 흐름으로 구성된 것이다. 이 이상적 사물은 그 사용 가치의 흔적을 가시적으로 지니고 있지만 더이상 사용되지는 않는다. 그것은 지속성을 지닌 어떤 역사를 보고 있지만 이제 그것은 역사의 영역을 완전히 떠나서 예술가의 친구로, 미학적 감상의 대상으로, "전 우주"가 될 것으로, 순수하고도 자족적인 세계로, 시장이라는 폐허가 건드릴 수 없는 과거 속에 그리고 나아가 현재 속에도 남아 있을 것이다. 그 사용성 때문에 과거에 가치 있었던 사물은 이제 그것이 현재 속에서 지니는 영광스러운 무용성 덕분에 교환경제와 그 도구성과는 아무런 상관이 없는 그 성질 덕분에 가치를 부여받는다.[17] 물론 여기에는 아이러니가 개재되어 있다. 즉 고완품이란 그 사물이 체화하고 있는 과거 시간에까지 교환 경제가 침투해 들어가 있으며 고완품 자체마저도 상품화해버린다는 점을 드러내고 있는 것이다. 이태준이 스스로 행하고 있는 저 움직임들이 결국 아무 장식도 없는 그릇의 시장 가치를 엄청나게 상승시켰던 것이다.

이태준이 골동품 상가에서 여러 사물들을 사들인 것은 사실이다. 그러나 그는 그 사물들의 기원을 새로이 이야기함으로써 상품 순환으로부터 그것들을 세심하게 분리해낸다. 이태준은 다음과 같이 조선 도자기의 매력을 정확히 짚어낸다.

> 이조의 그릇들은 중국이나 일본 내지內地의 것들처럼 상품으로 발달되지 않은 것이어서 도공들의 손은 숙련되었으나 마음들은 어린아이처

럼 천진했다. 손은 익고 마음은 무심하고 거기서 빚어진 그릇들은 인공이기보다 자연에 가까운 것들이다. 첫눈에 화려하지 않은 대신 얼마를 두고 보든 물려지지 않고 물려지지 않으니 정이 들고 정이 드니 말은 없되 소란한 눈과 마음이 여기에 이르런 서로 어루만짐을 받고, 옛날을 생각하게 하고 그래 영원한 긴 시간선에 나서 호연해 보게 하고 그러나 저만이 이쪽을 누르는 일이 없이 얼마를 바라보든 오직 천진한 심경이 남을 뿐이다.[18]

이 사물들은 자신들이 그 증상을 이루는바, 역사적 파열을 부정하면서, 산 경험의 끊김 없는 흐름 가운데 현재와 과거를 연결한다. 그러나 이 사물들은 자신들이 시장경제에 편입되는 기원에 대한 서사로부터 단절되었다는 바로 그 점 때문에 이 기능을 성공적으로 수행할 수 있다. 도자기의 새로운 매력은 그것이 전前자본주의 세계에 기원을 두고 있다는 인식에 기인하는데, 그 세계에서는 사람과 사물이 매개 없이 공동체를 이루며 살아가고 있었다고 상정된다. 이태준의 시대에 그 사물은 신체와의 직접적 관계로부터 분리됨과 동시에 또다른 허구적 영역으로 옮겨간다. 도자기는 도공의 손길의 증거로, 즉 이해득실 계산이나 정신의 간계와는 동떨어진 어떤 순수한 손길의 증거가 된다. 이 기원적 손길에는 손길이 닿는 세대들의 승계라는 환상이 자리잡는다. 이러한 손길을 향하는 탐색, 혹은 그 흔적을 간직해나가는 진정한 체화된 경험과 진정한 사물을 향하는 탐색과 어떤 연속성의 감각은 이태준 특유의 것이라기보다는 자본주의 교환경제의 추상화를 압도적으로 경험하는 사회의 일반적 특질로 보인다. 여기서 저 사물은 "현재 사는 경험의 지평" 너머에 존재하는 본래성authenticity의 자리를 표시하게 된다. 이러한 "거리 두기의 과정" 속에서 "신체의 기억은 사물의 기억으로 대체된다."[19] 그렇다면 사물은 대체 무엇을 기억하는가?

기원을 알 수 없는 조선 도자기가 암시하는 영역은 복합적인데, 왜냐하면 현재를 넘어선 그 지평이 다만 전자본주의 유토피아를 구성할 뿐 아니라 식민주의가 자연스럽거나 영속적인 것이 아니었음을 필연적으로 상기시키는 식민지 이전 시대의 기억 역시 구성하기 때문이다. 또 한편 식민지 이전은 그 자체로 강한 암시성을 띠는 것으로 드러난다. 그것은 이미 신체적 기억의 영역 너머로 이동해갔기 때문에, 식민주의라는 사실을 긍정해버릴지도 모를 어떤 거리감을 전제로 해서만 접근 가능하다. 이태준이, 조선이 일본의 보호국이 되기 직전 해인 1904년 태어나 식민 통치가 공식화된 이후에야 학교 교육을 받기 시작했다는 점을 상기할 필요가 있다. 이 책에서 논의되는 수많은 사상가, 작가들과 마찬가지로 이태준은 식민 통치가 개시되기 전의 삶에 대한 의식적 기억이 전혀 없는 첫번째 세대였다. 이태준과 그의 친구들에게는 식민지 체제가 생산해놓은 지식의 매개 없이 과거에 접근한다는 것이 이제 불가능했다. 내밀한 지식이란 거리감과 이질감의 재긍정으로 드러나고 말 것이었다.

조선 도자기에 대한 묘사에서 우리는 또다른 허구적 영역에 이르게 되는데, 이는 이미 그 자체가 서양 오리엔탈리즘의 다른 판본이기도 했던, 일본 지식인들이 조선에 대해 생산한 식민적 지식의 총체를 의

미래가 사라져갈 때

미한다. 중국과 일본 사이에 조선을 위치시키고 그리하여 조선을 범아시아 담론 가운데 재중심화시킬 때, 이태준이 조선 공예품을 규정지으며 구사하는 비교의 문맥을 특기할 필요가 있다. 이는 매우 복잡한 교섭 과정이다. 이태준이 조선에서 찾고자 하는 가치들, 즉 아이 같고, 순수하고, 상품 체계에 덜 오염되어 있다는 점은, 당시 조선과 일본 양측 모두의 지식인들이 보기에 이미 성숙하고 완전한 단계의 자본주의에 도달한 서양과 반대되는, 동양이라는 범주에 연결된 것이었다.[20] 20세기 초 일본에서는 서양으로부터 동양을 구별짓고 또 일본을 동양 안에서 구별해내기 위하여 지리 문화적 단일체로서의 '동양' 관념이 생겨났다. 이러한 단일체를 연구하고 정당화하기 위한 역사 연구 분과인 '동양사'에서 중국과 조선은 과거 혹은 동양으로, 일본은 현재로 기능했다.[21] 이태준이 조선을 가리키며 "순수"와 "어린아이처럼" 같은 말을 사용할 때, 그는 필연적으로 이 '동양' 담론 안에서 말하는 것이 된다. 구체적으로 말하자면 그는 야나기 무네요시(1889~1961)와 아사카와 노리타카(1884~1964) 같은 일본인 수집가의 작업과 공명하고 있는데, 그들은 일본 식민주의로 인한 새로운 소유의 가능성을 십분 이용하여 20세기 전반기 동안 식민본국에 조선의 도자기를 소개했던 것이다.

야나기는 식민지의 예술계와 일본의 민예 운동에서 거물이었다. 야나기가 조선 도자기를 알게 된 것은 아사카와 덕분이었는데, 아사카와는 1913년부터 1946년까지 조선에서 소학교 교사로 일한 바 있다. 아사카와와 더불어 야나기 역시 식민지 시장의 예측 불가능한 변동과 위계질서 덕분에 자신이 점하게 된 경제적으로 우월한 지위를 활용하여 골동품 수집가로서의 명성을 확립했고 식민본국에서라면 불가능했을 문화자본을 획득했다.[22] 야나기는 그 명성을 이용하여 조선 미학의 감상자이자 번역자를 자임했다. 1919년 조선 전역에서 반식민 저항운동이 일어나자, 그는 식민 통치 10년 동안 너무나 가혹한 취급을 받은 조선인들에게 동정심과 이해심을 지닐 것을 주장했다.[23] 문화 영역에 있어 식민본국과 식민지 사이의 보다 호의적인 관계를 수립하려는 의도 하에 그는 경성 최초의 미술관을 건립하자는 개인적인 의견을 제시하기도 했다. 과학, 정치, 지식 같은 분야보다도 예술, 종교, 감정 쪽이 일본인과 조선인을 좀더 가깝게 만들리라는 것이었다.[24] 이 미술관은 1924년에 성대하게 개관했는데, 그전에도 이미 야나기는 그가 아시아의 미적 전통 핵심부에 위치시킨 바 있는 경주 석굴암 불상 같은 반도 예술품의 미와 중요성을 상세히 논하는 다수의 글을 써내고 있었다.[25] 그러한 작업을 통하여 야나기는 아시아 문화에 관한 비교 역사학이라는 영역을 개척하고자 했는데, 그 안에서 조선 문화란 아시아의 한 지역을 대표하는 것으로서 중시되었다. 이러한 문화적·지역적 상상은 제국이 진행하고 있던 지역 획정 과정과 언제나 긴밀히 연동된 것이었다.

동시대의 다른 자유주의 성향의 식민주의자들과 마찬가지로 야나기는 피식민자들의 문화를 제국의 위계질서 내에 위치시키지 않은 채 그들의 문화를 열렬히 칭송했다. 유명한 「기자에몬이도를 보다喜左衛門井戸を見る」를 보면 그 위계질서가 무엇인지 그리고 그것이 어떻게 이태

준의 조선 도공에 대한 글과 공명하는지를 알 수 있다.[26] 이 글은 이름 높은 기자에몬 찻잔을 보러 고호안孤篷庵을 방문한 일을 기술하고 있다. 이 찻잔은 "천하제일의 찻잔이라고 일컬어진"다고 야나기는 쓰고 있다. 그는 이 찻잔을 가진 자들은 저주에 걸린다는 세간의 믿음을 지적하고 여러 소유자들의 고생담을 들려주면서 그것이 16세기에 제작된 이래로 누구에게 소유되어왔는지 계보를 추적한다. 이 찻잔의 유일무이함은 야나기가 기술하는바, 그 지극한 평범함 때문에 중화된다. 그것은 그저 가난하고 무식한 사람들이 어떤 계산도 장식도 없이 만들어낸 하나의 평범한 그릇이었다. 이태준과 마찬가지로 야나기 역시 그것을 만들어낸 도공에 대해 생각한다. "못 배운 조선의 도공들에게 지적 의식이 있었다고 생각할 수는 없다. 아니, 이와 같은 의식에 사로잡히지 않았던 것이기 때문에 그와 같은 자연스러운 그릇이 생겨난 것이다. (…) 그 아름다움은 자연의 선물이다."[27] 그리고 아무런 계산도 없는 이 도공들은 그들 자신이 빚어낸 미를 인식할 수 없었다. 이 최고로 평범한 그릇은 일본인 다인茶人이 지닌 기술인 감상의 기법이 없었다면 그토록 비범한 것이 못 되었을 것이다. "밥공기는 조선인들의 작품이라 하더라도 대명물大名物은 다인들의 작품이다."[28] 결국 평범하고 무식한 조선인들은 궁극의 창조자가 될 수 없음이 드러난다. 그 역할은 오직 미를 인식할 수 있는 독점권을 지닌, 교양 있고 교육받은 일본인 마스터에게만 주어질 수 있다. "'이도'는 일본에 건너오지 않았다면 조선에 존재하지 않았을 것이다. 일본이야말로 그 고향이다."[29] 자기를 과장하는 몸짓을 잠시 제쳐둔 채, 약간의 논리적 왜곡을 통하여 일본이 제국 미의 고향이 되고 있는데, 제국이야말로 여기서 문제가 되고 있는 그 영역이기 때문이다.

평범한 조선 도자기와 도공을 감상하면서 위의 논리와 공명함으로써 이태준은 자유주의적 식민주의의 논리를 긍정할 위험성을 안게 된다. 이 논리는 곧 '친일' 혹은 협력이라 규정되곤 하는 제국주의적 부르주아 엘리트와의 친연성을 초래하는 것이다. 과거와의 거리를 좁히는 순간 일본 사상가들과의 거리가 좁혀진다는 점에서, 식민적 관계를 친연성의 관계로 생각해보면, 서사를 통하여 또 이태준 같은 지식인들이 자기를 제국의 주체로 자리매김해가는 과정 속에서 그 관계 내의 거리가 어떻게 좁혀지는지를 이해할 수 있게 된다. 이 서사에서 핵심적인 것은 아시아 문화에 대한 상상에 부수되는 다양한 관념들이다. 아시아라는 가상적 지역 안에 조선을 위치시켜 비교를 행한 것은 이태준과 야나기만이 아니었다. 1940년대 초의 잡지들은 거의 강박적으로 보일만큼 일본, 중국, 조선 트리오에 관한 특별호를 간행했다. 아시아라는 지역 범주 안에 자리한 경합적 보편주의의 예시로서 각자의 특수성들을 찾기 위해서였다. 그리하여 구미 오리엔탈리즘의 인식론적 틀은 긍정되었으며, 이러한 환경에서 오리엔탈리즘적 어휘들을 동원한 조선적 가치의 칭송은 결국 아시아 공동체라는 이념을 강화해주었다. 이러한 사고방식에서 아시아와 조선은 서로를 강화하는 범주이며, 양자가 맺는 관계의 지정학적 본질, 즉 불평등 교환이라는 식민적 관계는 은폐되었다.

그렇다면 야나기 부류의 인물들과 조선 문화에 열광하는 다른 식민

미래가 사라져갈 때

자들이 미리 형성해놓은 감정에 이태준이 공명하고 있을 뿐이라고 봐야 하는 것일까? 양자가 공유하는 문화적 감식안을 이렇게 읽어버리지 않기 위해서는 이태준의 글에 나오는 가장 독특한 고완품을 살펴보아야 할 듯하다. 이태준이 고완품 애호가로서 자신의 개인적 역사를 서술한 글을 읽어보면, '친親'과 부모자식 관계의 친밀성에, 그리하여 과거라는 친밀한 영역으로 즉각적으로 연결된다. 이태준이 소유하게 된 최초의 옛 물건은 작고한 그의 부친 소유였던 작은 연적이다. 연적은 한국의 고물古物 컬렉션에서 특히 비상한 위치를 차지하는데, 이는 오늘날의 주요 미술관에서도 확인된다. 문방구인 연적은 벼루에 물을 한 방울씩 떨어뜨리기 위해 사용된 작은 물그릇이다. 손안에 쏙 들어오는 크기로 만들어지는 연적은 보통 그와 비슷한 크기의 작은 사물 혹은 동물이나 식물, 물고기, 복숭아, 어떨 때는 개구리 등의 형상을 띤다. 연적은 손에 쏙 들어오는 크기 때문에 친밀한 감정을 일으키면서 그와 함께 예술적 창조성과 개인마다 다른 기호를 추구하는 형식적 자유를 제공했다. 아마도 이러한 이유에서 20세기 초 이래 골동품 애호가들에게 연적이 그토록 소중하게 받아들여졌을 것이다.

이태준의 연적은 그의 자전소설인 『사상의 월야』에서 묘사된 바 있으며 「고완」이라는 단순한 제목이 달린 수필에서 다시 길게 묘사되었다.[30] 후자에서 연적은 집안의 "웃어른"으로 인격화되는데, 집 안에 있는 물건과 사람들 중 유일하게 이태준 자신보다 더 오래된 것이었기 때문이다. 이 연적은 이태준에게 한 번도 본 적 없는 어떤 이미지를 불러일으킨다. "저것이 아버님께서 쓰시던 것이거니 하고 고요한 자리에서 쳐다보면 말로만 들은, 글씨를 좋아하셨다는 아버님의 풍의風儀가 참먹 향기와 함께 자리에서 풍기는 듯하다. 옷깃을 여미고 입정入定을 맛보는 것은 아버님이 손수 주시는 교훈이나 다름없다."31 아버지를 일찍 여의었기에 지속적 부자 관계가 부재한 가운데, 육화된 지식 혹은 아버지가 자식에게 물려주는 행동 양식을 담지한 자로서 연적이 끼어든다. 과거 삶의 방식이 투영된 이 사물에 의하여 부계를 따라 전승되는 경험이 중개된다. 연적은 과거로부터 현재로 경험을 실어나를 수 있는 종류의 물질적 대상들 중 하나인 듯하다. 그러나 과거로부터 온 이 장면은 스토리텔링을 통하여 매개된다. 연적은 어떤 향내를 일으키고 육체적 경험과 연결되고자 하지만, 그것은 이태준으로서는 전해듣기만 한 장면, 구전으로 전달된 장면에 지나지 않는다. 이태준의 수필에서 과거와의 단절은 이러한 이데올로기적 향수를 통하여서만 가능한 그러한 연결이다.

이태준에게는 단지 전해듣기만 했던 어떤 과거의 관념, 그리고 과거와 현재의 간극을 메워줄지도 모르는 어떤 전승 가능한 전통에 대한 전망이 아버지로 육화되어 있는 셈인데, 이것만이 아버지가 갖는 의미는 아니다. 이 수필은 계속해서 연적이 불러일으키는 다른 기억을 서술해간다. 그것은 아버지의 임종 장면인데, 그때 아버지는 고향에서 멀리 망명하여 춥고 견디기 힘든, "바다도 얼어"붙을 기후인 블라디보스토크에 있었다. 아버지는 자기 운명에 대해 "흉중엔 무한한 無限恨인 채" 운명했다.32 그때 연적은 아버지 곁에 있었으며, 그리하여 아버지의 한, 망명, 때 이른 죽음을 경험한 것이었다. 이태준의 외조모는 그 연적을 허리춤에 넣은 채 그가 성장하여 연적을 지닐 만한 나이가 될 때를 인내심을 갖고 기다리며 여기저기 떠도는 세월을 살아왔다. 이 연적이 "같이한" 과거는 세기 전환기 이태준의 아버지가 사회개혁가들과 뜻을 같이한 결과 조선 보수파에게 밀려나 식민화 전야인 1909년 망명지에서 숨을 거두는 과정에서 겪은, 고난으로 가득찬 과거이다. 이태준 아버지의 이야기는 국가의 운명에 휩쓸려 들어간 개인의 운명, 특히 한국이 근대로 진입하면서 초래된 국가적 위기 기간 동안의 운명을 극적으로 보여준다. 한 물건의 이야기처럼 이러한 가족사는 식민지 이전과 식민지기를 이어주며, 그리하여 회상 가운데 나타나는 "식민지 이전"을 구축하는 서사에 참여한다. 저 연적을 물려받는 것은 또한 이런 과거와 가능한 대안적 미래들을 물려받는다는 의미였다. 이러한 계승은 곧 호명을 통하여 갈등을 겪고 있는 집단에 성인이 되어 편입되는 것과 동일했다. 이태준의 아버지는 반식민의 입장은 같았으나 국가의 미래에 관해 다른 비전을 지녔던 조선인들에게 밀려나 망명길에 오를 수밖에 없었다.

적어도 이태준에게는 유일하고도 본질적인 의미를 지니는 이 연적은 아버지 이야기를 통하여 이태준이 과거와 맺는 관계를 매개하고 있다. 이때 중요한 점은 연적을 통해 비로소 하나의 이야기가 말해질 수 있게 된다는 점이다.[33] 이태준에게 생생한 기억이라고는 없는 아버지의 자리를 연적이 대신한다면, 아버지 역시 자기의 육체적 영역에 근접하는 무연가를 대신하며 작동한다. 아버지 이야기를 통하여 이태준은 또다른 자기를 구성하는데, 그것은 국가의 운명을 안타까워하는 자

기이자 붓질 한 번으로 쉽게 평정을 구할 수 있는 자기이다. 식민주의
와 상품화 체제로부터 순간적으로 자유로운 삶, 또 동시에 한 번의 손
놀림으로 가능해지는 삶을 통하여 육체는 경험의 핵심으로 귀환하며,
거기서 상상력과 다시금 결합된다. 이것이 바로 저 자그마한 연적이
제공하는 유토피아적 충동이다. 그러한 서사는 야나기에게는 전유될
수 없는 것이었는데, 야나기는 필연적으로 전혀 다른 아버지 이야기를
말할 것임이 분명했다.

수필의 친밀성

연적 이야기에서 중요한 점은 아버지에 관한 진실이라기보다는 그 이
야기가 현재 안에 생성해내는 자기에 관한 서사이다. 고완에 대해 사
유하는 이태준의 글 한 편의 제목은 '고완품과 생활'인데, 여기서 고완
에 대한 그의 관심이 다만 과거 지향적이기만 한 것은 아님을 알 수 있
다.[34] 과거와의 마주침은 현재라는 기반 위에서 또 구체적인 방식으로
발생한다. 제의적 의미가 있는 그릇을 완상하는 데는 그다지 많은 행
위가 필요치 않음에도, 이태준의 여러 수필은 과거에 대해 수동적이라
말하기 어려운 접근법을 보여준다. 예컨대 널리 추앙되던 인물인 추
사 김정희(1786~1856)의 서예 작품을 보기 위해 친구인 화가 김용준
(1904~1967)을 따라 개인 소장가의 집에 간 이태준은, 김용준이 주
의깊게 모사한 글자들을 수일 저녁에 걸쳐 몇 시간씩 들여 베낀다. 못
이나 현대적 도구를 사용치 않고 옛 방식으로 새집을 짓고 싶어 구식

목수를 고용한 경우도 있다. 이 사례들을 통해 이태준이 "모방"의 "미덕"이라 부른 바 있는, 과거 시간을 현재에 반복하고자 하는 욕망에 대한 경험의 의지가 드러난다.[35] 예상 가능하듯, 이태준이 재생산하고자하는 과거 시간은 거대한 사건이나 결단력 있는 행위로 규정되는 어떤 영웅적 시간이 아니다. 또 이때의 과거 시간은 선명한 반식민 혹은 비식민의 시간도 아니다. 그것은 한층 복잡미묘한 것, 즉 어떤 도덕성의 기반이 되는 실천과 관습의 묶음, 일상의 스타일이라 부를 만한 것이다. 이태준이 일상생활을 하나의 스타일로서 만들어내는 것은, 당대인쇄 문화가 '생활'이라는 이름 아래 광고하고 있던 소비자의 생활방식과 나란히 놓여 있지만, 이태준의 스타일은 소비주의와 패션에 대한표면적 부정과 과거의 포용으로 규정되는 것이다. 그것은 또한, 하나의 스타일로서 처명익적인 일상, 언제고 폭발할 위험에 처해 있는 일상에 내재한 부조화를 봉인하고자 노력한다.

근대에 선비의 일상생활을 재창조하려는 이태준에게 글쓰기는 핵심적이며, 이는 과거의 선비들에게도 동일했다. 추사의 서예 작품을모사하는 예에서도 암시되듯, 모방의 미덕은 오직 대안적 일상생활의알레고리로서 충분히 기능하는 글쓰기 형식과 스타일로 실현될 때에만 완성될 수 있었다. 이태준은 구식이라는 자의식은 있었으나 점차인기를 더해가던 '수필'에서 그 형식을 발견했는데, 수필은 이태준의일상사가 지니는 모순들을 이미 어느 정도 공유하고 있었다. 1930년대 중반 인쇄산업이 활황인 가운데 늘어난 잡지들의 지면을 채우기 위해 청탁되는 글이었던 수필은 인쇄 자본의 경제에 완전하게 편입되어 있었다. 난蘭과 고시古詩와 자연에 내재한 도덕적 힘에 대한 음미 등의 주제를 취하고 과거 선비 생활의 스타일을 주의 깊게 상기함으로써, 수필은 모더니즘의 힘들이 작용하는 가운데 혁명적 변화를 겪어왔던 엘리트 문화에 연속성을 부여했다. 나아가 일상생활 속의 지나쳐 가는 순간들과 미세한 결을 포착하는 데 적합한, 수필의 본질적 파편성은 경성 주민들이 감당해야 했던 비균질적인 면들, 즉 소비생활의 빠른 속도, 식민지 수도의 권위주의적 건축, 옛 흔적이 남은 동네에 여전히 남아 있던 생활방식 등을 모두 공평하게 조명할 수 있었다. 과거 지향적 몸짓에도 불구하고, 아니 오히려 그 몸짓 때문에, 수필은 여러 면에서 보들레르식으로 규정된 근대성, 즉 영원성의 요소가 순식간에 지나가는 순간의 휘발성과 결합한 근대성을 가장 잘 구현하는 문학 양식이었다.[36]

이태준은 형식의 중요성에 민감했으며 그것을 시간적 개념으로 포착했던 것만큼이나 지정학적 개념으로 표현했다. 이태준은 조선 예술가가 조선의 미술 전통을 포기하고 유럽 화가들의 유화와 수채화를 전면적으로 따라하는 것을 비판하며 "생활과 작품은 한덩어리라야 서로 좋을 것이다"라고 한 바 있다.[37] 이 지점에서 그는 예술가는 "자기 모순을 고민해야" 한다고 주장한다. 그가 보기에, 유럽 화풍을 차용한다면 조선의 자연환경에는 맞지 않는 이상한 제재를 선택하게 될 것이고, 서양풍 회화 형식을 산출한 생활방식을 영위하는 예술가란 없으므로 결국 예술 행위는 헛된 꿈이나 "노동"이 되고 말 것이었다.[38] 마네의 〈풀밭 위의 식사〉에서처럼, 나체로 풀밭에 눕는다면 조선에서

미래가 사라져갈 때

는 가시 같은 것에 긁히지 않겠는가? 서양 화가들이라면 단원 김홍도 (1745~1806) 같은 예술가의 "의발을 받아 나아가"려 노력하지 않을 것이지만 한국 화가들은 애타게 "제2의 세잔"이 되고자 한다는 점에서 여기에는 어떤 불균형이 있으며, 이는 앞서 지적한 형식과 환경의 불일치에 반영되어 있다. "그런 유산을 썩혀두고 멀리 천애의 에펠탑만 바라볼 필요야 군이 어디 있겠는가?" 다른 곳에서와 마찬가지로 여기서도 이태준은 자기 일상생활의 모순을, 동양과 서양 사이의 결정적인 차이와 불균형이라는 문화적 개념으로 서술하고 있으며, 예술가에게 문화 영역 전체의 재현 의무를 지우고 있다. 하지만 이태준은 또한 그러한 모순을 형식에 관한 질문으로 드러내고 있기도 하다. 어떠한 문화적 형식을 통했을 때 시간성, 언어, 문화들과 위계, 인종, 빈곤 등의 불평등이 혼합된 채로 존재하는 일상생활의 모순은 해결될 수 있는 것일까?

당시의 용어 사용에 따르자면, 일화적 수필은 외부 "이식"의 혐의로부터 자유로웠다.[39] 자연, 도덕, 인간관계, 읽은 책, 친구 집 방문 등에서 얻은 인상을 서술하는 짧은 수필은 조선 시대 내내 쓰여왔고 선비들의 개인 문집에 수록되었다. 또한 1930년대에 이르면 수필은 일종의 중흥기를 맞이하는데, 조선일보사가 1939년 선구적으로 출간한 5권짜리 『현대조선문학전집』에 수필과 기행문이 한 권 분량으로 포함된 것을 보더라도, 현대적이고 살아 있는 장르로서 그 존재를 인정받았음을 알 수 있다.[40] 이 시기는 한국에서 근대문학이 정전화되기 시작한 초기였으며, 이 선집은 출판사가 주요 작품들을 체계적으로 묶은 최초의 시도였다. 조선에서 가장 인기 있는 유럽 문학의 네 부문에 소설, 서정시, 희곡과 함께 수필이 포함되어 있었으며, 또한 다니자키 준이치로(1886~1965), 사토 하루오(1892~1964), 하기와라 사쿠타로(1886~1942) 등 일본의 성공적인 소설가와 시인이 모두 탁월한 수필가이기도 했다는 점은 의심할 여지가 없었다. 다니자키의 작품과 그의 유명한 수필 「그림자 예찬陰影礼讚」(1933~1934), 저우 주오 렌(1885~1967)이 1920년대 말에 전통과 5·4운동의 유산을 재평가하면서 수필에 주목했던 것을 보면, 수필이 중추적 장르였음을 알 수 있을 뿐 아니라 당시 동아시아에서 수필이란 근대와 과거를 재평가하고자 했던 광범위한 흐름을 관통하는 핵심 개념이었음을 알 수 있다. 하나의 형식으로서 수필은 특정 종류의 사유가 부상할 수 있도록 했음이 분명하다. 혹은 이태준의 표현을 따르자면, 수필은 자의식적이든 아니든, 특정 종류의 고민이 표현될 수 있도록 했음이 분명한 것이다.[41]

1930년대가 되면 더 많은 작가들이 소설과 시 작품에 대한 보충물로서 수필에 주목하게 되고 전문 수필가들이 등장함에 따라 이 번창해가는 형식에 대한 논의들이 터져나온다. 비평가들은 이 형식의 의미와 그 인기에 대하여 무언가 언급해야 할 필요를 분명히 느끼게 되었다. 마치 수필 형식이 전염성이라도 지닌 양, 문학 자체의 "수필화" 현상에 대한 불안감이 반복적으로 표출되었다.[42] 이런 수사 중 일부는 분명히 수필이 상업적 저널리즘과 연결되어 있다고 보는 새로운 관점에서 나온 것이며, 문학은 그 사회적 위상에 있어서든 반反식민적 정치의 한 형태로서든 상업적 이해관계를 초월한 것이어야 한다는 엘리트주의적 문학 관념을 창출하고 지속시키고자 하는 시도를 반영하고 있다. 이런 맥락에서 나온 이야기들 중에는 도시 생활에서 겪게 되는 극심한 변화들 때문에 나타나는 주의력 저하에 관한 것도 있었다. 이태준 역시 단편소설과 장편掌篇소설 같은 짧은 문학 형식이 번창하게 된 것은 근대적 삶의 분주함이 큰 원인이라고 지적한 바 있다. 두 쪽 정도의 분량에 지나지 않는 콩트의 경우 전차를 타고 가다 읽은 후 도시락 곽처럼 버리는 것이라면서 이태준은 심지어 "어떤 잡지에는 제목 밑에 몇 분 동안이면 읽을 수 있다는 안내까지 붙는다"고 덧붙이기도 했다.[43]

조선어로 쓰이고 있던 다양한 소설 형식들에 대한 이태준의 논의는 일화적 수필에 관한 문제와 직접 연관되는 것은 아니지만, 그가 특히 작품의 스케일에 초점을 맞추고 있음은 흥미를 끈다. 왜 장편長篇소설보다 단편소설이 더 권위 있는 소설 형식이 되었는지를 고찰하면서 이태준은 스케일 개념을 일상생활에 대입하는 다른 방식을 보여주는데, 이는 도시의 속도에 대한 대입과는 다른 것이다. "더구나 조선과 같이 공간적으로나 시간적으로나 대국적이게 취급하려면 가지가지 난점에 봉착되는 환경에 있어서는 가장 일 부분적이요, 일 단편적인 단편밖에는 최적의 문학 형식은 없다 하여도 과언이 아닐 것이다."[44] 이 서술은 식민 통치하의 작가가 처한 현실에 대한 이태준의 서술 중 가장 직접적인 것이라 할 수 있는데, 그 현실이란 직접적 검열이나 지식 순환에 대한 통제 때문에 제약될 수밖에 없는 것이었으며, 과거와 현재 모두에 있어 조선의 사회관계가 갖는 전면적인 복잡성을 드러내는 말이었다. 그렇다면 식민지에서는 수필과 같은 파편적 형식이, 의식적으로 추구된 것이든 아니면 우연적으로 주어진 것이든 간에, 하나의 가능한 재현 전략일 수도 있었던 것이다.[45]

수필을 통해 형성되는 특수한 개인성 개념에 관하여 비평가들은 그것이 식민지 현실에 연결되어 있지 않다는 점에 초점을 맞추었다. 모더니즘 시인이자 비평가로 명망 높던 김기림(1908~?)은 임화와 더불어 이러한 논리를 만들었다. 김기림은 1933년에 발표한 글에서 일화적 수필은 "소설의 뒤에 올 시대의 총아가 될 문학적 형식"[46]이라고 쓸 정도로 수필에 매우 우호적이었다. 그는 최근 문학의 본질에 대해서 생각해보았는데 그것은 본질적으로 글쓰기의 문제이며 따라서 말들의 조합이라는 결론에 도달했다고 밝힌다. 그는 자신이 수필에 더 관심을 기울이게 된 것은 근본적으로 문학적인 이유에서였음을 드러내고 있다. 문학적인 것은 그 내용에 의해서 규정되는 것이 아니라 스타일 문제이며, "작가의 개인적 스타일"이 가장 명료하게 나타나는 것은 수필이라는 것이다. 김기림은 수필을 다만 "조반 전"에 쓰인 즉흥적인 몇 문장 같은 것으로 보는 비하적 관점을 비판하고, 대신 본질적 수필이란 노력의 정화이자 명료한 산문을 쓰고자 하는 노력이라고 주장한다. 수필의 특별한 본질은 "향기 높은 유머와 보석과 같이 빛나는 위트와 대리석같이 찬 이성과 아름다운 논리와 문명과 인생에 대한 찌르는 듯한 아이러니와 패러독스"에 있다는 것이다.[47] 일화적 수필이 갖는 이 모든 자질들 덕분에 결국 수필은 근대라는 시대의 본질적 예술이 될 가능성을 부여받는다.

이런 상찬을 통해 김기림은, 버지니아 울프의 표현을 빌리자면, 매스미디어라는 "시궁창"으로부터 수필을 결정적으로 구해낸다. 울프의 현대 수필론은 김기림의 것과 거의 동시에 나왔으며 유사하게 긍정적인 태도를 취하고 있다.[48] 김기림에 의해 수필은 동시대성의 정점이라는 지위를 부여받으며 심지어는 미래의 예술로 보이기까지 한다. 김기림의 이 같은 수필 이해 방식의 핵심에는 문학을 예술가 개인에 의해 정련되어야 할 하나의 기교로, 개인적 역량의 표현으로 보는 견해가 있다. 김기림이 보기에 수필 형식에 완전히 통달한 작가들로는 김진섭(1903~?), 이은상(1903~1982), 모윤숙(1910~1990)이 있으며, "가장 수필다운 수필"을 쓰는 작가이자 수필의 본질을 가장 잘 예증하고 있는 작가로는 이태준이 있다. 당시 이태준은 단편소설 작가와 연재 장편소설 작가로 더 잘 알려져 있었다. 그러나 김기림이 다른 글에서 이태준을 당대의 "스타일리스트"로 명명한 적도 있는 만큼, 이태준이 완전한 수필가이자 문학적 글쓰기의 완성자로 김기림 논의의 초점이 되고 있는 점은 그리 놀랄 만한 일이 아닐 것이다.[49]

김기림의 이런 수필관은, 식민지 사회의 불안한 분위기 속에서는 매우 논쟁적일 수밖에 없는 문학관을 표출하고 있기에, 필연적으로 역풍을 맞을 수밖에 없었다. 앞의 글이 나온 지 한 달도 못 된 시점에 권위 있는 잡지 『조선문학』이 주최한 좌담회에서 김기림은 수필이 "자유로운 형식으로 자유로운 주관으로" 쓰인다는 점을 강조하면서 자신의 논지를 반복하며 확장하고 있다.[50] 『율리시스』 같은 최근 작품을 소설 개념에 포함시키고자 할 때 겪는 어려움을 지적한 코멘트를 이어받아, 김기림은 작가들이 "구속"을 벗어버리고 "마음대로 표현할 수 있게 되는" 새로운 형식을 찾아야 한다고 주장하고 있다. 이 점에서 소설의 "수필화"가 긍정적으로 조명된다. 김기림과 임화 외에도 여섯 명의 작가와 비평가가 참석했지만 논의는 그 둘을 중심으로 진행되는데, 임화는 소설이 수필 쪽으로 옮아가고 있음에는 동의하지만 미래적 관점에서 이를 희망적 신호로 보는 것에는 전혀 동의하지 않으며 "부르주아 사회의 몰락하여가는 사조의 반주곡에 지나지 않는"다고 강조한다.[51] 스타일과 창조적 자유라는 개념을 통하여 선전되고 있는 것은 정확히 개인이라는 이데올로기이며, 이는 임화가 보기에 문학의 본령이라 할 윤리적 사명에 위협이 되는 것이다.

그러나 임화가 개인성에 대하여 수필이 지니는 특권적 관련성이라는 개념을 완전히 부정하는 것은 아니다. 1930년대의 막바지에 임화는 일정 기간 동안 수필을 본격적으로 평가하는 글을 썼다.[52] 이 시점에 그는 최초의 한국 근대문학사 저술 계획에 착수하고 있었고 장르의 의미를 깊이 생각하고 있었다.[53] 수필이 분명한 형식이 있는 장르가 아니라는 점에서 임화는 그것이 문학적이라고 판단하기를 주저한다. 김기림이 상찬했던 그 자유가, 임화가 보기에는 문학으로서 수필의 지위를 위협하는 것이었다. 임화에 따르면 문학은 그 논리가 윤리에 종속되어 있다는 데 특질이 있으며 이는 과학적 지식과는 반대된다.[54] 임화가 보기에 문학과 비문학을 구분지을 때 형식 문제란 부차적이며, 논리와 윤리의 형식에 담긴 사상이 중요하다. 그는 궁극적으로 수필은 그 윤리적 관점 덕분에 문학으로 볼 수 있지만, 수필에는 장르적 구조라는 성채와 역사가 없기 때문에 소설, 시와는 달리 수필의 윤리는 언제나 작가 자신의 윤리에 지나지 않는다고 본다.

> 수필은 체계나 법식法式을 좇아 무엇을 교설敎說하는 것이 아니라, 사색이나 생활의 진솔한 개성적인 기록임을 요하는 것이다. 이 개성적인 점, 일신상의 각도에서 모든 것이 이야기되는 친밀성, 육박미肉迫味는 수필이 문학인 때문에 생기는 별다른 맛이다. 그러나 다 같이 사상을 모럴로서 표현하는데도 수필과 장르로서의 문학은 대단한 차이가 있다. 수필이 모럴리티를 갖는 것은 쓰는 사람 자신이 직접 제 일신상의 각도에서 사물을 보고 이야기하는 때문에 필자의 모럴이란 것은 대개 일인칭의 방법으로 표현된다.[55]

여기서 임화의 의견은 김기림의 것과 크게 다르지 않으나, 김기림은 수필이 개인에게 스타일을 표현할 수 있는 공간을 제공한다는 점에서 그 강점이 있다고 보지만, 임화는 개인과 일상생활이 직접 마주치는 이상적인 장을 제공해야 한다고 주장한다. 수필을 통하여 일상생활의 수많은 사건들에 보다 큰 의미가 부여된다면, 수필의 개인성은 쇄말성을 초월하는 강점이 되는 것이다. 임화에 따르면 수필은 오직 개인만이 알아챌 수 있는 무언가를 서술해야 하지만 그것을 사상의 차원으로 상승시켜야만 한다. "마치 거목의 하나하나의 잎사귀가 강하고 신선한 생명의 표적이듯이" 수필에 나오는 "일상사"는 사상과 윤리성의 "충만한 표현"이어야 한다.[56] "수필은 아무 매개물 없이 직접으로 현실과 사상이 융합되어야 하"며, 이런 점에서 "실로 미미하고 사소한 일상사가 전혀 개성의 강한 정신의 힘으로 엄청난 가치를 발휘하게 된다."[57] 하지만 임화는 결론짓기를, 불행히도 현재 조선에서 수필은 이처럼 중대한 임무를 수행할 준비가 된 개인들에 의해 쓰이지 못하고 있으며 다만 "동양 취미" 영역에 떨어져버렸다고 한다.

김기림과 임화는 자주 "순수예술"과 "참여문학" 진영 사이의 오래된 대립을 대변하는 인물들로 제시되곤 한다. 사실 그들 역시도 그러한 용어를 사용하고 있기는 한데, 임화는 특히 "순문학"적 수필과 "경향문학"적 수필을 구분하기도 하는 것이다.('경향'이라는 단어는 문학을 정치적 매개로 보는 관점을 가리키는 데 사용되곤 한다.)[58] 그러나 김기림과 임화는 공통점이 아주 없지는 않다. 양자 모두 수필을 "개인성"이 실천되는 특권적 공간으로 인식하며, 근대 개인이라는 관념이 지니는 힘을 명확히 인지하고 있다. 둘의 차이는, 김기림은 형식으로서의 스타일을 통하여 개인성이 실현될 수 있음을 강조하지만, 임화는 수필을 일상생활의 발견을 위한 매개로 봄으로써 개인성을 강조한다는 데 있다. 따라서 그들은 동등한 정도로, 근대 개인 정신이라는 비교적 여전히 새로운 관념을 완전하게 만드는 데 힘을 쏟고 있다는 점에서 공통점을 지닌다. 이는 동시대의 다른 수필가들, 예컨대 중국의 저우 주오렌과는 상반되는데, 저우에게 수필이란 거기 담긴 일상생활의 스타일화이자 "근대 개인의 직접적 경험과 비교할 수 없을 정도로 높은 친연성"을 제공하는 것으로, 결국 5·4운동에서 주창되는바, 계몽이라는 지속중인 지적 기획을 수행하는 현장이 되는 것이다.[59] "동양 취미"

미래가 사라져갈 때

로서 수필을 수입해 오는 것을 비판하는 대신, 그것이 어떤 특정 종류의 주체성을 생성해내는 데 관련되어 있는지를 따져보아야 한다.

이런 관점에서 볼 때, 이태준이 취하는 과거에 대한 그리움이라는 형식이 시사적으로 다가온다. 그의 수필들은 실내 공간에 자신의 영역을 재빨리 마련하는데, 이는 대개 어둠이 모든 외부성을 집어삼키는 밤을 배경으로 하며, 이리하여 이태준은 그의 마음속 산중에 홀로 남게 된다.

> 낮에서부터 정좌하여 기다려도 본다. 닫힌 문을 그냥 들어서는 완연한 밤걸음이 있다. 벽에 걸린 사진에서 어머님 얼굴을 데려가 버리고 책상 위에 혼자 끝까지 눈을 크게 뜨던 꽃송이도 감겨 버리고 나중에는 나를 심산深山에 옮겨다놓는다. 그러면 나는 벌레 우는 소리를 만나고 이제 찾아올 꿈을 기다리고 그리고 이슥하여선 닭 우는 소리를 먼 마을에 듣기도 한다.[60]

마음속 풍경으로 향해 가는 이 과정 안에서 모든 외부성은 재빨리 내부성으로 전환되고, 바로 여기서 이태준은 과거에 대한 자신의 비전과 마주친다. 이태준은 이 깊은 산중에서 자기의 고완품들과 함께 앉아 난을 완상하고 조선의 고서를 읽으며 조상들의 덕을 경탄한다. 설사 그가 친구의 집을 방문한 일 같은 사회적인 일에 대해 생각한다 해도, 그 장면의 결구는 자기 집으로 돌아온 후의 고독한 경험 가운데 맺어진다. 예컨대 그가 자신의 좋은 친구 김용준과 더불어 추사 김정희의 서예 작품을 보러 간 일도, 김용준이 베낀 추사의 작품을 자기 서재로 가지고 돌아와서 거장의 필치를 모사하려고 이틀 밤을 보내는 장면에서 맺어지는 것이다.[61]

과거의 발견이란 대개 고립된 채 일어나는 일이며, 이는 과거에 살았던 이태준의 친구들에게는 낯선 개념이다. 이태준은 "작품은 개인의 뿌리에서 피는 꽃"[62]이라고 쓴다. 이어 그는 개별적 자아야말로 예술과 창조성의 기원이라고 강조한다. "고독하되, 불리하되, 자연이 준 자기만을 완성해나가는 것은 정치가나 실업가는 가져보지 못하는 예술가만의 영광인 것이다."[63] 유가의 학자라면 분명 자아 완성이라는 개념에는 익숙할 테지만, 이때의 자아란 정치, 경제, 문학이라는 구분된 별개의 영역으로 나뉘어진 사회 개념 속에 위치하고 있는 것이 아니다. 이태준이 흠모하는 서예 작품과 시적 표현을 남긴, 추사를 비롯한 많은 인물들은 오랜 기간 동안 조정에서 삶을 보냈다. 어떤 창조적 힘으로서 고립되어 있으며, 실업과 정치를 경멸하는, 이태준의 개인이란 단연코 근대적인 것이다. 따라서 이태준 작품에 나타나는 이데올로기적 주체는, 산업화 시기 유럽에 나타났던 낭만적 개인의 형상과 친연적이다. 그것은 도시의 소음, 화폐의 권능, 근대적 삶과의 타협을 표나게 반대하지만, 본질상 그것이 공공연히 부정하는 바로 그 힘들의 산물인 것이다.

이태준 수필은 주체성의 역설적인 형식을 보여주는데, 이를 통해 우리는 20세기 중반의 파시즘적 식민 통치가 가하는 가혹한 제약하에서 산업화되어가는 세계의 거대한 변동에 대한 통상적 반응이란 어떤 것이었는가를 알게 된다. 이태준 수필에 나타나는, 개인성의 경험으로 생성되는 과거와의 친밀성이란, 다른 위대한 수필가인 발터 벤야민에 따르자면, 파시즘이 취하는 방식들과 완전히 상통하는 것이다. 벤야민은 사적 개인에 의해 이루어지는 "역사의 단계"로의 진입에 대해서 쓴 바 있는데, 이는 19세기 중엽의 프랑스에서 일어난 일이다. "사무실에서 현실을 처리해야 하는 사적 개인은 환영幻影들 가운데서 자기를 지탱해주는 실내 공간을 필요로 한다."[64] 벤야민은 부르주아적 개인성의 신화를 지탱하는 주축 중 하나로 실내 공간을 선택하여 분석했다. 애초에 직장과는 반대되는 것으로 구성되고 사업과 상업이 이루어지는 "더러운" 세계로부터 고립된 하나의 공간이라는 환상에서 기원하는 이 실내란 개인의 독립성과 사생활이라는 부르주아적 신화에 있어 핵심적이다.[65] 이런 식의 독법에서 실내와 그 안에 놓인 사물들은 자본주의적 관계들과 새로운 형식의 주체성의 흔적으로 해석된다. "사적 인간에게 (…) 실내라는 판타스마고리아는 우주를 대변한다. 실내에서 그는 먼 곳과 먼 과거를 하나로 만든다. 그의 거실은 세계라는 극장에 놓인 한 개의 상자이다."[66] 세계를 내다보고 있는 상자 주위의, 먼 곳과 먼 과거, 시간과 공간의 기원이란 이제 제국주의적 모험을 눈앞에 두고 있는 유럽 부르주아와 연결될 것이다. 즉 골동품뿐만이 아니라 유럽 부르주아 가정의 실내 공간을 점점 채워나가는 제국주의적 기념품들이 떠오르는 것이다. 벤야민 분석의 핵심에는 사적영역을 내적인 성소로, 즉 생산관계라는 거시적 사회관계로부터 분리된, 개인의 통제력이라는 환영과 풍부한 물질적 대상들로 채워진 공간으로 제시하기를 거부하는 태도가 있다. 실외와 실내란 자본주의적 사회관계를 발전시키는, 정치권력과 통제의 배치에 주체성의 형식들이 어떻게 관련되는가를 따져보아야만 분석되는 사회적 공간의 환영인 것이다.

식민지 부르주아 가운데 나타나는 주체성의 형식들은 이러한 관점에서 보면, 그것이 얼마나 수동적이며 퇴영적으로 보이든 간에, 역시 그 권력과의 관계라는 맥락 내에서 생각되어야 한다. 조선과 같은 식민지에서는 자율적 실내 공간이라는 환상이 유지되기란 훨씬 더 어려운 일이었다. 가장 부유하고 또 권력과 친밀한 부역자들조차 식민지적 주체성이 부과되었을 때에는 결국 최후의 수단과 마주칠 수밖에 없었다. 그럼에도 불구하고 이 지점에서 실내의 관념들은 놀랄 만한 힘을 가지고 나타났던 것이며, 이는 세계를 내다보는 하나의 상자라는 개념이 유럽 부르주아에게만 적용되는 것이 아님을 증명하는 셈이다.[67] 개인적 상상력이라는 사적영역을 구축하면서 나타난 수필 부흥이라는 현상을 통하여, 식민지 엘리트들에게 속하는 내적 성소의 윤곽을 그려볼 수 있는 지표를 얻게 된다. 이태준의 경우 이 성소는 과거와의 친밀한 관계를 통하여 구축되었으며, 서인식 같은 지도적 평론가들은 그러한 시간적 지향성에 내재된 패배의 정치가 결국 미래에 대한 대담한 상상을 결여하고 있다고 비판한다. 황민화, 즉 아시아 전체를 포괄하는 일본제국의 한 부분으로서 자기를 상상할 수 있는, 적극적인 신민으로서의 주체를 생산하는 것이 제국이 표방하는 정치경제적 목표였던 시대에, 이태준은 "동방정취"에 초점을 맞춤으로써 시간적인 동시에 공간적인, 혹은 지정학적인 지향성을 또 드러내고 있다.

미래가 사라져갈 때

사적인 동양: 수집품

『무서록』에는 당시의 범아시아주의라는 개념이 드리워져 있다. 이태준은 막 수립된 만주국의 여러 지방을 1938년에 돌아보고 쓴 여행기인 「만주기행」을, 이 수필집 전체를 관통하는 상고주의적 탐색의 결론격으로 배치해놓고 있는데, 이는 결론에 일정한 한계를 부여하고 있는 것이다.[68] 이전까지의 글들은 상고주의적 내부 공간을 채우고 있었던 반면, 「만주기행」은 풍경이라는 순전한 외부성, 혹은 이태준이 만주를 일러 사용한 말인 "거대한 공간" 가운데서, 그리고 동시대성의 불안 가운데서 펼쳐지는 듯하다. 만주국의 수도 신경을 향해 가는 끝없이 긴 기차 여행중에 창밖으로 지나치는 광경들을 바라보든, 펑티엔(묵단) 거리를 인력거나 택시를 타고 지나며 오래된 만주의 수도이자 청조의 발원지를 흘낏 보든, 외진 곳에 자리잡은 조선 이민촌을 방문하기 위해 지친 다리를 끌고 마른 먼지를 헤치며 가든, 이태준에게 만주는 풍경의 육화, (박물관, 고아원, 역사 같은) 공공건물들의 집합, 기차간의 창에서 보는 하나의 광경으로 보이는 것이다. 이 풍경은 일본제국 변경 지역의 근대적이며 또 이국적인 영역으로서 그려진다. 만주국은 단순히 동시대에 존재하는 공간이 아니며, 동시대성을 초과하는, 불안하고 때로는 흥분되는 느낌을 자아내는, 미지의 미래를 잠깐 볼 수 있는 기회를 제공한다. 확장중인 제국의 핵심부를 이루는 새로운 국가로서 만주는 사회 구성상의 대담한 실험을 가능케 하는 동시에 대륙을 향해 가는 확장의 제일선으로 자리매김했다.[69] 만주는 제국이라는 왕관에

박힌 가장 큰 보석이었다. 이 만주는 이태준의 내적 성소에 커튼을 드리우는 견고한 부동의 외부이기도 했는데, 만주는 그에게 가공된 과거의 배경이 되는 상상의 미래이자 고향 조선의 윤곽을 잡아주는 코스모폴리턴적, 폭력적 제국이기도 했던 것이다.

여행기의 수록은 『무서록』이 상고주의적 세계로 완전히 함몰되지 않게 막아준다. 즉 이 글을 통해 독자는 동시대의 순간과 그 폭력적 변혁에 갑자기 고개를 돌리게 되고, 고완품과 함께하는 밤으로의 고독한 여로가 어떤 다른 여정으로 연결되는 길일 수도 있다고 생각하게 되는 것이다. 그 다른 여정이란 저 변경의 농장이라는 거친 평원을 가로질러 공영권이라는 확실치 않은 미래로 향해 가는 여정이다. 이태준의 수필집에 내재된 몽타주는 고대적인 것과 미래적인 것을 병치시키고 있지만, 양자는 지정학적 방향성을 공유한다. 사적인 동양은 『무서록』이 수집해놓은 시간과 공간을 가리킨다. 이 책에 실리기 전에 다수가 신문과 잡지에 따로 발표된 바 있던 여러 편의 수필들은 한자리에 모아져 연이어 읽힘으로써 확실히 새로운 의미들을 생성해낸다. 하지만 이태준이 승차한 아시아 특급열차가 대륙의 심부를 향하여 속도를 올리기도 전에, 이미 이 수필들은 이태준이 동양이라 부르는 이 거시적 지역 가운데서 조선의 지식인은 어떠한 자리를 차지하는가를 확실히 보여주려 한다.

만주로의 여정에 오르기 전, 동양이라는 저 환상적 비전은 하나로 공유되는 고대적 상층 문화를 빈번하게 호출하며, 이태준에게 이 문화는 당나라 시대 이후 중국을 중심으로 하는 것이다. 이 지점에서 이태

미래가 사라져갈 때

준의 글쓰기는 동시대의 일본제국을 과거에 대한 문화주의적 비전을 통하여 정당화하고자 하는 다양한 시도들에 가장 근접하게 된다. 이태준은 동양 문화의 변별성을 강조하기 위하여 중국 고전 시와 불교 사상을 동원한다. 유명한 당나라 시인 이백(701~762)의 시는 이태준에 따르면, 시적 천재성이나 당대라는 영광스러운 시대의 드러남이 아니라 오랜 세월 지속되는 동양적 "생활 감정"의 증거이다.[70] 이 생활 감정은 자연의 순간적인 상태에 맞추어져 있는 것으로, 떠가는 구름, 뛰노는 새, 흐르는 물, 모든 감정적 집착의 순간적 속성 같은 것을 통해 잘 드러난다. 시인 이백이 "불멸의 시인"이라는 별명을 지녔지만, 아이로니컬하게도 불멸이라는 것은 존재하지 않는다. 시인의 별명이 그의 철학에 누가 되는 것과 마찬가지로, 이태준 역시 동양 문화라고 불리는 것에서 어떤 지속적인 속성을 찾아낸다. 동양 문화의 속성이 실상 순간성인데도 말이다.[71]

여기서 이태준이 자기 당대에 유행하고 있던 슬로건을 복창한다고 할 수는 없다. 그러나 그는 분명 어떤 이분법적 세계 인식을 드러내고 있다. 즉 이태준은 조선인으로 사는 것 혹은 일본인이 되는 것이 문화적 개념으로 이해되고 동양/서양이라는 보다 일반적인 개념의 특수화로 정의되는 세계를 드러내고 있는 것이다. 동양은 그 자신만의 정취를 지니고 있는 것으로 이해되는데, 그것은 각 나라별로 분명히 구분되는 방식으로 물질화된다. 예컨대 "일본적"이란 것(여기 따옴표는 이태준이 붙인 것이다)이 무엇인지 성찰한 결과 나온 것이 '사비'인데, 이는 "괴석의 산화 정도의 현상"[72]이다. 여기서 이태준은 일본적인 것의 문화적 본질에 대한 여러 겹의 담론과 공명하고 있을 뿐이다.[73] 조선적인 것의 감각을 회복하고자 하는 어떠한 개념이든 결국은 정치적이 아닌 문화적인 영역에서, 즉 동양이라는 범주 안에서 발생할 것이며, 그리하여 조선 역시 동방 정취를 육화할 수 있는 것이다. 조선적인 것을 문화주의적 개념으로, 동양을 주체로 받아들이는 것을 통하여 이태준은 당시의 제국주의 담론과 매우 긴밀하게 연동되고 마는 것이다.

예의 연적 역시 이러한 비전에 부응하긴 하지만 그것은 훨씬 연약한 존재감을 띠는 것이었다. 문방구의 하나인 연적은 아버지의 세계를 상징하는 것이긴 해도, 망명 상태에 있는 가부장적 근대 민족국가가 지니는 상징성은 갖지 못했다. 이때 가부장적 근대 민족국가란 유학자들이 지배하던 영역으로, 이제는 사라져가는 세계의 중심이었다. 기계화된 활자를 통해 그 말이 인쇄물로 나타나는 근대의 작가 이태준과 전대前代 문화적 엘리트의 붓글씨 사이의 간극을 연적은 드러낸다. 그 세계에서 조선 선비들은 자신들이 중화 세계의 중심에 있다고, 즉 중국이 만주족에게 패배한 이후에는 자신들이야말로 유학 전통의 유일한 적통 계승자라고 보았다. 『무서록』에 실린 다수의 글은 고전의 언어를 추적하는 시도를 통하여 이러한 과거 선비들의 삶을 고고학적으로 발견하려 하고 있다. 예컨대 「기생과 시문」은 최경창(1539~1583)의 서한들 가운데서 미상의 기생이 남긴 노래를 발견하게 된 이야기를 서술하는데, 그것은 최경창이 홍랑이라는 기생과 열렬한 사랑을 나누던 때 선물로 받은 그리움의 정을 담은 시를 말한다. 이태준은 근대 들어 나타난 조선어 글쓰기와 그 전사前史 사이의 연속성을 찾는 데 큰

미래가 사라져갈 때

관심을 기울이고 있었고, 그러다보니 기생의 이 노래에도 관심을 갖게된 것이다.[74]

이태준이 환기하는 기생의 이미지는 제국주의적, 상업적 관점에서 생각되는바, 고도로 페티시화된 여성적 대상이 아니며, 엘리트 선비들의 동반자로서 일정한 교육을 받고 세련된 태도를 가진 여성이다.[75] 엘리트들에게 한문이 기본적 문어文語로 간주되던 시대에 기생들은 속어로 노래했다. 따라서 최소한 글로 쓰이고 문서로 남겨진 기록상으로는, 범아시아적 선비의 삶이란 그 본질상 온전히 "조선적"인 전통을 드러내는 데 방해가 되는 것이다. 이광수를 비롯한 20세기 초 문학계의 거물들이 속어 민족주의의 흐름과 보조를 맞추며 한문 글쓰기라는 전통적 문학에서 이탈함으로써, 조선 문학은 빈곤한 것으로, 조선은 그동안 "중국" 문화에 압도되어왔으며 자신만의 문화적 정체성을 충분히 확립시키지 못했었다는 식민주의적 기만의 증거처럼 되고 말았다. 그렇다면 바로 이러한 이유에서, 기생들이 남긴 시의 흔적은 더 큰 중요성을 획득하게 된다. 기생 문학에서 드러나는 연모, 정절, 감정적 이끌림은, 당대 다른 작가들의 작품에 표현된 파토스를 능가하는 감정생활을 보여주었다. 이러한 감정생활에 관한 노래는 근대 서정시의 전사前史가 되며 다른 나라에 전혀 뒤지지 않는 토착 지식인의 삶이 존재했음을 증언한다. 이태준이 말하듯, "우리말 시문이 생기고 그것이 실낱같게나마 전해진" 것이다.[76]

그러나 과거의 서정시로부터 현재의 서정시로 이어지는 어떤 연속성은 확인되지 않는다. 최경창은 한국어 작품과 그에 대한 자신의 한

문 번역을 병치시켜놓는 방식으로 시를 기록해두었는데, 여기서 진짜가 상실되었다는 감각과 그 회복은 불가능하다는 점 때문에 연속성을 추구하고자 하는 욕망은 내파되어버린다. 영어로 번역된 다음의 버전들을 보기만 해도 한국어 버전의 간결함과 명료함 사이의 차이를 쉽게 알 수 있다.[77]

묏버들굴히것거보내노라님의손디
자시는창밧긔심거두고보쇼셔
밤비예새닙나거든나린가도너기쇼셔
—홍낭의 시조

산의 버드나무 가려 꺾어 보내노라 임에게
주무시는 방 창 밖에 심어 두고 보소서
밤비에 새잎 나거든 나인가도 여기소서

I break off this branch of the mountain willow / And send it to you. / Plant it outside your window / And look upon it.

다른 표현 방식의 전통에 속해 있는 한문 버전은 다음과 같다.

翻方曲
折楊柳寄與千里人

미래가 사라져갈 때

爲我試向庭前種

須知一夜新生葉

憔悴愁眉是妾身

—최경창의 한시

버들가지 꺾어서 천 리 먼 곳 임에게 보내니

나를 위해 시험 삼아 뜰 앞에 심어 두고 보세요

행여 하룻밤 지나 새잎 돋아나면 아세요

초췌하고 수심 어린 눈썹은 첩의 몸인 줄을

I break off this willow branch and send it one thousand miles
to my love. / For my sake, try planting it in the garden in front
of your room and / Take note of the leaves newly sprouted of
a night. / Haggard with grief, brows knit deep in thought, they
are your maiden.

한국어 작품의 의미에 더 친근감을 느끼고 더 공명할 것으로 생각
되는 이태준조차 불명확한 한국어 단어의 의미를 추측해야만 한다. 이
태준에 따르면 이 단어들은 "선명한 것보다는 오히려 그윽함이 있"으
며 언어 자체의 일시적인 속성을 잘 증명한다. 연속성이 아닌 어떤 의
미가 생성되는 것이다. 조선 사회에서 사용된 언어들이 몽타주를 통하
여 식민 통치기구가 행한 그 어떤 강경한 노력보다도 더욱 미묘하고

복합적인 과거에 대한 비전과 그것을 회복시킬 (불)가능성을 생성한다. 사실 그러한 노력은 이태준이 매끄럽지 못한 방식으로 수행한 적도 있는데, 불교적 체념과 운명에의 순응을 문화주의적 관점에서 일반화시키는 부분에서 그러하다.

근대 이전에 존재하는 동양 안에서 조선 선비의 삶이라는 형상을 복원하고자 하는 이태준의 시도는, 그 미묘함을 최대로 추구하는 순간에조차 모순투성이이다. 이태준은 자기가 불가능한 것을 시도하고 있음을 잘 알고 있는 듯하며 또 옛사람들의 언어는 사라졌다는 것 역시 잘 알고 있는 듯하다. 그는 상실의 아우라, 옛사람들의 지속적 현전이라는 환상에서 나오는 아우라에 매혹되어 있다. 옛 시가가 다시 쓰여져왔다는 것을 잘 알면서도 그는 그로부터 "아득한 태도가 깃들임"을 느끼며 그로 인하여 옛사람들의 감정생활에 접속할 수 있다고 상상한다.[78] 이 접속 통로란 어떤 종류의 것인가? 백제의 노래를 논하며 그는 "달아 높이곰 돋아사"라는 구절은 그 자체로는 특별하지 않음을 인정하지만 그 오랜 세월의 아우라 때문에 자기는 그 노래를 읊는 것이며 "여러 세세대대 정한인情恨人"의 말을 되풀이하는 것이라고 한다.[79] "고령미高齢美"란 대상의 아름다움과는 분명히 구분되는 무언가이며 바로 여기서 엄숙함이 솟아오른다. 고령미는 희미한 것이지만, 도달할 수 없는 시간을 주체적으로 경험할 수 있도록 해주며 그것을 또 반복할 수 있도록 해주는 것이다.

그렇다면 시인과 연적의 형상을 통합시켜주는 것은, 그 둘이 모두 동양이라는 관념을 극히 사적인 사건으로, 즉 서재에서 느끼는 조용한 고독과 상상력 안에서만 경험될 수 있는 것으로 만들어낸다는 점에 있다. 기행문은 독자를 급작스레 현재로 밀어낸다는 점에서 그 앞에 실린 수필들을 방해하고 있을 뿐 아니라, 동시에 제국이라는 근대 제도를 통하여 하나로 연동되어 있는 광대한 땅으로서 아시아를 제시함으로써, 저 주체로 하여금 세계로 나오도록 하는 것처럼 보인다. 여기서 아시아는 서재라는 격리된 영역에서 환상 속에 그려보는 곳이 아니라, 직접 나아가 방문하고 탐험해야 하는 곳이다. 이태준은 자신이 사회적 연민과 책임의 모델로서 상찬하는 고아원을 방문하고, 기념비적 건축물과 박물관에 경탄하며, 『만선일보』에서 일하는 친구들과 더불어 국경의 밤을 즐기고, 마지막으로는 조선인 이주민 마을을 방문하는 이야기를 한다. 이 기행문은 외부 세계에 대한 탐험으로 보이지만, 좀더 주의깊게 살펴보면 우리는 이 기행문이 과도하게 내적 안식처에 집중하고 있음을 보게 된다. 즉 이 기행문 역시 고독하고 사사화된 주체성의 효과를 생성시키는 데 공모하고 있는 것이다.

이러한 주체성은 이 기행문의 바로 처음 부분에서 북선 지방을 통과하는 기차가 속력을 내는 가운데 자기가 지향하는 목적이 얼마나 중요한가 생각해보는 부분에서부터 전면에 배치된다. "거대한 공간"이라는 제목이 붙어 있는 이 기행문의 첫번째 부분은, "대륙" 풍경이 불러일으키는 웅대함과 경이로움을 제시한다. 물론 이태준은 미술과 문학을 매개로 이미 알고 있던 풍경을 보고 있다.

대륙, 그리워한 지 오랜 풍경이다. 동경 있을 때, 한 번 신흥러시아미술전新興露西亞美術展이 있었다. 거기서 본 〈무지개〉란 풍경화는 지금도 머릿속에 싱싱한 인상이 있다. 우후雨後에 선명한 색채로 뻗어나간 끝없는 지평선, 길 없이 흩어져 버린 방목放牧의 무리, 무지개도 한낱 홍예문처럼 두 뿌리가 한 들에 박혔을 뿐으로 최대의 공간을 전개시킨 화폭이었다. 그 후 다른 미전美展에서도 가끔 풍경화를 구경했으나 그런 거대한 공간은 다시 보지 못했다.[80]

만주는 순수한 외부성의 영역인 듯하지만, 환경이 풍경으로 변환되면서 관찰자의 위치가 지정된다. 즉 풍경화에서 그러하듯, 주관의 시점은 시각화될 필요는 없으나 모든 장면은 그 시점에서 보이게 되는 것이다.[81] 하나의 장르로서 기행문 역시 목적지의 외부성을 드러내기 위해서 이러한 서술하는 주체성에 기대며, 따라서 내부와 외부를 구분 짓는 경계선은 변동이 있을지 몰라도 양자의 상호적·구성적 의존성에는 의문의 여지가 없는 것이다.

만주가 풍경으로 변환되는 것은 주로 급행열차의 차창을 통하여 그것을 바라볼 때이다. "사래 긴 밭들이 무수한 직선으로 연달아 부챗살같이 열리고 접히고 하"[82]는 땅의 거대한 규모에 이태준은 숨이 멎는 듯하다고 한다. 그는 삼등 침대칸의 하단에서 흔들리며 걷어올린 커튼 아래로 밖을 잠깐 보고 있음에도 마치 "태산에 오른 듯한 광막한 시야"를 갖는다. 이태준은 만철滿鐵이 1906년부터 운영중인 남만주철도를 타고 있었는데, 만철은 만주의 자원을 착취하고 대규모 화물 및 승객 운송, 기차여행 사업, 호텔, 병원 등의 반半공공사업을 운영하는 데

미래가 사라져갈 때

핵심적인 역할을 했던 회사로, 전성기에는 전선으로 군인을 수송하며 석탄 광산, 철강 산업, 가스 및 전기 발전소 등을 운영하기도 했다.[83] 일본 식민 통치 기구가 식민지 체제의 성립 이후 조선에 깔았던 수천 킬로미터의 철도는 남만주의 핵심부를 관통하여 수도 신경까지, 나아가서는 몽골과 중국 서북 지방을 통과하여 저 북쪽 하얼빈과 소련 국경 지대까지 막힘없이 연결되어 뻗어나갔다. 국경을 넘어 봉천에 닿은 이태준은 신경으로 떠나는 아세아 특급열차로 환승하기까지 잠깐 하차하여 우아한 식민지풍으로 건축된 야마토호텔에서 재정비를 한다. 황해 해안 도시 대련에서 출발하는 아세아 특급은 저 북쪽 하얼빈까지 달린다. "심록색深綠色의 탄환과 같은 유선형" 자체가 당대의 기술적 근대성의 정점을 표상하는 이 열차는 "동양일東洋—의 쾌속차"로 알려져 있다.[84] 이태준은 부드러운 열차 운행과, 영화화된 〈죄와 벌〉에 나온 여배우를 연상시키는 백계 러시아인 급사가 있는 식당칸에서 느껴지는 코스모폴리턴적 문화를 한껏 즐긴다.

만주의 핵심부를 향해 가는 과정을 서술하면서 이태준은 그 코스모폴리턴적 근대성에 경탄하면서도 상실과 향수의 파토스도 함께 곁들인다. 이태준에게 쏘냐를 연상시켰던 백계 러시아 소녀들은 한편으로는 "향수조차 품을 곳 없이 단조한 평원만 내다보고 사는 가엾은 처녀들"이기도 하다.[85] 분명 여기에는 자기동일시의 요소가 있으나 이를 '원한怨恨'으로 읽는 것은 잘못일 것이다. 급사들이 내온 커피는 "독한 낭만을 풍"기는데, 이태준이 급사들과 자기를 동일시한다면 이는 다음날 그가 조선 이주민 마을을 방문하면서 자신을 "끝없는 벌판에 외로운 그림자"로 여기는 환상에 빠져들면서다. 이 비전은 여전히 고독한 것으로, 만주가 표상하는 개척자 정신이라는 로망에 따라 멜랑콜리와 매혹이 뒤섞인 감정이 스며들어 있는 것이다. 앞서 이태준은 그 끝이 없어 보이는 농토를 바라보며 "이, 하늘에 뜬 구름밖에는 목표를 삼을 것이 없는 흙의 바다 위에 맨 처음 이런 철로를 깔고 망치를 든 채 시운전을 했을 그들의 힘줄 일어선 붉은 얼굴들"[86]을 보았다. 그들이야말로 "무대"의 "영예"의 세례를 받는 "주연자主演者"들이다. 조선 이민자들은 생존의 터전이 될 땅을 애타게 찾아 조선의 황폐화된 농촌을 떠나서, 어둠에 잠겨 있는 이 무대에 와서는 "순전히 흙으로써 감격하"였을 것이다. 그들이 "밭머리마다 연장을 들고 반기는 표정이라고는 조금도 없이 지나가는 차를 힐끔힐끔 쳐다보고 섰는 푸른 옷 입은 사람들"을 보게 되었을 때는, 이 땅 역시 다른 사람들의 소유임을 점차로 깨달아가며 충격을 받았다.[87]

만철은 저 끝없는 땅을 사적 재산으로 바꾸어버렸지만, 또한 사사화된 주체성을 생성시키기도 했다. 그 주체성이란 상실 때문에 멜랑콜리해지고 충격을 받았지만 또 그 상실에 완전히 홀려 있는 상태이기도 하다. 거대한 힘들에 압도된 채 상실감에 빠져 자기 정체성을 찾아헤매는 아주 작은 개인의 형상을 제시하기 위하여, 스케일을 강조하는 수사학의 힘이 동원된다. 거대한 공간은 러시아 소설에 나오기도 하지만 또 중국의 유령을 떠올리게 한다. 중국은 "과거 여러 세기 동안 (…) 해동반도[조선]를 누른 것"으로 인식되고 이는 "거대한 공간의 농간이었을 것"[88]이라고 그 원인이 진단된다. 그러한 힘의 광대함을 마주한

미래가 사라져갈 때

이태준이란 과연 무엇인가? 그 공간을 가로질러 달리는 열차의 침대에 누워 그는 "거대한 육지, 거대한 공간, 그 위에 덮인 밤, 바다 밑바닥을 조그만 미꾸리가 기어가는 것 같은 이 기차일 것"이라 느낀다.[89] 자기를 최소로 축소시키는 제스처란 제국의 농간에 맞서 통제력을 갖고자 하는 제스처이기도 하다. 중국 지배에 조선 선비의 생활을 맞세우고 거기에 대한 고고학적 탐사를 행하며 그러한 통제력을 구한 바 있던 이태준은, 이제 자기 시대에는 어디서 그러한 통제력을 찾을 것인가?

이 수필집 전체에 맴도는 테마가 바로 거시적 권력 구조 안에서 조선인들이 차지하는 위치라는 점은 명확하다. 그 권력 구조란 원칙적으로는 일본제국이지만 또한 구미 문화의 글로벌 헤게모니이기도 한 것이다. 이태준은 벽지의 조선 이주민 마을에서 미래를 위한 형상을 발견한다. 비교적 고요한 『무서록』의 세계에 제국의 폭력이 노골적으로 침입해 들어오는 유일한 지점이 바로 이곳이다. 그 마을은 만보산 지역에 위치해 있는데, 이곳은 1931년 중국과 조선의 농민들 사이에 폭력 충돌이 발생했던 곳으로, 이는 당시 조선인들이 건설한 수로가 중국인 경작지를 파괴할 위험성이 있었기에 일어난 일이었다.[90] 조선 언론은 이 충돌을 과장하여 보도했으며 그 결과 조선에서는 중국인들에 대한 공격이 발생하기도 했다. 이태준은 당시 정착민들이 "사생결단하는 투쟁"을 했음을 목격하고도 폭력 사태를 대단치 않은 것이라 말하는 농부의 말을 옮겨 적는다.[91] 이태준에 따르면 이제 마을은 고요하고 식량도 풍족해 보인다.(빈약한 식단이지만 마치 잔칫상처럼 묘사된다.) 폭력의 감각은 이태준이 정차장까지 걸어서 돌아가는 길에 목격한 세 아이의 모습과 더불어 흩어져 사라진다. 그들은 담배 피우기에 관한 노래를 부르고 있었는데, 이 노래의 각 행들은 일본어, 조선어, 중국어를 다 담고 있었다. 여기서 어린 세대가 제국의 먼 변방에서 제국의 확장이 초래한 다중언어적 유산을 흡수하는 광경이 보이는 것이다. 폭력의 이미지는, 이태준이 자기의 언어로 만들어냈던, 선비적 삶과 나란히 놓인 하나의 알레고리로 변환된다.

이 기행문—또한 이 수필집—은 이 아이들이 아니라 정착민들을 뒤로한 채 벌판을 가로질러 타박타박 걸어가는 이태준의 고독한 모습으로 끝맺는다. "멧새 한 마리 날지 않는다. 어린아이처럼 타박거리는 내 발소리뿐, 나는 몇 번이나 발소리를 멈추고 서서 귀를 밝혀 보았다. 아무 소리도 오는 데가 없었다. 그 유구함이 바다보다도 오히려 호젓했다."[92] 식민 문화의 삶이 띠는 폭력적 외양이 멀어져가면서, 기행문은 사적인 동양이라는 고독한 경험으로 회귀한다. 조선인들이 제국 안으로 흡수되는 것을 의미하는 황민화는 멜랑콜리와 상실감이라는 사적 경험으로 수행되며, 동시에 어떤 미학적 아름다움마저 생성하는 것이다.

따라서 『무서록』은 두 개의 범아시아적 비전으로 틀이 지어져 있다. 유가적 선비 문화라는 상실된 시대에 대한 노스탤지어적 그리움이 하나이고, 다른 하나는 일본 점령하의 만주와 그곳의 조선 이주민 정착촌이라는, 새로이 나타난 영토를 통과하는 완전히 근대적이며 멜랑콜리한 여정이다. 과거 아시아 지식인들의 공동체와 근대화되어가는 아시아의 제국이라는 두 개의 비전이 병치되어 있는 방식을 대하면

미래가 사라져갈 때

서, 우리는 그 둘 사이의 관계를 묻지 않을 수 없게 된다. 이 물음이 바로 이 수필집이 발생시키는 효과이다. 이 몽타주 때문에, 식민지 시대의 과잉들을 통과하며 살아갔던 다른 모든 작가들과 함께, 이태준이라는 이름을 둘러싸고 계속 돌출했던 질문들이 발생한다. 그의 상고주의란, 당대 가해졌던 정치적·사회적 압력과 한반도를 억누르던 억압의 힘을 비겁하게 모른 체하는 도피주의에 함몰되어버린 딜레탕트의 사상이었던가? 아니면 그가 해방 이후 주장했던 대로, 이태준은 기억되어야 할 과거 조선 문화의 흔적들을 글쓰기와 예술과 시를 통하여 기록하고 보존하고자 했던 것인가?[93] 그의 작업은 이보다는 미묘한 해석을 요하는 지점, 즉 조선적 정체성의 표지들이 황민적 정체성이라는 틀 안에서 문화라는 사적인 영역으로 이행되어가는 과정을 보여주고 있다고 생각된다. 『무서록』에서 이태준은 유가적 선비의 이상화된 과거로서의 동양이 대동아공영권이라는 사회정치적 경제와 교차하는 순간을 기록할 수 있는 한 방법을 찾아냈던 것이다.

4장
도시 변두리의 꿈

나도 이미 청춘과 결별한 지 오래 아니냐? 그리고 지금 연애와 예술에

대하여, 아무런 열정도 자신도 가지고 있지는 못하다.

— 박태원, 「음우陰雨」

1930년대 후반, 일군의 탁월한 작가들이 쓴 단편에 새로운 공간이 등

장한다. 주인공들은 도시 주변부 옛 성벽 근처에 집을 짓고 가족을 돌

보며 마당을 거닌다. 집 안에는 전기다리미, 축음기 같은 최신 가전제

품이 눈에 잘 띄는 자리에 놓여 있고 서재에는 소중하게 여기는 골동

품이 진열되어 있다. 최신의 것과 아주 오래된 것의 이 특이한 병치는

지극히 평범한 습관조차도 도시 변경 일상의 색채로 물들인다. 인쇄

물 곳곳에서 광고하던 일본 치약으로 매일 아침 마당에서 하는 칫솔질

이 이제 시야에 드리운 부서진 옛 성벽을 사색적으로 응시하는 기회를

준다. 또 밤에 성벽을 따라 걷는 일은 도시에서의 힘든 하루에 고요한

미래가 사라져갈 때

마무리가 되어준다. 성벽은 도시 변두리 공간의 최소한계를 표시하고, 붕괴 속에서 그것의 시간적 덧쓰기palimpsest 역시 보여준다. 무너진 경계로 상징되는 과거는 한때 장엄했던 집단적 노력의 판타지와 애통함, 혹은 그 안의 것들을 수호하지 않은 선조들에 대한 분노까지도 불러일으킨다. 한편, 도시계획이라는 새로운 언어와 실행은 도시 옛 경계의 카오스적 파열에 확정적이고 통제 가능한 미래를 가져오려 했다. 경계의 파열은 산업개발과 농촌 인구 감소가 부추긴 도시 지가 상승과 인구 이입에 의해 일어나고 있었다. 이 점에서 도시 변두리는 시간적 경험이 충돌하는 현장일 뿐만 아니라 자본과 식민 상황의 마주침이 낳은 산물이라 할 수 있다. 더 정확히 말하면, 변두리는 이 마주침을 도시 주변부의 생생한 체험을 지배하는 새로운 모순적 시간 경험을 추동한 힘으로 기입한다. 변두리가 문학적 상상력에 불을 지폈음은 당연해 보인다.

그러나 이러한 상상력의 문학적 산물들은 외적 환경을 거의 살피지 않는다. 그보다는 집이라는 물리적 공간과 가정적 관계의 감정 영역에 머물기를 선호했다. '중년'은 이 상상력이 일상의 사소한 일들, 방황하는 의식, 타협, 변해버린 열망을 통해 서사화된 내적 영역을 섬세하게 구축해가며 탐색한 삶의 시간이었다. 소설은 사실과 허구 사이의 경계선이 흐릿하다는 점에서뿐만 아니라 일상의 리듬과 개인 주체성에 집중한다는 점에서 여러 가지로 일화적 수필에 가깝다. 이런 특징이 비평가들의 주의를 끈 것은 좀더 뒤의 일로, 그들은 이 같은 소설의 확산을 문학의 수필화와 창조력의 쇠퇴를 보여주는 증거로 받아들이고 유감스러워했다. 비평가들은 대체로 이러한 시각을 공유하고 있었지만, 식민 말기에 도시 변두리 소설은 유의미하고도 대중화되었던 것으로 보인다. 이후에 작품들이 그리 잘 견디지는 못했다 해도 말이다.

여러 면에서 도시 변두리 소설은 전쟁이 조선반도를 잠식하던 시기에 작가들이 살았던 시공간의 특정한 배치를 담고 있다. 일상의 불협화음은 그들이 짜낸 플롯에 의해 굴절되거나 불안정한 도덕적 질서로 가득찬 가정 풍경으로 대체되곤 했다. 나는 이 소설들을 실패한 작품으로 보기보다는 점점 커지는 자본과 민족문화 사이의 간극의 경험을 드러내는 표식으로 본다. 이 경험은 도시 주변부라는 모순적 공간에서 구체화되었고 위기를 겪는 일상으로 서사화되었다. 소설들은 서사'의' 위기를 재현하는 게 아니라 서사 '안'에서 위기를 구현한다. 앞선 시기의 소설에서 민족의 형체가 허구적인 자본의 서사들을 틀 짓는데 기여했다면, 이 소설들에서는 민족의 유령이 그 형성력을 상실한 채, 광란하는 자본의 서사에 출몰한다. 바야흐로 상품 체제의 급격한 확대로 특징지어지는 자본주의적 위기의 시대다.[1] 이는 총력전의 임박과 제국 경제로의 본격적 통합이 초래한 특수한 민족적 위기를 나타내는 것이기도 했다. 제국의 동원력 아래서, 제국 자본의 분기하는 힘들과 조선의 민족문화가 야기하는 갈등을 피하기란 더 어려워졌다. 이것은 점차 미약해져가는 토착어의 모습을 통해 드러난다. 민족이 한때 윤리적 행위의 보증자였던 사회적 장에서, 어떤 언어로 말하거나 쓸 것인가 혹은 어떻게 돈을 벌거나 적어도 잃지 않을 것인가를 둘러싼 선택은 더 분명하게 양심적 결단의 문제가 되었다. 이 점은 도시 변두리 소설이 일상의 도덕경제와 교섭하는 이유를 잘 설명해주는바, 체념, 타협, 사소한 불화가 텍스트 조직을 구성하고 있다.

이 소설들이 도시 외곽의 물질적 환경을 주체의 공간 지형과 연결시킨 첫 시도는 아니었다. 앞서 최명익의 작품이 일상이라는 주제에 유사한 관심을 기울였었다. 「비 오는 길」에서 도시는 성벽을 허물고 뻗어 나가고 주변부 슬럼 지대에 새로운 삶이 나타났다. 산업개발 지구는 논과 인접해 있으며 청개구리는 이른 아침 출근하는 사람들을 조롱한다. 「비 오는 길」의 관심은 도시 외곽의 슬럼 지대, 그리고 성문을 지나 불 켜진 도시로 갈 권리도 이유도 없는 사람들의 삶에 있었다. 반면 이후에 나온 소설들은 초점을 바꿔, 자기 집을 소유한다는 꿈을 안고 스스로 선택해서 변두리로 이사하여 도시로 통근하는 사람들을 향한다. 이러한 목적론적 꿈이 식민지의 과잉과 폐기물, 그리고 미래, 과거, 덧없는 현재를 다 쓸어 담고 있는 도시 변두리의 모순적 시공간에 직면할 때 어떤 일이 벌어질까? 달리 표현해보자. 우리는 도시 변두리 공간의 소설적 탐색들로부터 무엇을 알 수 있을 것인가?

도시 변두리

도시 변두리의 부상은 이태준, 그리고 특히 그와 동시대 작가인 박태원(1910~1986)에게서 뚜렷하게 나타난다. 이들은 1930년대의 십 년 사이에 지금의 성북동과 돈암동으로 이사했다. 이 시기 끝 무렵에 나온 박태준과 이태원의 많은 작품이 새로 지은 집을 배경으로 하고 있다. 화자는 아내, 아이들, 식모를 데리고 새집으로 이사하여 대가족과 떨어져 지낸다. 이러한 가족적 질서는 늘어나는 부르주아계급에게 경성 시내 통근 거리 내에서 적절한 땅값과 공간을 제공한 도시 북쪽 지역에서 형성되었다. 이 십 년의 중간에 도시의 행정구역이 통합되면서 이 지역은 완전히 도시도 아니고 그렇다고 도시로부터 단절된 것도 아닌, 도시와의 근접성으로 그 기능이 규정되었다. 도시 변두리라는 개념이 그 한계적 특성과 부상하는 사회적 공간으로서의 의미를 포착하는 데 최적일 듯하다.

박태원의 부르주아 자격증에는 의심의 여지가 없다. 그의 가족은 전통적으로 중인 계층이 거주했던 도시 중심의 청계천변에 살았다. 통역이나 의료 등 다양한 기술직종에 종사해온 중인 계층은 서구의 지식과 기술이 중요해짐에 따라 근대 사회에 성공적으로 정착하여 번창했다. 박태원의 부친은 박태원의 숙부가 운영하는 병원 옆에서 큰 약국을 경영했다. 숙부는 조선에서 서양 의료를 행한 선구자로 1903년 관립경성의학교 2회 졸업생이었다. 박태원은 『개벽』『청춘』 등 초기에 발행된 문학잡지를 비롯하여 많은 책에 둘러싸여 성장했다. 형이 약국 경영을 책임졌기 때문에 그는 개인적인 관심사를 좇을 자유를 누릴 수 있었다. 바이올린을 연주하고 테니스를 쳤으며, 예술에도 관심이 있어 자신의 소설에 삽화를 그리기도 했다. 문학에 관심을 갖게 되면서는 다름아닌 이광수—이광수의 부인은 여학교 교사였던 박태원 고모의 지인이었다—가 그의 문학 선생이 되었다. 이후 박태원은 호세이대학으로 유학을 떠났다.[2]

미래가 사라져갈 때

1930년대 중반 무렵 박태원은 왕성하게 활동하는 독창적이고 실험적인 작가로 명성을 얻었다. 그가 카프 작가들의 "이데올로기"라 여긴 것에 대해 취한 거부 때문에 논란의 여지가 있긴 하지만, 박태원이 보여준 도시풍속과 소비문화의 생생한 재현은 늘 아방가르드 중에서도 선두였다. 그는 사회주의 혹은 민족주의 정치학의 매개로서의 글쓰기보다는 기교나 테크닉으로서의 글쓰기에 가치를 두었다. 동시에 자신을 제임스 조이스 같은 세계적인 작가와 나란히 놓았다. 1940년 말부터 1941년까지 박태원은 '자화상'이라는 부제를 단 중편 분량의 연작소설 세 편을 쓴다. 이 소설들은 도시 외곽의 꿈꾸던 집으로 이사온 가족을 난감하게 하는 일련의 사건을 기록하고 있다.[3] 이 연작이 후대 연구자들의 주목을 많이 받은 것은 아니다. 박태원의 모더니즘 실험기가 끝났으며 이후에는 그가 진부한 일상사 쓰기로 후퇴했다는 평가가 일반적이었다. 분명 '자화상' 연작에는 그의 초기작을 특징짓는 경성의 중심가, 백화점, 다방에 대한 유희적인 묘사 같은 것은 나타나지 않는다.[4] '자화상' 연작의 주인공은 가벼운 광고 문구를 해독하며 도심 거리를 돌아다니는 대신 집에 들어앉아 대출 빚을 어찌 갚을지 걱정한다. 하지만 후기 소설이 사실상 그가 앞선 시기부터 관심을 기울인 작업, 즉 언어와 돈의 관계, 그리고 형식과 상품문화 공간의 관계 탐색을 지속하고 있다는 점에서, 이러한 변화는 그가 보여준 위트 넘치는 상품문화 비판의 논리적 귀결일 것이다.[5] 이를 통해 박태원은 도시가 어떻게 그의 이전 작품을 통해 잘 알려진 산책자의 멜랑콜리한 방황 못지않게 가정화된 내부로 후퇴한 소외되고 일견 정적인 듯한 존재들을 무대에 올리는지 보여준다.

'자화상' 연작으로 돌아가기에 앞서, 도시 변두리의 역사와 여타의 비교 가능한 문학적 재현에 관해 좀더 살펴보고자 한다. '자화상' 연작의 주인공이 가족을 위해 새집을 지은 곳은 경성 북동쪽의 돈암정이다. 돈암리라는 작은 마을은 조선시대에는 한성에 속했으나 1914년 조선총독부가 처음으로 시 경계 재편을 시행하면서 고양군으로 편입된다. 이 정책으로 서울의 행정구역은 크게 줄어들었다.[6] 1936년 일본식 도시 구역 단위를 적용하여 돈암정이 된 이 지역은 행랑어멈이 말한 것처럼 여전히 성문 바깥, 즉 "문밖"이었지만 주인공의 아내에 의하면 이제는 재편된 "경성 시내"의 안쪽인 것이다.[7] 여기서 "문"이란 보행자와 교통의 성내 출입을 허가하는 동서남북에 위치한 대문을 가리킨다. 예로부터 조선의 소도시나 도시는 외세 침입에 대비한 방어와 경계 표시를 목적으로 쌓은 견고한 성곽 안쪽에 위치해 있었다. 성문은 각 방향으로 세워진 정교한 이층 구조물이다. 현재 서울에 남아 있는 동대문과 남대문은 주변의 고층건물들로 인해 왜소해졌지만, 1960년대까지만 해도 오밀조밀하게 모여 있는 상점과 소옥들 그리고 문을 통과하는 차량들 위로 높이 솟아 있었다.

1936년 총독부는 시 경계 재편을 실행하고 성벽 너머 동부 인근, 서부 주변부, 북부 지역을 새로 포함시켜 도시로 밀려들어오는 사람들을 수용하게 된다. 새로운 구획으로 식민 수도 권역은 세 배 확장되었고 인구 역시 404,202명(1935)에서 637,854명으로 반 이상 늘었다.[8] 행정적 변화가 아니어도 경성 인구는 빠르게 증가하고 있었다.

미래가 사라져갈 때

1934년 조선시가지계획령을 제정할 때—경계 재편도 이 기획의 일부였다—총독부 입안자는 1965년 총인구 110만을 예상한 30년 계획을 세웠다.[9] 실제로는 1942년에 이미 110만에 도달하는데 이는 1935년 대비 두 배 이상 증가한 수치다. 종전 전에 총인구가 약간 줄긴 하지만 상승세는 계속된다.[10] 식민도시 행정구역 개편이 처음으로 실시된 1914년에 경성은 인구 25만의 작은 도시였다. 이후 삼십 년에 걸쳐 인구가 네 배 증가했는데 그 대부분은 1930년을 시작으로 하는 십 년에 압축되어 있다.[11] 1930년대 중반이 되면 일본인 거주자 유입과 공업지대 개발에 농촌 인구의 도시 유입이 더해지면서 도시는 말 그대로 성벽을 돌파하며 나아간다.

도시 행정구역의 확장은 장기적인 도시개발 계획의 일부로, 이미 팽창중인 도시를 정비하려는 목적을 지닌 것이었다. 식민 통치의 표본적 법안인 1934년의 조선시가지계획령은 경성시의 행정구역을 재편했을 뿐 아니라, 여타 마을과 도시들의 계획 권한을 '게이조'에 기반을 둔 조선총독부에 재정위했다.[12] 계획령은 주거 지역과 상공업 지역을 나누고 도로와 철도의 대대적인 확충을 관장했다. 앞서 언급했듯이 1934년 공포 당시 식민 권력은 30여 년 후에 마치게 될 개발 계획을 구상했었다. 패전으로 이 계획은 이르게 종결됐지만, 도시의 남-서부, 동-남부를 잇는 전차망의 확대를 포함하여 일부는 빠르게 실행되었다. 이로 인해 통근자들은 도시 외곽, 특히 식민 수도로 새롭게 편입된 지역의 보다 싼 땅을 이용할 수 있게 되었다.

도시 경계 확장 계획은 1936년에 고시되었는데, 이를 계기로 도시를 "성내城內"라고 지시하던 오래된 방식은 근대적 행정 단위로서의 도시의 의미를 더이상 감당할 수 없게 되었다. 이렇게 하여 성벽의 외부이지만 도시 경계의 내부인 새로운 공간이 부상하여 구"도시"와 차별화되었다. 1946년 지도에는 도시를 북서쪽에서 북동쪽으로 둘러싸고 새롭게 편입된 지대가 보인다. 성 안쪽을 표시하는 톱니 모양의 선과 성 바깥의 행정 경계를 나타내는 굵은 선이 선명하게 그려져 있다. 대부분 주요 가로 없이 구불구불한 대지가 띠를 이루면서 여백으로 나타나 있다. 이것은 촌이나 구릉 혹은 도심 교통 십자망 주변의 휴게 공간일 텐데, 뚜렷한 시 구역으로 그 너머의 "촌" 지역과는 분명하게 구분되어 있다. 이 공간은 어떠했을까?

지도의 북쪽에 성북정(말 그대로 성벽의 북쪽)이 보이는데 해방 후 일 년이 지났지만 여전히 일본식 명칭으로 표기되어 있다. 그 동쪽으로 인접하여, 그러니까 도심의 북동쪽으로 돈암정이 위치하고 두 차로가 십자망을 이루고 있다. 돈암이란 지명은 '되너미(오랑캐)' 고개에서 유래한 것으로, 조선 시대에는 외국인이 이 지역을 통해 도시로 들어왔다. 돈암정은 1936년에 성북리와 더불어 작은 마을인 '리'에서 '정', 즉 시로 승격되었다.[13] 새로운 계획에 따르면 성북정과 돈암정은 주거 지역으로 지정되었다. 한편 공업지역은 도시 남서부로의 확장을 촉진했다. 북쪽의 인구는 이미 증가하고 있었다. 1920~1930년 사이에 성북리와 돈암리의 주민은 각각 약 85퍼센트, 74퍼센트 늘어 성북리는 900명에서 1666명이 되었고 돈암리 역시 1412명에서 2462명이 되었다.[14] 1930년대에는 도심 외부의 도로 개발이 늘어나고 이에 연동하여 철도와 전차망이 확대되었을 뿐 아니라 버스 운행도 늘어나 더 많은 거주자들을 교외로 유인했다. 도시 경계가 재편되자 새로 편입된 외곽 지역의 땅값이 바로 치솟았다. 1941년에 발표한 단편 「토끼 이야기」에서 이태준의 또다른 자아인 주인공은 지가 상승 덕분에 땅의 절반을 팔고 남은 자리에 새집을 지을 수 있었다.[15]

이태준은 종종 성북동의 집짓기 계획에 관해 쓰곤 했다. 상고주의적 실천으로 그는 못과 나사 없이 나무집을 지을 수 있는 목수들을 고용했는데, 이들의 전문적인 지식과 옛 기술에 대한 강한 애착은 근대의 상업적 거래에 적응하지 못하는 특유의 성향과 잘 어울린다.[16] 외곽은 이태준에게 시내의 편집실로 통근하면서 고완품 애호 욕망을 실행할 수 있는 공간을 제공한다. 그는 집 자체만이 아니라 노목수들의 집짓는 소리와 정경 역시 음미한다. 이태준 소설에서 도시 변두리는 확연히 다른 사회적 관계들을 전시한다. 주인공들은 우체부나 신문배달부를 기다리고 그들로부터 이웃에 대한 이야기를 듣는다. 이웃은 눈에 띄지만 많지 않고 그렇다고 못 보고 지낼 정도도 아니다. 예를 들어 도심의 청계천변을 다룬 박태원의 앞선 소설들을 특징짓는, 가까운 구역에 모여 사는 공동체의 감각—담 너머로 들리는 말다툼 소리, 가까운 관계들, 맴도는 아이들 무리—이 여기에는 부재한다. 대신 좀더 조용하고 느슨한 이웃 공동체가 있다. 이들은 서로 알지만 거리가 있고, 이웃을 도시의 소음, 혼돈, 비즈니스와는 분리된 것으로 상상한다.

가회동같이 궁 뒤편에 위치한 서울의 몇몇 지역은 1930년대 후반에 거주민이 크게 늘었다. 항공사진은 표준화되고 규격화된 인상을 주

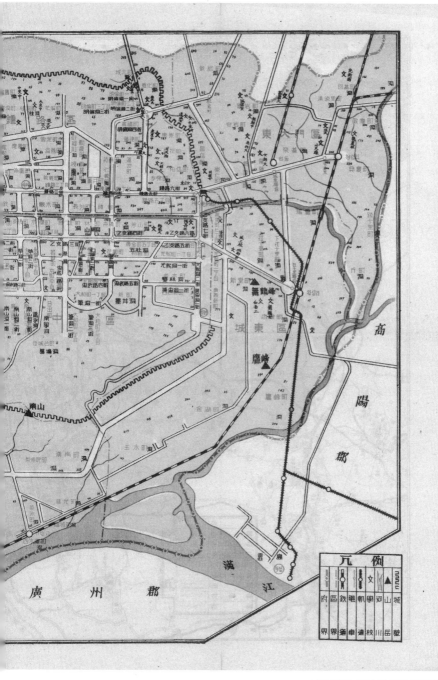

서울 지도, 1946(서울역사박물관)

는데, 이는 건축양식은 다르다 해도 교외 주택단지에 내화되어 있는 질서 감각과 유사하다. 이태준과 박태원이 이사간 곳의 이웃은 덜 획일적이다. 당시 찍은 흐릿한 사진에서 돈암동은 개발이 시작된 상태였는데도 마치 시골과도 같은 황량한 풍경을 보여준다. 박태원과 이태준의 도시 변두리 오아시스는 행정구역 내에 속하긴 하지만 구도시의 그야말로 가장자리에 위치한 매우 궁벽한 장소를 이루고 있다. 이들은 오랫동안 거주해온 자족적인 이웃들을 두고 있다. 주민들은 작은 가게를 운영하거나 신문을 배달한다. 혹은 자신들이 소비하거나 지역 시장에 내놓을 채소나 과일을 재배하는 소규모 농작을 한다. 이들 사이로 이태준이나 박태원 같은 존재 그리고 그들의 가족이 이사해 들어온다. 이들의 일은 집에서도 가능하지만 도시에 집중되어 있는데, 땅값이 오르면 도시적 라이프 스타일을 더이상 지탱할 수 없게 된다.[17] 지역들은 점점 더 도시경제로 유입되고 있었고 시가지계획령과 더불어 국가의 시선 아래로 들어오고 있었다. 이 부상하는 공간에서 거주민의 수가 계산되고 구획의 규칙이 적용되었다. 버스 노선도 점차 촘촘하게 그어졌다.

도시 변두리가 시골과 다른 점은 당연히 그 도시 근접성에 있다. 이 점은 옛 성벽의 존재를 통해 지속적으로 드러난다. 이태준과 박태원 모두 성벽의 경계 지역에서 살았다. 그들은 아침저녁으로 성벽을 지나거나 성벽을 따라 걸었다. 이태준의 경우, 그의 집 마당에서 바라보면 성벽은 그야말로 지평선을 이루고 있었다. 조선시대에 성벽은 도시를 유지하고 요새화하기 위해 세워졌지만 이제 그런 목적은 유효성을 다했다. 도시는 보전될 수 없을 정도로 팽창했다. 경계가 달라져서 성벽은 더이상 행정단위를 표시하지 않는다. 식민 통치의 중심인 '게이조'의 위상은 점령을 막는 요새화의 실패를 뜻하는 통렬한 상징이다. 그러나 성벽은 무용해져도 사라지지는 않는다. 그것은 영구적인 정착물로 풍경 속에 남아 성벽을 바라보거나 지나는 사람들에게 새로운 의미를 지니며 새로운 생명을 띠게 된다.

1930년대 문학에서 볼 수 있는 성벽의 빈번한 등장은 그것이 잊힌 과거로 조용히 사라지기는커녕 기억과 현재를 이야기하는 일의 잠재력이 되었음을 알려준다. 1936년 오장환은 『시인부락』에 「성벽」을 발표했다. 이 시는 서인식이 언급한 데카당스적 노스탤지어를 잘 보여준다. 그는 「성벽」을 자신의 첫 시집 제목으로 삼을 만한 대표작이라 생각했다. 『성벽』은 다음해인 1937년에 출판되었고 이후 작품을 더 수록하여 1947년에 재출간되었다. 표지에는 검고 높은 벽이 형상화되어 있는데 이를 바탕으로 흰색으로 표기된 제목이 두드러진다. 책 윗부분, 요새 꼭대기의 요철형 실루엣은 여기 묘사되어 있는 대상에 관해 어떤 의심의 여지도 남기지 않는다. 시인 오장환에게 성벽은 왜 이토록 중요하고도 강력한 상징이 된 것일까.

「성벽」은 성벽의 무력함을 간결하지만 신랄하게 비판한다.

> 세세전대만년성歲歲傳代萬年盛하리라는 성벽은 편협한 야심처럼 검고 빽빽하거니. 그러나 보수保守는 진보를 허락치 않아 뜨거운 물 끼얹고 고춧가루 뿌리던 성벽은 오래인 휴식에 인제는 이끼와 등넝쿨이 서로 엉키어 면도 않은 터거리처럼 지저분하도다.[18]

오장환의 시에서 성벽은 과거를 상징하게 되었다. 그의 관점에 따르면 과거는 적응과 생존에 실패한 보수주의자들에 의해 정당하게 다뤄지지 못했다. 성벽은 한때 그 위에서 무기를 던지던 민중의 저항을 목격했지만 이제는 무성한 잡초에 둘러싸여 있을 뿐이다. 영원한 안정을 상징하는 관례적 햇수인 만년. 이 세월을 이어갈 거라 여겨졌던 성벽은 누추하게 망가져 전락하고 말았다. 전락의 책임은 사회에서 변화를 거부한 자들에게 돌아간다. 이는 분명 과거에 대한 전적인 거부가 아니다. 과거는 힘과 방책이 있던 시절로, 향수와 더불어 환기된다. 실제로 과거는 부당한 일을 겪은 것으로 이야기된다. 유산을 지키는 데 실패한 것은 인간이다. 성벽은 임무를 방기했음을, 옛사람들의 업적을 유지하는 데 실패했음을 나타낸다.

벽돌 틈새로 풀이 자라 뒤엉킨 상태가 누군가에게는 인공물이 자연으로 장엄하게 회귀한다는 의미일 수도 있겠다. 더불어 현재에 과거를 강렬하게 경험할 가능성을 뜻할 수도 있을 것이다. 여기 이태준의 수필 「성」에 그의 집 마당에서 보이는 풍경을 묘사한 부분이 있다.

아침마다 안마당에 올라가 칫솔에 치약을 묻혀 들고 돌아서면 으레 눈은 건너편 산마루에 끌리게 된다. 산마루에는 산봉우리 생긴 대로 울명줄명 성벽이 솟기도 하고 떨어지기도 하여 있다. 솟은 성벽은 아침이 첫 화살을 쏘는 과녁으로 성북동의 광명은 이 산상山上의 옛 성벽으로부터 퍼져 내려오는 것이다. 한참 쳐다보노라면 성벽에 드리운 소나무 그림자도, 성城돌 하나하나 사이도 빤히 드러난다. 내 칫솔은 내 이를 닦다가 성돌 틈을 닦다가 하는 착각에 더러 놀란다. 그러다가 찬물에 씻은 눈으로 다시 한번 바라보면 성벽은 역시 조광朝光보다는 석양의 배경으로 더 아름다울 수 있는 것을 느끼곤 한다.

저녁에 보는 성곽은 확실히 일취이상一趣以上의 것이 있다. 풍수風水에 그을린 화강암의 성벽은 연기어린 듯 자욱한데 그 반허리를 끊어 비낀 석양은 햇빛이 아니라 고대 미술품을 비추는 환등빛인 것이다.[19]

이태준의 수필에서 성벽은 예술품이 되었다. 성벽의 아름다움은 기능성을 넘어서는 데서 생겨난다. 저절로 뿌리내린 소나무들이 성벽에 드리워져 있는데 이는 성벽이 기능성을 결여하고 자연의 일부로 회귀했음을 뚜렷하게 증거한다. 예전에는 이렇게 날아와 자란 솔씨들은 "나는 대로 뽑아버렸을 것"이다. "솔바람 소리와 산새 소리"만이 고요를 깨는 정적 속에서, 이태준은 지난날 돌을 다듬어 성벽을 세운 일꾼들의 "방방곡곡의 방언"을 듣는다. 그는 "전 국민의 힘으로" 세워진, 아침저녁으로 햇빛을 받아 빛나는 인공물에 경의를 표한다. 성벽은 인간과 자연이 이룬 조화의 상징인 것이다.

이태준의 성벽은 폐허다. 석양과 함께 어둠 속으로 소멸하기 직전이 가장 아름다운 폐허는 과거의 정신이 투영되어 있는 하나의 낭만적 이미지가 된다. 여기에서 노동은 공예적 기술로 재구성된다. 이태준이 게오르크 짐멜의 에세이 「폐허」(1911)를 읽었다면 그가 말한 바를 정확히 이해했을 것이다. 짐멜의 글에서 폐허는 재생의 순간을 예견한다. "건축물의 잔해는 예술작품이 사멸하고 다른 힘들과 형식들, 즉 자

가회동, 1954(1939년에 지은 한옥들) ⓒ 임인식(청암사진연구소)

연의 그것들이 자라는 장소를 의미한다. 폐허에는 여전히 살아 있는 예술의 것과 이미 살고 있는 자연의 것으로부터 새로운 전체, 특유의 통일성이 나타난다."[20] 짐멜과 이태준 모두 우거진 덤불에 뒤덮인 부서진 돌에서 예술품의 통일성을 발견하려 했다. 통일성은 인간과 자연이 이루는 뚜렷한 조화의 미학적 증거이자 현재에 과거를 경험하는 양식이다. 짐멜이 쓴 것처럼 "폐허의 경우 삶이 번영과 변화를 겪으며 한때 거기 깃들었었다는 사실이 즉시 감지되는 현존을 구축한다. 폐허는 삶의 내용이나 잔여에 의해서가 아니라 바로 그것의 과거에 따라, 과거 삶의 현재적 형식을 창출하는 것이다."[21] 그는 계속해서 폐허를 고대 유적과 비교하는데, 이를 통해 우리는 "정신적으로 태초 이래 시간의 폭 전체를 바라볼 수 있다. 운명과 변화를 거치며 과거는 미학적으로 인지 가능한 현재의 순간으로 모여들기 때문"[22]이다. 이 "극적으로 강화되고 충만한, 과거의 현재적 형식"은 칫솔질 같은 일상적 행동을 하며 성벽을 올려다본 이태준이 마주친 미적 경험과 닮았다. 지평선의 허물어진 요새로 해가 질 때 이태준은 민족이 하나였던 구별됨 없는 과거에서 영예로운 합일의 순간을 포착한다. 당연하게도 그는 사람들이 성벽을 세우는 데 어떻게 동원되었는지 실제적인 면은 고려하지 않는다. 마치 이태준의 집을 지은 목수들처럼 저들은 방언과 낯선 언어들의 미적 경험을 위해 한번 더 동원되고 있는 것이다. 동원된 존재들 자체가 이태준의 확장하는 주체성이 마당에 선 채 시공간을 떠돌 수 있는 기회가 된다. 그 시공간은 식민 상황임을 고려할 때 격렬한 사건일, 상상된 민족공동체에 관한 사색을 허여한다. 하지만 민족은 그 아름다움이 오직 소멸과 무용함을 조건으로 해서만 현현되는 심미적 대상으로 환기될 뿐이다.

여기에는 한나 아렌트가 "폐허의 자연법"[23]이라 부른 바에 부합하는 이태준의 감각이 있다. 이태준 소설에서 도시 변두리의 집이 은거처로 묘사되는 것은 그리 놀랍지 않다. 1936년작 「장마」가 좋은 예이다. 아내와 작은 말다툼을 한 주인공은 다음날 아침 집을 나와 시내 여기저기를 돌아다닌다.[24] 거리를 배회하면서 그는 온갖 유형의 식민적 상황과 마주하게 된다. 불친절한 버스감독 때문에 불쾌감을 느끼고 거리 이름을 일본식으로 바꾼 것에 대해서도 곱씹어본다. 친구를 보러 신문사에 가지만 각자의 재능을 발휘하기에는 너무 바쁜 그곳에서 방문은 울적하게 끝난다. 마지막으로 총독부와 결탁하여 "국토를 늘려"놓기 위해 간사지 사업을 하고 있다는 중학 동기와 조우한다. 옛 동기의 기회주의에 염오를 느낀 일인칭 화자 '나'는 아내가 좋아하는 돼지족을 사들고 집으로 돌아온다. 집과 더불어, 그리고 집 안에서 느끼는 평화는 도시로 형상화되는 갈등에서 탈피하는 방식으로 복구된다. 새로운 공간은 도시 혹은 도시의 먼지와 오염으로부터의 분리라는 판타지를 가능하게 했다. 옛 성벽의 거주지에 옹송그리고 살면서, 이태준은 도시 안에 머물면서도 자신이 도시로부터 자유롭다고 상상할 수 있었다.

하지만 이러한 상황이 또다른 성벽 체험들을 가로막는 것은 아니다. 이것은 안드레아스 휘센이 폐허를 두고 말한 "과거와 현재로의 이중노출"[25]을 다른 방향으로 추동한다. 말 그대로 성벽의 그늘에서 살아가는 사람들이 있다. 성벽은 그들의 일상에서 어떤 역할을 하고 또 그들에게 어떤 생각을 불어넣는 것일까. 아무리 낭만적인 쇠락이라 해도 저 묵직한 돌들이 불안정한 도시 내부에 드리우는 이중노출을 막을 수는 없었다. 이것은 점령이라는 사실의 증거이다. 도시는 성벽 안쪽에 있는가 아니면 새로운 식민 경계 안쪽에 있는가? 식민 권력과의 관계에서 도시 변두리 공간은 불안정하다. 도시 변두리는 행정명령의 결과로서 바로 그 권력의 산물이지만, 동시에 성벽 안쪽 식민 권력의 위치를 뚜렷하게 증명하는 물질적 증표이기도 하기 때문이다. 여기서 땅값의 상승은 일본인 정착자의 지배를 확장하고 부추긴다. 식민지 시기의 많은 소설들이 성 안쪽보다 바깥쪽에서 성벽을 응시하는 시선을 담아냈는데, 이러한 경향은 중요해 보인다.[26] 식민화 이전에 "성내城內"라는 말이 국가권력의 위치를 가리켰다면 이제 이 말은 식민 권력의 위치를 가리킨다. 이런 의미에서 도시 주변부는 대리보충supplement의 법칙을 따르는바 전체 의미의 조건을 그 바깥에서가 아니라 안에서 다시-쓰는 것이다. 행정의 선들이 수없이 다시 그려진다 해도 이 선들은 성벽의 의미를 깨끗하게 지울 수 없다. 성벽은 벽돌과 모르타르로 벼려지고 말 그대로 산중턱에 각인된 일종의 덧쓰기이다. 성벽의 이중노출은 민족을 시간성들, 즉 한때 그랬던 것, 그랬을 수도 아닐 수도 있던 것, 되어가는 중인 것, 여전히 그럴지도 모를 것의 복잡한 얽힘에 깃들어 있는 유령적 존재로 환기시킨다.

미래가 사라져갈 때

외곽의 추구

박태원의 소설에서 변두리는 은거처를 제공하는 데 실패한다. 변두리는 오히려 역사라는 문제에서 도피하지 않고 그것을 향해 도전할 것을 제안하는 매우 비균질적인 공간임이 드러난다. 그의 작품들은 도시 변두리로의 이동을 추동해온 판타지를, 이 판타지 한가운데서 나타나는 불안과 염려를 기록하면서 강조한다. 박태원 소설은 새로운 공간 형식을 취한다. 공간은 부르주아의 열망과 연관되어 있는데 이는 이태준 작품에서 나타나는 면모들과 닮아 있다. '자화상' 연작에서 '나'의 가족은 처음으로 지은 새집으로 이사하면서 이상적인 라이프 스타일의 환상을 품는다. '나'에게는 대청을 비워두고 거기에 눕거나 앉아 산들바람을 즐기면서 한여름을 시원하게 지내려는 꿈이 있다. 한편 이태준은 이상적인 서재를 만든다. 서재에서는 좋아하는 파초 잎 위로 떨어지는 빗소리를 들을 수 있다. 아내는 커튼을 고르고 그림도 걸어 집을 꾸민다.[27] 이 소설들에서 우리는 대청에 놓여 있는 축음기, 감춰둔 귀한 전기다리미 같은 물건들의 등장을 보게 된다. 이 물건들은 주택과 가정용 기기 그리고 이것들이 약속해주는 라이프 스타일에 집중된, 새롭게 부상하는 꿈같은 생활에 관해 말해준다. 성벽 저편으로의 이동은 말 그대로 외곽, 즉 벽-바깥extramural의 추구가 되었다.

'자화상' 연작은 집이든 가정용 기기든 소유물에 의해 보장되는 개발의 서사와 점증하는 핵가족 내에서의 개인 소외가 만나면서 시작되는 이야기다. 여기서 성벽의 이중노출은 식민 권력의 현장이자 자본의 현장으로서의 도시를 가리킨다. 우선 '자화상' 연작에서 박태원이 도시 외곽의 일상을 서사화할 때 부각되는 것은 후자로, 소비자 자본주의와 일상을 주조하는 꿈과 한계들로 추동되는 공간이다. 하지만 이야기가 전개되면서 우리는 이 공간에서 민족과 제국이 어떻게 구성되고 또 교란되는지 목도하게 된다. 도시 외곽이 전시 경제의 예측불허와 위기 속에서 드러나 보이기 때문이다.

도심의 소음과 번잡함에서 벗어나 있는 '나'의 집은 시 경계의 확장과 함께 출현한 대중교통에 의존하고 있다. 옛 성벽 아래 소나무숲을 등지고 언덕에 위치한 집은 새로 닦은 십여 필의 대지에 유일하게 들어선 한 채다.[28] 교외 거주지역은 생겨나기 어렵다. 주변부 공간에서의 삶은 도심의 그것과는 다르다. 걸어서 오 분 거리에 버스 정류장이 있지만 이곳의 거주자들은 밤에는 나오지 않는다. 땅거미가 지면 집에 들어가 웅크린다. 주변에 주택들이 더 있긴 하지만 새 이웃과 쉽게 가까워지는 일도 없다. 대부분 집 지키는 개를 기르는데 이는 그들이 느끼는 소외감과 불안감을 암시한다. 아주 드물게 오가는 사람의 기척은 길 따라 울리는 개 짖는 소리로 표시되는 정도다. 웃기, 한담, 담 너머 들리는 웃음소리나 울음소리 같은 이웃 간 교류의 결여가 의미하는 바는 이것이 '나'에게는 전혀 "생활" 같지 않다는 점이다. 그는 "생활", 즉 일상이라는 표현을 쓴다. "생활"이란 단어의 선택은 중요한데 당시 잡지나 신문 등 미디어를 통해 뚜렷하게 부각된 것이 바로 이러한 일상이었기 때문이다. "생활"이란 상품화의 핵심인 일상 혹은 라이프 스타일, 곧 소비와 여가를 통해 생산되는 새로운 도시적인 삶이었다. 박태원은 이 말을 통해 공동체보다 상품에 기반해 있는 삶의 공허감과 결핍감을 드러낸다.

이리하여, 도시 변두리 공간 서사화의 중심에 놓인 것은 집이다. 이 점은 그리 놀랍지 않은데 주변부로의 이동을 부추긴 것이 무엇보다도 집을 향한 욕망이었기 때문이다. '자화상' 연작에서 집은 위치 변동의 이유일 뿐만 아니라 더 결정적으로는 가족의 재배치와 불안에 시달리는 새로운 가정생활 주체의 등장을 추동한 힘이다. 집이 지닌 이 같은 독특한 성격은 당대의 다른 표상들에 비추어보면 더 또렷해진다. 1930년대에 대중화된 가정소설이 그중 하나다. 한 지붕 아래 사는 여러 세대를 그린 장편들은 소설의 배경을 특징짓는 부유한 한옥을 떠올릴 때 보다 잘 설명될 법하다. 민족의 은유로서 집이 지닌 효력은 조선과 전 세계 식민 지역의 서사에서 폭넓게 전유되었다. 채만식의 『태평천하』(1938), 염상섭의 『삼대』(1931)는 비균질적 총체로서의 사회라는 관점을 구현하는 방법으로 한 가족 내 세대적 상호관계와 차이를 좇았다. 풍자적인 『태평천하』의 서사적 초점은 만연한 악한 금력과 인간관계의 상업화가 초래한 세대 구분의 와해에 있다. 그러나 두 소설에서 집은 모두 성층화된 민족공동체를 표상하는 알레고리적 공간으로 기능하고 있다.

'자화상' 연작의 집은 은유라기보다는 환유다. 집은 역사 자체의 추진력인 미래로의 이행을 제공하고 부추기는 물질적 구조다. 핵가족(행랑어멈을 두긴 하지만)에게 거처를 제공한 것, 거주지화된 도시에서 모더니티의 장치들이 대중화되면서 가전제품을 축적하기 시작한 것

모두 새로 지은 집이었다. 여기서 핵가족은 곧 소비하는 가족으로, 그들에게 집은 건축, 실내 디자인, 유행, 편의의 세계로 가는 첫번째 정거장일 뿐이다. 집은 경제를 운영하고 가족을 규율하며 가족 구성원들을 기대로 이어지는 생애와 기대되는 생애에 종속시키는 힘을 갖고 있다. 집은 여러 가능성들과 함께한다. 대가족으로부터의 (상대적) 독립이나 도시 근접의 가능성, 유사한 다른 가구들이 이웃으로 오면서 변화될 가능성, 그리고 박태원의 3부작에서 분명해지듯 빌린 돈을 갚아야 안전해질 가능성 같은 것 말이다. 이러한 집의 시간성은 여러 세대의 대가족이 함께 거주하는 집과는 매우 다르다. 도래할지 어떨지 모를 미래에 집의 안전이 놓여 있기 때문이다. 이 소설들이 결정 불가능한 현재에 그토록 집요하게 머무는 이유는 여기에 있을 것이다.

도시 변두리 집의 시간적 존재에 내재된 조건부적 성격은 이 집의 '사이'라는 위치성을 반영한다. 성벽 근처에 들어선 집은 성벽의 이중 노출을 공유하고 있다. 다른 집들이 알레고리적으로 민족이라는 보다 큰 형상에 조응하는 반면, 이 집은 자본의 장소이자 식민 국가의 중심이라는 두 가지 의미에서 자본에 이중으로 노출되어 있는 것이다. 도시도, 교외도(이들은 특정한 미래 서사를 함축할 것이다), 농촌도 아닌 도시 변두리의 결정 불가능성 역시 이중화에서 비롯된다. 이 세 개의 공간적 서사 및 이것들이 민족과 제국에 관한 다른 시공간 서사와 맺는 관계를 무너뜨릴 수 있는 것도 마찬가지로 이중화에 기인한다. 우선 '자화상' 연작에서 자본에의 노출이 도시 변두리 공간의 시간을 어떤 식으로 제어하는지 살펴보자.

박태원의 소설은 일인칭 화자의 서술을 통해 주택 소유자의 불안한 상념을 보여준다. '나'는 가족으로부터의 독립과 말끔한 새집의 넓은 공간을 기대하면서 신축 주택으로 이사한다. 하지만 소유의 즐거움 대신 여러 문제들에 봉착하게 된다. 소설은 가정생활의 계속되는 위기를 해결하려는 과정에서 그가 갖게 되는 미세한 의식—걱정, 두려움, 회상, 희망—을 따라간다. 세 편 모두 집과 집의 취약성이라는 문제에 초점을 맞추고 있다. 첫번째 작품 「음우」(1940)를 보자. 장마철이 되면서 집은 그야말로 허물어질 지경이 되었고 방도 돌아가며 비가 새기 시작한다. '나'와 아내는 빗물을 받기 위해 이 방에서 저 방으로 밤새 대야를 들고 다녔다. 부부는 말다툼을 참아가며 잠든 아이들을 깨우지 않으려고 애쓰지만, 긴장은 고조되어 언제라도 터질 참이다. 「투도」(1941)에서는 도둑이 비 새는 집에 들어와 그의 옷을 모두 훔쳐간다. '나'의 감수성으로는 옷이 필요했던 도둑을 동정하게 되지만, 도둑이 잡혀 처벌받기를 바라는 아내는 파출소에 가서 신고하라고 그를 재촉한다. 이 사건은 부부에게 더 큰 갈등을 불러일으킨다. '자화상' 연작의 마지막 작품인 「채가」(1941)에서는 집에 닥친 위험의 정도가 자연재해나 인재를 훌쩍 넘어선 것으로 드러난다. 주인공이 빌린 돈으로 집을 짓고 라이프 스타일의 경제적 기반도 잃은 것으로 나타나기 때문이다. 대금업자에게 고용된 브로커가 '나'가 지불한 대출금 이자를 횡령하면서 가족은 집 전체를 잃어버릴 위기에 처한다. 브로커는 돈을 되돌려줄 형편이 못 되며, 채권자는 '나'에게 바로 책임을 묻는다. '나'는 결국 재정난에 빠지고 마는데 이는 전쟁과도 직접 연관된 문제였다. 아무도 나서서 집을 사려 하지 않는다. 땅 투자로 돈을 벌기는커녕 그는 집까지, 모든 것을 잃어버리기 직전이다. 내부도 안전치 않아서, 그가 땅 투자라는 환영적 기반 위에 살고 있음을 드러내듯 집 바닥부터 포함해 사방이 뚫린다.

세 편의 소설에서 도시 주변부는 자기만의 사적 공간을 갖는다는 애초의 꿈에 공공연히 대항하면서 그 취약성을 여러 면에서 드러낸다. 「투도」 말미에서 '나'는 밤에 잠자리에 들어 불안감에 떨고 있다. 바깥에서 들리는 모든 소리 혹은 개 짖는 소리는 그의 안녕을 위협하는 듯하다. 도시 변두리로 옮겨 자기 집을 갖고 가족을 돌볼 더 넓은 공간을 누린다는 생각은, 이 공간이 먼저 거주하던 농촌 주민들의 위협과 시기의 대상이라는 점이 드러나면서 전복된다. 변두리로의 이사는 비어 있는 공간으로 가서 '새롭게' 시작한다는 의미로 간주되지만 서사는 이 믿음에 의문을 던진다. 성문 바깥에서의 삶은 다른 거주자들로 인한 매우 실제적인 위협뿐 아니라 온갖 판타지와 공포도 불러일으킨다. 이 새로운 공간은 복수를 가하며 돌아올 수도 있는 은폐된 과거 위에 서 있음이 드러난다. 과거는 문명과 질서 바깥의 공간으로 의미화된다. '나'의 아내는 새 동네에서 일어난 도난 사건에 경찰이 왜 신경쓰지 않는지 의아해하면서, 자신들도 어엿한 시 경계 내에 있는 것이므로 똑같이 보호받아야 한다고 강조한다.

이 소설들에서 주변부는 마치 변경 지역처럼 서사화된다. 최근 몇 년간 역사 및 문학 연구는 일본제국 팽창의 최전선에 있던 만주 지역 조선인의 존재에 많은 관심을 기울였다.[29] 이 작업은 조선인 개척 농민을 일제의 정치경제적 세력의 "전위군群", 비효율적으로 경작되어온 만주 황무지를 "개간"한 존재, 유격전의 영웅적 수행자, 자원을 둘러싸고 형성된 민족 갈등의 희생자, 토지 소유 욕구를 자극하는 탈영토화에 종속된 존재 등으로 달리 제시했다. 만주는 농업 실험주의의 중심이자 근대건축과 도시계획 그리고 창조적 예술의 현장으로 분석되어 왔다.[30] 하지만 내부 변경邊境이라는 문제에 접근한 연구는 거의 없었다. 바로 여기에 새집으로 이사하고 미래 소득을 기대하며 자신의 미래—다가올 삶—를 소유의 꿈에 거는 프티부르주아가 있고, 이 가운데 자신의 서재를 갖고 싶어하는 작가가 있다. 이러한 꿈은 도시가 성벽 너머로, 주변 지대로 확장되는 과정을 주도했다. 공간에의 욕구, 경작지 물색, 더 나은 미래를 향한 바람이 만주의 경계지대로의 이주로 이어졌듯이 말이다. 이런 의미에서 도시 변두리 서사는 그 자체로 식민화 서사와 몇몇 특징을 공유한다. 소유의 꿈만이 아니다. 빈 공간을 일구겠다는 직접적인 주장을 하지 않았음에도 불구하고, 이들의 요구가 문명과 질서의 이름으로 공간을 선점한 거주자들에 의해 묵살되었다는 점도 공통된다.

내부 변경은 더 알려져 있는 식민지 변경과 자본 축적의 부침, 즉 전유되고 재전유되며 상실된 혹은 다른 목적들에 맞춰진 땅들의 부침을 공유한다. 돌이켜보면, 내부 변경은 전후에 진행된 뚜렷한 교외화 경향이든 재정 위기의 반복이든 간에 여러 의미에서 미래 혹은 다른 미래들을 예시하는 듯하다. 그러나 박태원의 소설은 도시 변두리를 진보 논리에 대항하는 공간으로 의미화한다. 그렇지 않았다면 저 변경이란 말은 그대로 진보 논리를 뜻했을 것이다. 무엇인가 가장 앞쪽에 있다 할 때, 미래로 나아가는 그것의 행로가 이미 결정되어 있다는 의미는 아니다. 이 비균질성, 비선형성, 비진보성을 무엇이라 부르든, 박태원 작품이 드러내는 역사는 우발적인 사건들의 역사, 돌발적인 변화 혹은 우연한 성공들과 실패들의 역사이다. 그 한가운데서 소설들은 일상의 비균질적인 시간과의 충돌 속에서 드러나는 진보 이데올로기의 강력한 영향력을 증언한다.

일시적으로 '나'의 변두리로의 이사는 근대화, 식민화, 도시화와 맞물려 있는 개발의 서사에 가담한다. 그러나 우리는 '나'를 이 주변부로 데리고 온 힘을 환기해야 한다. 그는 구도심의 부동산 가격과 새집을 지으려는 욕망 때문에 성 밖으로 밀려났다. 그리고 경비도 훌륭하고 훨씬 안정적인 "문화주택"에 사는 일본인 전주에게 돈을 빌렸다.[31] 게다가 전운이 짙어지면서 주택시장이 침체되었다는 것은 그가 단지 이익을 볼 수 없다는 의미가 아니라 돈을 다 잃었다는 의미다. 이 일은 전시 동화정책을 배경으로 일어난다. 동화정책은 조선인을 제국의 주체로 바꾸겠다고 약속하는 동시에 위협했다. 마찬가지로 조선인이 자기 집을 소유할 수 있다는 것 역시 약속이자 위협이었다. 박태원의 이야기는 미래 지향적인 도시 팽창 서사를 침식하는 좌절과 환멸의 이야기다. 사적 공간에 대한 서술자의 요구는 담장 높이는 어느 정도로 해야 할지, 깨진 유리 조각을 담 위에 박아야 할지, 불청객을 막기 위해 개를 길러야 할지를 따지는 일이 되어버린다. '나'는 꿈꾸던 삶을 살기는커녕 글쓰기를 방해받고 불안한 가정생활의 끊이지 않는 산만함을

미래가 사라져갈 때

겪으며 무력해진다.

'나'의 이사와 다른 시간들의 체험 영역이 겹친다는 점은 도시 변두리 삶의 복잡성을 말해준다. 다른 시간성들이 단지 기존 거주자들의 위협이나 성벽의 이중화된 현존이라는 형식으로만 존재하는 것은 아니기 때문이다. 박태원 소설의 변두리 공간은 주체의 다른 시간성 역시 드러낸다. 노스탤지어의 복잡다단한 기록이 있는데 여기에서는 '그랬던 것'과 '그럴 수도 있었을 것'이 조우한다. '나'의 중년으로의 이행은 이를 잘 보여준다. '자화상' 연작의 첫 작품에서 '나'는 청춘과 함께 예술의 꿈도, 사랑도 잃어버린 작가이다. 지금의 '나'는 사소한 갈등과 돈 걱정으로 균열이 난 가정 풍경에 화합을 가져오길 바랄 뿐이다. 이 풍경 속의 그에게 아내를 향한 열정적인 사랑 같은 것은 없다. 그는 단지 갈등 없는 생활을 원하고 있다. 그리고 "아내는 내가 이 자리에 앉아 원고를 쓰기 바라고, 나는 그의 원하는 바를 기꺼이 들어주고 싶었다"[32]는 언급이 말해주듯이, 아내를 행복하게 해주기 위해서는 예술작품이 아니라 돈이 되는 원고를 쓰면 된다는 것을 알고 있다.

박태원은 중년을 사랑을 잃어버린 시간으로 호출하는데 여기에는 폐제된 미래라는 역사적 상황을 자연화할 위험이 있다. 중년이란 개념은 부르주아적 꿈의 토대인 점진하는 생애라는 서사를 보장한다. 그러나 박태원의 소설은 이 서사를 동요시킨다. 조선에서 부르주아적 꿈의 궤적은 적어도 문학적 측면에서는 청년과 민족을 연애라는 이데올로기를 통해 결합시켜왔다.[33] 언어 민족주의가 만개했던 20세기 초반 문학에서 청년들의 연애는 자기 "각성"의 재현 환경으로 무게감을 갖게 된다. 자기란 종종 부모 세대로 상징되는 과거의 관습과 전통에 맹목적으로 따르기를 거부하고 개인의 선택과 새롭게 특권화된 수평적 관계를 실천하는, 자유사상과 자유의지를 지닌 개인 주체를 말한다.[34] 1920년대로 들어서면 연애나 삼각관계 같은 반복적으로 표현된 문학적 장치들이 사회주의적 대의에의 헌신을 표상하게 된다. 이른바 붉은 연애는 마르크시스트 보이와 모던 걸 사이의 연애를 묘사했다. 이들에게 서로를 향한 열정은 곧 새로운 사회주의적 공동체를 향한 정치적 열정이었다.[35] 부르주아 민족주의의 연애와 사회주의의 연애는 청년에 초점을 맞추었다는 점에서, 그리고 그들과 세계의 신흥 민족을 환유적으로 동일시했다는 점에서 공통점을 갖는다. 『무정』 말미의 "다 같은 어린애다. 조상 적부터 전하여 오는 사상의 전통은 다 잃어버리고 (…) 생활生活의 표준도 서지 못하고 민족의 이상도 서지 못한, 세상에 인도하는 자도 없이 내어던짐이 된"[36]이라는 한 인물의 발언이 이를 잘 보여준다. 청년은 새로운 세계질서에 대응하기 위한 민족의 고투와 새로운 세계에의 적응에 요구되는 노력, 고난, 교육을 표상하기에 적합한 주인공이 되었다.[37] 또한 청년은 일본의 대학에 가서 유럽의 예술과 역사를 공부하는, 부모 세대와는 다른 삶을 사는 젊은 독자나 작가 자체와 동일시되기도 했다.

1940년대 초반은 민족주의 작가 1세대도 꽤 나이가 든 시점이다. 뿐만 아니라 사회주의적 꿈이든 민족주의적 꿈이든 모두 혹독한 타격을 받은 때이기도 하다. 이제 사십대에 들어선 박태원은 중년과 부부라는 테마를 다루고 있다. 매일의 생활에, 아이들에게 맞춰 사는 동안

이들에게 사랑은 먼 기억이 된 듯하다. 예술을 향한 몰입은 사랑과 민족을 향한 열정과 동일한 것이었지만 지금은 지불해야 할 일상의 필요들로 대체되었다. 그러나 '자화상' 연작이라는 노스탤지어의 기록을 장악하고 있는 목적론적 시간에서, 이광수가 구성적인 민족적 실천이라 여긴 연애는 포기되기는 하지만 망각되지는 않는다. 이런 의미에서, 민족은 유령 같은 기억으로 서사에 출몰한다. 민족을 대신한 것은 물론 금전적 필요다. 박태원은 자신이 상품 체제의 리듬에 골몰하고 있음을 재차 증명한다. 상실과 기억의 서사와 함께 가정에서의 사건, 재정적 곤란, 갖가지 위기 등을 통해 일상의 끈질긴 반복을 그리고 있기 때문이다. 우리가 박태원 소설의 잠재적 정치학을 발견할 수 있는 것도 이 지점에서인데, 이는 그에게 가벼운 댄디라는 라벨보다 더 큰 신뢰를 선사한다. 좀더 분명하게 비교해보자. 이태준은 집에서 은거처를 구하는 반면, 박태원은 집이라는 꿈의 세계를 생산하는 상품 체제를 드러낸다. 타협이라는 중년의 꿈과 젊은 열정의 포기에서 나타나듯, 박태원의 변경은 투자와 소유 욕망으로 추동되는 것이다.

위기의 형식

'자화상' 연작은 민족 형성이나 혁명에의 헌신을 정당화하는 결말에 도달하려는 선형적 서사가 아니다. 더불어 식민 상태의 지속이나 제국 주체성으로의 승격 같은 또다른 유형의 결말을 향해 목적론적으로 나아가는 서사도 아니라는 점을 덧붙여야겠다. 이 같은 형식은 식민 말기의 서사에서 꽤 자주 보인다. 세 편의 소설은 새집이라는 하나의 테마를 중심으로 느슨하게 연결되어 있는데 꼭 순서대로 읽을 필요는 없다. 축적적이지만 순차적이지 않고, 반복적이지만 동일하지 않은 일상생활의 형식을 따르고 있는 것이다.[38] 서사 형식으로서 이것은 일시적이고 미끄러지는 결말을 제시하는바, 민족이 형식 보장의 역량을 상실해가는 시간을 구현한다. 이는 확장의 매끄러운 진행보다는 축적의 우연적인 흐름을 지시한다.[39] 소설들은 일화적 수필에 견줄 만한데, 그 파편적 특성은 개인성 및 일상 현상들의 형식과 목적론적 형식의 회피가 대립하는 상황을 드러내는 데 적합하다.

'자화상' 연작이 일화적 수필과 달라지는 지점이 단지 이 삼부작을 구성하는 부분들의 스케일, 즉 단편에 예상될 법한 간결함을 넘어서는 소설의 길이에만 있는 것은 아니다. 이 구성 부분들의 또다른 길이인 문장의 길이에도 있다. 박태원은 문장 길이에 관한 극단적인 실험 때문에 다름아닌 이태준으로부터 "우리의 장거리 선수 구보"[40]라는 별칭을 얻었다. 그는 단 한 문장으로 7페이지에 달하는 단편을 쓰기도 했다.[41] '자화상' 연작에서 박태원의 긴 문장은 글에 어떤 집요한 질감을 부여한다. 여기, '나'가 불안한 재정 상태에서 집을 짓게 된 과정을 서술하는 하나의 문장이 있다.

그야, 나도 그처럼 빚을 얻어 집을 짓는다는 것이 애초부터 무모한 짓인 것쯤, 짐작 못한 바는 아니지만 몇 해 동안 처가살이를 하여 온 몸은, 남유달리 제 소유의 집이 한 채 탐이 났었고, 우연히 어떠한 친구

미래가 사라져갈 때

의 권으로, 이곳 돈암정에다 하나 잡아 놓은 집터가, 산 지 서너달이 못가서 산 값의 거의 갑절로 오른 것을 보자, 가난한 안해는 그만만 하여도 적지 않은 횡재니 어서 팔아 버리자고 주장하여 마지 않았던 것이나, 나는 그러면 또 그런대로, 그처럼 잠시 동안에 시세가 갑절이 된 터전을 그대로 남을 내어 주기가 새삼스러히 아까워져서, 이것은 그럴 것이 아니라, 기어코 내 손으로 집을 한 채 지어 놓고야 말리라고, 물론, 아무 믿는 구석이 있을 턱도 없는 일이엇지만, 그러한 비상수단이라도 취하기 전에는 언제 바루 내 집이라고 하나 지녀 보고 살겠느냐고, 매월 치러야 할 이자의 이삼십 원쯤은, 셋집을 얻어든다 하더라도 우리가 마땅히 다달이 내어놓아야 할 액수의 돈이 아니겠느냐고, 한 번 말을 끄낸 이상에는 좀처럼 남에게 양보를 하러 들지 않는 나의 지나친 고집은, 어느 누구보다도 내 안해가 잘 알고 있는 터이라, 그래, 그 턱없는 계획에, 그는, 좀더 반대의사를 표시할 것을 단렴하여 버리기는 했던 것이나, 그래도 종시 버릴 수 없는 것은 그의 마음 한구석에 박혀 있는 불안하고 또 미심쩍은 생각이어서, 대체, 그렇게 지내다가 이자를 제때에 못내어 가는 경우에는 어찌할 터이냐고, 물론 은행이나 조합 같은 데서는, 개인에게서 얻어쓰는 돈과는 달라서, 그 이자가 비교도 안되게 싸기는 하다지만, 그 대신, 들여놓아야 할 돈을 제때에 들여놓지 못하는 때에는, 개인은 오히려 사정을 더러 보아준다지만, 그러한 곳에서는 도무지 털끝만치도 용서가 없다지 않느냐고, 아마도 나의 장인 되는 분이, 그의 사위의 하겠다는 일이 아무래도 믿어웁지가 못하여서, 저녁 식탁에서라도 입 밖에 내어 한 듯싶은 말을, 안해가 바루 저 혼자서 궁리나 하여 낼 듯싶게 내 앞에 늘어놓았을 때, 나는, 그러한 것은, 이미, 나도 짐작하고 있는 터이라고 그러나 그 경우에는 곧 집을 내어놓으면 그만일 것이라, 그야 매칸에 칠백원 팔백원 씩이나 하는 명륜정 같은 동리와는, 우선, 지리적으로 함께 칠 수는 없겠지만, 아무리 들고 나더라도, 설마하니 육백원 이야 못 받겠느냐고, 만에 하나도 낭패는 없을 터이니 두고 보라고, 안해를 안심시키려고 한다는 말이, 안해에게보다도 내 귀에 먼저 솔깃하게 들리어, 사실을 말하자면, 그때까지는 돈 주선도 뜻 같지는 않아서, 무어, 꼭, 건축에 착수하려던 것도 아니었는데, 그처럼 내가 하는 말을 내 스스로 듣고 보니, 만약에 이때를 타서 한번 단호한 결단이 없고 볼 말이면, 뒤부터는, 대체, 누가 무어라거나 결코 들으려 하지 않고, 마침내, 아는 이가 소개하여준 한 청부업자에게 그대로 일을 내어 맡기고야 말았던 것이다.[42]

박태원의 "치렁치렁한" 문장은 '나'가 이자 지불에 대한 끝없는 염려와 일이 잘못될지도 모를 가능성을 무릅쓰고 집을 짓는 데 얼마나 망설였는지, 그 이야기를 따라가고 있다. 이 문장은 일상을 지배하는 의식의 뒤틀림과 전환 그리고 예측을 반영한다. 동시에 소설 전체의 곤경과 가정을 위협하는 재정난을 특징짓는 돌발성과 예측 불가능성 역시 반영한다. 무척이나 암시적으로, 문장은 결국 '나'가 확고하게 결심할 필요를 느끼는 것으로 끝이 난다. 이는 어떤 해결 기회를 잡아야 할 필요성이자, 문장뿐 아니라 소설 자체를 구성하고 있는 미결정성과 불확실성의 지속을 종결해야 할 필요성이다. 이러한 문장은 위기

미래가 사라져갈 때

의 종언이라는 공언된 목적하에 단호한 결단이 곧바로 전쟁과 자기희생적 결정으로 이어지던 시대의 위기의 형식을 구현하고 있다. 「동방정취」에서 이태준의 반듯하게 다듬어진 상고주의는 일상의 급작스러운 변동을 무화하거나 은폐한다. 반면 '자화상' 연작에서 박태원은 상품문화 안에서 구성되는 주체성이라는 그가 즐겨 다룬 테마로 돌아간다. 그리고 스스로도 인정한 테크닉의 명수답게 집요한 통사적 비틀기와 전환을 통해 시장의 비틀기와 전환에 종속된 주체성을 드러낸다.

박태원이 두서없이 펼쳐지는 의식을 암시하는 긴 문장을 정교하게 만들어내는 데 능숙했다는 점은 의심의 여지가 없다. '자화상' 연작은 세 편의 순환 구조를 문장 구성 차원에서도 반복한다. 길고 반복적인 문장들은 일상의 의식과 경험의 비균질적인 시간을 따르고자 한 번에 한 페이지를 차지하는 것이다. 이 같은 문장들의 지속은 일상의 시간성과 리듬으로 하여금 개발중인 도시의 팽창으로 구현되는 급속한 경제적 속도와 겨루게 한다. 의식의 느리고 반복적인 숙고는 도시 환경의 빠른 변화들과 병치되면서 확장을 특징짓는 불확실성, 추측, 갈등의 리듬을 공유하게 된다. 이렇게 사소한 걱정과 다툼으로 이어지는 일상의 삭막함을 공통되게 재현함으로써, 언어 자체가 식민 말기를 서사화하는 중요한 방법이 되기에 이른다.

당시 비평가들은 박태원이 행한 자본주의의 위기에 대한 천착보다는 사적영역의 집요하고 면밀한 공정工程에서 표현되는 서사의 위기에 초점을 맞췄다. 서사의 위기는 창조력 결여의 징후로 받아들여졌다. '자화상' 연작에서 결정적인 부분은 자신을 가정 내부에 둔다는 것이다. 박태원의 삼부작은 식민 통치 말기 도시 일상의 시공간을 취하여 이를 사적 경험으로 재형상화한다. 백철은 서사화된 시간에 나타난 사적 경험의 시간으로의 뚜렷한 전환에 주목하여 이러한 경향이 뜻하는 바를 파악하는 데 관심을 기울였다. 1940년 후반기의 단편소설을 논한 월평에서 그는 "거이 그 전부가 작가 자신의 사세계私世界 혹은 그 사세계에 등비等比할 수 있는 세계를 취급"했다고 언급했다. 백철에게 "작가가 작가 자신의 사세계로 돌아오게 되는 것"은 "현실에 대하여 교섭을 할 수가 없"[43]다는 의미였다.

임화 역시 보다 앞서 발표한 일화적 수필의 유행에 관한 비평에서 이 문제에 무게중심을 두었다. 그는 "제 한사람을 위하는 외에 목표가 없는 문학"[44]의 부상을 개탄스러워했다. 이 글은 당시 진행되었던 논쟁들을 언급하면서 문학적 기교와 정치적 행동주의를 대비시키고 있다. 더불어 저자가 강조되는 현상을 왜곡된 주체성의 문화론을 통해 설명하려 했다. 임화는 작가들이 테크닉과 자기의 "비사회적" "개성"[45]을 과잉 강조하고 있다고 혹독하게 비판했다. 임화에게 문제적인 것은 단지 자기 안의 개인적인 것에의 몰입이 아니라 바로 그러한 '자기'의 성격이었다. 그에 따르면 "자기! 개성! 그것은 벌써 인간 사회에 있어 그중 무력한 존재의 칭호다. 요컨대 자기를 의식한다는 것은 제 굳셈과 힘에 대한 의식이 아니라, 제 약함과 무력無力에 대한 의식이 된 것이다."[46] 임화는 사적 위기의 문학적 천착은 집합성이 위협받고 있음을 알려주는 또다른 징표에 불과하다고 믿었다. 그는 근래의 작가들이 그저 "일상생활의 비속한 표면을 기어다"[47]닐 뿐이라고 비판하면서 범속함의 세계를 노골적으로 경멸했다. 그러나 박태원은 범속성에 탐구의 가치가 있음을 확신하고 있었다.

당시 이러한 소설들이 확대되는 현상은 그것이 목적론적 정치학의 "종언"과 맺는 연관성 때문에 주목을 끌었었다. 위기의 성격 자체에 대해서는 논란의 여지가 많았지만, 사적영역을 다룬 소설은 종종 위기의 징후로 이해되곤 했다.[48] 작가 개인 생활에 기반한 소설의 급증은 과연 창조적 상상력의 결여를, 문학적 역량과 잠재력의 빈곤을 드러내는 것이었을까. 생활의 장을 피하는 일이 민족적 삶의 미래처럼 보다 긴급하고 심각하게 숙고할 만한 것이라는 의미였을까. 혹은 중요한 문제들의 논의를 막는 검열이 강화되었다는 징후였을까. 그도 아니라면 상업 출판 혹은 개인의 이익과 사적인 가정 영역에의 집착이 부상했음을 시사하는 것이었을까.

1930년대에 이러한 소설들은 사소설私小說로 알려졌다. 여기서 '사'란 자기의 영역 혹은 사적인 영역을 뜻하고 '소설'은 산문 서사 곧 '노블novel'의 가장 일반적인 번역어에 해당한다. 사소설 개념은 1920년대 일본에서 만들어졌다. '시쇼세츠'로 발음되는 사소설은 대체로 작가 개인의 경험에 기반하여 읽히는 소설로, 독자들은 작가와 주인공을 하나로 파악한다.[49] 일본의 비평가들은 사소설을 서구 문학 모델에 토착적 변형을 가한 일본 특유의 문학적 창작물이라고 상찬하거나, 아니면 그것이 인물들을 판단하는 전지적 화자나 선형적 플롯 같은 픽션과 노블 형식의 주요 기준을 제공하지 못했다고 혹평하는 데 논의의 많은 부분을 할애했다.[50] 당연히 사소설 개념은 일본과 조선의 문화 이해를 특징짓는 동서의 담론적 분리를 거쳐 걸러진 것이다. 그러나 '시쇼세츠'와 '사소설' 사이에는 불가피한 간극 또한 존재했다. 나는 소설과 작가 개인의 삶이 맺는 관계, 그러니까 사실과 픽션을 문제화하는 데 관심이 있는 것은 아니다. 그보다는 사적영역을 시간적 경험으로 서술하는 방식, 그리고 그렇게 표현된 경험과 '시쇼세츠'-'사소설' 개념이 제국과 식민지에서 유통된 맥락에 관심을 두고 있다. 이는 어떤 시간적 동기화同期化를 암시할 것이다.

1940년에 발간된 무려 840쪽에 달하는 임화의 비평집에서 작지만 흥미로운 부분은 지역 문학이라는 새로운 형식에 대한 논의다. 임화는 유럽적 전례에 기반한 문학의 규범과는 형식적으로 구별되는 '시쇼세츠'를 그 중심에 놓았다. 1930년대 후반, 조선 근대문학의 첫 역사를 쓰기 위해 고투하면서 발표한 「신문학사의 방법」에서 임화는 근대 조선 문학은 유럽 양식의 "이식"이라는 논쟁적인 선언을 했다. 그런데 이때 유럽이 아닌 일본에서 유래한 단편소설은 예외였다. 그는 "서구의 중편에 해당할 '스케일'과 내용을 가진 긴 단편은 전혀 일본문학의 독특한 산물로 지금은 거의 동양 신문학의 한 특성이 되어 있다"[51]고 보았다. 명확한 형식적 범주화의 출현이 말해주는 바는, 지역도 분명 그렇지만 공유된 시간 감각이 매우 중요한 방식으로 제국에 등장하고 있다는 것이다. 이러한 경향이 특히 식민지 부르주아지의 글쓰기에서 두드러진다는 사실은 이들이 공통의 교육 시스템을 거쳤을 뿐 아니라 제국 경제에 강력하게 연루되어 있음을 말해준다. 그래서 전시의 변동, 호황, 불황은 점점 더 이들의 소설의 시간을 특징짓게 되는 것이다.

미래가 사라져갈 때

1935년 비평가 고바야시 히데오(1902~1983)는 일본의 저명한 시 쇼세츠 작가 시가 나오야(1883~1971)를 높게 평가하는 글에서 "[시가 나오야만큼] 일상생활의 이론이 그대로 창작의 이론인 사소설의 길을 결백하게 외길로 걸어간 작가는 없었다. (…) 순화된 일상생활은 예전에 배태하고 있던 그 위기나 문제를 해소시켜버렸다"[52]고 언급했다. 고바야시의 논의에는 두 개의 추론이 담겨 있다. 일상은 어딘가 위기의 장으로 이해된다는 것, 그리고 예술은 그 장에 이상적으로 응해야 한다는 것이다.[53] 그러나 이러한 관점은 위기의 소멸이라는 욕망 혹은 필요 또한 드러낸다. 반대로 '자화상' 연작의 성취는 바로 위기를 노출시키고 순화를 거부한 데 있는 것이다.

식민지의 내부

이제 마지막으로 이중노출의 또다른 측면과 함께, 도시 변두리의 경계 자체를 명한 식민국가의 중심에 집이 노출되는 방식에 관해 생각해볼 시점이다. 경계들이 성벽의 의미를 전치해버리듯, 박태원의 소설들은 새로운 서사를 만들어내면서 가정 내부의 경계 변화를 암시하고 종속 구조의 재편을 확대된 전쟁의 변수들로 제시한다. '자화상' 연작에서는 변화하는 언어적 선들과 억압적 권력 관계가 식민지의 내부를 설정한다. 재정 경제에 대한 우려가 커지고 식민국가가 미래를 장악할 것으로 보이지만, 민족의 과거는 사라지지 않고 도덕 경제의 형식으로 인물을 사로잡고 있다. 이 도덕 경제에서는 어느 한편으로 분명하게 결정나지 않는 결백과 죄의식이, 길게 상술해야 하는 더 큰 빚을 안긴다. 식민지 부르주아지가 지닌 딜레마에 매우 적절하게도, 언어와 윤리의 선들은 특히 소설이 결말을 향해 나아가면서 가시화된다.

'자화상' 연작의 결정적인 순간에 예측의 불확실성과 우연성을 모방하여 길게 구불구불 이어지는 박태원의 문장은 한정적이고 명료한 언어적 사건에 의해 방해받고 잘리게 된다. 일본어와의 교섭이 텍스트를 파열시키는데 이는 텍스트를 열기보다는 닫아서, 흘러서 퍼지는 이야기를 명확한 결말을 갖춘 종결로 이끈다. 각 소설의 지속은 집 안에서의 갈등에 대한 염려 그리고 집 바깥에서의 대립에 대한 걱정으로 구현되는 반면, 소설이 가닿으려는 결말로 이끄는 해결은 제국어와의 조우를 내포하고 있다.

「음우」의 '나'에게는 비가 새는 지붕과 아내의 불만도 고민거리지만 이에 더해 글을 제대로 쓰지 못하는 것도 괴로운 일이었다. 이 문제의 해결은 자리에 앉아 출판사에 부칠 짧은 전문電文을 가타카나로 쓰는 것으로 제시된다. 시작하지 못한 원고에 이틀의 말미를 더 달라는 부탁의 메시지다. 가타카나 전문은 조선어 텍스트에서 돌출적이다. 이는 서로 경합하는 언어와 글의 가시적 표지로, 이 소설들에서는 보다 큰 공적영역 및 경제력의 기원과 관련되어 있다. 전문 작성에는 글쓰기를 방해하던 상황이 끝나고 '나'가 다시 글을 쓰겠다고 결심한다는 뜻이 담겨 있다. 그러나 이 행위는 그 이상의 것을 성취한다. 텍스트에 물리적으로 표기된 가타카나로 인해 갑작스럽게 이 작품이 한글로 쓰여졌다는 사실이 환기되고, 자연화된 문학어가 낯설어지는 것이다. 독

미래가 사라져갈 때

자는 작품이 조선어로 쓰여졌음을 새롭게 인지하게 된다. 가타카나는 집 바깥에서의 교섭에 사용되는 언어를 표상할 뿐만 아니라 가정의 언어장, 곧 민족적 내면성의 내적 영역을 기술하는 효과도 갖는다. 인물들이 미래에 다시 돌아온다는 꿈을 안고 미국으로 향하는 것으로 끝나는 근대 초기 소설의 방식과 어느 정도 유사하게, 이 작품 역시 외지의 것과의 좀 다른 교통을 통해 이야기가 결말로 나아간다. 그러나 삼부작이므로 이 결말이 단지 일시적일 뿐임을 독자는 알고 있다.

이어지는 소설들에서 분명해지는 점은 내부와 외부를 나타내는 경계선 긋기가 명료하지도, 고정적이지도 않다는 것이다. 따라서 언어의 선을 따라 민족의 종결을 부과하기도 쉽지 않다. 예를 들어 「투도」는 구어를 질문에 부치면서, 가정의 장면들이 순수하게 토착어로 표현될 것이라는 전제에도 의문을 던진다. '나'와 아내는 아이들이 도난 사건에 관한 대화를 듣지 못하도록 갑자기 일본어로 말한다. 이들의 말은 일본어를 한글로 표기하는 방식으로 제시된다. 가정에서의 부부 간 대화에 어울리게 한글로 순화되지만 그래도 그 순화의 흔적들은 가시적으로 남는 것이다. 「채가」는 '나'가 유치원 면접 합격을 위해 첫아이를 지도하는 이야기를 담고 있다. 미래는 아이가 일본어를 잘 익혀서 교육체계 내로 성공적으로 진입하는 데 있다. 여기서 부르주아-되기는 집을 소유하는 것, 그리고 제국어를 능숙하게 익혀서 식민 교육을 받는 것으로 상상된다. 식민 교육은 제국어 습득을 요구하고 또 그것을 유전遺傳한다.

이 연작소설들에는 '나'가 어디를 향해 그리고 누구와 일본어를 말할 수 있는가라는 공간의 정치학이 존재한다. 집 안에서 그는 성인으로서의 권위가 인정된다. 그러나 「채가」에서 개와 높은 담장이 있는 채권자의 큰 집을 방문할 때, 그는 아이처럼 위축된다. 게다가 아내나 동료들과 이미 익숙하게 구사해온 언어를 사용하려는 시도가 칭찬까지 받게 된다. 이 언어의 공간 정치학은 소설의 내용을 넘어서서 텍스트들 자체의 위상에 의문을 던진다. 각 작품에서 보다 큰 공적영역이 언어 문제로 제시되는데, 그렇다면 조선에서 이런 긴 중편소설을 쓰고 출판한다는 것은 어떤 의미를 지닐까?

문학어로서 조선어가 지닌 "자연스러움"이란 것이 당시로서는 여전히 신생의 구성물이었음을 잠시나마 환기하는 게 도움이 되겠다. 식민지 시기의 많은 중요한 작가들이 일본어로 자신의 글쓰기 경력을 시작했고, 1930년대 말에는 다시 그 일본어로 "회귀"하기 시작했다. 그러나 한국의 근대문학어를 확립한 작가로 인정받는 김동인을 생각해보면 "회귀"라고까지 하는 것은 상황의 복잡성을 저버리는 일이다. 그는 조선어로 처음 글을 썼을 때 자신이 어떻게 일본어로 먼저 "머릿속"에 쓴 다음 그 내용을 조선어로 옮겨 적었는지 설명한 적이 있다.[54] 1941년, 조선어를 문학적 인식의 언어로 계속 재생산하려는 고투는 단지 새로이 격렬한 영역에 진입하는 일일 뿐이었다. 텍스트에서 일본어는 침범하는 "외부"의 언어이거나 거듭 떠오르는 "억압된" 언어였던 것일까? 혹은 김동인의 언급은 오히려 언어—그것이 조선어든 일본어든 영어든 간에—가 근대문학에 의해 제공된 민족화된 언어적 내면성이라는 거짓 약속에 부응할 수 없다는 점을 드러내는 것일까? 아이의 교육으로 상징되는 미래에의 꿈이 유창한 일본어를 새롭게 요구할 때,

쓰여진 조선어의 장에 미래는 있는 것일까? 아니면 조선어는 과거의 토착어 아카이브로 들어가게 되는 것일까?

이 식민 말기의 소설들은 오직 일본어와의 명시적인 교환 속에서만 해결책을 찾는다. 형식 차원에서 보면 소설들은 길어지고 문장 역시 길어지며, 결말은 미뤄지지만 회피되지는 않는다. "우리의 장거리 선수"라는 박태원을 향한 상찬에서 이태준은 "이 땅에서 예술을 살리려는 부질없음, 그러나 운명임에 슬픔, 창백한 지식유령군의 혼담魂膽"[55]이 드러나는 것은 바로 그의 긴 문장에서라고 언급했다. 이는 민족 주체성이라는 환영이 구축하는 결말에 이르는 일이 더 어려워지고 있거나 더 많은 노력을 요구하고 있음을 의미할 것이다. 혹은 타자로서 스스로 말할 수 없는, 제국 주체성의 유예일 수도 있지 않을까. 박태원 같은 작가들에게 언어가 정확하게 어떤 의미를 가졌는지 떠올려봐야 한다. 일본어에 정통하고 능숙했다 해도 이들은 한글로 쇄신과 실험을 수행하는 작가로서의 정체성 역시 단련해야 했고 그래서 전문가적 삶에서 이 작업에 깊이 투신했기 때문이다. 이들이 이때까지 교육제도의 코스모폴리터니즘을 향유하거나 어느 정도의 재정적 안전을 확보하면서 식민 통치의 혜택을 받았었다면, 이는 전시 경제에 의해 새롭게 부과된 제약들과 특히 위축된 출판 부문에 가해진 언어적 압력에 의해 의문에 던져졌다. 박태원과 이태준 모두 드물게 소설쓰기를 생업으로 삼은 작가였고, 그 삶은 토착어 출판의 존재에 달려 있었다. 토착어 출판이 점차 사라지면서, 이 도시 변두리의 거주자들은 자신들이 교외 서사를 얻기 위해 분투하는 공간에 살고 있다는 점을 자각하게 되었고 그 자체가 식민 상황의 폐산물이라는 점도 발견하게 되었다. 이 잉여의 재가치화가 불가능했다는 의미는 아니다. '자화상' 연작 이후 박태원은 이태준과는 달리 자신을 제국의 상품으로 재구성하려 했다. 갑작스레 해방이 도래하자 그는 1945년 5월부터 시작한 『매일신보』의 일본어 장편소설 연재를 돌연 그만둔다.[56]

민족의 내면을 재생산하려는 이 불가능한 언어적 시도는 내면성이 출현하게 되는 관계망 자체를 드러낸다. 플롯의 차원에서 볼 때, 일본어와의 조우에는 권위와 권력을 가진 존재와의 조우라는 그림자가 드리워져 있다. 이야기의 중심에 있는 것은 '나'와 '나'의 걱정거리로, 그 대부분은 아내와 아내의 요구를 만족시키려는 노력과 연관되어 있다. 그녀는 그에게 순사든 지붕 수리업자든 전주錢主든 외부의 어떤 권위 있는 존재를 직접 상대하라고 종용했다. 그래서 소설은 불안의 기원인, 집 바깥의 누군가와의 대면이 임박해오는 상황을 포착하고 있다. 그리고 소설을 지속시키는 것은 바로 이 불안이다. 외부의 누군가와의 직면은 집이라는 공간을 생산하며 가족의 요구와 더 큰 사회구조 사이에 붙들려 있는 부르주아 남성 지식인의 "자화상"을 구성한다. 여러 면에서 가정 영역을 남성화하는 이러한 젠더화는 이 소설들의 식민성을 말해준다. 앙리 르페브르를 비롯한 일상의 이론가들은 여성이 "일상생활을 선고받"고 그 "수동성"의 무거운 짐을 감당하게 되었다고 주장했다.[57] 그러나 식민 말기 조선의 소설들은 1970년대의 성장을 증명하는 식민 이후 소설들과는 달리 집과 외부 권위 사이의 교환을 수행하는, 집에 있는 남성에게 초점을 맞췄다.

미래가 사라져갈 때

가정은 경제사의 추진체이지만 동시에 식민 경제의 산물로서, 남성이 식민지 부르주아지의 도덕 경제를 꾸려나가는 장소이기도 하다. 권위 있는 인물들과의 만남에서 두드러지는 것은 세상물정에 순진하고 어둡다고 항변하는 남성의 형상이다. 그의 주장은 메리 루이스 프랫이 말한 "결백"의 전략을 연상시킨다. "결백"의 전략은 프랫이 18~19세기 유럽인들의 여행기에 관한 뛰어난 분석에서 자유로운 여행자들이 자신을 제국주의 역사에서 분리된 것으로 제시해온 방식을 지시하기 위해 만든 개념이다. 이 방식이 여행 자체를 가능하게 했으며, 여행과 여행 담론 모두 이러한 방식에 기여했다.[58] 나아가 프랫은 "반反정복"이라는 개념으로 자연주의 탐험가들의 수사법, 그리고 이전의 현저하게 폭력적이었던 제국의 여행가들과 구별되는 그들의 여행 방식을 고찰했다. 그녀에 따르면 자연주의 탐험가들의 "뚜렷한 결백함"은 "정복한다는 데서 비롯되는 것으로 추정되는 죄책감과 관계를 맺는 가운데 의미"를 획득했다. 비교를 통해 자신들의 실천이 지닌 결백함을 호출하면서 죄책감에서 벗어나려 한 것이다.[59]

프랫이 제시한 여행하는 유럽의 내부 주체European domestic subject의 역사를 통해 식민 말기 조선의 가정적 주체domestic subject를 규명할 수 있다. 반복을 통해 강화된 강력한 도시 변두리 서사는 사회적인 일들에 어둡고 순진하며 운명의 희생자이지만 바로 그 운명 때문에 때묻지 않은 주인공인 남성 자아를 보여준다. 주인공은 도덕적으로 순결하길 원하는 동시에 가정의 화합을 유지하길 바라는 것으로 그려지는데, 이 두 개의 욕망은 갈등을 거듭한다. 「투도」에서 옷 몇 벌 훔쳐간 도둑을 신고하는 일은 아내의 욕망을 만족시키는 유일한 방법이다. 아내는 자신들이 식민 경찰의 보호를 받고 있으며 경성 시내에 속해 있음을 입증하고 싶어한다. 「채가」에서는 이자 빚을 받아 가는 조선인 브로커의 책임을 증명하는 일이 일본인 채권자의 분노에서 자신들을 구하는 유일한 길이다.

'반反공모'라 부를 수 있을 이러한 태도는 박태원의 소설뿐 아니라 1940년대 초반의 다른 작품들에서도 나타난다. 이태준의 1941년 작품도 부르주아 가족의 행적을 이야기하기 위해 유사한 전략을 쓴다. 「토끼 이야기」에서 기자였던 현은 조선어 신문 폐간으로 직장을 잃은 후 퇴직금으로 토끼를 사서, 특별히 지어 예쁘게 꾸민 자신의 집 마당에서 기르기 시작한다. 토끼는 빠르게 번식하는데 토끼털 시장은 폭락하고 콩 가격도 올라 현은 사료(비지)를 댈 수 없게 된다. 그는 토끼 처리 방법을 고민하면서 시간을 끌다 결국 토끼를 죽일 수는 없다는 생각을 한다. 그러던 어느 날 아내가 마당에서 그를 부른다. 그녀의 손은 피투성이다. 방금 맨손으로 토끼를 죽인 것이다. 여기, 부르주아 가정 한가운데서 일어난 도살은 식민지 작가에게 일어난 폭력의 치환을 말하고 있다. 그는 지금 폭락한 토끼 시장의 토끼처럼 쓸모없고 스스로 먹고 살 수조차 없다. 이태준으로서는 드물게도 식민지 부르주아의 위기를 초래한 상품체제를 정면으로 맞서 비판하고 있다. 그러나 소설은 그가 학교 운동장에서 토끼 먹일 풀을 뜯다가 눈에 띄었을 때 얼마나 당황했는지, 그가 어떻게 책방에 들러 토끼 죽이는 여섯 가지 방법을 전율하며 읽게 되었는지 등 남성의 근심과 염려를 상세하게 기술하는 데

　　　　　　　　　　　　　　미래가 사라져갈 때

많은 공을 들인다. 반면 그 일을 실행한 것은 생존을 위해 자신의 가치를 낮춘 만삭의 아내다.

박태원과 이태준의 소설에서 보듯, 전시 개발의 변동과 이에 수반되는 황민화 정책들을 겪으며 살아가는 걱정 많고 무력한 남성상의 반복은 결백의 전략과 비슷하게 기능할 수 있지 않았을까. 만약 그렇다면 이 역시 식민 경제로부터 이익을 취한다는 데서 생겨난 것으로 추정되는 죄책감에서 기인한다. 이런 맥락에서 '나'는 상업과 무력을 멀리한 유학의 문사를 가리키는 "선비"라는 단어를 써서 자신을 "살림살이가 넉넉"지 않은 "선비"라고 칭한다. 경제적 이익은 수년 앞서 시작되었겠지만, 죄책감은 식민정책의 방향이 노골적으로 전쟁과 토착문화의 흔적에 대한 공격으로 나아가면서 커질 수 있다. 박태원을 비롯한 작가들이 자신들이 본격적인 제국주의 시대의 유럽 여행자들만큼, 아니 그보다 훨씬 더 역설적인 존재임을 알게 된 상황에서 순수성의 표출이 더 절박해진 것은 그리 놀랍지 않다. 그들은 자신들이 비난한 바로 그 권력의 수행자로서 "살아남았"고 때로 조선 문학의 개념을 바꾸는 변화를 도모하기도 했다. 그들은 아이들에게 열심히 일본어를 가르쳤다. 바로 이것이 그들의 글쓰기가 과거로 끝났다는 의미임을 인정하면서 말이다. 그들은 말기의 식민성을 '이행'으로 살아낸 동시에 제국주의의 수행자로서 그 이행을 가능하게 했다.

'자화상' 연작 같은 소설들의 기교를 소홀히 다뤄서는 안 된다. 평범한 가정적 화합을 바라는 태도는 앞서 열정적인 사랑을 예술 그 자체의 위치로 끌어올린 것과 다름없는 이데올로기적 구성이다. 가정의 재구성은 전쟁과 황민화 정책이 본격화됨에 따라 일종의 사적 세계로의 후퇴를 뜻할 수도 있겠지만, '자화상' 3부작은 도시 변두리 사적 세계의 한계가 제국주의의 '바깥' 영역에 의해 형성되었음을 깨닫게 한다. 변두리는 가라앉지 않는 꿈과 함께 도시의 경계에 출몰하고, 그 단조로움 속에서 민족 독립의 충동과 적극적인 제국 주체 생산의 충동 둘 다를 파열시킨다. 여기서 성벽의 이중노출은 아이들의 교육과 미래에 대한 '나'의 관심에서 드러나듯, 꿈은 폐기할 수 없는데 그 어떤 꿈도 쉽게 받아들여지지 않는 황민화의 이중의 시간을 표현한다. 도시 변두리의 출현은 일제의 동화정책에 대한 지지를 담은 어떤 열망들에 약한 기반을 제공하지만, 식민 사회를 구성하는 모순적인 시간들과 유령 같은 제국 권력과의 조우 속에서 일어나는 민족 형식의 지속적인 출몰 또한 가시화한다.

일반적으로 근대의 목적론적 서사가 어떤 의미에서 국가에 의해 보장받는다고 이해된다면, 식민 상황에서 서사를 정당화하는 것은 무엇일까?[60] 확실히 식민지 조선은 민족 중심 서사의 많은 사례를 보여준다. 이들은 명백한 반식민적 발언을 하거나 하지 않아도, 민족에 대한 헌신의 표현을 통해 자기를 정당화하는 결말을 찾았다. 그러나 1930년대 후반의 소설은 우리를 좀더 암울한 영역으로 데려간다. 여기에서는 결말의 확실성을 성취하기가 더 어려워지며 주체와 국가 혹은 민족 간의 관계 역시 알아내기가 더 어려워진다. 식민 말기 조선의 단편소설이나 연작소설에서는 선형적인 민족 서사가 사라지고, 그 대

미래가 사라져갈 때

신 도시 변두리라는 비균질적인 지대가 나타나 제국의 시간으로 이동하는 주체를 목격하게 된다. '자화상' 연작은 이를 반복적인 소비의 리듬과 불가항력적인 현재에의 머무름이 지배하는 도시 변두리의 시간으로 서술했다. 이것은 세계대전과 산업적 혁명의 폭력성과 어울리지 않는 듯하지만, 바로 그 역사적 사건들의 징후로서 나타났다. 박태원의 소설은 정치학의 '소멸'을 가시화했다고 비판받았으나 그럼에도 불구하고 상품 문화로 인해 개조되는 일상생활, 보다 큰 투쟁의 밑으로부터 출현하는 범속한 현재, 그리고 그 한가운데에 기록된 재구성의 고통과 고투에 대한 또다른 비판을 함축하고 있다. 박태원 소설의 주인공은 성벽 바깥으로 내던져진 채 그를 이곳으로 데려온 꿈들이 어떻게 그의 지반을 흔들고 이제는 성문 안으로 돌아가지 못하게 하는지 뒤돌아보며 의아해할 뿐이다.

제국의 시간으로의 이동은 물론 다른 식으로도 일어났다. 다음 장에서 나는 문학계에서 새로운 정치학을 아마도 가장 열렬하게 받아들인 인물을 살펴볼 것이다. 최재서는 전쟁이 한창일 때 조선총독부의 대변자로서 '고쿠민분가쿠', 즉 '국민문학' 개념을 공식화하는 데 협조했다. 이때 국민이란 조선과 여타 식민지를 포괄하는 제국의 국민을 의미한다. 그의 작업 역시 일상의 불안을 진단하는 데서 시작됐지만, 자본주의적 위기의 음울한 리듬을 추적하기보다는 그 극복을 약속했고 그래서 새로운 시간을 구축했다. 천황의 시간이 바로 그것이었다.

5장

황민화, 혹은 위기의 해소

망아亡兒 강剛의 영전에 이 책을 바친다.

　네가 죽었을 때, 나는 갓 태어난 『국민문학國民文學』을 네 생각과 함께 키워 나가기로 다짐했다. 나는 오늘 미약한 만족을 가지고서 이 빈약한 수확을 세상에 내보낸다.

　　　　　　　　　　　　　　　　　　—최재서, 『전환기의 조선문학』

저명한 문학평론가 최재서(1908~1964)가 1943년에 출간한 평론집 『전환기의 조선문학』은 한 아이의 비극적 죽음으로 시작한다. 얼마 전 숨을 거둔 아들에게 바치는 최재서의 헌사는 그 자체로 감동적이지만, 오늘날의 독자들에게 이 몇 줄 안 되는 문장은 황민화皇民化 수사학의 핵심이라 할 죽음과 재생의 서사를 압축적으로 담고 있다는 점에서 충격적인 것이기도 하다.[1] 조선총독이 조선인들에게 진정한 일본인이 되고자 한다면 전장에 나가 천황을 위해 죽어야 한다고 독려하던 시점에서, 최재서의 문장은 이 재생 서사의 한 판본이며 동시에 일본인이 될 수 있다는 가능성이 얼마나 매력적이고 위안을 주는지를 개인적인 차원에서 밀도 높게 증명해주는 것이다. 총동원에 대한 협력을 목표로 하는 문학잡지가 어떻게 자식을 잃은 자의 끔찍한 상실감을 완화시켜줄 수 있다는 말인가? 어떻게 조선인을 "황민화"하는 운동이, 아들 강의 죽음으로 상실되어버린 미래에 대한 기대감을 되살릴 수 있었던 것인가?

'국민문학'이란 잡지의 제목이면서 동시에 문학적 기획의 명칭이기도 하다. 1930년대 말 조선에서 문학 활동의 기반을 제공했고, 1940년에는 조선어 언론 강제 폐간을 비껴왔던 두 주요 문학잡지가 총독부에 의해 1941년 폐간된다. 상고주의를 기반으로 한 『문장』은 과거의 조선 문학을 발굴하는 흐름을 이끌었고 고전을 부흥시키는 데 큰 역할을 했으며, 『인문평론』은 문학과 일상생활에 관한 활발한 토론이 이루어지면서 다수의 유럽 문학 전공자들이 작성한 외국 문학사조에 대한 글을 함께 제공했다. 폐간의 표면적 이유는 용지 절약이었지만, 그 명령을 내린 경찰의 진짜 의도가 조선의 지식계와 예술계의 개혁이었음은 누가 봐도 분명한 것이었고, 이는 당시 『인문평론』의 편집인이었던 최재서 역시 나중에 인정한 바였다.[2] 총독부가 후원하는 새로운 잡지의 창간호는 1941년 10월 등장했다. 그 제목은 '국민문학'이었으며 편집인은 최재서였다. 애초에 『국민문학』은 연간 8회를 조선어로, 4회를 일본어로 출간한다는 계획이었지만 총동원 체제의 고조와 더불어 1942년이 되자 전면 일본어 잡지가 되었고, 조선과 일본의 작가 및 사상가들의 수필, 소설, 시를 게재했다. 그 편집 방침은 국책을 적극적으로 뒷받침하며 조선 문화계 인사들의 '국민의식'을 고양시키는 것이었고, 조선과 일본을 "종합"하는 "신문화"의 창출을 이끄는 것이었다.[3] 다시 말해 영국 모더니즘을 연구한 학자이자 전위적인 조선 작가들의 옹호자였던 최재서는 이제, 제국의 일부분으로서 조선반도의 문학을 승인하고 전쟁을 깊이 옹호하며 전쟁중인 제국의 대의를 지지하는 문학을 출범시키는 기획의 상징적 수장이 되었던 것이다. 한국 근대문학의 제도적 성립에 그토록 핵심적 역할을 담당했던 문학평론가가 조선어 글쓰기의 종말을 옹호하며 제국의 대의, 전쟁의 대의를 문학의 대의로 받아들이게 된 것은 어떻게 가능했을까?

최재서의 헌신에서 우리는 일련의 대체 현상을 찾아볼 수 있다. 즉 그는 죽은 아들을 문학잡지로, 조선을 일본으로, 상실되어버린 부계 혈통을 일본 민족으로의 입양으로, 가족을 제국으로, 아버지됨을 민족적 주체됨으로, 죽음을 재탄생으로, 삶을 기억으로 대체했다. 강에 대한 기억은 '국민', 즉 황국신민을 지향하는 문학적 기획에 의해 길러지고 보호될 과거로 남아, 억압되지 않고 미래를 향하여 전승될 것이었다. 헌사에 이어지는 최재서의 서문에는 기억이 삶과 맺고 있는 이러한 관계가 거의 전도된 형태로 나타나는데, 자신이 어린 시절 사랑했던 일본적인 것들의 의미를 최근 들어 재발견했다고 말하는 것이다. "나는 어릴 때부터 일본말과, 집과, 그 예의바름과, 어디까지나 발랄한 학문적 호기심과, 특히 메이지 문학을 좋아했"으며 "이처럼 나는 일본을 호흡하고 일본 가운데서 자라왔다"고 최재서는 쓰고 있다.[4] 근자에 들어서야 그는 이 사랑이란 늘 일본 국가에 대한 사랑이었음을 깨달았다. 현재가 그의 과거 기억을 새로 쓰고, 그에게 사실 새로운 기원의 서사를 제공한 셈이며, 그가 강조하듯 이는 "충격"이었다. 그는 언제나 일본인이었으며, 최소한 일본인이 되고자 해왔다. 이런 서술이 너무 개인적인 고백으로 보이지 않도록 최재서는 필연성과 운명의 수사학을 동원하는데, 이는 이 책이 선언하는바, 이처럼 개별적인 것으로 보이는 경험이 본질적으로는 집단적인 의미를 갖는다는 점의 근거가 되는 것이다. "곧 그것은 우리 동포가 밟아 가야 할 가시밭길인 것을 알았다." 최재서는 여기서 가장 개인적인 기억과 경험, 그리고 가장 내밀한 죽음들을 민족이라는 더 큰 집단으로 연결시키고 있으며, 이 민족과 더불어 조선 지식인의 집단성은 국민이라는 제국의 민족과 연결되는 것이다. 가시밭길을 건너가면 아픔과 괴로움이 따를 것이지만, 함께 치러야 할 시험을 거치면 국민은 통합될 것이며 각 개인들의 죽음에는 의미가 부여될 것이다.

『전환기의 조선문학』을 읽어가다보면 총동원의 전시 체제에서 요구되는 종속의 종류들을 반영하는 방식으로, 민족의 역사가 가장 내밀한 개인적 발견들과 지속적으로 연동되는 장면들을 볼 수 있다. 최재서가 보기에 황민화란, 아들의 죽음뿐 아니라 근대 조선 사회를 괴롭히던 모든 병폐를 일소할 기회를 제공하는 것이다. 그의 글에서는 지금까지 논의해온 작품들을 채우고 있던 미묘한 어조와 의심이 거의 발견되지 않지만, 그의 글이 취하는 논리는 그러한 관심을 완전히 방기하지는 않는 듯하다. 전쟁의 대의가 자기 정체성을 회고적 시선 속에서 발견하도록 한다는 점에서 최재서는 단호히 이를 지지하고 서술해가는 반면에, 그의 글에는 사회적 불균질성과 문화의 상품화 및 예술의 역할에 대한 광범위한 불안감이 드러나 있다. 이는 이 책에서 우리가 지금까지 논의한 텍스트들에서뿐 아니라 최재서 당대 세계에 팽배해 있던 여러 파시즘적 모더니즘의 경우에도 문제되는 것으로, 최재서의 논의는 이들과 비교된다. 최재서를 읽음으로써 우리는 식민지 조선에서 모더니즘이 보수주의로 전회하는 현상, 그리고 모더니즘이 파시즘 제국의 체제가 선전하는 종속의 형식들을 어떻게 뒷받침하는지 파악하는 데 시사점을 얻을 수 있다. 철학자 서인식과 마찬가지로 최재서도 미래를 탐색하는 것, 과거가 여러 다른 방식으로 불편하게 우리 곁을 맴돌던 시기에 현재로부터 명확히 구분되는 미래를 상상하는 방법에 관심이 있었다. 서인식이 글쓰기로부터 물러난 1941년은 최재서가 국민문학의 기틀을 잡은 때이다. 이 철학자와 비평가의 차이 중 하나는 최재서가 자신이 미래를 찾아냈다고 생각했다는 데 있다. 그러나 그 미래는 문학적·문화적 생산에 대한 이해 방식은 말할 것도 없이, 정치적 비전과 결과까지도 완전히 다른 방향을 취하게 만드는 것이었다.

시국

최재서 글들의 논지 구성 과정과 타당성을 검토하기에 앞서 이 글들을 모아놓은 평론집의 제목이 어떤 특수한 순간을 가리키고 있음을 간단히 지적할 필요가 있다. 『전환기의 조선문학』에 실린 글들은 원래

1941년부터 1943년 사이에 발표되었으며, 최재서 본인이 걸어간 가시밭길의 행로를 목격할 수 있도록 시간 순서에 따라 배열되어 한 권으로 묶였다. 그는 서문 끝에 다음과 같이 날짜를 기록하는 문구를 남겼다. "쇼와 18년 3월 1일 자바 적전敵前 상륙 일주년을 기념하는 아침 경성 낙산 아래서." 일본 황력皇曆이 이전까지 조선에서 쓰였던 다른 역법, 즉 양력, 단군력, 중국 황력을 대체하고 있을 뿐 아니라, 경성에서 시간과 공간을 파악하는 데 전쟁의 전개가 기준을 제공하고 있음이 드러난다. 제국의 언어로 작성된 최재서의 이 두툼한 책에서 제국의 시공간으로의 전환이, 황민화라는 역사적 사건의 전개 과정이 기록되고 있는 것이다.

『전환기의 조선문학』의 초두에는 통상 "시국"이라 불렸던 것의 연대기가 수차례 반복된다. 서문에서 최재서가 "전환"이라 부르는 이것은, 1940년 가을의 "신체제 운동"과 더불어 "의식적"으로 시작되어 1941년 문학잡지들이 폐간되고『국민문학』이 창간되고, 1941년 12월 8일 "선전宣戰의 조서(진주만 공습)"가 발표되는 과정이다. 1942년 5월에는 징병제 실시가 발표되는데 이는 최재서에 따르면, '전환'이 "자기의 성격을 최후적으로 결정한 것"에 해당한다.[5] 1943년이 되면 징병제가 강제되는데(지원병제는 이미 1938년에 시행되었다), 최재서에게 이는 어떤 서사의 종착점을 제공한다. 피할 수 없는 하나의 목표, 진정한 전환의 완성, 결단의 행위로 이끄는 사건들로 사후적으로 구성되는 서사 말이다. 그의 서사는 태평양전쟁으로 귀결되고 그 후과를 이루는 사건들은 숙명이어서 불가피했다는 정당화가 이뤄지며, 그 어떤 우발성도 모두 배제되어버린다.

사건들의 초기 서사는 식민지에서 시행된 정책들이 아니라 유럽과 아시아에서 펼쳐지는 전장의 뒤를 밟는다. 조선문인협회가 조직한 문예보국강연대文藝報國講演隊의 일원으로 1940년 11월 조선 서부의 여러 도시를 돌며 행한 강연에서, 최재서는 "신체제"로 이어지는 사건들을 돌아보고 있다.[6] 1937년 7월 7일, 일본군과 중국군이 충돌한 노구교사건이 발생했고 이는 "북지사변北支事變" 혹은 중일전쟁으로 비화되었다. 최재서가 기술하듯, "점진적으로 전쟁의 목적은 진전되"어 1938년 가을 한구漢口 함락에 이은 고노에 수상의 "동아신질서" 성명 발표로 그 "명료화"가 새로운 차원에 이르렀다. 한편 유럽에서는 1940년 여름 히틀러의 독일이 파리를 함락시켰으며 "구라파 신질서"가 선언되었다. 최재서의 설명에 따르면, 동아공영권 건설이 주창되고, 일본 제국민들에게 여태까지는 상당히 멀게 느껴졌던 인도차이나와 네덜란드령 동인도에 관심이 쏠리기 시작했던 것도 이 즈음이었다. 결국 아시아 신질서와 유럽 신질서의 꿈은 독일, 이탈리아, 일본이 1940년 9월에 맺은 삼국동맹조약과 더불어 나타났으며, 이는 "세계의 신질서"라는 야망으로 이어진다.

적어도 최재서에게 파리 함락은 이 서사에서 중추적인데, 이는 "구" 질서의 종말과 유럽식 개인주의 중심지의 퇴락을 무대화하는 극적인, 거의 연극적인 사건이었던 것이다. 최재서에게 유럽식 개인주의란 유럽 모더니즘을 연구하는 학자로서 많은 면에서 자기 자신의 사상이기도 했다. 사실 최재서에게는 태평양에서의 전투보다도 파리 함락이 심정적으로 더 큰 파장을 남겼다. 이는 그가 이전 시기 유럽 문화의 개념에 쏟았던 관심과 기대가 컸기 때문이기도 하지만, 파리 함락은 문명 간의 충돌과 일본이 지도하는 혁명적 세계질서의 부상이라는 서사에서 축이 되는 사건이었기 때문이기도 했을 것이다. 파리 함락은 유럽이 아니라 아시아가 문화에서 전 지구적 전위부대로 나서는, 다른 미래에 대한 상상을 가능케 했다.

전환의 두 연대기가 합쳐져서 1943년의 거대 서사, 즉 손색없는 신세계질서의 시작을 알리는 것으로 생각된 총동원의 서사가 부각된다. 숙명과 불가피성의 힘을 부여받아, 전장에 한 명의 군인으로서 나아간 개인이 결단을 내림에 따라 전환은 그 서사의 절정부에서 이 신질서를 도래시킨다. 최재서가 문학계의 전환 과정을 묘사하며 제시하는 연대기를 들여다볼 때 드러나듯, 전환은 황군이 되어 전투에 나서는 군인들뿐 아니라 조선 작가와 예술가 들을 포함하여 각자의 특수 영역에 속해 있는 사회의 모든 성원들까지도 참여할 것을 요구한다. 이것이 식민 말기를 규정짓는 악명 높은 총동원인 것이다.

모더니즘 비평으로서의 국민문학론

"고도국방국가 체제의 필요에 대응하여 도출된 혁신의 문학상의 목표이다."[7] 진주만 공습 직전 최재서는 우리의 맥락에서 흥미를 돋우는 두 가지 면을 국민문학의 이념으로 제시하며 위와 같이 썼다. 국민문학의 본질은 보수혁명적 모더니즘이며 그 전개는 소위 고도국방국가에 대한 문학 특유의 응답이라는 것이다. 전자에 주목한다면 아마도 조선어 신문과 양대 문학잡지인 『문장』과 『인문평론』이 폐간된 지 몇 달 안 된 때에 최재서가 『인문평론』이라는 터전을 잃고 패배감에 빠지기는커녕 정력적으로 『국민문학』이라는 새로운 잡지의 편집인으로 나선 이유를 설명할 수 있을 것이다. 『문장』과 『인문평론』은 각각 전통주의와 유럽식 모더니즘에 강조점을 두었다는 점에서 약간의 차이를 보이면서 『국민문학』이전 시대의 문학장을 형성하고 있었다. 최재서의 행보를 극적 변신이자 비합리적 배신 행위로 보아 넘겨버리고 싶기도 하지만, 최재서의 글을 보면 거기에는 현대사회에 대한 비판의식과 문학관 두 측면에서 모두 논리와 관심의 일관성이 드러나 있다. 전쟁 동원에 부응함으로써 최재서는 이제는 과거의 일로 재인식된 모든 문제와 갈등을 일소하고 조화와 유기적 통일을 특질로 하는 새로운 미학으로 그것들을 모두 대체하는 멋진 신세계를 상상할 수 있었다. 그것은 파시즘으로 넘어가버린 모더니즘적 환상이며, 그 목표가 결국 행복에 있음을 표명한다는 점에서 모든 파시즘적 환상이 공유하는 매력을 지닌 것이었다. 그러나 이 환상은 표면적으로도 기만을 드러내는데, 이는 최재서가 근대적 미의 본질에 대해 언급한 문장에서 잘 드러난다. "현대 전쟁은 협동미의 극치를 발휘한 것이다."[8] 협동미에 대한 최재서의 관점에는 기술, 정치적 폭력, 미학이 통합되어 있다. 조선 젊은이들에게 황군에 입대할 것을 권유했던 다른 지식인들과 구별되는 지점은, 최재서가 그 대의에 대한 미학적 정당화를 분명히 제공했다는 것이다. 최재서가 다른 지식인들과 공유했던 바는 근대적 삶에 대한 깊은 불만이었다.

미래가 사라져갈 때

최재서가 국민문학의 기획을 어떻게 다듬어갔는지 또 국민문학이 고도국방국가에서 수행할 역할을 어떻게 인식했는지를 살펴보기에 앞서, 그가 스스로 발전된 것으로 주장했던 세계관을 한번 음미해보고자 한다. 모더니즘의 하나로서 국민문학론은 현재에 대한 강력한 비판 의식에 기반을 두고 현재에 반대함으로써 자신의 고유성, 우월성, 참신성을 드러내려 하면서 발전되어간다. 국민문학론 이전 수십 년 동안 근대적 자의식하에 나온 문화적 생산물들이 있어왔음을 상기한다면, 국민문학은 자기야말로 진정한 근대의 도래를 알리는 최초의 문학운동이라 주장할 수 없었다. 너무나도 많은 예술가들과 사상가들이 그러한 타이틀이 자기들 것임을 이미 선언해버렸다. 국민문학은 스스로 근대와 함께 기원한 문제에 대한 해결책이라고 주장함으로써 차별성을 드러냈다. 최재서는 근대를 모조리 폐기하는 것이 아니라 발전시키는 것, 즉 진정으로 근대적인 신세계와 새로운 미학을 상상하고자 했다. 그의 국민문학 시기는 이런 점에서 이전의 모더니즘 문학비평을 실천하던 시기와 연속된 것으로 이해되어야 한다.

　　최재서의 파시즘적 모더니즘은 현재에 대한 비판을 통해 이전 시기 동안 전개되어온 분열과 사회적 갈등을 그가 어떻게 이해하고 있는지를 드러내고 있다. 최재서는 자신이 역사적 전환기를 살고 있다고 인식하는데, 이는 위기의 시대로 규정된다. 평론집에 실린 비교적 이른 시기의 글 중 「문학 정신의 전환」에서 최재서는 위기에 대한 논의가 1930년대 초부터 일본과 유럽에 널리 퍼져 있었으며 그가 글을 쓰고 있는 때(1941년 4월)에 이르면 위기는 기정사실로 받아들여지고 있다고 주장한다. 비상상태의 경험이 10년을 경과하는 1940년대 초가 되면, "우리는" 이것이 유럽에서 폭주하고 있는 미친 독재자 한둘의 경우에만 해당되는 것이 아니라 "역사의 회전回轉 그 자체"의 문제임을 알고 있다고 적는다.[9] 최재서는 진정한 역사적 전환 한가운데에 자신이 서 있다고 믿고 있다. 매스미디어와 다른 여러 사상가들도 지속적으로 이런 믿음을 표명해왔다는 점에서 최재서의 저 믿음은 결코 예외적이라 할 수 없었다.

현재의 순간을 위기의 순간으로 인식함으로써 그는 체제 옹호를 지지하게 되는데, 그 지점은 개인적 도덕의 차원에서 위기를 규정한다는 데 있다. 최재서는 편재하는 용어인 '위기'에 대한 문헌학적 접근을 시도하는데, 그것은 라틴어 의학 용어에 기원을 두고 있으며 그 이전엔 그리스어 krisis에서 유래한다. 이 그리스어 단어는 결단 혹은 질병의 진행상의 전환점을 의미하며 '결정하다'라는 뜻의 krinein에서 왔다. 유럽과 아시아에서 전쟁이 고조되어감에 따라 최재서는 결단을 내리고자 안달하는 모습을 보이며 결국 자신을 일본제국의 신민으로 선언함으로써 적절한 목표를 찾은 것으로 보인다. 최재서가 자기의 목표를 인식함에 있어 전환과 위기의 수사는 핵심적이었으며, 그는 생리학적 언어를 빌려 개인적 차원에 초점을 맞추는 방식으로 그것을 문제화했다. 예컨대 서인식은 현대의 위기란 자본주의의 모순들이 구조적으로 수렴된 것이라고 인식했지만, 최재서는 말기적 개인주의의 과잉과 퇴폐 상태에 초점을 맞추었던 것이다.

「문학 정신의 전환」은 "구라파"어에서 "위기"란 원래 병세의 진행

미래가 사라져갈 때

과정상의 결정적 전환점을 뜻하는 의학 용어임을, 즉 죽음으로 향하느냐 아니면 회복으로 돌아서느냐의 분기점을 가리킨다고 지적한다.[10] 따라서 어떤 문화가 위기에 처해 있을 때, 이는 문화의 병세가 절정에 도달했음을 나타낼 뿐 아니라 결정적 전환의 필요성을 상기시키며 경고하는, 하나의 위험신호로 볼 수 있다고 최재서는 말한다. 그가 지적하는바, 현대문학에서 발견되는 "고민"의 여러 면들, 즉 "개성의 분열, 지성의 무력화, 퇴폐적 기분의 만연, 반항적 풍자에 대한 일반화된 선호, 암흑의 전반적 우세, 주제의 빈곤, 모럴의 상실, 성격의 해체, 묘사 정신의 부주의함, 비평 정신의 상실, 기타 하나하나 헤아릴 수 없이 많은 비규율성"은 현대문학이 진정으로 병에 걸려 있다는 것을 확인해 주는 "일종의 열"이었다. 열이란 신체가 병에 걸렸음을 드러내는 증상이면서 동시에 신체가 질병과 싸우고 있다는 증거이기도 하듯, 현대문학의 "고민" 역시 위기의 증상이자 동시에 위기 극복의 시도가 행해지고 있는 어떤 전환의 상태인 것이다.[11] 최재서는 이 위기가 본질상 모럴에 관한 것임을 주장하고 있으며 따라서 현 위기의 원인과 해결을 모두 개인이라는 형상에 의탁한다. 그의 개인주의에 대한 비판은 역설적으로 개인으로부터 그 "치료"를 찾고 있다. 개인적 모럴상의 퇴락이 역사적 위기의 원인이라면, 그러한 개인의 부활이야말로 그 흐름을 되돌릴 것이라는 논리를 펴고 있는 것이다. 이 되돌림은 현재의 역사적·물질적 상황에 부합하는 무언가 새로운 것의 복구와 창조로 구성되어야 한다. 전쟁의 대의를 위하여 싸우는 것에 개인들이 결단력을 가지고 투신함으로써 개인적 차원의 타락이 치료될 것이라고 보는 것이다.

국민문학은 근대 문화 최악의 경향들을 교정하고, 국민국가에 대한 일차적 충성을 인식하는 근대적 개인의 가능성을 의미했던 초기 모더니즘을 재활성화할 것으로 제시되었다. 이런 점에서 19세기 말과 20세기 초의 소위 계몽적 민족주의자들이 주창한 개인주의의 초기적 형태를 재소환하고 있는 셈이다. 최재서가 보기에 이처럼 적극적이고 긍정적이었던 근대 개인주의는 이후 나쁜 의미의 자유주의, 코스모폴리터니즘, 공산주의로 전도되어버렸다. 이제 완전히 새로운 무언가를 제시할 수 없게 된 이상, 국민문학은 복고주의적인 것으로 제시되어야 할 테지만, 그 기원은 모순적인 듯싶은 데서 찾아졌다. 근대적 제국 국가라는 목적에 부합하기 위하여 초기 민족주의 사상과 일본의 전前역사적 제국 질서, 이 둘을 재해석했던 것이다.

최재서가 내리는 타락과 쇠퇴라는 진단은, 산업화가 초래한 문제들을 다루는 다른 글에서 전개된 논리와 상통한다. 그 글에서 특히 그는 오스발트 슈펭글러를 인용하는데, 슈펭글러는 1차대전 종전에 임박하여 출간된, 거시적 역사철학을 전개한 『서양의 몰락』으로 세계적 명성을 누리고 있었다. 여기서 슈펭글러는 유럽이 겪은 참화를 서양 문명 몰락의 증상이자 결과로 보는 논자들이 공명할 만한 논지를 제시했다.[12] 산업화, 도시화가 가져온 라이프 스타일의 엄청난 변화 속도를 개인적 모럴이 따라가지 못했다는 최재서의 논지를 보면 그의 슈펭글러에 대한 관심을 이해할 만하다. 최재서는 슈펭글러를 인용하면서, 이러한 물질적 변화 때문에 가족 및 이웃에 대한 오랜 관념들이 전복됨에 따라, "도덕을 만들어내는 힘은 그 진보와 보조를 맞출 수 없"게

미래가 사라져갈 때

되었다고 말한다.[13] 그는 이것이 다만 개인에 국한된 문제가 아님을 보이고자 "이러한 피상적 진보에 의해 국민적 생활 질서는 파괴되었다"고 부언한다. 개인적 모럴에서의 실패는 궁극적으로 국민적 질서 수립의 실패를 뜻하며, 여기서 우리가 개인과 국민 공동체 사이의 관계를 재사유해야 할 필요성이 제기된다.

슈펭글러가 진보의 피상적 특질을 언급할 때, 이는 기본적으로 도시와 농촌의 공간적 분리와 이 두 공간 사이를 이동하는 자들에게 나타나는 의식상의 분열을 가리키는 것이었다. 그는 진보라는 지배적 이데올로기에 따라 이를 도시가 진보와 미래와 연동된다는 의미에서의 시간적 지체로 인식했다.[14] 그러나 그는 이 진보적 역사 개념에 전적으로 기대고 있기에, 독일이 그 정점을 찍은 서양 문명은 쇠퇴하고 있다고 믿었다. 슈펭글러는 국가사회주의를 지지했었지만, 테크놀로지의 가치와 나치즘이 특히 전쟁의 대의를 위해 추동시켰던 산업에 대한 맹신에 의문을 던짐으로써 1930년대가 되면 히틀러의 분노를 사게 되었다. 슈펭글러는 이미 『서양의 몰락』에서 경제생활에서 지배적 형식이 되어 있는 화폐와 기계가 그 성공 가도의 종말에 가까워지고 있음을 논의한 장들을 결론으로 제시해놓은 바 있었다.

최재서는 말기적 개인주의가 처한 무력화된 상태의 원인을 어디에서 찾고 있는가? 그에 따르면 공간적 분열이 도시와 농촌 간 대립의 문제인 것은 확실하지만, 그의 사유에서 더 결정적인 것은 서양에 맞서는 동양이라는 틀이었다. 이 관점에서 보면, 동양의 근대성이란 서양적 관습과 기술의 피상적 습득으로 보이며, 이는 슈펭글러가 진단했던 것과 유사한 지체를 의식상에서 산출하게 된다. 최재서는 서양적 관습을 피상적으로 추종하는 대신 "문화의 국민화"를 주창하는데, 여기서 생활과 의식은 더이상 양자의 간극이나 모순 때문에 분리된 것으로 경험되지 않게 된다.[15] 최재서에게 생활과 의식 사이에 존재하는 이 모순은 기술에 대한 새로운 사유가 아니라 의식 자체의 혁신을 요구한다. 최재서에게 개인의 혁신, 개인이 국가와 맺는 관계의 혁신이란, 불균등성의 물질적 조건들이 아니라 그러한 조건들에 대한 인식상의 불균등성에 주의를 기울임으로써, 시간적 불균등성이라는 문제를 해결할 수 있는 것으로 제안되었다. 문화는 그러한 효과를 낳는 통합의 원천으로 제시되었다.

그러나 문화가 통합의 효과를 창출하는 접착제로 제시되기에 앞서, 경쟁하고 있던 문화의 여러 개념을 다룰 필요가 있었다. 무엇보다도 자본주의의 탈영토화 경향으로부터 문화를 구출해야 했으며, 최재서가 보기에 자본주의의 그러한 영향력은 문화생활과 문화주의라는 두 개의 다른 경향에서 감지되는 것이었다. 1943년에 나온 이 책의 서두에서 최재서는 이전까지 수용해온 근대 문화의 피상성을 비판하는데, 이때 문화는 "문화생활" 혹은 1920년대의 교양 있는 소비자 라이프 스타일을 의미했다. "문화생활"은 일본의 다이쇼 시대(1912~1926)에 발달한 도시문화와 관련된 문구이자 개념으로 널리 쓰였다.[16] 이 시기는 경제가 팽창하고 그에 따라 유입된 엄청난 수의 공장 및 사무직 노동자에 기반을 두고 형성된 대도시에 생기 넘치는 대중문화가 등장하던 때였다. 소위 다이쇼 문화란 대중 연예 산업, 즉 공연, 라디오, 영화,

미래가 사라져갈 때

재즈클럽, 사교댄스, 또 매스미디어와 출판산업의 확대와 연관되어 있다. 다이쇼 문화는 자유롭고 코스모폴리턴적인 것으로 생각되는데, 이는 다이쇼 시대가 조선의 식민지 시대의 전반기, 즉 일본이 자유로운 문화적 이미지를 식민지로 수출하고자 한 시기와 일치한다는 점에서 주목할 만하다.[17] 1919년 거대하고도 위협적이었던 3·1운동이 발생한 이후, "문화통치" 시대가 공표되었으며 이에 따라 조선인들에게 결사와 출판 활동이 허용되었고 한반도에는 유사한 대중문화 양식이 개화하기 시작했다. 그렇지만 일본에서와 마찬가지로 조선에서도, 도시 문화의 저 휘황한 스펙터클은 급진적 정치의 가능성을 열었지만 동시에 사람들의 주의를 산만하게 만들고, 감시와 위협을 통하여 정치가 권력을 장악하는 데 방해가 되기도 했다.[18]

문화생활을 규정함에 있어 최재서는 그것이 물질주의와 소비주의로 문화를 규정해버린 방식에 초점을 맞췄다. 그는 현대 소비주의에 대한 비판으로 자신의 국민문학론을 시작함으로써 도시의 근간을 이루고 있는 상품 문화에 대한 불안감을 드러냈으며, 또 그것이 전통과 기존 관습에 대한 모든 감각을 훼손하고 있다는 인식을 나타냈다. "가장 먼저 우리의 머리에 떠오르는 것은 문화주택"이라고 그는 말한다.[19] 최재서에 따르면 '문화주택'이란 일본식과 유럽식의 건축 및 생활양식을 조합한 주택으로, 조선에서는 거기에 또 약간의 조선식 변형이 가해졌다.[20] 상품이 그러하듯, 문화주택은 총체적 생활양식을 함께 도입했다. 최재서의 묘사에 따르면, 부엌에는 가스 조리기가 있고, 응접실에는 라디오와 레코드플레이어가 있으며, 가족들은 모두 서양식 옷을 입고 홍차와 커피를 마시고, 남편과 부인은 함께 매주 영화를 보러 가며, 대개 자녀 교육에는 무책임하다.[21] 이는 모든 관습과 전통을 경멸하는 생활양식으로 "다만 물질적인 편리함과 값싼 향락, 그것이 유일의 목표"이다. "구미歐美류의 생활양식을 지극히 표면적으로 모방"한 것에 지나지 않는다.

국민문학의 추종자라면 진정 곡예에 가까운 신념상의 비약을 수행해야 했다. 국민문학론에서 문화의 분열은 자본주의적 상품화의 탈영토화 충동과 그것이 초래한 전통과 관습의 파괴 때문이라고 생각되었다. 그러나 식민 권력이 취한 극단적 정책들이야말로 훨씬 직접적인 원인일 것이다. 최재서 같은 수많은 사상가들이, 탈영토화를 추동하는 근원적 힘은 식민주의 자체에 없으며 사실 조선에서 식민주의는 바로 그러한 탈영토화를 막는 보호막 같은 것으로 작동하고 있었다는 논리에 넘어갈 수 있었음을 보면, 20세기 세계를 상상하는 데 동양/서양의 분열이 얼마나 구조적인 중요성을 지니고 있는지 명료히 드러난다. 일본과 조선 양자 모두에서 소비주의란 서양에서 도래한 것으로 인식되었기 때문에, 근대 생활의 피상성은 그에 대한 저항으로서 동양적 정신성이라는 환상을 개시할 수 있었던 것이다. 최재서와 다른 논자들의 견해에 따르면 문화생활의 천박함은 진정한 동양적 문화로 대체되어야 했다. 그러나 사실 동양 문화 자체가 식민 기획의 환상에서 생성된 것이자 또 그 환상을 지속시키는 것이었다.

최재서는 문화생활을 소위 문화주의자들과 병치시키는데, 이들은 문화가 자기만의 자율적 발전 법칙과 시공을 초월하는 가치를 지니고

미래가 사라져갈 때

있기에 인간의 여러 성취들 중 독립된 영역을 이룬다고 믿었다.[22] 문화주의자들은 문화의 순수성과 신성함이 보호되어야 하며, 무엇보다도 문화는 어떤 수단으로 취급되어서는 절대 안 되고 언제나 그 자체가 목적이어야 한다고 믿는다. 문화의 가치는 거시적인 사회질서 안에 놓여 있을지라도 절대적이며 자기규율적이다. "개인적인 편견이나 경제적 이유에 의해 혹은 국가적 의사에 의해서조차" 문화적 가치는 포기되어서는 안 된다. 문화에 대해서는 자기를 돌보지 않는 헌신의 정신이 옹호되어야 한다.[23] 최재서는 예술의 신적 본성을 신봉한 플로베르를 문화주의의 탁월한 예로 들고 있지만, 그보다는 차라리 가까이서 벌어졌던 문화 논쟁을 염두에 두었을지 모른다. 특히 프롤레타리아 운동과 그 진영의 평론가들이 부상함에 따라, 1920년대 이래로 문화적 생산물의 정치화 및 도구화를 둘러싼 비평이 널리 이뤄지고 있었던 것이다.[24]

흥미롭게도 식민지 조선에 나타난 문화적 입장의 스펙트럼에서, 그 이전까지 최재서는 통상 문화주의자로 분류되었다. 1930년대에 최재서가 문학평론가로 이름을 알린 것은 영국 모더니즘, 특히 제임스 조이스와 버지니아 울프의 심리학적 소설을 소개하면서였다. 또한 그는 이상과 박태원 같은 젊은 조선 작가들이 도시 생활을 묘사하는 과정에서 이룩한 문학 기법상의 발전을 알리는 역할도 했었다.[25] 당시 문학 지형에서 이 젊은 작가들은 주류를 형성하고 있던 프롤레타리아 문학에 대하여 매우 비판적이었는데, 그것은 프로문학의 기교가 세련되지 못하고 특히 예술과 문학을 도구로 보았기 때문이었다.[26] 확실히 최재서는 이 작가들에게 보다 일관된 태도 혹은 "그 묘사의 모든 디테일을 관통하고 있는 통일적 의식"을 발전시키라고 권했다. 그것은 "사회에 대한 경제적 비판일런지도 모르고 또 인생에 대한 윤리관일런지도" 모르는 것이었는데, 이때 최재서는 문학이 세속적 주제를 다루는 것에 반감을 갖고 있지 않음을 드러낸 셈이지만 그럼에도 불구하고 그는 여전히 글쓰기 기교상의 발전이라는 성취를 상찬하고 있었다.[27]

『전환기의 조선문학』 서두에 실린 글에서 최재서는 프롤레타리아 문학운동을 언급조차 하지 않으며 따라서 이 지점에서 그 운동의 강령이 무엇이었는지는 상상하기 어렵다. 그러나 그 기본적 입장들 중 일부, 예컨대 문화주의가 자본주의 논리와 공모 관계에 있다든가 하는 점은 이제 국민문학의 이름으로 행해지는 최재서 자신의 비판에 흡수된다. 플로베르로 돌아가면 "'문화를 위한 문화'의 무한한 추구는 경제상의 '영리를 위한 영리'의 무한한 추구와 같이 근대 개인주의의 한 가지임을 알 수 있다."[28] 최재서는 문화주의를 문화생활과 병치시키고 있는데, 이러한 구도 설정은 문화주의가 경제적인 것까지 포함한 다른 어떤 이익보다도 문화를 우선시한다는 점에서 일정한 이의 제기이기는 하다. 보다 과시적인 문화생활과 비슷하게, 문화주의 역시 사실은 경제적 개인주의 혹은 자본주의적 가치를 체현하고 있기 때문이다. 문화주의자는 스스로를 자본주의의 격랑 위에 존재한다고 주장할지 모르지만 사실 그는 자본주의의 논리와 근거 때문에 실존하는 것이다. 이제 우리는 "한 걸음 나아가 국가적 입장에서 그와 같이 문화주의를 문제삼아야 한다"고 최재서는 말한다.[29] 최재서가 요구한 대로, 경제적 개인주의를 국가의 관점에서 문제삼게 되면 그것을 사회주의의 관점에서 문제삼을 때와는 다른 비판을 낳게 된다. 개인주의의 한계 없는 이익 추구는 모든 종교적·도덕적·국가적 통제를 뒷전으로 돌리고 기업들과 국가들 간의 자유경쟁, 자유무역과 생산력의 끝없는 확장 추구로 이어지며, "자본이 이처럼 자유롭게 유동할 때 그것은 국가 자체의 파멸을 불러올지도 모르는 바인 경제 공황을 항상 내부에 지니고 있는 것이다."[30] 최재서의 주장에 따르면 현재의 위기란 그것이 통제 불능이 되는 지점까지 자본주의가 합리성의 원칙을 맹목적으로 추구했기 때문이며, 가장 중대한 문제는 자본주의가 국가의 실체 그 자체를 위협하게 되었다는 점이다. 최재서가 문화생활에서 코스모폴리턴 대중문화의 탈영토화 충동을 발견했다면, 문화주의는 바로 그 코스모폴리터니즘적 악과의 공모를 발견했던 것이다. 자본주의의 정당화 논리를 극단적으로 추구하는 경우 국가의 종말이라는 결과를 초래한다면, 최소한 최재서가 보기에 문화를 위한 문화라는 논리는 그와 유사하게 국민문화라는 범주가 더이상 존재하지 않는 지점까지 문화의 합리화를 증대시키게 될 것이다. 이때 국민이란 조선이 그 일부인 일본제국 국민의 문화를 염두에 둔 것이었다.

최재서는 이런 논리에 이어지는 깨달음의 순간을 "쇼크"로 기술하고 있는데, 그 깨달음이란 결국 정치를 특권화하고 자기보존에 소용이 되는 비합리주의를 인정해야 함을 의미했다.[31] 이 간명한 수사와 솔직한 주장으로, 그는 자신이 내세운 결론을 소화하기 어려워할 독자에게 일정한 공감을 표했다고 할 수 있다. 최재서가 취한 관점은, 문화의 보호와 국가의 보호란 하나이자 동일한 것이며, 어떤 면에서는 문화가 곧 국가라는 것이다.[32] 문화주의자의 꿈, 즉 자기 예술을 완벽히 하기 위하여 국가의 속박으로부터 자기를 자유롭게 하는 것은 "19세기 코스모폴리터니즘의 환상"이었으며 그것은 "대포 소리"와 더불어 산산이 부서져버렸다. 따라서 다이쇼 시대 자유주의의 핵심 개념인 코스모폴리터니즘에 대한 비판은 외부의 방해로부터 국가를 보호해야만 한다는 최재서의 주장에서 핵심적이었다.

최재서는 문화에 접근하는 분명히 구분되는 두 개념으로 문화생활과 문화주의를 지목하고 있다. 이 두 개념은 경제적 개인주의의 논리를 반영한 것으로, 여기서 그가 국가 사회의 내적 분열 양상에 동등한 정도로 관심을 갖고 있음이 암시된다. 그가 이 분열을 문화생활과 문화주의의 분열로 인식하고 있다는 점은 일본과 조선에서 전개되던 문화 담론에 내재한 인식, 즉 고급문화와 저급 혹은 대중 문화가 분열되어 있다는 식의 지배적 인식을 반영한다. 프롤레타리아 예술의 이론가들이 '대중'이라는 문화 소비자를 불러낸 반면, 다른 예술가들은 문화란 올바르게 소비하기 위해서는 훈련과 취향의 세련화를 거쳐야만 하는 고상한 분야라고 보는 엘리트적 관념을 고수했다. 최재서에 따르면, 대중은 문화를 저급화한다고 비난받았다면, 일부 지식인들은 일상생활을 외면한다는 비난을 받았다.[33] 문학 분야에서 이러한 분열은 "대중"문학과 평론가들이 지속적으로 운위해왔던 "순수"문학의 범주에 반영되어 있다.[34] 최재서는 그런 갈등 자체가 더이상 인식되지 않도록 이제 문화는 이 갈등을 주제와 형식 양면에서 공히 극복해야 한다고

미래가 사라져갈 때

주장했다. "국민 전체가, 실로 절대 다수의 농민과 극소수의 지식인이 함께 즐기는 문화를 건설하는 단계가 국민문화의 목표이다."[35] 문화를 자본주의적 논리에서 해방시킬 책임을 국가가 지게 하면 내부적 분열이 일소되고 계급 갈등, 세대 갈등, 개인과 사회의 갈등에 종속되지 않는 전체적 문화가 필연적으로 개시될 것이다.

최재서의 모더니즘적 시각에서 볼 때, 자본주의 경제와 그 계급 갈등이라는 예측 불가능성을 넘어설 수 있는 기반으로는 국가만이 유일한 것과 마찬가지로, 오직 제국만이 진정한 문화를 보장할 수 있다. 하지만 이때 조화와 갈등의 완화라는 목표가 상정되기 위해서는 계급적으로, 지역적으로, 심지어는 식민주의 때문에 현실적으로 존재하는 특권과 권력상의 불균등성과 근본적 이질성에 대한 인정, 그리고 이것이 지속되는 데는 국가가 결정적 역할을 한다는 점에 대한 인정을 거부해야 했다. 문화생활이나 문화주의 같은 용어로는 농촌과 성장중인 도시의 빈민가에 거주하는 방대한 인구를 대변한다는 것이 애초에 불가능했다. 최재서가 제시하는 통합의 관념은 그러한 모든 사회적 분열을 비가시적인 것으로 만들어버린다. 권력 관계에 대해 말하자면, 최재서의 혁명적 비전이란 사회 구성의 현상태를 강화하고 반식민주의적·사회적 불만의 봉쇄를 목표로 한다는 점에서 반동적이라 할 만하다. 그러나 그가 추구하는 바는 문학적 형식을 취하는 혁명으로, 이는 초기 모더니즘의 이상으로부터 모더니즘 사상 자체에 내재해 있는 모순들을 쏙 빼고 나머지 부분만을 되살림으로써 미래의 조화를 전망하는 그의 사상을 체현한 것이었다. 초기 모더니즘의 이상들은 계급 갈등에 대해서는 한정된 이해만을 갖고 있지만, 식민지적 모순은 그 이상들에 휩쓸려들어가 완전히 사라지지는 않았다. 이는 아마도 근대문학이 실제로 문화적 민족주의와 너무도 긴밀한 관계를 맺으며 실천되었기 때문일 것이다. 현재의 문학적 실천에 대한 비판 속에서 최재서는 새로운 세계 질서 아래에서 조선 특유의 문화라는 관념이 어떻게 이해되어야 하는가 하는 질문을 피해갈 수 없었다.

문학비평

문화의 전체성을 강조하는 새로운 관념에 따르면 전문화된 형식들은 타기 대상이 되고 지식인은 르네상스적 인간이 되어야 했지만, 최재서는 문학비평을 직업으로 삼고 있었다.[36] 그럼에도 불구하고 제국의 국민문학 주창자로서 그는 새로운 문화 개념을 문학적으로 드러내는 데 전력을 쏟았다. 최재서는 당대 문학이 그 목표에 한참 미달한다고 분석했다. 즉 개인적 영역을 다루는 소설인 사소설에서 자주 목격되듯 사회로부터 유리된 고뇌하는 개인에만 집중하며, 대중적 가정소설 혹은 사회소설에서는 세대 갈등에 집중하고, 프롤레타리아 문학에서는 계급 갈등에 집중함으로써, 당시 문학은 모두 분열 없는 국가를 구체적으로 드러내는 장으로서의 문화라는 관념을 펴나가는 데 실패했다는 것이다. 결국 최재서는 현대의 문학적 재현 형식들과 그 속에서 개인과 사회 사이의 관계가 재현되는 방식을 전면적으로 공격하는 데 논의의 초점을 맞추었다. 구체적 차원에서 문학 형식을 검토한 글에서,

최재서는 소위 순수문학의 기본 형식이 되다시피 한 사적영역을 다루는 소설과, 강고하게 계급 분열을 묘사하는 프롤레타리아 문학 양자 모두에 대한 공격을 개시했다. 하지만 이보다 더 놀랍게도 그는 "지방색"이라는 용어로 알려지게 된, 조선 문화에 대한 이국 취향의 식민적 재현도 비판했다.

사소설에 대한 비판에서 최재서는 자기 시대의 위기를 규정하며 사용한 수사적 비유들을 모두 동원한다. 그 형식은 쇠퇴하는 개인의 형상이 앓는 질병과 "소우주로서 원만한 인격을 완성하는 것이 인간 최고의 목표"라고 보는 문명의 파산을 반영한다.[37] 파리 함락에서 가장 극적으로 상징화된 구유럽의 몰락 원인으로 최재서가 지목하는 것은 "말기 개인주의"의 증상이며 아시아도 이미 그러한 단계에 이른 상태였다. 말기라는 어휘에 대한 최재서의 의존은 향수, 퇴폐, 쇠퇴, 이상화된 과거에 대한 갈망과 같은 감정 상태를 통해 당대 상황을 이해하는 경향이 있던 당시의 분위기와 잘 부합한다. 말기라는 개념 덕분에 역사적 전환이 유기적이고 불가역적인 현상이라는 시각이 자연스럽게 받아들여졌다. 또한 그 개념은 급격한 변화 정책을 추동하는 쇄신의 욕망을 구체화했다. 말기 개인주의는 역사의 거대 서사 내에 도래할 전환의 필요성을 진단할 수 있도록 해주며 새롭게 정의된 초기 개인주의의 회복을 가능케 해주었다. 이 초기 개인주의가 조선에 적용되는 과정은 근대문학의 발전과 맞물려 있었으며 그 과정에서 최재서 같은 평론가들이 권위를 획득했다.

초기 개인주의는 르네상스와 봉건주의 해체를 통하여 인간의 자유로운 발전을 가능케 했다고 최재서는 말한다.[38] 르네상스란 사실 전 유럽적 "신체제 운동"이었다는 것이다. '신체제'라는 용어는 정확히 범아시아적 질서로의 새로운 역사적 전환을 가리켰다. 이런 용어 선택은 결코 우연이 아니다. 르네상스처럼 중대하고도 결정적인 문화적·지적 운동이 역사적 전환이라는 새로운 서사를 추동할 수 있다면, 신세계질서는 최재서와 다른 이들이 지향했던 파급력과 권위를 획득하게 될 것이다. 이제 초점은, 초기 개인주의가 그 해방적 힘을 상실한 것과 마찬가지로, 인간의 지속적 발전이란 오직 자유주의 해체에 의해서만 보장될 수 있다는 데 맞춰졌다. 개인성과 그 표현의 발전은 더이상 과거의 긍정적인 의미를 지니지 못한다. 최재서에 따르면 말기 개인주의는 세 국면으로 자신을 드러내고 마는데, 기이함, 완고함, 병증이 그것이다.[39] 기이한 개인은 사회적 적합성이란 입지를 얻는 데 실패하는 한편, 새로이 나타난 완고함은 결국 자기파괴를 낳을 것이 자명한, 저항을 위한 저항 속에서 발견된다. 병증은 저간의 예술에 만연했고 중심적 은유로 작동하며 널리 관심을 끌었던 퇴폐와 쇠퇴의 분위기를 가리킨다.

말기 개인주의의 이 세 국면은 사소설의 형식으로 일본제국의 궁극적인 문학적 표현으로 자리잡았다. 최재서에게 사소설이란 작가의 개인적 경험에 대한 서술로 읽히는 다양한 길이의 소설을 의미한다. "보통의 소설과 같이 타인의 일이나 외부의 세계를 묘사하지 않고 작가가 개인으로서의 자기를 관조하여 거기에서 어떤 종류의 특이한 자아를 발견하고 그것을 신변잡기적인 것을 통하여 작품상에 배어나게 하는 것이 이 소설의 목표입니다."[40] 정신적 불안과 가정불화 때문에 고뇌에 사로잡힌 무력한 지식인을 제시하는 경향을 띠는 이런 부류의 소설은 다이쇼 초기 문학을 대표했으며, 일본 특유의 양식으로 상찬되거나 극단적 비판의 대상이 되곤 했다. 그러나 최재서는 그러한 생각을 무시하고는 곧장 그 형식은 자유주의의 과오들로 나타난 증상이라고 선언했다.[41] 조선어로 쓰인 근대 초기 소설에서 몇몇 고백적 성격이 나타나기도 하지만, 1930년대 말에 이르면 조선에서도 사소설은 박태원의 '자화상' 연작에서 보듯 주목할 만한 주류 양식이 된다. 최재서가 보기에 사소설 양식은 작가의 고립의 증거이고, 또한 지식인의 삶을 예술의 위치에 올려놓음으로써 황국皇國의 집단성과의 한층 심오한 연관성을 형성하는 데 명백한 해악을 끼치는 자유주의와 문화주의의 전반적인 흐름을 보여주는 증거였다. 무엇보다 이 양식은 작가가 국민문학을 매개로 하여 "국민 생활 속으로 뛰어들어"야 할 필요성을 알게 해주었다. 그럼에도 최재서는 이러한 "돌파"는 궁극적으로 "외부로부터의 힘"과 제국-국민 입장에서 "강제"를 통해서만 이루어질 것임을 인정하고 있다.[42]

최재서의 비판은 그에 앞서 이미 최근 소설이 지식인의 삶에만 집중하느라 사회갈등을 외면하고 계급투쟁과 절연한다고 비판한 바 있는 임화 같은 좌파 지식인들의 인식과 공명한다. 임화는 특히 "사회성에서 분열된 형해形骸로서의 개성의 환영"[43]을 드러내는 것에 불과한 문학 양식들의 분화에 대하여 목청을 높였다. 임화에게 개인적 경험 영역의 서술을 지향하는 경향은 다만 개인의 무기력을 수용하는 기능을 할 뿐이며, 이때 개인은 사회 내에서의 구성적 역할을 거부하는 자로, 이는 분명 파시즘적 식민 통치하의 조선에 해당되는 것이었다. 최재서와 임화는 모두 문학에서 공동체적 존재로부터 개인적 경험이 유리되는 현상을 공격했지만, 공동체에 대한 두 사람의 관점이 극명히 구분된다는 점은 언급할 필요도 없을 것이다.

『전환기의 조선문학』에서 최재서는 프롤레타리아 문학을 거의 언급하지 않지만, 국민문학 기획의 목표가 개인주의, 자유주의의 저항뿐 아니라 민족주의, 사회주의의 저항으로부터 국가를 보호하는 데 있음을 분명히 한다. 그는 사회주의 문학의 문제를 '국민문학의 입장'이라는 제목의 글에서 명시적으로 다루는데, 이는 1942년 10월 인문사가 주최한 '제1회 국민문학 강좌'에서 발표한 글이다.[44] 최재서는 명시적으로 사회주의를 옹호하는 문학은 사라졌다고 하면서 그 주제를 언급하는 것조차 주저한다. 그럼에도 불구하고 그가 "유물적唯物的 사고방식"이라 규정한 것이 문학작품이 세계를 묘사하는 방식에서는 여전히 나타나고 있다. 국민문학이 신체제를 도입하려면 현재의 묘사 체제는 혁명적으로 변화되어야 한다. 최재서 역시 최명익 같은 작가들의 밀도 높은 묘사를 특징짓는, 사라져가는 미래에 신경이 쓰였을 것이다. 그는 유물론적 관점이 "리얼리즘의 타성惰性"을 반영하여 너무 우울하고 염세적이라고 쓴다. 개인적 불행, 사회적 결함, 삶의 비합리적 면들은 의심의 여지 없이 여전히 존재하지만, 문학작품이 그런 면에 초점을 맞추고 과장하며 선전하는 것은 "전시戰時에 국민 도덕상 용서할 수 없는 일"이다.[45]

나아가 인간 생활에 대한 그러한 묘사들이 더 의미 깊은 것이며 문

미래가 사라져갈 때

학적 가치가 더 크다는 생각은 만연해 있는데 이는 "세기말 염세주의의 전염"에 불과한 것을 반영할 뿐이다.[46] 국민문학이라는 모더니즘적 혁명은 이러한 19세기 이데올로기를 돌파하고 세계의 재현을 재고해야 한다. 구체적으로 이는 "새로운 시각"으로 보아야만 하는 농민과 노동자를 묘사하는 방식에 영향을 미칠 것이다. "농민은 지주의 노예이며 노동자는 자본가에게 착취당하는 피압박 계급이라는 식의 소박한 사고방식으로 오늘날의 농촌이나 도회를 본다면, 그것은 우스꽝스러운 것을 넘어서 죄악"이다.[47] 그들을 청신淸新한 눈으로 보는 "명랑한 문학"이 창조되어야 하며, 그렇게 하지 못한다면 그런 주제 자체를 피해야 한다. 새로운 문학은 지식인의 불안과 정신생활에만 근시안적으로 초점을 맞춰서는 안 되며, 그와 마찬가지로 관습적으로 동원되는 농민과 노동자라는 타자를 유물론적 사고방식에 따라 암울하고 비판적인 방법으로 제시해서도 안 된다. 필요한 것은 소유관계의 혁명이 아니라 그 재현상의 혁명인 것이다.

최재서가 자기의 국민문학에 맞세우는 세번째이자 마지막 재현상의 관습 또한 개인적 정신 너머의 보다 큰 세계를 재현하려 한다. 그가 사회주의 작가의 암울하고 비판적인 관점을 지니고 있지 않는데도 그렇다. 조선적인 것이라 생각되는 것들, 즉 "오래된 것, 아름다운 것, 슬픈 것"[48]의 묘사는 계급의 언어를 피해가며, 동시에 풍경, 관습, 인물, 그리고 무엇보다도 책, 도자기, 그림, 칼 등 조선 정신이나 과거를 읽어낼 수 있는 대상들을 회화적인 풍경으로 제시하여 정신을 혹사시킨다. 최재서가 직접적으로 그렇게 말하지는 않지만, 통상 향토색이라는 말로 알려진 향토주의의 이러한 문학적 표현은 분명 식민지적 재현 형식이며, 거기에는 문화적 민족주의와 식민적 오리엔탈리즘 사이에서 격렬하게 진동하는 정치학이 내재한다.

향토색이라는 용어가 암시하듯, 이런 형식의 재현에는 시각성과 회화적 방법이 핵심적이며, 이는 문학적 글쓰기에도 깊은 영향력을 미쳐왔다. 이 용어는 주로 서양화에 그려진 조선 농촌을 기술하기 위해 1920년대에 처음 사용되었다.[49] 그러나 1930년대 말에 이르러 향토색이라는 개념은 관학적 회화의 중심부를 차지하게 되고, 조선 화가가 제전帝展에 입선하는 주요한 방식이 됨에 따라, 결국 이 개념을 둘러싼 논쟁이 발생했다. 예술계에 이 미학이 확산되어간 계기는 1922년부터 총독부가 개최한 조선미술전람회였으며, 이 행사는 조선 미술가들이 조선과 식민본국 일본 모두에서 인정을 받을 수 있는 주요 통로였다. 1930년대 중반 이후부터 전람회의 일본인 심사위원들은 노골적으로 "조선색이 표현되었는가"를 심사 기준으로 제시했다. 심사위원 중 한 명이었던 야자와 겐게츠矢沢弦月는 1939년에 그런 기준을 『동아일보』에 제시하며, "정확한 자연 관조와 자유롭고도 순진 청신한 표현 수법"으로 "반도의 오랜 전통"과 "특색" 있는 "반도적인 것"을 묘사하기 위하여 "중앙 화단 작가의 우수 기법을 섭취 소화"해야 한다고 주장했다.[50]

향토색은 조선의 농촌 풍경을 묘사하고 여성, 어린이, 노인, 동물과 같은 심미적 대상화가 되면서도 주변적인 주체들과 풍경에 초점을 맞추었다. 조선인 화가들과 조선 거주 일본인 화가들이 그린 그런 작품

미래가 사라져갈 때

들은 시장에서 인기가 높았다. 붉은 땅, 푸른 하늘, 노란 돌다리, 이런 식으로 원색을 강조하는 채색법은 당연하게도 이국적으로 상정되는 농촌 묘사를 보충했으며, 제국이라는 광역권 안에 조선의 농촌을 넣어, 전반적으로 행복하고, 고요하고, 만족스러우며, 또 신비롭게 재현하는 방식이 자리잡도록 했다. 또한 향토색은 이미 1장에서 살펴보았듯, 아마추어 예술 사진 분야에서도 영향력이 있었다.[51] 향토색의 이국화된 세계에서 강조점은 색채, 빛, 자연에 주어졌지만, 정적인 관습 때문에 역사적 변화, 산업화와 도시화가 초래한 사람들의 생활과 풍경상의 변혁에 대한 감각은 거의 찾아볼 수 없으며, 아름다우나 수동적으로 묘사되어 있는 인물들로부터 행동력도 전혀 느낄 수 없다. 무엇보다도 여기에는 식민지 경제 때문에 파괴된 농촌의 고통이나 수백만의 농민들이 식민 체제하에서 자기들이 받는 처우에 반대하고 있을지도 모른다는 가능성에 대한 인식이 거의 없다. 조선의 일본인과 일본 학자들, 또 도시로 이주하며 떠났던 어린 시절의 터전 혹은 시골 고향집이 상실되어가는 것을 안타까워했던 많은 도시 거주 조선인들은, 조선을 보는 한 양식으로서 향토색을 사랑했다. 향토색은 노스탤지어 열풍을 회화적으로 보충하는 기능을 수행했던 것이다. 그 열풍은 조선 사회의 변화 속도, 조선 풍경에 투사된 여러 환상들, 시장에 의해 추동된 것이었다. 따라서 적어도 전쟁의 깊은 수렁에 빠져들기 전까지 향토색은 식민 정부가 보기에 위험한 것으로 인식되지 않았다.

최재서는 그러한 미학에 반대를 표명하지는 않을 것처럼 보였다. 그러나 국민문학을 정교화하는 과정에서 최재서가 취하는 향토색에 대한 비판적 입장은 지방성이라는 개념을 통하여 가능하게 될 다른 의미화에 대한 공포를 불러일으켰다. 문제는 아름답거나 오래된 조선적인 것들에 대한 글쓰기가 아니라 조선이 제시되는 방식에 있었다. 그무렵 "외부와의 접촉을 가지려"는 노력을 기울이지 않으면서 "조선만으로 작게 뭉치려 하는 경향"을 형성하려는 사람들이 많았다.[52] 오늘날 "조선만의 조선이라는" 개념은 "있을 수 없는 것"이었다. 조선적인것에 대한 글쓰기와 연구는 일본 국민의 일원으로서 수행되어야 하는것이지 분리주의나 문화적으로 독립된 조선이라는 이념을 제시하기위하여 행해져서는 안 되었다. 최재서는 다수의 작가들이 "문학이나문화에서만이라도 조선의 독립을 지키"는 것이 자기의 의무라고 믿고있다는 익명의 당국자 발언을 인용한다.[53]

신체제하에서 문화의 특수성은 보다 큰 일본 국가라는 전체의 체현으로서 새로운 중요성을 얻는 것으로 상정되었다. 그러나 이는 매우복잡하고도 갈등으로 가득찬 과정이다. 향토미가 언제는 독립적 지방성을 암시하고 또 언제는 보다 크고 더욱 아름다운 전체를 환유적으로지시하는가? 그리고 저 전체란 무엇인가? 최재서는 신체제에서는 더이상 도쿄 문화와 "유럽 퇴폐 문화"의 천박한 "모방"에 의존하지 않고지방성의 문화가 재고되고 그 가치가 평가되리라는 긍정적 태도를 취했다. 하지만 이 기획 자체를 규정짓는 특질로 선언된바, 위계 없는 다중적 중심이라는 이념은 복수의 중심들의 위상이 어떠한 것인가 하는문제를 필연적으로 제기하리라는 것을 최재서는 잘 알고 있었다. 국민문학의 주요한 목표이자 난제는 그러한 중심들을 다른 문화들에 대

미래가 사라져갈 때

하여 완전히 포용적인 아름다운 일본 국가의 구체적 현현으로 표상하는 것이었다. 이 환유는 통제 가능할 것인가, 그리하여 독립적 조선이 아니라 일본 국가를 지시하는 움직임이 될 수 있을 것인가? "향토애가 센티멘털리즘에 빠질 때, 그것은 다만 단순한 문예상의 문제가 아니라 정치상의 문제"이다.[54] 최재서가 경고하는바, 작가들은 자기의 의도만이 아니라 자기 작품이 독자들에게 불러일으킬 수 있는 다른 사상에까지 신경을 써야 하는 것이다.

국민문학 이념과 기획은 과거에 대한 근본적 비판과 수정으로 제시되었으며, 여기에는 그 문학적·문화적 재현의 양식이 포함되어 있다. 그것은 사소설의 퇴폐적이고 병적인 이야기에 체현되어 있으며, 자유주의적 개인주의와 자유시장의 과잉들에 대한 비판으로 구체화되었다. 국민문학론은 프롤레타리아 문학과 그 집단성을 향한 열망이라는 지점에서 의외의 접점을 보여주지만 프로문학이 보여주는 평등과 정치 참여를 향한 급진적 충동, 또 사회의 계급구조와 노동자, 농민의 착취를 읽어내는 근본적 독법은 부정한다. 또 국민문학론은 식민지 향토주의의 관습들에 대한 정당한 비판을 행하면서 식민지적 재현에 일정한 수정을 가한다. 요컨대 국민문학론은 재현에 있어 검증 가능한 혁명을 약속하고 있는 셈이었다.

따라서 국민문학은 자신을 현재의 변화와 동일시한다는 점에서 모더니즘의 관심사를 공유했다. 이를 위하여 국민문학은 말기 개인주의의 퇴폐적 잔여물들을 일소하고자 하는 목표를 취하는 식으로, 말기라는 시간적 수사에 의존했다. 말기라는 개념은 갱신으로서의 변화, 즉 완전히 새로운 출발이 임박했음을 선언하지만, 동시에 현재 이외의 것은 표시할 수 없는 근대성의 역사의식 내부에 변화를 끼워넣어 서술한다는 문제를 부각시킨다. 특히 말기 같은 개념들은 1940년대 조선에 퍼지기 시작하면서 근대라는 균질적 시간을 개방하고자 하지만, 현재와 변화가 시야에 들어오는 것이 어려워짐에 따라 대신 위기의 개념을 도입하는 데 그치고 말았다.[55] 현재 자체를 새로운 것으로 제시하기 위해, 국민문학은 이러한 시간적 형상들을 넘어서고 현재가 취할 형식에 대한 구체적 이념들을 제시해야만 했다.

"예술은 정치이다"

최재서가 당시 가장 인기 있는 재현 형식들에 가한 공격을 보면, 국민문학 기획이 어느 정도 부정적 비판으로서 정교화되어간 것임이 드러난다. 황민화는 조선 민족적 정체성의 감각을 일본 민족의 성원, 쇼와 천황의 신민이라는 믿음으로 대체하려 분투했을 뿐 아니라, 공산주의와 자유로운 개인이라는 상상된 자율적 실체에 대한 믿음을 뿌리뽑으려 했다. 이 부정적 비판은 분명히 조선적 정체성을 모두가 일본적이라 인지하는 어떤 것으로 대체해버리려 했다고 보기는 힘들다. 대신 개인적 욕망과 이해관계를 일본제국 국민이라는 집단에 종속시키고자 하는 특정 부류의 주체를 양성하고자 했다. 즉 진행중인 전쟁에 기꺼이 자원할 자들을 양성하고자 했던 것이다. 그 전쟁이란 신체제의 명분하에 치러지고 있었고, 그 안에서 서양이라는 비유상의 단일체는 더

미래가 사라져갈 때

이상 지구적 헤게모니를 갖지 못하며, 자본주의의 갈등과 위기는 지주와 산업자본가의 이익을 유지한 채로 해소될 것이었다. 계급 갈등, 농촌과 도시의 불평등, 식민지의 불안정이라는 추악한 걱정거리도 사라질 것이었는데, 이는 식민 착취로부터의 해방을 통해서가 아니라 식민지를 제국의 한 지역으로 재상상함으로써 이뤄질 것이었다. 이 세계 신체제는 모더니즘의 꿈이었다. 근대성의 모든 갈등과 모순이 소멸되는데, 그 질서는 기술, 경제, 계급 구조를 그대로 유지한 채 이뤄지며, 목가적 농촌에 사는 행복한 농민들과 청결하고 신속하게 움직이는 도시에 사는 효율적인 노동자들이 지탱하는 것이었다.

이전까지의 재현 질서에 내재한 갈등에 대한 해결책으로 국민문학을 주창하는 최재서의 논리는 이 신체제에 대한 전시戰時의 모더니즘적 상상력과 일치한다. 황민화에 의해 해소될 것이라고 주장되는 현재의 위기와 모순을 초래한 문자 그대로의 질병들에 초점을 맞춤으로써 전시 기획을 일종의 "창조적 파괴"에 복무하는 모더니즘적 기획으로 보는 인식이 강화된다. 데이비드 하비는 이를 자본주의적 위기에 대한 모더니즘적 대응이라 기술한 바 있다.[56] 새것이 생겨나려면 무언가는 파괴되어야 할 것이다. 모더니즘 이데올로기에 따르면 최소한 과거는 쓸어내버려야 한다. 책의 마지막을 향해 가면서 최재서는 이전까지의 논의를 지배해왔던 비판으로부터 초점을 옮겨 제국-국민 문학이라는 새로운 재현 체제를 구성하는 것은 무엇인지를 논의하기 시작한다. 그가 강조하듯, 이 기획은 부정으로만 완전히 채워진 것일 수 없으며, 위기 해소를 가져올 미래 전망을 생성하기 위한 어떤 창조에 복무해야만

하는 것이다.

문제를 글쓰기의 맥락으로 옮기면서 최재서는 "최근 5, 6년 동안 조선의 문인들은 어떻게 써야 하는지보다 어떻게 하면 쓰지 않을 수 있을까를 더 생각해온 것이 아닐까?"[57]라고 묻는다. 검열, 신문과 잡지의 폐간에 따른 출판 가능성의 하락, 지난 몇 년간의 극적인 사건들에 대한 반응을 상기할 때 따라오는 문제들을 암시하면서, 이 분명하고 단순한 질문은 아주 다양한 의미화의 가능성을 차단해버리고 있다. 특정 형식의 글쓰기와 서사가 이제 더이상 시의에 맞거나 적절하지 않게 되어버렸다는 것인데, 대체 무엇이 그러한가? 최재서의 대답은 간명하고도 단호하다. 전쟁문학에는 단 두 종류만이 있을 뿐이다. 승리욕에 따라 참전한 자들이 쓰는 문학과, 냉소적 자세로 옆으로 비껴서 전쟁의 비극을 과장하는 문학. 조선인은 전자를 쓸 경험도 없으며, 후자를 쓰도록 허락되지도 않았지만, 1942년의 징병제 실시와 더불어 조선인들도 드디어 전장의 문학을 쓸 수 있는 기회를 갖게 되었다.[58] 전쟁은 글쓰기에서의 난국을 타개해주었다. 곧 파괴가 창조를 낳을 것이었다.

최재서의 평론집 후반부에서 우리는 최근 앨런 탠즈먼이 명명한 "파시즘적 순간"으로의 놀랄 만한 이동을 목격한다. 일본 파시즘의 미학에 관한 연구에서 탠즈먼은 "파시즘적 순간은, 종종 이상화된 일본이라는 명목하에서, 폭력의 미를 통해 일깨워지는 자기망각의 이미지들을 제공했다"고 말한 바 있다.[59] 이 순간에 개인은 "보다 큰 전체"와 상상적으로 통합되는데, 탠즈먼은 이 과정을 크리스토퍼 볼래스의 파시즘에 대한 심리학적 분석으로부터 끌어온다. "모순적 관점들의 너저

미래가 사라져갈 때

분한 다양성으로 점철된 정신을 추방시키는 생각들, 느낌들, 묶어내는 행위들에 대한 지향성과 그러한 추방 때문에 생겨난 틈을 '물질적 아이콘들'로 채워넣는다. (…) 자기보다 큰 힘에 자기를 '묶어내는 특별한 행위'를 통하여, 정신은 '복합적이기를 멈추'고 단순성의 상태를 성취한다."[60] 탠즈먼은 일본의 미학적 파시즘에서 지배적 아이콘은 천황이라고 했는데, 최재서의 저서에서 천황은 앞에서 삼분의 일쯤 되는 지점에 처음 등장하여 책의 끝까지 지속적으로 현전한다.

이 조선 평론가의 "너저분한" 정신상태를 드러내 보여준다는 점에서 천황의 첫 등장은 음미해볼 필요가 있다. 새로운 문학평론이란 무엇이어야 하는가 하는 문제를 다루고 있다는 점에서 이 글은 아마도 최재서에게는 가장 개인적인 의미를 지니는 글 중 하나일 것이다.[61] '일본적 사고방식日本的考え方'이라는 소제목이 달린 첫 부분에서, 최재서는 "일본 정신"의 문제와 그것이 생성해야 할 비평의 이상적 형식에 대하여 묻는다. 여기에는 극복해야 할 두 가지 근본적 문제가 있다고 하는데, 첫째는 비평이 본질상 보수적 행위라는 점이고, 둘째는 비평이 그동안 과도하게 서구 의존적이었다는 점이다.[62] 이 문제 때문에, 황민화 시대 영문학자인 조선인 평론가는 매우 어색한 위치에 처하게 된다. "그것을 추구하기 위해 일본의 비평가"는—글의 전개상 이 그룹에는 이미 조선에 있는 평론가들도 포함한다—"짐짓 장벽의 환영을 설정하여 두고 그것을 향하여 칼을 휘둘러 대는 것이다. 저쪽은 진검 승부이며 이쪽은 혼자 하는 스모이다. 저쪽의 비평가는 처음부터 실체적 비평이고 이쪽의 비평은 처음부터 유령적 비평이라고 하는 이상한

결과가 되는 것이다."[63] 19세기 말과 20세기 초 세계 여러 곳의 다른 식민지 맥락에서와 같이, 현실은 서양에 존재하는 반면 동양은 유령으로 출몰하든 유령에 사로잡히든, 단순한 유령으로 자기를 이해하도록 강요받는, 그러한 세계 이해를 최재서는 한탄하고 있다. 베네딕트 앤더슨은 이런 상황을 "비교의 유령"으로 지칭했는데, 이는 호세 리살이 『나를 만지지 마라Noli me tangere』(1887)에서 식민지의 계몽적 민족주의를 규정하며 사용했던 고전적 표현을 끌어온 것이다. 리살은 태동기 민족주의자들이 유럽에서 필리핀으로 귀환하게 되면 식민지 마닐라의 풍경을 "더이상 사실적 문제로 경험할 수 없을 것"이며 유럽적 도시 경관의 "그늘 속에서" 마닐라가 "가까워 보이면서 동시에 멀어져감"을 볼 것이라고 쓴 바 있다.[64] 여기서 식민지 지식인은 자신이 뒤처져 있거나 모방적이거나, 심지어는 비현실적일지도 모른다는 공포에 시달리는 것이다.

세계 신체제는 최재서에게 그러한 불안으로부터 해방되리라는 희망을 제공하며, 말 그대로 현실적인 것으로의 귀환이라는 전망을, 그의 예지력 있는 비유를 빌리자면, 진검을 휘두를 수 있으리라는 전망을 제공한다. 구체적으로 그에게 이제 비평가의 사명은 새로운 국민 문학사를 쓰는 것뿐 아니라 세계 문학사를 다시 쓰는 것이기도 하며, 그렇게 되면 유럽 문학에 대한 연구도 세계 신체제 건설에서 그 역할을 수행할 수 있게 되는 것이다. 이 사명은 "외국 문학을 단순히 이해하는 것만이 아니라 비판해야 하는 입장에 서 있는 것"이다.[65] 영문학자로서 최재서의 사명은 더이상 영문학을 조선 독자들에게 해석해주는 것이 아니라 세계문학의 무대에서 그것을 적극적으로 비판하는 것이다.

최재서는 현실적인 것으로의 귀환을 도모하는 순간 동양으로의 귀환이라는 판도라의 상자를 열어젖힌다. 일본제국의 피식민 주체인 그가 서양에 대립하는 주체성의 감각을 회복한다는 것은 황민화 시대에 일반화되어 있던 향토주의적 경향을 수반하는 대신 완전히 새로운 계보의 전통을 채택한다는 것이었으며, 이는 본래 "보수적"인 비평의 속성상 거부하기 십상인 전환이었다. 현실적인 것이란 세계에 대한 평등주의적 전망을 통해서가 아니라 일본 정신의 실현을 통해서 들어오는 것이며 그 가치는 천황이라는 형상에 기반을 두었다.

> 일본에서는 가치의 근원이 황공하옵게도 천황에 있는 점이나, 국가는 개인을 기계적인 집합체가 아니라 폐하와 아기의 관계, 가치를 부여하는 것과 가치를 살리는 것 사이의 관계, 즉 가치 발생의 장으로서 대어심大御心의 구체적인 현현인 것 등이 합리화되어, 그것과 더불어 다시 국토와 국민, 국가와 가족의 관계도 지금까지와는 다른 각도에서 보이게 될 것이다.[66]

심지어는 죽은 아들도 국가의 이름으로 개시되는 문학적 기획으로 재탄생할 수 있다.

최재서는 "문학에 있어 진실성" 역시 "일본 국민의 전통과 체질"의 관점에서 재고되어야 하고, "예술상의 암시와 상징이라는 것이 새로운 의미"를 지닐 것이며 개인을 가치의 원천으로 보는 "미신"이 소거될 것이라 천명했다. 개인에게 감각적 향락을 제공하는 대신 문학은 "전인격적인 희열로서 국민적 교양에 적극적인 발언을" 할 것이다. "생각하면 끝없는 이러한 많은 문제가 일본적인 사고방식에 의해 정리될 때 일본적 비평 체계는 수립될 것이다. 이를 실천하는 것이 오늘날 우리들 비평가에게 주어진 성스러운 사명"이라고 결론내리고 있다.[67]

최재서의 논리를 읽어가다보면, 그를 부정해왔던 어떤 현실에 이제 들어갈 수 있게 된 기회에 그가 매혹을 느끼고 있음을 감지할 수밖에 없다. 비평은 실감을 지닐 것이고, 문학 속의 현실은 의지하고 신뢰할 만한 확실한 거점과 전통을 지닐 것이다. 병든 상태와 절망을 대신하는, 현실성과 구체성이라는 관념의 반복은 놀라울 정도이다. 작성된 시기 순으로 한데 묶인 이 글들은 수사적으로 볼 때 불가피성의 감각에서 믿음의 감각으로 나아가고 있는 듯하다. 책의 초반부에서 조선 작가와 비평가 들은 불가피하다는 관점에서 변화를 요구받았다. 즉 우리는 글을 쓰고 생각하는 방식을 바꿔야 하며, 그렇게 하면 어쩌면 우리 자체를 바꿀 수 있으리라는 것이다.[68] 책의 종결 부분에 이르면 무언가를 강제로 해야만 한다는 구조, 즉 식민적 구조는 현실의 한 부분이 될 수 있게 주어진 기회로 대체된다. 최재서에게 현실이란 서양이라는 지배자에 맞서는 주체로 자기를 느낄 수 있다는 것일 뿐 아니라 식민지의 부담에서 풀려난 자기를 느끼는 것이기도 했다. 최재서가 국민문학이라는 구체적 문학 정책을 논의할 때, 조선어 글쓰기를 할 수 없다는 상실감은 일본제국 내에서 조선인으로 살아감으로써 짊어지는 제약들로부터 자기를 해방시킬 수 있는 가능성에 의해 충분히 상쇄되고도 남는 것이었다.

최재서는 일본제국은 중심이 없는 국가라는 새로운 시각을 채택한다. 그는 식민본국 문화를 탈중심화한다는 관념을 수용하는 것이지만, 그럼에도 제국 내에서 자신이 차지하는 위상은 고수한다. 지방 문학이 되어가는 조선 문학이 자기의 오랜 전통을 내버리고 규슈 문학 같은 수준으로 격하될 것이라 보고 이러한 방법이 신체제에 맞는 것이라 주장했던 조선과 일본의 많은 논자들을, 최재서는 비판한 바 있다.[69] 최재서는 영문학 및 대영제국과의 비교를 선호했다. 즉 조선은 규슈보다는 스코틀랜드로, 즉 제국의 언어를 사용하면서도 자신의 변별성을 유지해온 오래되고 차별화된 전통을 지닌 국가로 생각해야 한다는 것이었다. 조선어 출판이 거의 완벽히 금지되기 전, 여전히 언어 문제가 논쟁의 대상이었던 과거에는, 이런 식의 비교가 아일랜드를 두고 이뤄져 왔지만, 이는 "위험하다"고 했다.[70] 아일랜드는 약 이십 년 전 영국으로부터 분리되었기 때문에, 또 일본 식민 통치 기간 내내 조선의 상황을 아일랜드와 역사적 평행 관계에 있는 것으로 생각하여 논의해온 오랜 역사가 있었기 때문에 위험하다는 것이었다.[71] 조선 문학을 스코틀랜드 문학과 연결하면 조선 문학이 일본 국민문학의 필수 부분으로 생각될 전망을 갖게 되며, 그리하여 그 파트너인 식민본국의 문학에 "풍부"함을 더할 것이다.[72] 이제 조선 문학은 더이상 주변부가 아니라 중심과 동등한 한 부분이 될 것이었다. 최재서에게 일본어로 말하고 글을 쓰는 것은 그러한 보상을 위해 치를 대가로는 나쁘지 않음을 알 수 있다.

최재서에게는 "단순함"으로 대체되어야 할 "복잡함"이 바로 피식민 주체로 낙인찍힌 존재가 부담해야 할 몫이었던 것이다.

이러한 대체 과정은 어느 정도 말이 되는 듯하지만, 최재서가 파시즘적 순간으로 이행해가는 놀라운 방식에서 잠시 멈추게 된다. "수백만의 인간이 폐하를 위해 목숨을 버리고 조금도 아까워하지 않을 뿐 아니라, 그 일 가운데서 더할 나위 없는 광영을 느낀다고 하는 엄연한 사실을 우리들은 무엇이라 설명해야 할 것인가? 그것이야말로 천황이 가치의 근원이시라는 무엇보다도 명확한 증거가 아니면 무엇일까? 당신을 위하여 세상을 위하여 무엇이든 아까워하지 않고 버릴 만한 목숨이 된다면."[73] 1942년에 최재서는 의미 있는 삶이란 천황을 위해 스스로를 희생하는 삶이라고 했다. 이 시기에 이르면 최재서는 일본을 위한 죽음에서 삶의 의미를 찾으라고 조선 청년들에게 권하며 조선에서의 징병제 실시를 적극적으로 찬양하고 있었으며, 조선 작가들에게는 천황과 천황의 전쟁을 찬미하는 데 동참하고 현재의 순간을 우울하고 몰락의 기운이 찬 것으로 채색하기를 멈출 것을 강권하고 있었다. 이러한 논리는 모더니스트 비평가라면 경멸해 마지 않을 방법으로 문학을 도구화하는 것처럼 보이지만, 이는 최재서가 새로이 정의한 예술과 정치의 관계에 따르자면 성립되지 않는 관점이다. "정치는 문화와, 그 가운데 문예와 목적을 하나로 하는 것이다. 따라서 문예는 정치의 도구가 아니라 높은 의미에서 정치 그 자체이다."[74] 정치의 미학화와 예술의 정치화 가운데, 그리하여 두 영역 사이에 어떠한 거리도 철폐되어버리는 가운데, 최재서는 20세기 초 파시즘의 공통된 경향을 그대로

미래가 사라져갈 때

반복한다. 이 경향이란 나치 독일에서 살고 있던 발터 벤야민이 아마도 가장 인상적인 방식으로 남긴 저 유명한 언명, "파시즘의 논리적 귀결은 정치적 삶의 미학화이다"[75]에 나타난 바였다.

최재서의 파시즘은 미학적인 것과 정치적인 것의 거리를 철폐해 양쪽 모두에서 개인의 삶을 집단을 위해 희생하라고 요구한다는 점에만 있는 것은 아니다. 최재서의 파시즘은 특정한 미학적 형식을 동반한다. 「무엇이 시적인가」라는 짧은 글에서 최재서는 새로운 역사적 시대로의 진입은 미적 기준상의 변화를 동반해야 한다고 주장한다.[76] 그는 현대 시인들이 이 글의 제목이 던지는 질문에 다음과 같은 대답을 해야 한다고 했다. "다수의 것이 하나의 의사를 지니고 움직이는 것에 미가 있다."[77] 이는 물론 이전에 지녔던 예술작품의 통일성이라는 개념과 크게 다르지 않은 것처럼 들리며, 또 최재서는 이전에 새로운 도시 소설은 어떤 통일적 원칙을 반영해야 한다고 권고했던 적도 있다. 그러나 어떤 경우에는 새로운 미가 옛날의 미로 잘못 인식될 수도 있기에 최재서는 몇 가지 예를 덧붙인다. 새로운 미는 한 학교 전체에 해당하는 아동들이 대형을 이루어 행진하는 것에서, 개인의 움직임에서 나오는 미를 초월하며 개인적 욕망을 초월하는 전체의 의도를 드러내는 "집단미集團美"라는 형식을 보이며 발견될 것이다. 나아가 이 아동들은 기계적으로 움직이거나 어떤 형식적 리듬 규칙에 복종하는 나무 인형 같은 것이 아니라 전체의 의도와 조화를 이루며 움직이고 있는 것이다. 이러한 미적 기준에 따르면 미가 드러나는 궁극적인 장을 근대 전쟁에서 발견하게 됨은 피할 수 없을 것이다.[78] 이어 최재서는 이러한 이상을 표현하는 데 성공한 예술작품이 거의 생산되지 않는다는 점을 안타까워한다.

말기 개인주의적 예술은 고립의 미를, 퇴폐와 타락의 반영을 추구했던 반면, 새로운 시학의 키워드는 이제 전체성과 통일이다. 새로운 미학은 보다 넓은 세계를 제시하기 위하여 개인적 경험을 초월할 것이지만, 이는 특정한 방법을 통해서만 가능하다. 새로운 미가 내적 부패로부터 눈을 돌려 밖을 향해야 한다면, 그것은 자기를 농촌과 도시를 초월하는 곳에 위치시키고 "널리 퍼져 있는 귀일歸—의 풍속"[79]을 제시함으로써 이전까지의 재현과 변별되는 방식을 취할 때에만 가능하다. 다수 의사의 통일성 가운데 드러나는 전체성의 미학은 다른 종류의 전체성, 사회적 공간상 나타나는 근대의 결정적 분열들이 초월되는, 혹은 흐릿해져버리는 어떤 지정학적 전체가 지니는 전체성을 제시해야 한다. 계급 분열, 지역적 차별화, 식민본국-식민지 구별 등은 더이상 재현할 수 없게 될 것이었다.

그러한 전체성은 완전한 즐거움을 낳을 것이다. 「즐거운 문학」이라는 제목의 짧은 글에서 최재서는 독자들에게 즐거운 읽을거리를 제공하고 싶다는 자신의 새해 소망을 말한다.[80] 다시금 즐거움을 낳는 데 있어 핵심적 요소로 분열과 모순의 극복이 제시된다. 최재서는 여기서 대중문화와 소위 순수문학 사이의 분열이라는 주제로 돌아온다. 즐거운 문학은 대중에 영합하는 도시 대중의 유흥거리와 혼동되어서는 안 되며, 전체에 대한 감각을 상실하는 대가를 치르고서 순수성을 획득하는 편협하고 지적인 글쓰기와 동일시되어서도 안 된다. 게다가 최재서

미래가 사라져갈 때

에 따르면 순수문학이란 재미가 없고 완전히 무미건조한 것이다.[81] 그는 황민화로의 전향을 다룬 새로운 이야기들조차도 지식인의 정신생활과 황국신민이라는 새로운 입장을 취하기까지의 고뇌에 찬 행로에 초점을 맞춘 채 늘어지는 경향을 보인다고 지적한다.[82] 즐거운 문학은 황국신민이 됨을 기쁨으로 재현할 것이었다. 그것은 사회의 모든 부문과 계급에 매력적으로 다가갈 것이며 그렇게 함으로써 분열과 갈등 없이 하나의 의사에 의거하여 즐겁게 살아가는 사람들, 즉 국민의 존재를 증명할 것이었다. 그것은 황민화의 기쁨을 표현할 것이었다.

그 기쁨은 딱히 기쁜 것으로는 생각되지 않았던 형식들을 통하여 획득될 것이었다. 대중의 전반적인 감수성은 더이상 연애담이나 에로문학에는 매력을 느끼지 못하는 방향으로 바뀌었다. 전쟁의 압도성이 분명해짐에 따라 "거대한 비극"이 요구되었다. "모든 불건전한 취미나 과거의 잔재를 일거에 태워 없애 정화시킬 비극이라도 생겨난다면 하고 생각한다."[83] 이에 반대할지 모를 사람들에게, 최재서는 자기가 바라는 비극이란 그 단어의 통상적 의미에서의 비극이 아니라 진정으로 문학적 의미에서의 비극이라고 주장했다. 이 지점에서 그가 영문학자로서 쌓은 훈련이 전면화된다. 자신이 말하는 비극은 카타르시스와 숭고성을 가져올 것이었다. 즉 끝에 가서는 안도의 단순성만을 남긴 채 복잡성을 쓸어내버릴 것이다. 사람들이 가슴속에 지니고 있는 감정의 깊이와 크기를 표현할 수 있는 유일한 형식으로서, 비극은 이때 즐거움을 가져올 것이라고 했다. 물론 비극은 최재서가 예로 드는, 엘리자베스 시대 영국이 낳은 셰익스피어의 경우처럼, 정치 질서의 순환적

갱신을 가져오는 죽음의 고귀함과 불가피함을 제시하는 것도 사실이다. 우리는 『햄릿』의 결말부에서 권좌를 접수하기 위해 입장하는 포틴브라스를 상기할 수도 있을 텐데, 그는 시체들 가운데 있는 햄릿의 시신을 내려다보며 햄릿이 만약 살았더라면 "가장 국왕다웠을 것임을 증명했다"고 하는 것이다. 훌륭한 인물이 죽으면 눈물 대신 어떤 성찰이, 여러 명의 동시적 죽음에 따르는 고요가, 그리하여 질서 상태가 복구되었음을 감지하는 지식이 뒤따르는 것이다.

진정한 비극의 카타르시스라는 주제에서 우리는 책의 첫머리, 즉 이 책을 자신의 죽은 아들 강의 영전에 바친다는 헌사로 돌아가게 된다.[84] "네가 죽었을 때, 나는 갓 태어난 『국민문학』을 네 생각과 함께 키워 나가기로 다짐했다." 개인적 비극과 제국의 국민문학을 주창하는 새로운 잡지의 기획을 연결시키는 것에서, 최재서가 문학비평이라는 매개를 통하여 집단 혹은 전체 속으로 개인을 통합시켜나간 방법을 엿볼 수 있다. 여기서 또한 죽음과 새로운 제국이라는 국가 안에서 재탄생함으로써 이뤄지는 부활의 서사가 호출되며, 최재서는 조선의 동료 지식인들에게 그러한 길로 나아갈 것을 요구했다. 이런 의미에서 황민화 기획이 제안하는 대안적 미래에 의해 강의 죽음은 잊힐 수는 없더라도 완화될 수는 있게 된다. 저 대안적 미래는 기원으로의 회귀로, 지금까지 쭉 자신은 일본인이었다는 깨달음으로 제시된다. 일본어 글쓰기는 이러한 회귀를 작동시키는데, 모든 단어가 기원으로의 원환적 회귀와 제국적 시간의 순환적 본질을 증명하는 것이다. 다음 장에서 나는 천황의 언어가 제국의 시간만을 증명할 뿐인지, 혹은 식민지의 현

미래가 사라져갈 때

재의 "너저분한 다양성"을 증명하기도 하는지를 다뤄보고자 한다.

　과거에 대한 관심과 실현 가능한 미래를 상상하기 위한 고투가 팽배했던 시기, 최재서의 글들은 식민지 조선의 지식인에게 황민화 기획과 황국신민됨을 받아들이는 것이 어떻게 납득될 수 있었는지를 보여준다. 실제로 최재서의 글은 그러한 기획이 널리 인식되고 있던 곤경을 타개하고 믿을 만한 미래를 어떻게 제공할 수 있었는지를 보여준다. 갱신을 향한 욕망에 근거를 부여하고자 했던 최재서의 긴 부정적 비판들은 식민지 말기 조선에서 펼쳐진 광의의 모더니즘 담론이 공유하고 있던 사회적 불균등성에 대한 불안과 불만을 보여주는 것이었다. 하지만 제국의 국민이라는 새로운 전망은 오직 죽음과 비극의 카타르시스를 통해서만 삶에 의미를 부여할 수 있는 것이었다. 모더니즘을 파시즘에 통합시킨 결과 치러야 했던 대가는 분명 비극이었으나, 이 비극은 카타르시스를 주는 그런 종류의 비극이 전혀 아니었다.

6장

천황의 언어를 소유하기

국민학교 바로 앞에 당도하자, 이 학년쯤 되었을까, 네다섯 명의 훈도
에 인솔되어 소풍가는 아이들 행렬이 이열종대로 와글와글 시끄럽게
까불고 떠들면서 교문에서 흘러오는 것과 마주쳤다. 작은 륙색을 등에
메고 두 명씩 손을 끼고 나온다. 그것은 얼마나 명랑하고 원기 있는 행
렬인가. 나는 시간이 가는 것도 개의치 않고 먼지를 일으키며 거리 쪽
으로 흘러가는 이 꾸불꾸불한 소국민의 행렬을 끝까지 지켜보았다. 그
리고 문득 내 다섯 아이들도 저 안에 섞여 있는 듯한 착각을 느꼈다.
또는 저 S선생의 막내아들도, K씨의 손자도 저 행렬 속에 있지 않을까,
하고 두서없이 생각하고 있었다.

—김남천, 「어떤 아침」

1943년, 최재서의 『국민문학』에 김남천의 단편 「어떤 아침或る朝」이 실
린다. 이 소설 마지막 구절에는 새로운 미의 규범을 향한 최재서의 열

망을 여실하게 보여주는 장면이 담겨 있다. 개인적 욕망을 초월한 전체에의 의지를 드러내는, 줄 맞춰 나아가는 아이들을 그린 장면이 그것이다.[1] 그러나 여기서 정작 독자가 만나게 되는 것은 결의에 찬 "집단미"가 아니라 바라보고 있는 '나'의 눈에 비친 아이들의 활기찬 행렬에서 구현되는 미래에 대한 멜랑콜리한 포착이다.[2] 멜랑콜리는 "소국민"이라는 말에서 기원하는데, 주인공에게는 둘씩 손을 잡고 이열종대로 떠들썩하게 소풍을 가는 아이들이 훈련받는 제국적 주체로 보이기 때문이다. 그가 조우한 적이 있는 권위 있는 편집자 S나 야심찬 사업가 K 같은 매우 다른 윤리적·정치적 입장을 지닌 명사들의 자녀와 자신의 아이들이 서로 어울려 함께 있다는 환상에 빠질 때, 아이들의 군대식 정렬은 그의 내면에 통합과는 반대되는 것을 불러일으킨다. 조화로운 통합은 바람직한 꿈이라기보다는 집합적인 것 속으로 차이가 접혀 들어가는 불안한 미래상인 것이다. 이때 또다른 차이의 포섭이 일어나는데, 바로 이 포섭으로 말미암아 소설이 쓰여진 것이다. 「어떤 아침」은 김남천의 유일하게 알려진 첫 일본어 소설로, 당시 식민 관리의 표현을 따르자면 일본어 쓰기를 통해 조선어라는 "불편"한 "차이"[3]를 극복한 작품이다.

식민지 시기에 몇몇 작가들은 일본어로 소설을 썼다. 누군가는 자기의 운명을 제국어의 위세에 맞춰 병치시켰다. 또다른 누군가는 명성이나 인정을 얻기 위해, 혹은 식민본국과 그 너머의 수용자에게 식민 지배의 부당함을 호소하기 위해 더 넓은 독자층을 꿈꿨다.[4] 작가들이 받은 고등교육의 언어는 일본어였다. 많은 작가들이 제국의 중심으

로 떠나 다양한 공부를 한 이력을 지녔다. 이들에게 제국어는 근대성
의 문화와 보다 밀접하게 연관되어 있었다. 그러나 일제 말기 식민지
언어 사용 정책이 바뀌면서, 이 정도의 위신과 독자층의 차이에도 총
구의 위협이 더해졌다. 분명 식민 권력에게 조선어 글쓰기는 불필요함
을 넘어서서 위험한 것으로 보였을 것이다. 실제로 1940년 이후의 조
선어 글쓰기는 검열과 감시에도 불구하고 표현의 다양성이 여전히 가
능했음을 증명하고 있다. 중일전쟁이 발발하고 제2차 국공합작이 시
작되면서 조선어 출판을 하는 곳은 감소했다. 그리고 일본어로 말하고
쓰는 일은 일본을 위해 죽음으로써 제국의 주체가 되는 것만큼이나 중
요해졌다. 이러한 상황에서 조선 문자 다루는 일을 평생의 업으로 삼
아온 작가들은 일본 문자에 새로이 헌신함을 증명해야 했다.

「어떤 아침」은 조선 작가가 일본어로 쓴 최초의 소설이 아니라 조
선어로 작가로서의 입지를 굳힌 자가 식민본국의 수용자가 아닌 조선
반도의 문학 공동체를 향해서 쓴 작품이다. 김남천은 카프 운동의 지
도적 인물로 잘 알려져 있다. 그는 1931~1933년 이 년간의 복역을 마
친 후 1935년 임화와 함께 카프 해산계를 제출했다. 이어 카프 해산
후의 삶을 바탕으로 한 작품들을 비롯하여 소설과 비평을 왕성하게 발
표했다. 서인식과 마찬가지로 김남천 역시 전향자로 알려져 있다. 그
는 일본어에 능숙했지만, 전쟁이 본격화되기 전까지 모국어인 조선어
로 글쓰기 경력과 지적인 삶을 이어왔다. 1943년 초반 무렵, 대중적인
잡지 『조광』이나 몇몇 프로파간다 매체를 제외하고는 소설 발표를 위
한 지면은 많지 않았다. 그런 상황을 말해주듯 『국민문학』 표지에는

"반도 유일의 문예잡지"라는 문구가 적혀 있었다.

『국민문학』에 실린 소설 몇 편만 일별해봐도, 일본어로 쓰인 소설이라면 분명 최재서의 미래 인식에 찬동할 것이라는 추측은 오류임이 드러난다. 제국어로 행복한 운명을 그리라는 압력에 직면하여 나타난 것은 종종 훨씬 더 불확실하고 조심스러웠다. 최재서는 모든 불확실성을 거둬내고 그것을 결단과 약속의 선명함으로 대체해줄 비극의 카타르시스를 열망했지만, 그의 잡지에 실린 소설들은 아마도 최재서 자신이 발표한 작품들을 제외하고는 현재와 미래에 대한 미묘하고 애매한 서사를 제공하는 경향이 있었다.[5] 김남천의 「어떤 아침」에서 미래는 기다리던 아이의 탄생으로 거부할 수 없이 다가온다. 그러나 미래가 현현하는 순간은 뒤얽힌 차이들의 승화와 과거로부터의 깨끗한 단절을 가로막는 기억들로 인해 무겁게 짓눌리고 만다. 해방 후에는 이런 소설이 단지 일본어로 쓰이고 게재되었다는 이유로 작가에게 일본 전시 체제 협력자라는 꼬리표를 붙일 수 있었다. 그러나 김남천의 소설을 다시 읽으면서 우리가 확인하게 되는 것은 조선어 소설에서 이미 다뤄왔던 주제들을 향한 여전한 몰입이다. 그의 소설을 통해 식민 말기 언어 정책이 모더니즘적 상상력에 어떤 영향을 미쳤는지 고찰하면서 논의를 마치고자 한다.

다른 언어들의 불편함

식민 말기 언어정책에 관한 논의를 시작하기에 적절한 시점은 1938년 3월일 것이다. 이 시기에 총독부는 학교에서 조선어를 수의[임의] 언어로 재범주화하는 제3차 조선교육령을 발표한다.[6] 이 같은 변화는 제국 구상에서 일본어가 갖는 새로운 중심성을 나타내며, 식민지도 이에 합류하게 된다. 이제 모든 수업은 일본어로 이루어질 것이었다. 3차 교육령 발표는 국가 단일 언어정책을 공식화한 것으로, 식민지의 일상언어는 국책 지식 및 문해 영역에서 불필요한 것으로 공표되었다. 이는 단지 문화어로서의 위신과 권위를 상실하는 문제가 아니었다. 위상의 변화에 담긴 폭넓은 의미에 대한 어떤 의심도 일소하겠다는 듯, 미나미 지로 총독의 고지는 황민화 추진 정책의 목표를 분명히 하면서 교육령 개정을 육군특별지원병령 공표와 연관지었다. 육군특별지원병령은 교육령 개정보다 수개월 앞서 발표되어 조선인의 황군 "지원"을 허용했다. 이 두 가지 개정의 궁극적인 목적이 황민화라면, 공표 내용을 보건대 언어적 비균질성의 소거는 제국어 가능자와 그렇지 않은 자 사이의 차별을 용이하게 했다. 언어 사용과 전시 국가 폭력의 명백한 결합은 일본어를 통해 모두 평등한 죽음을 맞을 거라는 달콤하고도 씁쓸한 가능성을 동반하고 있었다.

제2차 국공합작의 성립과 더불어 전황이 심각해지면서 작가들에게는 일본어로 쓰라는 압력뿐 아니라 전시 대의에 맞는 주제의 소설을 생산하라는 압력이 가해졌다. 1941년 초반 야나베 에이자부로는 임화에게 "총을 쏘는 속에 시詩도 있"다고 충고하는데, 국가가 정한 미학을 식민지에 제시하는 방식에 어떤 변화가 보인다. 정책 변화와 더불어 식민지 작가들에게 어떤 역할이 기대되는지 설명하기 위해 마련된 대담에서 야나베 에이자부로는 새롭게 개편된 총력연맹을 대표하여 발언하고 있다. 대담의 요점은 총동원 체제를 기존의 점령 정책, 즉 불과 이 년 앞서 실시했던 국민정신총동원 운동과 차별화하는 데 있었다. 이 차별화에 조선인을 보충자원으로 삼는 육군특별지원병령과 조선교육령 개정이 포함된 것이다. 야나베에 따르면 변화의 핵심은 통제나 감시를 넘어서 국가를 문화 생산 주체로 인식하는, 문화 문제에 대한 새로운 행동주의적 접근이다. 이 같은 접근은 지역으로서의 제국에 흡수된 식민지들을 포괄하는 것이었다. 궁극적으로는 1942년에 공표된 강제징집을 포함하여 인간과 물자의 총동원을 가능케 할 지역문화 생산을 요구하는 것이었다. 제국어는 식민 관료의 지역문화 상상에서 중요한 존재가 되었고, 이 점은 매우 공적인 목적을 위해 모국어 사용을 그만둘 거라 예상되는 집단에 대해서도 마찬가지였다. 예술적 실험의 가능성은 급속하게 줄어들었고 제2언어인 제국어로 문학적 기획을 지속할 것인지를 둘러싸고 딜레마가 생겨났다.

인구의 총동원은 모두를 전장으로 보내는 게 아니라 각자 직역에서 전쟁과 "시대의 정세情勢"에 책임을 다할 것을 요구했다. 이 점은 1941년 초 『조광』에 실린 총독부 고위 관료와의 두 번의 대담 중 특히 첫번째 대담에서 강조되고 있다.[7] 『조광』은 조선과 일본의 문화 분야에서 신체제를 추진하는 관료들을 만나는 자리에 조선의 유망한 문학인 둘을 앓렸다. 시인이자 비평가이며 카프의 리더였던 임화, 그리고 일본 문학계 최고의 영예인 아쿠타가와상 후보에 올라 화제를 모았던 젊은 작가 김사량(1914~1950)이다. 논의에 오른 주요 사안은 조선 문화를 제국의 지역문화로 재절합하는 문제였다. 이 기획은 정확히 무엇을 수반하는가? 대담 관련자들의 표현을 따르자면 이른바 조선의 "특수성"은 어찌 되는 것인가? 또 이 특수성의 핵심일 뿐 아니라 조선반도의 일상적 사회관계에 물리적으로 접착되어 있는 언어는 어찌 되는 것인가?

임화와 야나베 에이자부로의 대담은 1월 15일 경성의 총력연맹 사무국에서 이루어졌는데, 당시 야나베는 총력연맹에 신설된 문화부 부장으로 임명된 상태였다.[8] 대담과 함께 실린 사진에서 야나베는 가슴께로 찻잔을 올려 들고 거만한 자세로 안락의자에 기대앉아 있다. 듬성듬성한 흰머리의 이 왜소한 남성은 작은 금테 안경을 쓰고 쳐다본다. 그보다 훨씬 젊은 임화는 한 손에 담배를 들고 무릎 위에 찻잔을 놓은 채 의자 끄트머리에 앉아 대담이 이루어지는 쪽으로 몸을 기울이고 있다. 임화의 숱 많은 검은 머리와 두꺼운 검은 테 안경은 두 사람을 가르는 나이 차를 또렷하게 보여준다. 야나베의 자세에서 평생 관료로 산 삶이 배어난다면, 임화의 질문을 여지없이 회피하는 태도에서는 그가 애매모호한 발언에 능숙하다는 점이 드러난다. 임화가 쌍방향적 대화가 불가능하다는 데, 그리고 나이 많은 관료의 진부하고 불투명한 이야기를 듣고 있을 수밖에 없다는 데 좌절하고 있음을 독자들은 감지하게 된다.

대담 앞부분의 몇 페이지는 총력연맹과 1938년 국민정신총동원 운동기에 결성된 조선문인협회 같은 기존의 문화단체들 사이의 연관성에 초점을 맞추고 있다. 즉 총동원은 국민정신총동원과 어떻게 다른지, 또 새로운 운동은 문화 종사자들의 삶에서 어떤 역할을 할 것인지가 논의되고 있다. 의외로 야나베는 적절한 조직구조를 세우고 새로운 부部의 이사와 참사를 임명하는 일의 형식적 우선성을 언급할 때 상세함과 열의를 보인다. 임화는 "국가적 견지에서 보아서 그 루트를 벗어나지 않"도록 문화 활동을 감시하는 데 주된 행정 기능을 두어온 기존의 교육, 검열 부서와 문화부를 구별해달라고 요구한다. 이에 대해 야나베는 새 문화부는 "소극적인" 방식에 그치지 않고 특정 방향으로 문화를 형성하고 문화 활동을 추진하도록 적극적으로 힘쓸 것이라고 강조한다.[9] 또 이런 의미에서 총력연맹의 역할은 통제 이상으로 훨씬 광범위하며, 연맹은 작가들에게 이 점을 지도할 것이라고도 언급한다.[10]

문화 문제는 제반 문화 활동이 정치 및 일상 영역과 맺는 관계를 통해 제기되고 있다. 조선과 일본의 지난 20여 년을 지배했던 자유주의적 문화주의에서, 문화는 별도의 분리된 인간 행위 영역으로 인식되어왔다. 지난 시절 임화가 정치로부터 문화가 분리되는 것에 맞서 싸웠다면, 이 시기 전체주의적 관점의 문화주의 비평들은 그로 하여금 문화 영역의 어떤 특수성을 주장하고 싶게 했음이 틀림없다. 하지만 임화가 야나베에게 문화부장으로서 문화를 어떻게 파악하고 있는지 설명해달라고 재촉하자 야나베의 답변은 더 간명하고 불길해진다. 문화가 정치나 일상과 분리된 것은 아니지만 어떤 점에서는 이들과 구별

된다는 임화의 입장에 대해, 야나베는 문화는 정치·경제와 더불어 유기적 전체를 구성해야 한다고 간명하게 단언한다. 임화는 방향을 바꿔 군사적 상황을 언급하면서 문화 종사자들은 전장의 병사들처럼 적에 직면하여 즉각적인 결정을 하도록 요구받지는 않는다는 점에서 병사들과 구분된다고 주장한다. 즉 총을 쏘는 것과 소설을 쓰는 것은 같지 않으며 각각 고유한 규칙을 요하는 별개의 행위라는 것이다. 야나베가 "총을 쏘는 속에 시도 있"다는 강고한 답변을 한 것은 이때다. 그는 지금은 총후[후방]의 지원과 단결이 중요하다고 강조한다.[11] 이제 문화 생산은 더이상 별개의 활동 영역으로 이해되지 않을 것이고 일상의 모든 부분이 그렇듯 전쟁의 대의에 헌신할 것이 요구된다.

이러한 변화는 조선어 문화 생산을 전시 비전에 어떻게 결합시킬 것인가라는 문제를 제기한다. 두 사람은 식민 통치 전반과 후반의 서로 인접하면서도 변화하는 정책들을 검토하는 듯하다. 임화는 서로 다른 역사와 전통에 기반한 교류와 융합을 통해 국민문화가 형성될 수 있다고 주장한다. 그러나 그의 입장을 자유주의적 문화정책 논리의 반복으로 읽는 것은 적절치 않다. 그는 다소 지나친 현재 상황에 대한 잠정적 비평의 정당성을 찾기 위해 앞선 시기의 식민적 레토릭을 취하고 있는 것으로 보인다. 혹은 그가 쓴 표현들이 내선융화론(말 그대로 내지[식민본국]와 조선 사이의 융화)을 상기시키고 있듯이, 일본과의 "융화"를 조건으로 조선인에게 어느 정도 문화 영역의 자율성이 허용되었던 1920년대에 식민 담론을 지배했던 그 가능성을 호출했던 것일 수도 있다. 당시에는 조선의 인쇄매체와 임화가 중심 역할을 했던 문학장이 모두 만개했었고 이와 동시에 자유로운 체제를 승인하는 수준의 검열과 통제 체계 역시 마련되어 있었다.

일본과 조선의 관계를 이해하기 위해 임화가 제시하는 모델은 상이하면서도 동등한 두 독립체 사이의 번역이다. 그는 번역 가능성을 가진 언어는 조선과 일본 공통의 일반적인 사고를 포함하기 때문에 두 지역의 관계에 생산적일 수 있다고 주장한다.[12] 1940년 도쿄에서 발행된 세 권의 번역 단편소설집 『조선문선집朝鮮文選集』의 기획이나 일본 주류 문예지에 실린 조선 문학계 관련 임화의 글에서 볼 수 있듯이, 이 모델은 당시 조선 문학을 일본어로 번역하려는 시도들의 근저에 깔려 있는 것이었다.[13]

이 번역 모델에 대한 응답으로 야나베는 전적으로 다른 관계 설정을 제시한다. 여기에는 조선이 제국의 식민지라기보다는 제국의 한 지방으로 재배치된다는 구상이 깔려 있다.

구주九州와 동북東北은 교통이 불편하던 때는 전연 말이 같지 않았던 것이 교통이 빈번해진 이즘에는 훨씬 공통적으로 알게 됐습니다. 그러니까 조선도 교통이 빈번해지면 차차 접근해지는 것도 있겠고 근래 내지内地에서 유입해서 조선어가 된 말이 많이 있고 또 조선말로서 내지의 말이 될 것도 많지요, 또 '아이노꼬'와 같은 말도 생기고 했습니다. 이런 것을 생각하면 언어라는 것은 교류하는 것이라고 생각합니다. 무엇보다도 될 수 있는 데까지 언어가 통일되여지는 것이 여러 사람이 생활하여 가는 위에 있어서 가장 편의便宜할 것이겠고. 언어가 달으다

는 것과 같이 불편한 것은 없으니까.[14]

등가성을 창출하는 능력을 지닌 번역은 필요치 않거나 심지어 허용되지 않을 것이다.[15] 야나베가 말하는 자연스러운 교류 과정이 실상 차단과 암묵적 매장에 더 가깝다는 점은 곧 분명해진다. 간단히 말해, 조선어 사용은 지방 농민과의 소통에는 필요하지만 "고급한 이론"에는 이미 불필요하다는 것이다. "고급한 이론"은 임화 같은 지식인에 의해 수행되는 다양한 문학적·문화적 언어 기획을 포괄하고 있는 만큼, 야나베의 의도는 명확하다. 지금부터 일본어로 말하고 쓰라는 것. 조선어는 오직 계급어로서만 인정될 것이고, 교육받지 못한 계급에게 오락과 지식을 제공하는 데 쓰일 것이다.

야나베는 "저이 편"이 되어달라는 임화의 간청을 일치협력이 있을 뿐 "편"이란 없다는 공언으로 냉랭하게 무시하면서 대담을 마친다. 협력이 전부라는 야나베의 마지막 단언에도 불구하고, 대담은 불평등한 면모를 뚜렷이 드러낸다. 야나베는 "오해되지 않도록 군들이 힘써주어야겠지"[16]라고 직접적인 위협의 발언까지 한다. 상호적인 번역과는 거리가 멀게도, 신체제하에서 조선인은 일본인이 이해하는 언어로 일본인에게 말해야 하는 것이다. 대담을 마칠 무렵, 뒤늦게 야나베는 임화가 진행하고 있는 일에 관해 묻는다. 질문에 답하면서 임화는 조선 후기 한문 문헌을 연구하고 출판하는 기획에 관해 간단히 언급한다. 그는 도쿠가와 시대의 일본과 청 그리고 조선의 지식인들이 공유했던 과학 분야의 공통된 관심사에 흥미를 갖고 있었다. 이는 한문의 상호적인 번역 가능성과 중국인·일본인·조선인이 서로 동등해지는 보편 과학의 장에 기반한 매우 다른 협력 모델을 제공한다.

임화와 야나베의 대담은 앞선 시기와 신체제의 관계를 어떻게 파악할 것인가라는 문제를 제기한다. 레오 칭은 종종 동화와 황민화라는 개념으로 구별되는, 일제의 초기 식민주의와 말기 식민주의의 관계를 어떻게 볼 것인지에 대해 설득력 있는 논의를 펼친 바 있다.[17] 그의 해석은 이들이 식민 통치성의 서로 다른 형식으로 파악되어야 하는가, 아니면 연속체로 파악되어야 하는가를 중심으로 전개된다. 식민 말기 황민화를 과잉되게 차이화하다보면 앞선 식민 통치의 내화된 동화 논리를 과소평가할 위험이 있다. 더 중요하게는, 이러한 관점은 전쟁기를 일본 근대성의 역사에서 하나의 일탈로 파악하는 일본 역사서술의 주장과 일치한다. 결국 근대성의 서로 다른 시기에 존재해온 전쟁의 기원을 모호하게 만들어버린다. 전쟁만 부정된다면 식민주의 자체는 부정되지 않는 것이다. 많은 반식민주의 논자들의 시각이 보여주듯이, 전쟁기를 예외로 파악하는 입장을 거부한다고 해서 식민 말기에 동화가 조정되는 방식에 차이가 있었음을 인지할 수 없는 것은 아니다. 레오 칭은 그 차이를 천황을 위해 전장에서 죽음으로써 "얻어지는" 일본인 정체성에 대한 새로운 강조라 요약했다.[18]

임화와 야나베의 대담은 식민 말기에 나타난 변화를 보게 해준다. 같지 않지만 동등성을 생산하는 번역으로부터 한 언어에 의한 지배, 그러니까 결국 포섭과 침묵으로의 이동이 일어난 것이다. 두 언어 모델 모두 불평등한 식민적 계서제에 바탕을 두고 있지만, 이 점이 둘 사이의 차이를 약화시키지는 않는다. 자신의 일상언어로 시를 쓰는 시인이자 조선어 문학의 역사를 쓰는 데 최근 수년을 바쳐온 비평가에게, 다른 언어들의 "불편함"이란 어느 쪽으로든 어떤 미래도 남겨놓지 않았다. 우리는 '국민문학' 관련 논제들에서 언어에 대한 두 접근 방식 사이의 이동을 추적할 수 있다. 전반기 논의들은 잡지가 전적으로 일본어만으로 생산되기 이전의 조선어, 일본어 소설을 모두 포괄한다. 그런데 1943년 초, 예를 들어 이태준은 자신의 작품 「돌다리」가 히라모토 잇페이에 의해 일본어로 번역되어 게재되는 것을 보게 되었다.[19] 이후 잡지는 조선과 일본 작가들이 애초에 일본어로 쓴 소설들을 싣는 쪽으로 옮겨갔다. 이렇게 번역의 공간은 사라졌다.

번역의 소거를 향한 움직임은 김사량같이 일본어를 구사하는 작가에게는 분명 유리했다. 김사량이 기시다 구니오와 나눈 대담은 좀더 침착하고 차분한 듯하다.[20] 기시다 구니오는 1940년 고노에 수상이 신체제 운동 추진을 위해 구성한 거국적인 조직의 통합정당인 대정익찬회의 문화부장이었다. 연배가 비슷한 두 사람은 동경제국호텔에서 만났다. 이 장소는 동경제국대학 독일문학과를 졸업한 젊은 조선인 작가에게 적절해 보인다. 그는 1939년 단편 「빛 속으로光の中に」가 명망 높은 아쿠타가와상의 후보작으로 오르면서 주목을 받았다.[21] 가와바타 야스나리와 사토 하루오 같은 권위자들이 사회적 이슈를 소설화하는 기법을 언급하면서 논했듯이,[22] 「빛 속으로」는 일본인과 조선인 사이에서 태어난 소년이 민족적 정체성을 둘러싸고 벌이는 고투를 소설화한 것이다. 김사량은 조선어로도 작품을 쓰고 출판했지만, 동경에서의

성공에 앞서 조선의 문학장에서 크게 성과를 거둔 것은 아니었다. 이러한 상황이 그로 하여금 조선에 있으면서도 폭넓은 시야의 관심을 갖게 했다. 김사량은 여러 길로 제국의 중심을 방문했다. 이제 그는 제국 호텔의 특별한 방에서 언어적·사교적 능숙함을 갖추고 쉽게 교류할 수 있는, 동경에서 조선 문화라는 이슈를 중개하는 가장 뛰어난 매개자로 여겨지고 있었다.

『조광』은 신체제하에서 "문화" 영역이 중심에 놓이게 된 변화가 "특수 문화"에 어떤 의미를 갖는지 조선에서도 관심이 높아지고 있다는 점에서 이 대담이 중요하다고 소개한다. 대담에서 "특수 문화"라는 용어는 "지방 문화"라고도 쓰였는데, 이는 신체제하에서 방언이라 일컬어진 다른 언어들을 어떻게 다룰 것인가의 문제와 함께 김사량-기시다 논의의 주요 논제였다. 앞선 임화-야나베 대담에서 가장 곤란했던 두 가지 문제도 다루고 있지만, 분위기는 전체적으로 좀더 부드럽다. 그러나 상호 "존중"이라는 개념의 지속적인 언급도 신체제 수사학에 존재하는 모순을 위장하지는 못한다. 여기서 존중과 절멸을 구분하기란 어렵다. 기시다는 합리적이고 동조적인 태도를 취하면서, 조선에 요구했던 것과 동일한 변화를 일본의 모든 지방에 대해서도 요구한다. 하지만 그는 이런 변화가 실행되는 불평등한 방식과 이것이 주체들의 실제적인 삶에 부과할 결과에 대해서는 다루기를 거부했다.

기시다는 단순하게 "개인의 의견"이라고 했지만, 그의 문화관의 핵심에는 냉혹한 근대주의가 깔려 있다. 야나베가 "교류"라 한 것을 기시다는 근대화라 부른다. 가장 중요한 것은 현재 국가의 "문화적 방향"에 따라 신체제 건설에 복무하는 것이다. "지방 문화 진흥" 문제도 이런 관점에서 이해되고 있다. 김사량은 조선 문화가 시코쿠나 홋카이도와 같은 의미에서 지방 문화인 것은 아니라는 점을 언명하길 종용하면서 대담을 시작한다. 달리 말해 그는 조선이 지방 혹은 민족으로서 갖는 위상의 정당성 문제에 집중했던 것이다. 이에 반해 기시다는 모든 지방의 근대화가 중요하다고 강조하는 답변을 내놓는다. 여기에는 당연히 자율적인 단독체로서의 조선의 역사는 끝났다는 전제가 깔려 있다. 그는 역사와 전통이 그 지방의 특수성의 근간을 이루기는 하지만 그렇다 해도 지방 문화를 복고적인 관점에서 생각하지 않는 게 중요하다고 언급한다.[23] 지방은 발전하고 전진하는 것으로 인식되어야 하며 과거에 회부되어서는 안 된다. 이 진보의 원리는 내지에도 적용되어 "일본 전국"을 강력한 "일환"으로 만드는 원리가 될 것이다.

기시다에 따르면, 진보의 원리는 언어에도 마찬가지로 적용된다. 언어는 변화와 진보의 법칙을 따를 때만 살아 있다. 자신의 감정을 자신의 지방어로 표현하는 쪽이 더 편하게 느껴지겠지만, 지방어의 미래를 위해서는 이 역시 바뀌어야 함을 받아들이는 게 중요하다. 진보의 관점을 줄곧 되뇌이는 상황이 말해주듯이, 기시다에게 변화란 긍정적인 것이다. 그 "진보되어가는 방향에 바른 방향을 주는" 것이 중요하다. 그는 류큐[오키나와]의 언어를 예로 들면서, 분석해보면 류큐의 언어가 방언으로서의 특질을 유지하면서 점차 "일본적 성격"[24]을 획득해왔음이 드러난다고 주장한다. 이는 형태적 변화가 아니라 "언어의 성격"이 "새로워"진 경우이다. 그는 언어에는 "진보적인" 면과 "보수적"

인" 면이 모두 있는데, 보수적인 면이 언어의 진보를 가로막게 두어서
는 안 된다고 설명한다. 기시다는 일본어에서 예를 가져온다. 도쿠가
와 시대(1603~1868)의 일본어는 보수적이었지만 메이지유신 이후
주로 새로운 개념을 지시하는 유럽어들을 번역한 진보적인 말들과 용
어들이 쇄도하게 되고, 이로 인해 보수적인 언어와 새로운 언어 사이
에 경합이 일어난다. 관련해서 기시다는, 경합의 결과 언어가 보수적
인 면과 진보적인 면을 함께 갖게 되었는데 이것이 바로 일본어의 "약
점"이라는 다소 모순된 결론을 내린다.[25] 유럽어들과 접촉하면서 일어
난 일본어의 변화는 분명 잘못된 방향의 진보를 보여주는 사례다. 이
에 반해 일본어와의 접촉을 통한 조선어의 변화는 긍정적일 것이다.
그러니까 지방과 방언에 긍정적인 것이 일본과 일본어에도 그대로 요
구되는 것은 아니다.

　기시다는 조선의 지식인들에게 그들 자신뿐 아니라 조선인 전체
가 제국의 새로운 언어정책에 "성실하게" 따르도록 협조할 것을 촉구
하면서, 역설적으로 그것이 "조선어로서의 전통을 지키는 거의 유일의
방도"[26]라고 발언, 아니 위협하고 있다. 그는 조선의 지식인이 과거에
"너무 지나치게" 얽매어 있으면 안 된다고 반복하는데, 이러한 태도가
"건전한 문화의 발전을 조애阻礙하게"[27] 되기 때문이다. 마찬가지로 조
선 방언을 "보호"하는 유일한 길은 조선인을 대상으로 한 일본어 보급
기획을 돕는 것이다. 기시다 특유의 온건한 수사법에 의하면 조선어를
완전히 없애버리는 것은 "졸렬한 정책"으로, 조선어를 역사적(즉 일시
적)이고 "필연적인 요구"로 인정하는 편이 조선어의 올바른 진화에 더

좋은 길을 제공할 것이다. 조선어는 "일본적 성격"의 확보를 통해 일본의 지방어로서 보존될 것이다. 그러나 이것이 질적으로 새로워진다는 것 외에 정확히 무엇을 뜻하는지는 불분명하다.

사용될 중심 언어가 내지어[일본어]가 되어야 하는 근거로 가시다는 두 가지를 든다. 우선 일본어 사용이 "내선융화"를 촉진할 것이라는 점인데, 이에 대해 자세하게 다루지는 않는다. 다음으로, 내지어 사용이 "내선의 구별"을 없앤다는 정치적 이상에 부합한다는 것이다. 두 가지 근거 가운데 후자는 신체제 수사법의 핵심으로, 이 점이 인정되어야 했다. 내선의 구별을 없앤다는 논리는 다수의 조선 지식인, 특히 일본인 사회에 진입할 수 있을 만큼 일본어와 일본 풍습에 능통한 집단에게 꽤 설득력이 있었다. 조선인에 대한 차별이 없다면, 여타의 다른 언어들이 쓰이는 것은 문제될 게 없다. 그러나 일반적인 친동화주의의 입장에서는 중심 언어를 수용해야 차별이 없어진다. 자신들을 향한 차별에 종지부를 찍을 책임은 전적으로 피식민 조선인에게 달려 있고, 따라서 이에 관한 책망의 여지 역시 당연히 조선인에게 있는 것이다.[28]

호의적인 식민주의/동화주의의 언어로 이루어진 기시다와의 대담은 신체제의 자기 제시에 핵심적인 심층의 수사적 장치를 보여주고 있다. 예외상태가 바로 그것이다. 기시다는 "별개의 전통"을 지닌 특수한 문화가 일본 문화에 깊이와 넓이를 더해줄 것이라는 김사량의 "이상"을 자신도 공유한다고 주장한다. 그러나 "현실문제로서 지금 말한 특수성을 보지한다는 것과 보편적인 것을 약화하여 간다는 것이 언제든지 '스무스'하게 진행되리라고 할 수는 없는 것입니다. 이 점에 현실이

미래가 사라져갈 때

라는 것의 비상한 복잡성이 있다고 생각합니다. 이런 것을 한번 머리를 깨끗이 하여 가지고 생각하지 않으면 안 될 것"[29]이라는 언급이 말해주듯, 그가 "현실"이라 부르는 어떤 것이 개입한다. 야나베의 표현을 빌리자면 "총후를 굳게 하는" 현실은 이상을 버리고 덜 화해로운 해결을 좇을 것을 요구한다. 전쟁은 겉으로는 상호존중과 협력이라는 자유주의적 이상을 담은 수사적 표면을 허용했지만 실제로는 전적인 종속을 요구하고 있다.[30] 바야흐로 "세계의 동향"은 일본 문화를 "옹호"하기 위해 그리고 더 "광명 있는 희망"을 갖기 위해 문화를 "파괴"할 것을 요청하는 것이다. 조선어의 점진적이고 자연스러운 변화가 이상이라면, 현실은 반대로 강요된 변화를 요구한다.

기시다가 대담에서 구사하는 수사법은 신체제하 조선 지식인이 직면한 그 "현실"을 규정짓는 데 일조한다. 조선 문화는 하나의 지방으로, 조선어는 방언으로 인식된다. 딱딱한 명령으로 표현되든 호의적인 공감이나 이상적인 주장으로 표현되든, 신체제는 기존의 식민적 게서제의 강제적 실행을 의미했다. 여기서 문화 영역이 제국 통합을 강화하는 데 전례 없는 중요성을 띠고 선택되었다. 식민지에서 시행될 정책을 정당화하기 위해 동원된 것은 아시아-태평양 전쟁의 세계사적 의의라는 구체적인 형태를 취한 예외상태의 수사법이었다. 최재서 같은 인물은 이 명분을 받아들여 현실의 예외성을 전하는 수사법을 공동생산했다. 그는 이 현실이 그로 하여금 늘 사랑해왔던 일본어에서 잊힌 기원의 언어를 되찾을 수 있게 했다고 주장했다. 그렇다면 황민화의 복구적 가치를 믿을 수 없었던 작가들은 무엇을 할 수 있었을까. 천황의 정신에 사로잡히지 않고 제국어를 소유하는 일이 가능했을까.

어떤 아침

「어떤 아침」은 제국어로 쓰이긴 했지만 총동원시대 『국민문학』의 지면을 장식했을 법한 유형의 소설은 아니다. 최재서도 이 작품을 "특이한めずらしい 작품"이라고 평했다. 물론 "특이"하다는 의미로 그가 선택한 "めずらしい"라는 단어에는 긍정적인 의미의 당황스러움이 함축되어 있다.[31] 김남천 소설은 제목에서부터 예외상태에서의 다른 시간을 암시하고 있다. 소위 예외상태의 현실이란 현재 순간의 긴박성과 비상함에 응하기 위한 일상의 중지와 기존 질서의 유예를 가리킨다. 결국 제국 전쟁기에 그 나름의 일상을 구축한다고 해도 말이다. 하지만 「어떤 아침」은 우리를 지극히 범속한 일상의 한가운데로 데려간다. 김남천은 예외상태의 시간에 대해 일상의 시간을 제기한다. 아마도 일상의 시간의 가장 전형적인 형식은 재생산과 반복일 것이다. 이 점은 일인칭 주인공 '나わたくし'가 아내의 소식을 기다리며 아이들과 삼청공원을 산책하는 장면을 서술할 때 잘 나타난다. 아내는 다섯번째 아이의 출산으로 산고를 겪고 있다. 이 영역이 제국의 삶이나 전시 동원과 거리가 멀어 보인다면, 여기에 나름의 역사가 없는 것은 아니다. 이것은 최명익이 아침 출근이라는 반복적인 시간으로 구축했던 일상이기도 하다. 일상은 공업화와 군사적 점령 상태에서 확장되고 있는 도시의 사회적 관계를 적나라하게 보여주는데, 이는 최명익의 경우 곧 과잉이라

미래가 사라져갈 때

표명될 글쓰기에서 묘사의 역학적 부조화를 통해 드러났다. 제국의 시간에 깃든 채 총동원의 균열을 제국어로 집요하게 표현하는 것이 일상인 깃이다.

김남천의 소설은 『국민문학』의 작품들이 식민 말기 조선의 근대성을 틀 짓는 시간적 폐제를 어떻게 견뎌나가는지 보여주는 좋은 예다. 「어떤 아침」은 미래를 의미하는 가장 강력한 상징 가운데 하나인 '아이'를 주제로 이를 수행한다. 이 소설은 일인칭 시점의 간결한 스케치 형식을 띤다. 자전적 서술 방식과 경성이나 평양을 거니는 산책자형 의식의 흐름을 취하고 있다는 점에서, 박태원의 '자화상' 연작의 전반적인 관례를 따르고 있다. 이 같은 기법은 1930년대 중반부터 특히 박태원, 최명익, 이태준의 소설에서 부각되었다. 「어떤 아침」에서, '나'의 상념의 소요逍遙는 공원 산책을 따라 이어지는데, 어머니가 그의 동생을 낳을 때 집 밖 어딘가로 이끌려나가 있던 그리운 기억을 되살리는 것에서 시작된다. 이어 소설은 아들이 태어났으면 하는 바람과 생각했던 만큼 자신이 "남녀평등론자"는 아니라는 자각 위로, 출산에 대한 걱정과 아이를 낳고 곧 세상을 떠난 첫 아내에 대한 기억을 겹쳐놓는다. 이처럼 현재에 일어나는 과거로의 귀환은 과거와 현재의 서로 다른 공존을 통해 직조되는데, 이 경험은 시내 공원 산책에서 비롯된다. 이곳에서 저명한 출판인 S와 정중하게 조우했던 기억이 먼저 떠오른다. S는 '나'의 글에 대해서도 묻고 아이들에게도 인사를 건넸었다. 그와의 마주침을 떠올리며 걷다가 '나'는 유명인사 K를 멀찍이서 보게 된다. 발 넓은 사업가 K는 공원에서 수행원들을 데리고 뭔가 이야기를 하고 있다. 한편 S는 조선어 책들과 잡지를 출판한 선구적인 발행인으로 상당히 중요한 인물이다. 이 두 사람은 각각 과거의 소박한 품격 혹은 지적 고결함과 현재의 전시 체제에 순응하여 신념을 버리고 번창하는 자들의 오만함을 암시한다. 붐비는 화려한 거리가 아니라 도시가 내려다보이는 공원이지만 어쨌든 「어떤 아침」은 도시 걷기라는 당시의 서사 전략을 취하면서 과거와 현재가 곧 태어날 '나'의 아이의 미래로 어떻게 이어지고 또 그 미래는 어떠할 것인가라는 결정적인 문제에 맞서고 있다.

소설의 가장 인상적인 부분은 '나'와 아이들이 공원에서 집으로 돌아가는 길에 아내가 아들을 순산했다는 소식을 듣게 되는 후반부에 나온다. 소식을 들은 후 출근길에 나선 '나'는 국민학교 앞을 지나게 된다. 작은 륙색을 메고 짝지어 손을 잡은 이열종대의 아이들이 학교에서 나오고 있다. 그는 "소국민"이 걸어내려가는 모습을 바라보면서 이들 무리에 그의 다섯 아이들과 S의 막내아들 그리고 K의 손자도 섞여 있을 거라는 생각을 해본다. 그러나 명랑한 소국민의 행렬로 휩쓸려 들어가는 모든 아이들이라는 비전—비록 부모들의 정치적 입장은 다르다 해도—은 이상하게도 멜랑콜리하고 투박하다. 마지막의 이미지는 확실히 양가적이다. 평범하게 재잘거리는 아이들은 명랑하고 건강해 보이지만 이로부터 파시즘 체제하의 일상의 범속함이 언뜻 내비친다. 무차별적인 하나의 무리로 포섭되고 있는 다양한 인물의 아이들을 분명하게 불러보는 일은 다름아닌 미래 공동체에 대한 염려를 암시한다. 아이들이 교문에서 "홀러"나올 때 그려지는 것은 바로 미래로의 흐름이기 때문이다.

　김남천의 소설은 집요한 전쟁 협력 요구를 명백하거나 선명한 것과는 거리가 먼 미래상으로 대체해버린다. 모든 것이 혼란스럽게 뒤섞인 채 깨끗이 지워지지 않는다. 바라던 아들의 출생은 죽은 아들을 『국민문학』이라는 기획으로 대리 보충한 최재서를 환기시킨다. 김남천과 최재서가 보여주듯이 부계상속 개념으로 규정된 민족의 미래는 '국민'이라는 비전으로 나아가지만, 둘의 정서의 구조는 전혀 다르다. 김남천의 주저하는 관점에 의하면 이질적인 역사를 지닌 후세대가 하나의 명랑함으로 말 그대로 빨려들어가면서 서로 다른 정치적 입장을 견지할 가능성은 사라지는 듯하다. 상존하는 죽음의 가능성은 순산을 통해 피하지만, 삶의 본질은 의문에 던져진다. 최재서의 경우 죽음과 애도가 '국민'의 발견에 앞서지만, 이제 '국민'은 더 많은 죽음만을 약속할 뿐이다. 1938년에는 지원의 형식으로, 1942년에는 징병의 형식으로 강제된 징집을 황민이 될 수 있는 진정한 기회로 선전한 최재서의 노력에도 불구하고, 이 기회가 전장의 임박한 죽음이라는 위협과 함께 도래했다는 인식을 피할 수는 없었다. 부모로서 또 새로 결성된 조선문인협회 회원으로서 작가들은 청년(특히 학생) 징집에 협조할 것을 요구받았는데, 아이들 역시 소년병으로 지목되고 있음을 예리하게 알아차렸다.[32] 김남천의 소설은 제국을 위한 전투에 지원하는 영광이나 전장에서의 숭고한 희생이 아니라 아들의 출산을 둘러싼 산만하고 미묘한 상념을 선택했다. 이를 통해 그는 황민화의 다른 서사를 제시한다.[33]

용감한 순교 이야기의 뒤에 남는 것은 가차없는 일상의 지속이다. 「어떤 아침」에서 일상의 호출은 이질적인 시간을 불러모은다. 과거, 현재, 미래가 이 시간들을 파악하려는 주체의 취약한 의식구조와 혼란스럽게 섞인다. 의식은 근대성의 기억과 경험을 어떻게 일관된 서사로 종합할 것인가라는, 불가능하지만 피할 수 없는 과제에 직면한다. 말하자면 조선어 출판문화의 확립과 조선어 아닌 다른 언어로 글을 쓰라는 요구, 사회주의 신념의 강요된 포기와 기회주의적 자본주의 문화의 부상, 그리고 전쟁기 아들에 대한 걱정 같은 근대의 체험들 말이다. 「어떤 아침」은 단편 형식을 취해 서로 얽혀 있는 민족, 상업, 정치적 참여의 역사를 근본적으로 주관적인 경험으로 제시한다. 어떤 의미에서 이 소설은 황민화를 통해 식민지인을 내적으로 변화시키려는 전시 체제의 요구들에 응답하지만, 제국의 군인이 되려는 의지는 좀처럼 만들어내지 않는다. 이 작품은 과거의 사건들로부터 기억으로 향하며, 역사를 사적 경험의 영역에 재배치한다. 이에 반해 미래는 불확실한 지평을 맴돌고 있다.

이 역사는 「어떤 아침」의 독자들에게는 잘 읽힐 것이다. 김남천이 공산당의 주요 인물이었다는 것, 그리고 1935년에 임화와 함께 동대문 경찰서에 카프 해산계를 제출했다는 것을 익히 알고 있기 때문이다. "전前혁명가"였던 그는 이 무렵 직장에 다니면서, 늘어난 식구를 돌보는 일에 쫓기고 있었다.[34] 「어떤 아침」의 앞부분에서 '나'는 일상적인 일들로 분주하게 사는 동안 훌쩍 흘러가버린 시간에 대해 생각한다. 당시 독자들은 주인공을 작가의 삶에 비추어 읽는 데 익숙했으므로 소

미래가 사라져갈 때

설의 '나'를 작가와 동일시하며 일상으로의 "회귀"가 갖는 의미를 인지했을 것이다. 이는 회사와 직장의 시간이 잠재적 혁명의 시간 위에 쓰여 있다는 뜻이다. 이 같은 충동은 일에서 성공하려는 욕망이 아니라 가족의 요구를 충족시킨다는 의미를 지니며, 작품은 전체적으로 출산에 초점을 맞춰 가족의 재생산에 집중한다.[35] 하지만 다시 한번 가정은 식민적 재편이 가져오는 극심한 공포를 피할 수 있는 피난처가 아니라 오히려 제국의 주체가 황민화라는 사건을 직면하게 되는 장소로 나타난다.

흩어지는 가닥들을 그래도 함께 묶고 있는 것은 하나의 단어, 바로 "わたくし(나)"다. 일인칭 대명사의 문어적 기호는 기피된다. 그리고 구어 관습의 낯선 무게를 강조하듯 발음하는 대로 "わたくし"라고 쓰인 단어가 역사, 경험, 일상을 종합하는 데 호출되고 있다. 이것은 그 이름과 전통으로 살아온 역사가 아니라, 기이하게 낯설면서도 친숙한 소리로 새롭게 불러내야 할 역사다. "わたくし"는 제국문화의 권위적 거리, 즉 자크 데리다가 자신과 프랑스어의 관계를 사유하면서 "바다 너머 사는 주인의 범접할 수 없는 권위"[36]라 불렀던 것을 지시한다. 알제리에서 태어나고 자란 데리다는 식민지를 식민본국으로부터 분리시키는 바다를 "틈, 심연"이라 표현하면서 "저편overthereness"이라는 개념을 형상화했다. 이것은 군사적·경제적·정치적·교육적·지적 측면에서 권위의 위계질서를 함축하는데 그 기원은 확고하게 제국의 중심에 두고 있다. 바다는 식민지적 차이를 구현한다. 알제리 출신 프랑스인이 파리와 맺는 관계는 프로방스나 브르타뉴 출신 학생이 파리와 맺는 관계와는 다른 것이다. 데리다의 "저편"은 거리와 공간적 분리를 가리키는데, 식민지 조선인은 이를 잘 알고 있었기에 당시 "해협을 건너"라는 말을 했을 터이다. 현재 일본열도를 한반도로부터 분리시키는 이 좁은 해협의 이름을 놓고 합의된 바가 없다는 사실은 공간 분할의 지리정치적·심리정치적 성격을 시사하고 있다.[37] "わたくし"는 식민 정부와 그 기구인 군대, 학교, 관료제, 그리고 식민 경제의 지주와 상인의 점령을 통해 물리적으로 가까워졌을 때조차도 언제나 멀다고 여겨지는 제국 권력의 저 높은 권위의 주체를 환기시킨다.

하지만 "わたくし"는 "여기 내가 있다"는 주체의 내밀한 선언 역시 담고 있다. "여기 내가 있다"는 김남천의 언명은 데리다의 경우와는 좀 구별되어야 한다. 언어적 낯설음, 그리고 그의 프랑스어를 오용이라 선언하는 바다라는 심연에도 불구하고, 데리다에게 프랑스어는 제1언어였기 때문이다. 이에 비해 김남천은 태어날 때부터 다른 언어로 자기를 말해왔다. 식민 언어에의 능숙함이 "わたくし"에 선행하는 어떤 것에 대한 감각을 짓누를 수는 없다. "저편"을 "여기 내가 있다"로 발화하는 것은 분열증적 상태가 분명함을 말해준다. 최재서는 자신이 줄곧 일본인이었다는 발견을 통해 이 상태를 가라앉히려 했고 그래서 일본어에서 기원적 우선성을 찾았다. 그러나 김남천의 작품에는 이런 감각이 없다. "わたくし"는 도심 언덕에 위치한, 나무가 우거진 작은 공원의 그늘 아래서 맴돌 뿐이다. 이 공원은 사라진 왕조의 오래된 궁궐과 가깝고 경성 주민들에게 익숙한 곳이다. "わたくし"는 아이들과 나무 밑을 거닐면서 개인적인 마주침들과 신념들의 지나간 역사를

미래가 사라져갈 때

곱씹고 미래에 대해 생각하는 주체를 상기시킨다. 하지만 미래는 기억 속에 푹 빠져 있는 이 멜랑콜리한 부모가 아니라 어린아이들에게 달려 있다. 「어떤 아침」은 다름아닌 황민화가 요구하는 주체의 재구성과 "わたくし"라고, 즉 "여기 내가 있다"고 발화하는 불가능하지만 불가피한 과제를 묘파한다.[38]

　이 장 앞부분에서 살펴봤던 김사량과 기시다 구니오 대담으로 잠시 돌아가보자. 이 대담은 '여기 내가 있다'의 또다른 무게감을 제시하며, 민족 주체들의 필연적인 분열 상태, 즉 그들 '내부'의 분열과 그들 '사이'의 분열 모두를 노출한다. 식민 관료와 나눈 임화와 김사량의 대담에는 뚜렷한 차이가 하나 있다. 임화는 일인칭 대명사 복수형 '우리'를 반복하는 데 비해 김사량은 "조선의 인텔리겐챠" "조선의 문화인"이라는 주어와 "지금 조선에서는"과 같은 문구를 거듭 사용한다. 김사량은 일인칭 복수형 대명사를 쓰지 않음으로써 기시다와 조선 지식인들 사이의 매개자 위치에 자신을 놓는다. 그는 기시다에게 강변이라도 하듯 조선의 지식인들이 새 정책에 "이견이 없"으며 그들이 "하루라도 빨리 이것을 현실시키지 않으면 안 된다는 것"을 "매우 절실히 느끼고 있"[39]다고 강조한다. 이 위치는 그를 조선의 지식인들과 거리 두게 하는 동시에 제국 체제에서 조선 지식인을 대신하여 발언할 수 있게 한다. 대담 말미에 식민 관계는 조선에 필요한 "성실"함과 일본에 기대하는 더 많은 "관심"으로 다시 제시된다. 이때 우리는 유창하고 유려한 일본어 소설을 통해 식민지 조선을 향한 공감을 주창하는 자로서 김사량이 식민 구조 내에서 점하고 있는 위치에서 이 관계가 구현됨을 본다.

자신의 가장 유명한 소설이 일본인 독자를 향해 있다는 우려를 표했던 사실이 말해주듯, 김사량은 신체제가 가져올 결과를 문제적으로 느끼고 있었다. 그러나 그는 지난 이십여 년간 조선어로 모더니즘 운동을 추진했던 김남천 같은 작가와는 다른 구조적 위치에 있었다.[40] 이들이 조선어문을 다루면서 자기의 경력을 쌓고 정체성을 확보해온 데 비해, 김사량의 명성은 바로 특수성이 새로운 보편성을 추구하는 중심언어 내에서만 재현 가능해지고 있는 상황 때문에 얻어진 것이었다. 새로운 보편성이란 기시다가 대담 내내 내세웠던 새로운 일본 문화를 뜻한다.[41]

이러한 재현 정치학의 위험성은 김사량이 『국민문학』에 게재한 단편 「물오리섬」에서 분명해진다. 주제론적으로 이 소설은 사라져가는 미래라는 인식과 궤를 같이한다. 주인공은 건강을 회복할 만한 도시 바깥의 새 거처를 찾아 증기선을 타고 대동강변을 지난다.[42] 이 지역은 어린 시절 숙모집에서 여름 한철을 보낼때 동네 아이들과 뛰어놀던 곳이기도 한데 이번 여행으로 그중 몇몇과 재회하게 된다. 이 가운데 한 명인 미륵의 이야기가 「물오리섬」의 중심을 이룬다. 어렸을 적, 미륵은 순이의 애정과 관심을 두고 주인공과 라이벌 관계에 있었다. 미륵은 주인공에게 자신의 성장과정과 순이와 결혼해서 대동강 어귀 작은 섬에 가정을 꾸리게 된 이야기를 해준다. 가난한 그들은 땅을 부쳐 생계를 꾸리기 위해 노력했지만 가혹한 지주 때문에 갚아야 할 돈만 늘어갔다. 홍수로 농작물을 수확할 수 없게 되면서 지주에게 빚을 냈기 때문이다. 두번째 홍수가 난 해 미륵은 아내를 작은 섬에 혼자 남겨두고

미래가 사라져갈 때

돈을 벌기 위해 떠났는데, 다시 돌아왔을 때는 섬도, 아내도, 집도 모두 홍수에 휩쓸려 사라지고 없었다. 지금은 떠돌아다니며 생활하다가 한때 행복했던 이 작은 섬에 가끔 와보곤 하는 것이다. 식민 말기 강제동원의 절정기에 땅으로부터의 축출과 디아스포라화라는 유랑의 알레고리는 분명 그 울림이 컸을 것이다.

하지만 이 작품은 김사량이 빈곤층의 구술사를 유창한 일본어로 소설적으로 '기록'하면서 곤란을 겪는다. 김사량은 구술적인 것을 글로, 그러니까 비문해적인 것을 문해적인 것으로, 그리고 조선적인 것을 일본어로 치환하는 이중의 딜레마에 직면해 있다. 일본어이긴 하지만 미륵이 썼을 법한 "방언"의 맛을 살린 일인칭 문장들을 그가 대부분 삼인칭 문장으로 바꿔 전할 때, 우리는 김사량이 이 딜레마를 의식하고 있었음을 알 수 있다. 김사량의 번역 행위에 대한 인식은 땅 없는 농민은 수도의 표준적인 조선어로 말하지 않는다는 점을 일본어로 명확히 하려는 간헐적인 문장들에서 나타난다. 농민의 말은 당연히 재현될 수 없다. 이는 그 자체로 말과 글 사이의 일반적인 아포리아를 나타낸다. 하지만 식민 말기 상황에서 동경제국대학 출신이 땅을 잃은 농민의 "진상"을 호소할 때 이것은 작동중인 민족지적 간극을 고조시킨다.[43]

『국민문학』 첫 일 년간의 창작평에서 유진오는 "서선西鮮지방 사람들"의 격정적인 성격을 묘사한 점과 소설이 전설의 영역으로 고양된 점을 들어「물오리섬」을 상찬했다.[44] 그는 대동강이 이 소설의 진짜 주인공이고 미륵은 세차게 흐르는 강을 의인화한 인물이라고 하면서 사람들을 풍경으로 되돌린다. 유진오의 관점에서 김사량은 식민지의 수도가 있는 조선 "중선 지방"에서는 찾아보기 어려운 정념을 지닌 서쪽 및 북쪽 지방 사람들의 성격을 포착하려 한 것이다.[45] 지역주의가 열띤 문화 논쟁의 주제였던 시기에 유진오가 이국화된 지방적 특수성을 묘사한 김사량을 향해 찬사를 보냈다는 문제를 일단 제쳐두면, 그의 독해는 김사량을 비롯한 작가들이 해협 건너편의 언어로 조선에 관해 쓸 때 직면했던 딜레마를 드러내준다. 즉 언어의 "저편"적 성격이 동족 지식인 집단에 의한 빈곤한 비문해층 재현에 이미 존재하는 민족지적 거리를 강화한다는 것이다.[46] 김사량은 이 재현의 딜레마를 넘어서지 못했다. 읽고 쓸 수 없는 조선인을 유창한 일본어로 재현하는 일은 제국과의 관계를 훼손시키기보다는 재생산하는 역할을 한다.[47]

김사량은 선구적인 일본어 소설로 널리 알려졌다. 그러나 그의 딜레마는 김남천 소설이 지닌 중요성을 부각시켜주는바, 김남천의 작품은 알레고리와 민족지를 멀리하면서, 제국의 시간을 전설로 대체하기보다는 일상으로 열어젖혔다. 물론 제국어를 받아들여 자기의 가정 영역을 세밀하게 그렸다는 점에서 그의 소설을 보다 심화된 황민화의 수용으로 읽을 수도 있을 것이다. 그러나 김남천은 안락한 파시즘적 전체성으로의 포섭에서 비껴 서 있는 자기 역시 포착한다. S선생과의 격조 있던 만남의 기억들은, 텍스트에 사라지지 않고 잠겨 있는 조선어의 그림자를 환기시킨다. S선생은 근대문학의 양식적 확립에 결정적인 역할을 한 『개벽』을 발행한 동명의 출판사 개벽사의 편집인이다. S선생과 마주친 기억들은 『국민문학』 편집인의 대조적인 이미지와 그가 쓴 파시즘적 글들 역시 떠오르게 한다. 김남천의 소설은 죽음을 통한

미래가 사라져갈 때

삶이라는, 근대성이 제공한 불가능한 약속을 드러내고 이로써 황민화의 서사에 어떤 공간을 열어놓는다. 확신을 가진 자들만이 저 약속을 인정할 수 있을 뿐, 그렇지 않은 자들에겐 생존만이 남아 있을 뿐이다. 「어떤 아침」의 "わたくし"는 최재서의 '미래'에서 얼마나 벗어나 있든 일상으로부터는 도저히 그럴 수 없는데, 첫아들의 출생과 함께 다시 집을 나서 일하러 가기 때문이다. 김남천은 사라지지 않고 남아서 제국 시간의 이질적인 면을 열어젖히는 시간으로 일상을 의미화한다. 일상의 시간은 더이상 순수하게 죽음으로 포섭되지 않는다. 김남천의 소설은 『국민문학』에 제시되어 있는 제국 주체가 단성적이지 않으며 최재서가 바란 것처럼 근대성의 딜레마도 극복할 수 없다는 점을 증명한다. 이 딜레마는 이 시기 소설 곳곳에 스며들어 있다가, 해방의 도래와 함께 맹렬하게 다시 나타난다.

소유하기와 소유되기

야나베 에이자부로에게는 단지 커뮤니케이션을 방해하는 불편함일 뿐인 것이 김남천와 김사량 같은 작가에게는 자신들의 사유, 기억, 사회적 관계가 고유하게 깃들어 있는 언어였다. 하지만 이들이 받은 교육과 여타의 사회적 상호작용은 이들에게 다른 언어를 유창하게 구사하는 능력 역시 부여했다. 이 언어는 근대 문화와 제국의 권위를 상징하는 것으로 특별한 위상을 지녔었지만 이제 전장에서의 죽음에 부응하는 것으로 변화해가고 있었다. 식민지 언어 정책이 모국어를 근대화하고 말살하려 하면서, 조선의 작가들에게 글쓰기는 가로질러 넘는 것 외에는 별다른 선택지가 없는 지뢰밭이 되었다. 그들은 제국어에 능숙했고 또다른 질감의 친밀감을 갖고 있었기에 일본어로 글을 쓸 수 있었다. 이태준의 또다른 자아인 현은 1946년작 「해방 전후」에서 문인보국회 궐기대회에 참석했던 때를 묘사하면서 유창함이란 것에 대해 성찰했다. 이 대회는 제국 곳곳의 작가들을 서울로 불러모았다. 만주국 작가의 "서투른" 일본어 축사를 들으며 현은 조선 문인들이 구사하는 일본어의 "측은한" 유창함을 곱씹는다. 그리고 "약소민족은 강대민족의 말을 배우기 시작하는 것부터가 비극의 감수甘受였던 것"[48]이라 단언한다. 이것이 논쟁적이고 불안정한 정치적 환경에서 쓰여진 회고적 서술임을 인지하는 게 중요하다. 분명한 것은 전시 체제기 단일언어주의의 강제로 인해 식민 이후 시기에는 제국어를 사용한 기록이 배반 혐의의 잠재적 표지로 여겨졌다는 점이다.

오랜 시간에 걸쳐 제국 권력에 협력한 인물들의 명단이 여러 차례 작성되었다. 이러한 조사는 해방 직후부터 시작되었는데 가장 최근인 2002년에 민족문제연구소, 민족문학작가회의, 계간지 『실천문학』과 함께한 '민족정기를 세우는 국회의원 모임'이 확정된 명단을 제출하기에 이르렀다.[49] 문학인의 경우 명단에 이름이 오르게 된 결정적 근거는 일본어로 글을 쓰고 출판했다는 데 있었다. 최근 이러한 일본어 작품들은 접근이 용이한 한국어 번역 선집으로 재출간되고 있지만, 작품의 실제 성격이나 내용은 거의 주목받지 못하고 있다.[50] 이 부분에 관심을 기울인다면 아마도 식민 이후 상황의 단일 언어 환상이 위태로워질 것이다. 일본어가 배반을 상징한다면 조선어는 당연히 그 반대를 지시해야 하기 때문이다. 언어가 피식민자에 의해서도 식민 권력에 의해서도 결코 완전히 소유될 수 없다는 점은 제국의 상황에서든 식민 이후 상황에서든 용인하기 어려운 사실이다.[51] 『국민문학』을 읽다보면 제멋대로의 자의적인 제국어 사용이 무척이나 인상적이다. 이로부터 내가 말하고 싶은 바는 소설에 분명한 반식민적 저항이 뚜렷하게 존재한다기보다는, 소설이 종종 중심에서도 메시지에서도 비켜나 있다는 것이다. 악명 높은 조선어학회 회원 검거로부터 조선어 신문 폐간에 이르는 일련의 사건들이 일본어의 힘에 대한 식민 통치권의 믿음, 즉 편이성을 넘어서서 제국 문화의 무형의 정수를 전달한다는 강고한 확신을 드러낸다는 사실에도 불구하고 말이다.

1945년 12월, 해방 후 몇 개월 뒤에 열린 "자기비판" 좌담에서 이태준은 점령 마지막 몇 년간 일본어 글쓰기를 선택한 사람들을 가장 "원망"했다고 언급하면서 문제를 제기했다.[52] 김남천이 사회를 맡은 이 좌담에서 이태준의 원망은 또다른 참석자였던 김사량을 겨냥한 것이었다. 이태준은 조선어 출판이 거의 불가능해진 시점이 닥쳤었음을 인정하면서, 언어의 소멸은 곧 민족과 문화의 소멸이라는 우려가 깊었던 그 시절에는 글을 계속 써도 발표하지 않거나 아니면 아예 쓰지 않는 것이 도의적으로 더 바람직한 선택이었다고 주장한다.[53] 김사량은 일본에서 조선 작가로는 두번째로 많은 수의 일본어 소설을 발표한 인물로, 조선어로든 일본어로든 조선에서 발표한 작품이 훨씬 적었다. 1945년, 그는 당시 잘못했다고 여긴 일들을 사과하면서 매우 방어

적인 입장을 취했다. 하지만 동시에 김사량은 자신의 일본어 글쓰기의
동기가 곤경을 무릅쓰고 유일하게 가능한 방법으로 식민 경험을 재현
하려는 데 있었다고, 즉 "조선의 진상, 우리의 생활감정 이런 것을 리
얼하게 던지고 호소한다"[54]는 데 있었다고 주장했다. '유일하게 가능한
방법'이란 제국의 중심에서 일본어로 쓴다는 의미였던 것으로 보인다.

　강제적이었든 자발적이었든 조선인의 이동이 새로운 분열을 생산
하는 동시에 식민지 사회에 이미 존재했던 분열을 격화시키고 있던 상
황에서, 이 좌담회는 식민 통치의 균열에서 비롯된 상처들을 드러냈
다. 디아스포라 상태였던 대다수가 돌아와 권력에의 권리를 주장하던
시기에, 김사량은 일본어로 글을 썼던 일 그리고 그가 혁명의 "로맨티
시즘"이라 한 것을 좇아 1945년 봄 조선반도를 떠나 연안으로 탈출했
던 일을 반성하며 사죄한다. 그러나 그의 긴 해명은 다른 참석자들을
거의 납득시키지 못했다. 그들 모두 조선에 머묾으로써 일본 제국주의
에 맞섰다는 확고한 신념을 바탕으로, 자신들도 일본어 작품을 발표했
다는 사실에 침묵했다. 취했던 행로에 대한 좀처럼 아물지 않는 회한
은 쉽게 해소될 게 아니었다.

　회고에서는 일본어로 쓰겠다는 결정이 마치 선택이나 자유의지에
따른 결정이었던 것처럼 제시된다. 하지만 언어는 결코 자유의지의 문
제가 아니다. 권위주의 체제에서는 전혀 그렇지 않고, 특히나 그렇지
않다. 선택을 말하는 것은 제도의 압력, 역사의 무게, 현재의 우연성을
무시하는 일이다. 이태준은 언어를 민족과 완전히 일치시킴으로써 어
떤 점에서 제국의 수사학을 받아들이고 있었다. 황민화에 유용하다는

　　　　　　　　　　　미래가 사라져갈 때

점에서 제국은 일본어의 확산을 욕망했다. 일본어 사용을 배신과 동일시한 이태준의 관점에는, 조선어-쓰기가 황민화로부터 얼마간의 자유를 보장했다는 전제가 깔려 있다. 그러나 3장에서 그의 수필을 독해하며 규명했듯이, 조선어를 향한 지극히 섬세하고 애정어린 탐구도 이런 자유를 결코 보장할 수 없었다. 언어가 역사적 관계들의 축적이라면, 민족의 역사들이 급박하게 엉켜들 때 이를 서로 떼어내 그 자체로 봉인할 수는 없는 법이다.

이 장에서 내가 환기하려 한 것은 살아내야 하는 가혹한 딜레마로서의 언어이지, 충성이나 배반을 뜻하는 선택으로서의 언어가 아니다. 언어를 충성이나 배반의 상징으로 여기는 것은 국가 단일언어주의를 수용하는 것이자 국가 권위를 강화하는 것이다. 언어는 소유될 수 없다는 명제를 진지하게 취한다면, 일본어는 피식민자에게도 제국 지배자에게도 속하지 않는다. 따라서 내가 강조하고 싶은 바는 좌담회의 몇몇 참석자가 말한 것처럼 다른 유일한 선택이 조선어로 쓰거나 아니면 아예 쓰지 않는 것이었다는 게 아니다. 식민 말기의 일본어 글쓰기와 앞선 시기의 일본어 글쓰기의 차이는, 전자의 경우 당시로서는 그것이 쓸 수 있는 유일한 길이 되고 말았다는 점, 그리고 단지 상상된 제국 독자를 옹호하여 쓰는 일이 아니라 다른 언어를 구사하는 자들을 향해 쓰는 일이었다는 점에 있다. 김남천의 소설은 오직 식민화하는 언어를 통해서만 '자기'라 부르는 것이 구성 가능해지는 페이소스를 보여준다. 여기서 유창함은 그리 문제가 안 된다. 자신의 것이자 저편에서 몰아쳐들어온 것이기도 한 언어로 쓴다는 것, 그리고 지금까지 조선어로 실행되어왔으나 이제는 제국어로 수행되는 형식으로 이른바 의식의 심부, 가장 사적이고 가정적인 공간을 구축하기 위해 쓴다는 것이 중요하다. 「어떤 아침」은 단순히 다른 언어가 아니라 식민화하는 권력의 언어로 자기를 표현하는 일, 그리고 그 언어를 자신의 것처럼 소유하는 일의 가혹한 불가피성과 불가능성을 동시에 보여준다.

조선어를 필수과목에서 제외한 시점은 이 책에서 다룬 대다수의 글보다 시기적으로 앞선다. 따라서 이 글들은 이미 표출해왔음직한 것을 기술하면서도 식민 교육제도의 일정한 보급과 연동하여 글쓰기의 위상이 변화하고 있음을 인지한 상태에서 쓰여진 것이다. 여기서 논한 작가들은 검열을 피하거나 글쓰기에서 자신들만의 실험을 행하면서 생존에 분투하고 있었다. 그뿐만 아니라 이들이 운용해온 문자의 미래는 미약하고 불확실해 보였다. 조선 근대문학 형식의 아이러니 중 하나는 그 성장이 인쇄매체와 문해력의 급속한 확장과 함께 이루어졌다가 이후 역시 빠른 속도로 조선어 출판 공간이 소멸하고 말았다는 것이다. 작가들은 취약한 부르주아지의 부침을 살아내며 점차 자신들의 글쓰기의 운명을 따랐다. 사회주의 또는 반식민 혁명의 욕망에 이끌렸던 만큼 똑같이 파시즘을 향할 수 있었다는 것이 바로 그들의 취약성이었다.

인쇄물에서, 그리고 아마도 궁극적으로는 구어에서도 조선어가 사라지리라는 인식은, 사회주의뿐만 아니라 민족과 탈식민 같은 또다른 미래의 상실로 이어졌다. 전쟁이 진행되고 재정위기가 고조되면서, 부르주아의 꿈도 위태로워 보였다. 근대성의 근원인 목적론적 서사로 조선 및 전 세계 출판문화에 스며 있던 '끝'의 감각은, 상상적 해결과 미래로의 전진을 도모하는 소설들이 사라지면서 훼손되기에 이르렀다. 혁명은 차치하더라도 식민 말기의 작가들이 어쨌든 변화와 개선의 서사를 구현하려 고투한 듯하다면, 이 고투가 생산적이었던 것은 역설적이게도 그들의 문학적·미학적 형식 실험에서였다. 여기서 살펴본 전시 제국의 피식민 주체였던 작가들은 십여 년에 걸쳐 자신들의 일상에 대한 방대하고도 창조적인 비판을 생산해왔다. 일상의 삶에서 민족해방은 임박하지도 예기되지도 않았으며, 더 가혹해져가는 식민체제를 상대하는 일은 필연이었다. 그들의 작품은 미묘하며 아이러니와 모순으로 가득차 있고, 그들의 경험에 맞는 새로운 형식의 발견을 강요한 식민주의와 문학의 달리 말하는 힘을 한껏 활용하도록 몰아댄 검열체제에 의해 모양 지어졌다.

누군가는 사라지는 미래를 단순한 정치적 비관주의로 무시하고 싶을지도 모르겠다. 식민지에 파시즘 군국주의라는 최악의 과잉을 초래한, 식민 통치와 전쟁 동원이라는 사실의 수용이라고 말이다. 한편 해방 후에 형성된 또다른 시각은 이를 일본의 패전과 체제의 변화를 기다린 작가들에게 일시적인 피난처를 제공한 일종의 도피주의로 파악한다. 이 관점에서 보자면 서정적 현재, 도시의 일상, 세월의 흐름과 더불어 무척이나 강렬한 존재가 된 낭만적인 고완품 같은 다른 시간과 공간에 대한 탐색은 강화되는 문화동화주의 정책에 맞서 민족문화의 정수를 보존하는 길을 닦은 것이었다. 어떤 입장도 뚜렷한 미래 부재로 특징지어지는 시간적 이접이 지닌 폭넓은 함의를 받아들이지 않는다. 작가들이 시간의 형식을 탐색하고자 시도했던 미학적 실험의 풍부한 성취 역시 인정하지 않는다.

우리는 종종 모더니즘 텍스트들이 가장 새로운 것의 탐색을 통해 미래를 환영하는 태도를 취한다고 상상한다. 하지만 식민 말기의 텍스트가 암시하듯 가장 새로운 것은 미래로 인도하는 것이 아니라 아직 나타나지 않은 미래의 모순적인 사라짐을 그려내는 것일 터이다. 모더니즘이 형식적인 미래 포기의 경향을 띤다면 우리는 이런 양상을 낳은 역사적 지형을 살펴봐야 한다. 특히 그 역사의 하중은 근대성의 역사에 일반적으로 기록되지 않는 장소에 가장 무겁게 가해지기 때문이다. 자신들의 현재를 탐색하면서, 조선의 작가들은 전시 제국의 식민 지배라는 속박 상태에서 근대성은 폐제의 형식을 취한다는 것을 드러냈다. 다른 시간성들을 모색한 그들의 창조적 노력은 단지 근대성의 핵심에 위치한 이 폐제를 드러내는 게 아니라 그것을 비틀어 열어 대안적인 미래로의 이행까지도 상상하려는 시도였다. 21세기 초에 식민 말기 조선의 서로 다른 미학적 형식들을 재독하는 일은 바로 저 근대 서사를 해체하여, 피식민자의 창조성을 부정하는 데, 그리고 전 지구적 근대성의 핵심이었던 식민 경험에 응한 창조적 작품들의 복잡성과 정치적 이질성을 부정하는 데 포섭된 역사들을 복원하는 일인 것이다.

미래가 사라져갈 때

이후의 삶

낡은 세상에서 낡은 것 때문에 받던 오랜 동안의 노예생활에서 갓 풀린 나로서 이 소련에의 여행이란, 롱籠 속에서 나온 새의 처음 날으는 천공이었다. 나는 참으로 황홀한 수개월이었다. 인간의 낡고 악한 모든 것은 사라졌고 새 사람들의 새 생활, 새 관습, 새 문화의 새 세계였다. 그리고도 소련은 날로 새로운 것에도, 마치 영원한 안정체 바다로 향해 흐르는 대하大河처럼 끊임없이 나아가고 있었다.

—이태준,『소련기행』

해방은 "우리가 자고 있을 때에 도둑같이" 왔다. 일본이 태평양전쟁에서 패하고 식민지들을 '반환'한 후 수년 뒤에 퀘이커교계 운동가 함석헌은 이렇게 썼다. 식민 통치의 종말은 예기치 못하게 갑자기 도래했다. 그리고 오래지 않아, 식민 국가에 대항하는 예견된 투쟁이 일어난다. 이 책에서는 해방 직전의 몇 년 동안 조선의 시인, 철학자, 비평가 들이 쓴 글들을 살펴보았다. '도둑'이 오기 전의 어두운 밤이라 여겨질 수도 있을 것이다. 여기서 다룬 작가들은 세계적인 파시즘 시기의 과잉을 피식민 주체로서 살아냈다. 침묵, 협상, 그리고 열렬한 참여가 섞인 채로였다. 1945년 늦여름, 사람들이 새로운 상황을 받아들이면서 식민 이후 시대의 시작은 곧 미래의 꿈을 장악하게 된다. 사라져 버린 듯했던 미래가 지평선상에 나타나 긴박하게 다가오고 있었다. 해방이 다른 미래들의 후퇴를 수반했다는 사실은 오늘날 잘 기억되지 않는다. 그것이 전시 파시즘 프로파간다가 약속했던 밝고 행복한 미래든, 전장의 '영광'을 위해 훈련된 제국의 아이들을 향한 열망에 찬 기대든, 식민 경제로부터 이익을 얻는 사람들의 경제적 라이프 패턴이든 간에 말이다. 혹은 식민 정권에 반하는 정치적 입장을 가진 자에게는 혹독한 검열의 끝없는 통제였을 수도 있다. 해방은 희망과 꿈의 증폭을 가져왔지만 동시에 계획과 삶의 방향을 중단시켰다. 황혼이 지면 밤이 오고 새날이 올 것을 예감한다는 식의 자연적 비유는 그럴듯하지만, 1945년 여름 36년간의 긴 식민 통치가 갑작스러운 종말을 맞을 것이라고는 어느 누구도 알지 못했다.

1945년 8월 15일, 히로히토 천황의 항복 선언 방송 후 최재서가 아침에 일어나 어떤 생각을 했을지 궁금하다. 일 년 전 그는 일본어를 진작시킨 공을 인정받아 국어문예총독상을 받았었다. 전시 제국어 사용을 촉구하는 운동에 열정적으로 참여한 피식민 주체에게 주어지는 가장 큰 명예였다. 십여 년 전인 1930년대 중반에 이런 명예를 예상하기는 어려웠을 터다. 최재서는 문학계에 영국 모더니즘을 소개하고 조선반도의 유일한 대학인 경성제국대학에서 영문학 강의를 맡은 첫 조선

미래가 사라져갈 때

인이었기에 조선의 엘리트 집단에서 평판을 얻고 있었다. 그는 조선어 출판계의 아방가르드 예술가들이 행한 활기차고 창조적인 형식 실험을 옹호했고 그들이 조선어를 기교와 예술성의 경지에 올려놓는 데 발휘한 기술을 지지했다. 이후 중일전쟁과 태평양전쟁이 발발하자 최재서는 일본어에 미래의 언어라는 희망을 걸고 피식민 주체에게 그들의 관습적인 언어를 버리고 제국어로 쓸 것을 독려하는 움직임을 주도했다. 황군에 지원하여 전장에서 '일본인되기'의 기쁨을 경험하라고 조선의 학생들을 부추기기까지 했다. 일본의 패전에 이은 갑작스러운 해방의 혼란 속에서 여러 사건들이 벌어지고 있을 때 분명 그는 미래가 지금 자기를 위해 무엇을 예비하고 있을지 궁금했을 것이다.

전쟁은 철학자 서인식에게는 또다른 냉혹한 대가를 요구했다. 그의 마지막 글이 발표된 것은 일본의 진주만 공격 일 년여 전인 1940년 11월이다. 1930년대, 서인식은 공산당 활동으로 체포되어 식민지의 감옥에서 오 년을 보냈다. 조선어로 쓴 역사철학 관련 논고들을 발표하기 이전이다. 그의 글은 반식민적 신념의 지속적인 확장을 보여주었다. 이것은 파편적이고 의심스러울 수도 있는 문화 분석이라는 전략적 형식과 추상적인 철학적 사유로 표출되었다. 그 이후로는 식민지 아카이브가 종종 공유하는, 해석을 요구하는 동시에 거부하는 하나의 침묵이 따른다. 탈식민화가 민족 분단의 형식을 취하면서 이 침묵은 채워지지 못했다. 서인식이 해방의 소식을 언제, 어디서 들었는지 확인할 수는 없으나, 1945년 11월 조선문학동맹의 멤버로 이름이 올라 있는 것을 보면 그가 살아서 식민 권력의 패퇴를 목도했음을 파악할 수 있다. 아마도 그는 "당"이라는 말을 발화할 수 있고 중단된 정치적 기획도 재개할 수 있는 날이 왔다는 것을 믿기 어려웠던 시기의 작품들에 등장하는 그 당의 멤버였을 것이다.[1] 서인식은 신생 조선민주주의인민공화국에서 새로운 사회를 실현하기 위해 계속 노력했겠지만 그의 꿈이 얼마나 오래 살아남았을지, 이후 1950년대 북한의 정치 엘리트들에게 불어닥친 숙청을 생각해보면 역시 모를 일이다.

우리가 운명을 알고 있는 한 인물 역시 그리 평탄하지 않았다. 바로 작가 이태준이다. 1946년 가족과 함께 월북하면서 이태준은 그가 고완품과 미학에 경도된 인물임을 알고 있던 모든 이들에게 충격을 주었다. 조선민주주의인민공화국 수립 초기에 그는 문화사절단 일원으로 두 번에 걸쳐 소련을 방문하고, 눈앞에 펼쳐진 "새 세계"를 향한 열광을 기록한 기행문을 발표하며 활발하게 활동했다. 첫 여행에 관해 쓴 서문은 무척이나 흥미로운데, 여기에서 '오래된'을 뜻하는 한자 古는 '오래된'이 아니라 '구식의' '진부한' '퇴락한'을 뜻하는 '낡다'라는 의미로 대체되어 있다.[2] 한때 위로와 도덕성의 기원으로 고결하게 여겨져 온 것들이 이제는 시대에 뒤떨어져 보였다. 식민지 시기 작가들 가운데 소설과 수필을 통해 조선의 과거를 가장 창조적으로, 폭넓게 천착했던 그가 옛것에서 해방되는 환희를 공표하고 있으니, 이태준을 읽다보면 어딘가 계속 삐거덕거리며 충돌한다. 그는 정확히 어떤 과거로부터 벗어나려 한 것일까? 1950년대 중반부터 이태준은 자신의 이전 글쓰기가 지닌 부르주아적 성향을 신랄하게 비판하기 시작했다.[3] 북한 사회에서 지위를 잃은 후 1970년대 혹은 1980년대에 채 확인되지 않은 죽음을 맞기까지, 이태준과 그의 가족은 두 번에 걸쳐 [평양에서] 추방되는 고통을 겪은 것으로 알려져 있다. 그의 성북동 집은 보존되어 지금은 많은 사람들이 찾는 '전통 찻집'이 되었는데, 이 복원에 그가 찬성했을 수도 아닐 수도 있을 듯하다.

회고적 시점에서 보면 이태준의 월북은 결정적인 오판인 듯하지만, 식민 말기에 그가 남긴 많은 글들을 읽다보면 이해가 가는 선택이다. 1930년대 중반부터 조선의 고완품에 대한 이태준의 애호는 과거에서 민족의 서사를 찾았다. 현재에 민족을 말하기가 어려워지고 있었기 때문이다. 하지만 그의 천착의 목적은 식민화 이전의 것을 발견하는 것만이 아니라 중요하게는 자본주의 이전의 것을 자리매김하는 것이기도 했다. 상품체제 바깥 세계의 경험을 향한 상고주의적 집착은 당시의 그를 불안하게 한 것이 무엇이었는지를 말해준다. 어떤 민족이 다른 민족보다 열등하다고 공언하는 식민정치학만이 아니라, 식민주의가 조선을 세계 자본주의 시장에 편입시키면서 가져온 사회적 관계의 재편 역시 불안의 기원이었다. 근대사회의 상업화를 경멸하는 자에게는, 남쪽에서 지지되는 '자유로운 시장'보다 사회주의가 소중한 예술과 고완품을 위한 보다 실제적인 보호막으로 느껴졌을 것이다. 이태준의 고완품 취향은 식민주의의 혹독한 상황에서 살아가는 자본주의 경험의 역사에 관해 말해준다. 여기서 경제적 위기는 특수한 민족적 위기와 긴밀하게 결합되어 있다.

1947년 11월, 임화가 삼팔선을 넘어 북으로 간 것은 그리 놀랍지 않거니와, 그 결말도 보다 평탄한 환경에서 맞았을 거라 예상될지도 모르겠다. 식민 말기 소설을 논한 냉철한 비평가이자 좌익운동 시절의 혁명열과 희망을 갈망한 이 향수에 젖은 이상주의자는, 고향인 서울을 떠나긴 했어도 1948년의 조선민주주의인민공화국을 향해 나아가는 새로운 질서 속에서 안도감을 느꼈을 것이다. 월북 후 임화는 조소문화협회 부위원장을 맡고, 해주 제1인쇄소의 편집인 겸 출판인으로 활동하면서 문학적 실천의 중심으로 나아간다. 1950년 인민군이 남쪽을 점령했을 때 그는 잠시 서울에 온다. 수개월 뒤 유엔군의 반격으로 서울은 수복되고 인민군은 퇴각한다. 1951년에 출간된 임화의 시집 『너 어느 곳에 있는냐』와 헤어진 딸에게 건네는 말은 전쟁과 분단의 카오스적 전환 속에서 큰 울림을 주었음에 틀림없지만, 향수어린 멜랑콜리적 어조라 하여 곧 비판받기에 이른다. 1953년, 임화는 일본인, 반소비에트 반공주의자들과 협력하여 미국을 위한 간첩 활동을 했다고 시인하게 되고 군사재판부에서 사형을 선고받는다. 전하는 바에 따르면 그는 재판에 앞서 이미 자신의 앞날에 절망하여 두꺼운 안경알을 깨뜨려 손목을 그었다고 한다.[4] 식민 관료 야나베 에이자부로를 대면했던 때 쓰고 있던 그 안경이었다. 임화는 곧 총살당했고 아내인 소설가 지하련은 그의 시신을 거두지 못했다. 소설가이자 카프의 동료 비평가였던 김남천은 임화와 함께하고자 했던 인물들 가운데 한 명으로, 그 역시 총살당하고 만다. 최근 임화의 있을 법하지 않던 간첩 활동을 확인시켜주는 것으로 보이는 미군 자료들이 나오면서, 이 같은 폭력적인 죽음들도 역사 기록의 소거와 수정을 끝내는 데 실패하게 되었다. 미셸 푸코가 인상적으로 언급했듯이 역사가 진정 "이리저리 얽히고 뒤섞인 양피지 문서의 장"에서 작동하는 것이라면, 시인 임화의 여전히 결정 불가능한 삶만큼 뒤엉킨 삶도 없을 것이다.[5]

박태원이 처했던 상황도 설명이 어렵기는 마찬가지다. 서울을 수복한 1950년 늦여름, 박태원은 아내와 다섯 자녀 가운데 넷을 남에 두고 동생과 북의 친구들을 따라 월북했다.[6] 식민지 시기에 박태원은 가까운 벗이었던 이태준만큼이나 글쓰기의 기술에 몰두했고 또 딜레탕트적이었다. 해방 후에는 이태준과 달리 정치적 분쟁에 뛰어들지 않았는데, 이러한 태도가 오히려 1950년대 북한 정권의 남쪽 인사 숙청에서 그를 보호했다는 것은 역사의 아이러니다. 박태원은 국립고전예술극장 소속 작가로 글을 쓰고 평양문학대학에서도 교편을 잡았다가 자리를 잃고 추방되어 협동농장에서 사 년을 보낸다. 이후 1960년에 글쓰기로의 복귀가 허용되었다. 1986년 세상을 떠나기 직전 3부작 역사소설 『갑오농민전쟁』을 마치면서 그는 결과적으로 북으로 간 문학인 가운데 가장 많은 작품을 쓴 작가가 되었다. 이 소설은 비평가들의 극찬을 받았고 건강 악화에 맞서는 불굴의 의지 역시 칭송되었다. 그는 이십여 년을 실명 상태로 지냈고 마지막 십 년은 병상에서 보내야 했다.

박태원이 말년에 작품을 쓸 수 있었던 것은 두번째 부인 권영희의 도움이 있었기 때문이다. 그녀는 박태원이 남긴 역사 서사의 마지막 3부에 공저자로 올라 있다. 박태원에게 권영희는 식민 과거와의 생생한 연관을 체현하고 있는 존재였음에 틀림없다. 권영희는 박태원의 가까운 친구이자 동료였던 정인택의 아내였고 이전에 함께 활동했던 이상의 지인이기도 했다. 박태원은 정인택의 죽음 이후 1955년에 권영희와 결혼했는데 이때는 전쟁 기간 감옥에 있었던 첫번째 아내가 집으로 돌아온 해이기도 했다. 첫번째 아내는 희망을 놓지 않고 남편이자 아이들의 아버지인 박태원을 서울에서 기다렸지만, 1980년 박태원에 앞서 별세했다. 누워 있는 박태원에게 손녀가 책을 읽어주는 모습이 담긴 아련한 사진이 남아 있다. 그 사진 속 희미한 윤곽은 북에서의 박태원의 삶에 관해 알려진 바가 많지 않음을 말해주는 상징이다. 박태원이 세상을 떠난 후 몇 년 뒤에 그의 장녀는 평양에서 남한의 동생들에게 편지를 보냈다. 동생들은 그녀가 전쟁통에 사망했을 거라 생각했었다. 이후에 그들은 상봉했다.

박태원이 어떤 이유로 서울을 떠나기로 결심했는지—그것이 정말 결심이었다면—짐작하기 어렵지만, 그 시대 어느 누구도 민족 분단이 육십여 년 이상 지속될 것이며 이별한 가족들과의 만남이 가혹하게 제한될 것임을 미리 알지 못했다는 점을 잊어서는 안 된다. 그들은 북한의 정치학이 어떻게 작동할지, 그리고 그것이 북으로 간 사람들에게 어떤 영향을 미칠지 예견하지 못했다. 이 책에서 다룬 문인들은 최재서를 제외하고는 모두 북에 머물거나 북으로 갔다. 이는 사회주의 혁명의 전망에 대한 임화와 이태준의 감응이 결코 고립적인 것이 아니었음을 의미한다. 결과적으로, 사회주의 사회 건설에의 헌신을 수반하는 북으로의 이동은 새로운 사회의 대변자로서 뚜렷한 위상을 부여받은 예술가들과 반대로 그 입장이 정치권력 강화에 맞지 않아 고통받은 예술가들에게 서로 다른, 때로는 위험한 결과를 가져왔다.

민족 분단으로 인해 많은 사람들의 삶이 맞아야 했던 결말은 조선민주주의인민공화국 바깥으로는 알려지지 않았다. 최명익의 경우, 한반도의 분단은 자신의 고향(평양)에 그대로 남는다는 의미였다. 새 수도를 중심으로 한 새로운 민족문화의 집중은 식민 통치하 북쪽 도시들의 거리를 가장 인상적으로 묘사했던 이 작가에게 더 많은 권위를 부여해준 듯하다. 최명익은 해방 후의 글이 1945년 이전의 글보다 훨씬 많다. 그러나 그의 전기적 정보들은 많은 식민지 시기의 작가들이 그렇듯 물음표로 차단되어 있다. 그의 미래도 이태준처럼 말 그대로 알려져 있지 않다. 성벽을 지키는 데 실패한 보수주의자들을 맹렬하게 비난했던 시인 오장환은 임화를 좇아 북으로 갔지만 모스크바의 한 병원에서 수개월간 치료를 받다가 1950년에 죽음을 맞는다. 이 역시 다른 작가들의 죽음과 마찬가지로 남북 간 소통이 보다 잦아지면서 최근에야 확인된 사실이다. 한편 김사량은 한국전쟁 초기에 인민군을 따라 남하했다가 1950년에 병사한 것으로 오랫동안 알려져왔다. 흩어진 궤적들과 그 확인의 지연은 분단된, 이른바 식민 이후 공간의 폭력적 근대성의 역사를 반영한다. 많은 한국 작가들의 지나간 미래는, 문자 그대로 시대의 흐릿한 덧쓰기 문서palimpsest를 통해 천천히 드러나고 있는 중이다.

최재서는 서울에 남아 1964년 죽음을 맞기까지 비평가로, 교수로 활동을 계속했다. 그의 명성은 전쟁 기간의 행적으로 돌이킬 수 없이 훼손되었다. 이 행적으로 그는 오랜 시간에 걸쳐 작성된 식민 권력 협력자 명단의 거의 맨 위에 올라 있다. 돌아보면, 우리는 최재서가 어떤 의미에서 미래를 갖지 못했다고 말할 수 있을 듯하다. 그의 삶이 언제나 그의 과거에 의해 과잉 결정되었기 때문이다. 그럼에도 불구하고 그는 미래를 살도록 허락되었는데, 이는 부분적으로는 협력자들에게 책임을 거의 묻지 않은 미군정하 남한의 식민 이후 체제 때문이다. 역설적이게도 모든 미래를 잃어버린 채 끝을 맞게 된 것은 바로 자신들의 미래의 꿈을 찾아 북으로 간 이들이었다.

식민 말기와 그 이후의 삶들을 이을 때 직선은 그어질 수 없다. 이 얽힘이 드러내는 것은 20세기 중반을 휩쓴 국제적 힘들, 즉 탈식민화와 냉전의 격렬함이다. 작가들의 전기적 생의 윤곽에 압도되지 않기란 어려운데, 이는 운명이나 숙명 같은 단어들을 떠오르게 한다. 실제의 역사 기록은 일반적인 역사 설명의 언어로는 알 수 없거나 해명 불가능한 채로 있기 때문이다. 하지만 이들은 작가이고 예술가였다. 이들의 작품은 냉전체제의 가장 혹독한 제약에서도 살아남아 최근에 '다시 나타나고' 있다. 우리는 작품을 읽는 것으로 그들에게 경의를 표할 수 있을 뿐이다. 이후에 어떤 일이 일어났는지 우리가 거의 알지 못한다는 것을 기억하면서, 그리고 어느 한 순간 가능하리라 믿겼던 것 역시 그 미래가 오직 인쇄된 지면에만 남겨졌다 해도 의미 깊다는 것을 되새기면서 말이다.

미래가 사라져갈 때

주

서론

1) 자의로 북을 택한 월북 작가와 타의로 북으로 가게 된 납북 작가를 구별하려는 시도는 여러 번 있어왔다. 후자에는 시인 정지용, 평론가 김기림이 속하는데, 둘 모두 한국전쟁 기간에 북으로 납치되었다. 판금 해제 조치와 더불어 해당 작가들의 작품 출판이 급증했고 남한에서 식민지 시대 문학사를 다시 쓰고자 하는 움직임이 시작되었다. 이 작가들의 위상을 재고하려는 초기의 시도들 중 하나로 권영민 외, 『월북 문인 연구』(문학사상사, 1989)가 있다.

2) 타티아나 가브로우셴코Tatiana Gabroussenko는 *Soldiers on the Cultural Front: Development in the Early History of North Korean Literature and Literary Policy* (Honolulu: University of Hawai'i Press and Center for Korean Studies, 2010)에서 이 숙청에 대해 집중 조명하고 있다.

3) 해금 조치가 있은 지 최소 십 년이 될 때까지 월북 작가의 작품은 영어판 선집 중 어디에도 수록되지 못했다. 수록되었다 해도 그들이 식민지 시대에 차지했던 위상을 고려하면 미흡한 분량에 지나지 않았다. 예컨대 Kim Chong-un and Bruce Fulton, eds., *A Ready-Made Life: Early Masters of Modern Korean Fiction* (Honolulu: University of Hawai'i Press, 1998)에는 16편의 작품이 실려 있는데 그중 월북 작가의 작품은 3편에 그친다.

4) 전향 좌익의 형상은 이미 1930년대 말부터 작품화되기 시작하며 그 의의는 시간 경과에 따라 변모한다. 자신의 정치적 신념을 저버리고 제국주의 지지자로 전향하는, 종교적 색채를 띠는 과정을 밟아나가는 혁명가는 그러한 전향의 형상 중 중요한

한 사례이다. 이런 식의 독법의 주창자로 김윤식을 들 수 있다. 예컨대 「전향 소설의 한국적 양상」, 『김윤식 선집 2: 소설사』(솔출판사, 1996).

5) 김사량은 1946년에 개최된 좌담회에서 자신의 논리를 편 바 있다. 「문학자의 자기 비판: 좌담회」, 『해방 공간의 비평 문학 2』(송기한·김외곤 편, 태학사, 1991), 164~172쪽.

6) 같은 책, 170쪽.

7) 황순원은 식민 치하에서 몇 편의 소설을 써두었다가 해방 이후에 발표했다고 한 바 있다. 그중 한 편인 「노새」는 영역되어 Kim and Fulton, eds., *A Ready-Made Life*, 180~191에 실렸다.

8) 신형기와 오성호는 해방 직후 북한 문학이, 식민지기에 전개된 게릴라전이 해방을 이끌어내는 데 선도적 역할을 했음을 드러내고 이를 김일성의 정통성을 뒷받침하는 데 활용했음을 지적한다. 일부 작품의 경우 김일성이 저자라는 사실이 나중에 밝혀지기도 한다. 『북한 문학사: 항일 혁명 문학에서 주체 문학까지』(평민사, 2000) 15~61쪽.

9) Tani Barlow, *The Question of Women in Chinese Feminism* (Durham, N.C.: Duke University Press, 2004), 16.

10) 같은 곳.

11) 최근의 학술 연구는 이 시대의 미묘한 논점들을 충분히 다루고 있지만, 통상적으로 이 시대에 대한 인식은 암흑기라는 비유에 기대고 있다. 문학사 연구에서 이전 시대의 관점을 보여주는 예로는 송민호, 『일제 말 암흑기 문학 연구』(새문사, 1991).

12) 한반도의 남북으로 전선이 급속도로 오르락내리락했던 한국전쟁 동안, 주요 인사들이 양 진영으로 끌려가곤 했던 것은 흔한 일이었다. 예컨대 이광수는 북으로 납치되어 결국 돌아오지 못했다. 해방 이후 때때로 폭력을 동반한 극한 논쟁에 휩싸인 두 국가에서, 식민지기의 행위에 근거한 처형도 빈번히 이뤄지곤 했으며, 1950년대가 되면 특히 전쟁기 동안 월북했던 예술가 및 작가 집단에게는 극히 심대한 영향을 끼쳤다. 주요 대일 협력자들의 후손들은 여전히 극심한 비판을 받고 있으며 협력자들은 탄생 100주년을 기념하는 공식적 행사에서조차 공개적으로 비판받는다.

13) 민족문제연구소, 민족문학작가회의, 잡지 『실천문학』이 국회 측 대표단과 공동으

로 작업했다.

14) 식민 말기가 기억되는 방식에 관해서는 길고도 복잡한 역사가 존재한다. 이 역사
는 그것만을 주제로 한 권의 책이 필요할 정도이며, 여기서는 다루지 않는다. 그러
나 임종국의 1966년 저서가 특성 작가들의 일제 말기 행위를 선구적으로 고찰함으
로써 문학 분야에 중대한 영향을 끼쳤음은 짚고 넘어갈 필요가 있다. 임종국, 『친일
문학론』(평화출판사, 1966). 2000년 이후 식민지 말기 문학 관련 저서의 출판이 급
증했는데 이는 거시적으로 볼 때 당시의 문화사에 대한 연구가 풍부해지면서 나타
난 현상이다. 본서 역시 그러한 연구들에 큰 도움을 받았다. 문학 관련 연구 중 주
요한 것으로는 황종연, 「한국 문학의 근대와 반근대: 1930년대 후반기 문학의 전통
주의 연구」(동국대 박사논문, 1991); 상허문학회 편, 『1930년대 후반 문학의 근대성
과 자기 성찰』(깊은샘, 1998); 김예림, 「1930년대 후반 몰락/재생의 서사와 미의식
연구」(연세대 박사논문, 2002); 차승기, 「1930년대 후반 전통론 연구: 시간-공간 의
식을 중심으로」(연세대 박사논문, 2003); 김재용, 『협력과 저항: 일제말 사회와 문
학』(소명출판, 2004); 한수영, 『친일문학의 재인식: 1937~1945년간의 한국 소설과
식민주의』(소명출판, 2005)가 있다.

15) 홀로코스트를 근대성의 이율배반이 아니라 논리적 귀결로 파악하는 고전적 저작
으로 Zygmunt Bauman, *Modernity and the Holocaust* (Ithaca, N.Y.: Cornell
University Press, 2000)가 있다. Detlev. J. K. Peukert, *Inside Nazi Germany:
Conformity, Opposition and Racism in Everyday Life*, trans. Richard Eveson
(London: B. T. Batsford, 1987)은 나치즘의 범속성을 검토하기 위하여 일상사에
초점을 맞춘 바 있다. David Carroll, *French Literary Fascism: Nationalism,
Anti-Semitism, and the Ideology of Culture* (Princeton, N.J.: Princeton
University Press, 1995)는 유럽 문화 이데올로기에서 파시즘적 사유가 핵심적인
역할을 했음을 지적했다. 일본의 사례에 대한 연구로는, Harry Harootunian,
*Overcome by Modernity: History, Culture, and Community in Interwar
Japan* (Princeton, N.J.: Princeton University Press, 2000)이 있는데, 이 책은 모
더니즘과 파시즘의 관계를 다루고 있다.

16) 이와 관련하여 중요한 선구적 업적이자 본서에 영감을 준 책이 김철 외, 『문학 속
의 파시즘』(삼인, 2001)이다.

17) Peter Osborne, "Modernism as Translation," *Philosophy as Cultural Theory* (London: Routledge, 2000), 57.

18) 이는 한국 근대문학 연구에서 오랜 동안 견지되어왔던 리얼리즘과 모더니즘의 이분법을 통해 단적으로 드러난다. 이 이분법은 해방 이후 분단이 도래하면서 악화되었다. 이에 대해서는 유종호 외, 『현대 한국 문학 100년』(민음사, 1999), 561~654쪽의 '리얼리즘과 모더니즘' 부분을 참조할 수 있다.

19) 형식주의적 관점에서의 모더니즘 이해에 대한 신랄한 비판으로는 Raymond Williams, *The Politics of Modernism: Against the New Conformists* (London: Verso, 1989).

20) Osborne, "Modernism as Translation," 57-59.

21) Peter Orsborne, *The Politics of Time: Modernity and Avant-Garde* (London: Verso, 1995), 16.

22) Anne McClintock, *Imperial Leather: Race, Gender and Sexuality in the Colonial Conquest* (London: Routledge, 1995), 40-42.

23) "근대성에 반대하는 근대주의자"라는 구절은 Williams, *The Politics of Modernism*, 76에서 온 것이며 이는 해리 하루투니언이 그의 *Overcome by Modernity*에서 전간기 일본 철학자들을 지칭할 때 사용한 바 있다.

24) Frantz Fanon, *The Wretched of the Earth*, trans. Constance Farrington (New York: Grove Press, 1963), 206-248.

25) Slavoj Žižek, *Tarrying with the Negative: Kant, Hegel, and the Critique of Ideology* (Durham, N.C.: Duke University Press, 1993), 205-211.

26) Marilyn Ivy, "Foreword: Fascism, Yet?" *The Culture of Japanese Fascism*, ed. Alan Tansman, viii (Durham, N.C.: Duke University Press, 2009).

27) 최재서, 「국민문학의 입장」, 『전환기의 조선문학』(경성: 인문사, 1943), 133-135쪽.

28) 황종연 편, 『신라의 발견』(동국대학교출판부, 2008)에서 이와 관련된 주제들이 논의된 바 있다.

29) Bruce Cumings, *Korea's Place in the Sun: A Modern History* (New York: Norton, 1997)의 3장 참조.

30) 사건 당시 투옥된 사람 중 한 명인 이희승이, 사건 발생 후 십 년 이상 경과한 시

미래가 사라져갈 때

점에 작성한 "Recollections of the Korean Language Society Incident," *Listening to Korea: A Korean Anthology*, ed. Marshall R. Pihl (New York: Praeger, 1973)에서 이 사건에 대한 자세한 설명을 읽을 수 있다.

31) 식민지 시대의 신문 판매량 추이에 대해서는 김영희, 「일제 지배 시기 한국인의 신문 접촉 경향」, 『한국언론학보』 46권 1호(2001년 겨울), 58~62쪽.

32) 식민지 시대 작가들의 사회적 지위에 관해서는 전광용, 「한국 작가의 사회적 지위」, 『한국현대문학논고』(민음사, 1986).

33) 이효석, 「첫 고료」, 『박문』 12호(1939. 10), 21~23쪽.

34) 이에 해당하는 예로 스페인어로 쓰인 필리핀 문학 최초의 소설, José Rizals, *Noli me tangere*(1887)와 일본어로 된 최초의 타이완 근대 소설인 우줘류吳濁流의 『아시아의 고아亞細亞的孤兒』(1945)를 들 수 있다.

35) Yi T'aejun, "The Short Story and the Conte," *Eastern Sentiment*, trans. Janet Poole (New York: Columbia University Press, 2009), 61.

36) "뒤엉킴의 시간time of entanglement"이라는 표현은 Achille Mbembe, *On the Postcolony* (Berkeley: University of California Press, 2001)에 나온다.

37) 많은 간략한 고찰들이 그러하듯, 여기서의 논의 역시 과도한 단순화의 위험을 안고 있다. 최근에 나온 성장소설에 대한 고찰에서 제드 에스티는 성장소설에 대한 이상화된 개념 정의, 즉 선조적이고 미래 지향적이며 발전적인 이야기라는 정의가 성장소설 작품을 실제로 검토해보면 대부분의 경우 부적절한 것으로 드러난다고 지적한 바 있다. 그렇다고 해서 성장소설이라는 틀과 그것이 발전적 서사의 소설이라는 점에서 역사주의와 궤를 같이하는 것이라는 점을 고려할 때 얻을 수 있는 분석상의 유용성이 없지는 않다고 에스티는 지적하고 있다. 한편 어떤 소설에서, 성장소설 모델의 이념적 기반인 진보·발전이 의심되는 양상을 역사적으로 검토해보는 데에도 나름의 의의는 있는 것이다. Jed Esty, *Unseasonable Youth: Modernism, Colonialism, and the Fiction of Development* (Oxford: Oxford University Press, 2012).

38) 秋田雨雀 外, 「朝鮮文化の将来」, 『文学界』 6권 1호 (1939. 1), 277.

39) 문학에 대한 이러한 규정은 Gayatri Chakravorty Spivak, "The Politics of Translation," *Outside in the Teaching Machine* (New York: Routledge, 1993),

179-200에서 차용한 것이다.

1장

1) 최명익, 「비 오는 길」, 『조광』 2권 5호(1936. 5), 373쪽.

2) 임화, 「세태소설론」(『문학의 논리』, 경성: 학예사, 1940), 『한국문학의 논리』(국학자료원, 1998), 357쪽.

3) 최명익, 「비 오는 길」, 『조광』 2권 4호(1936. 4.), 297쪽.

4) 최명익, 「소설 창작에서의 나의 고심」, 『글에 대한 생각』(평양: 조선문학예술총동맹 출판사, 1964), 96쪽.

5) 같은 글, 98쪽.

6) 같은 글, 97쪽.

7) 이에 관해서는 최인진, 『한국사진사 1631-1945』(눈빛, 1999). 특히 초상사진 및 사진관 관련 장(169~221쪽)을 참조할 것.

8) 같은 책, 63~72쪽, 178~182쪽.

9) 같은 책, 212~218쪽.

10) 김연옥 외, 「내 지방의 특색을 말하는 좌담회: 평양편」, 『조광』 5권 4호(1939. 4), 260~282쪽.

11) 같은 글, 270쪽.

12) 仲摩照久 編, 『日本地理風俗大系』 18(東京: 新光社), 1929-1932.

13) 『조선명소』의 일부는 권혁희, 『조선에서 온 사진엽서』(민음사, 2005), 143~157쪽에 실려 있다.

14) Nancy Armstrong, *Fiction in the Age of Photography: The Legacy of British Realism* (Cambridge, Mass.: Harvard University Press, 1999), 89.

15) 최명익, 「비 오는 길」, 『조광』 2권 4호(1936. 4), 289쪽.

16) 권혁희, 『조선에서 온 사진엽서』, 120쪽.

17) 田中英光, 『酔いどれ船』(東京: 小山書店, 1949). [다나카 히데미쓰, 『취한 배』(유은경 옮김, 소화, 1999)]

18) 초창기의 아마추어 사진단체는 1904년 20여 명의 재조 일본인이 만든 한국사진
회로 알려져 있다. 1909년에는 한국사우회가 만들어졌는데 이 단체는 사진 재료상
의 후원을 받았다. 조선인 영업 사진가들로 구성된 경성사진사협회가 1926년에 결
성되고 이후 아마추어 사진가 단체인 경성사구회가 생긴다. 이러한 단체들은 사진
교습이나 품평회를 열고 자신들의 작품으로 소규모 전시를 하는 등 사진 활동과
감상을 적극적으로 대중화했다. 이에 대해서는 최인진, 『한국사진사 1631-1945』,
259~266쪽 참조.

19) 1930년대 후반 『조선일보』가 개최한 아마추어 사진 공모전은 회화주의의 지배를
잘 보여준다. 수상작은 『조선일보』, 1937. 7. 10~20; 1938. 7. 1~9; 1939. 7. 20~27
참조. 이 작품들을 포함하여 식민지 시기의 예술사진에 관해서는 이경민·사진아카
이브연구소 편, 『카메라당과 예술사진 시대: 한국 근대 예술사진 아카이브
(1910~1945)』(아카이브북스, 2010) 참조.

20) 일례로, 매년 열리는 권위 있는 왕립사진협회Royal Photographic Society 전시
회가 이러한 이미지를 선택한 이후 중국 사진가들 사이에서도 유행하게 된다. Yi
Gu, "Through the Lens of Mount Huwng: Perception, Pictorial Photography
and the Image of Nation", ms.

21) 공모 안내는 『조선일보』, 1938. 6. 5. 그리고 1939. 6. 15. 참조.

22) 조선미술전람회는 일본에서 매년 열리는 제국미술전람회를 본떠 1922년에 시작
되었다. 이와 관련해서는 이중희, 「서화협회와 조선미술전람회」, 김연수 외 『한국미
술 100년 1』(한길사, 2006), 280~283쪽.

23) 『조선일보』, 1938. 6. 5.

24) 임화, 「생활의 발견」, 『문학의 논리』, 334쪽.

25) 사진과 식민주의의 복잡한 연관을 규명한 연구로는 Christopher Pinney and
Nicolas Peterson, eds., *Photography's Other Histories* (Durham, N.C.: Duke
University Press, 2003).

26) 엽서와 식민적 구성의 관계를 사유하는 데 매우 시사적인 연구로는, 프랑스로 보
내진 알제리 사진들에 관한 저서인 Malek Alloula, *The Colonial Harem*, trans.
Myrna Godzich and Wlad Godzich (Minneapolis: University of Minesota,
1986)를 들 수 있다. 그리고 식민지 조선의 사진엽서에 관한 흥미로운 논의로는 권

혁희, 『조선에서 온 사진엽서』(민음사, 2005)가 있다.

27) 레이 초우는 중국 지식인의 맥락에서 셀프오리엔탈리즘의 역학을 다룬 바 있다. Rey Chow, *Primitive Passions: Visuality, Sexuality, Ethnography, and Contemporary Chinese Cinema* (New York: Columbia University Press, 1995). [레이 초우, 『원시적 열정』(정재서 옮김, 이산, 2004)]

28) 유럽과 미국의 사진의 역사는 식민지/도시에 대한 전시적 시점을 형성하는 데 사진이 어떻게 기여했는지 잘 보여준다. 낸시 암스트롱은 이러한 시점이 헤게모니적 국가관으로 전환되는 과정을 논했다. 이에 따르면 영국 빅토리아 시대의 초기 사진 소비자들이 처음으로 "그들의 국가를, 도시 관찰자를 그 핵심에 둔 이미지의 체계로 상상"하기 시작했다. Nancy Armstrong, *Fiction in the Age of Photography*, 33.

29) 같은 곳.

30) 같은 책., 85-107.

31) 물론 다른 사진 장르와 경제도 존재했다. 아마도 가장 주목할 만한 것은 저널리즘과 대중매체 광고 그리고 엔터테인먼트 산업의 장르와 경제일 것이다. 이들은 내가 강조한 세 가지 장르와 완전히 분리되거나 무관하지 않다. 대영제국의 광고에 대한 통찰력 있는 연구로는 Anne McClintock *Imperial Leader: Race, Gender, and Sexuality in the Colonial Conquest* (London: Routledge, 1995).

32) 이러한 입장이 선일, 「식민지 조선을 보는 눈: 일제시대 사진 아카이브」, 『볼』 3(2006 여름), 208~221쪽의 골자를 이루는 것으로 보인다.

33) 이런 식의 식민 구조와의 공모가 사진 양식에 불가피하거나 내재적이라고 주장하는 것은 아니다. 그보다는 특정한 역사적 결합에 관해 언급하고 있는 것이다. 예를 들어 임응식의 한국전쟁 후 기록사진은 사진이 지배적인 공간적 관계를 의문에 부칠 수도 있다는 점을 실감하게 한다. 임응식의 사진은 국립현대미술관·사진아카이브연구소 편, 『Photography of Limb Eung Sik: 기록의 예술, 예술의 기록』(국립현대미술관, 2011).

34) 디페시 차크라바르티와 파르타 차테르지의 작업이 보여주듯이, 식민 경험을 다루는 최근의 역사학은 식민지 부르주아의 분열된 삶을 논하는 데 관심을 기울이고 있는 듯하다. 식민지 조선의 소설에 대한 나의 독해는 이러한 관점에 이의를 제기한

다. Dipesh Charkrabarty, *Provincialising Europe: Postcolonial Thought and Historical Difference* (Princeton, N.J.: Princeton University Press, 2000)[『유럽을 지방화하기』(김택현·안준범 옮김, 그린비, 2014)]; Partha Chatterjee, *The Nation and Its Fragments: Colonial and Postcolonial Histories* (Princeton, N.J.: Princeton University Press, 1993).

35) 최명익, 「역설」, 『장삼이사』(을유문화사, 1947), 23쪽.

36) 최명익의 묘사 방식은 탈산업적 묘사 방식에 대한 수전 스튜어트Susan Stewart의 연구에 비춰볼 만하다. 탈산업적 묘사에서 미니어처는 "부르주아 주체의 내면적 시공간에 대한 메타포"다. Susan Stewart, *On Longing: Narratives of the Miniature, the Gigantic, The souvenir, the collection* (Durham, N.C.: Duke University Press, 1993), xii. [수전 스튜어트, 『갈망에 대하여』(박경선 옮김, 산처럼, 2016)]

37) 최명익, 「비 오는 길」, 『조광』 2권 4호, 297쪽.

38) Raymond Williams, *The Country and the City* (New York: Oxford University Press, 1973), 243. [레이먼드 윌리엄스, 『시골과 도시』(이현석 옮김, 나남출판, 2013)]

39) 뒤에 발표한 「폐어인」에서도 같은 테크닉을 사용한다. 『한국근대단편소설대계』 27(태학사, 1988), 595~621쪽.

40) Walter Benjamin, "Paris, the Capital of the Nineteenth Century," *Walter Benjamin:selected Writings 3, 1935-1938*, ed. Howard Eiland and Michael W. Jennings, trans. Howard Eiland, 39-41 (Cambridge, Mass.: Belknap press of Harvard University Press, 2002). [발터 벤야민, 『아케이드 프로젝트 1』(조형준 옮김, 새물결, 2005)] 이상의 「날개」(1936)는 내면을 향해 움직여 들어오는 길에서 주인공이 느끼는 불안을 보여주는 또다른 예다.

41) 그 예로 당시 이태준과 박태원의 소설들 참조.

42) 최명익, 「비 오는 길」, 『조광』 2권 5호, 377쪽.

43) 조연현, 「자의식의 비극」, 『백민』(1949. 1), 132쪽.

44) 신문사 일이나 가르치는 일로 생계를 꾸린 식민지 조선의 대부분의 작가들과는 달리 최명익은 유리공장을 운영했다. 작중인물 병일이 그랬던 것처럼 예술과 사업

으로 분리된 생활을 한 것이다. 최명익의 전기적 정보는 김해연, 「최명익 소설의 문학사적 연구」, 경남대학교 박사논문, 2000 참조. 역설적으로, 사업 운영을 하고 있었기에 최명익은 자신의 예술이 상업적 이해에 의해 오염되지 않았다고 주장할 수있었다. 그는 실제로 돈을 벌기 위해 글을 쓰지 않았다. 이에 관해서는 최명익, 「조망문단기」, 『조광』 5권 4호(1939. 4) 참조.

45) 최명익, 「비 오는 길」, 『조광』 2권 4호, 290쪽.

46) 분산되는 디테일에 관한 논의는 나오미 쇼르의 논의에서 시사받은 바 크다. Naomi Schor, *Reading in Detail: Aesthetics and the Feminine* (New York: Methuen, 1987) 참조.

47) 최명익, 「비 오는 길」, 『조광』 2권 4호, 289쪽.

48) 같은 글, 287쪽.

49) 이광수의 비평과 그 의미에 대한 날카로운 분석은 Hwang Jongyon, "The Emergence of Aesthetic Ideology in Modern Korean Literary Criticism: An Essay on Yi Kwangsu," trans. Janet Poole, *Korea Journal* 39, no.4(winter 1999) 5-35. 18세기 영국의 "literature" 개념의 변화에 관해서는 Raymond Williams, *Marxism and Literature* (Oxford: Oxford University Press, 1977), 45-54.

50) 이광수, 「문학이란 何오」, 『한국현대문학비평사』(자료 1)(권영민 편, 단대출판부, 1981), 46쪽.

51) 같은 곳.

52) 같은 글, 40쪽.

53) 같은 글, 44쪽. 조선에 사진이 도입될 당시 이 새로운 대상을 부르는 조선어 단어가 안정화되는 데는 시간이 소요되었다. 이에 대한 논의는 최인진, 『한국사진사 1631-1945』, 11~26쪽.

54) 이런 의미에서 최명익의 문학적 작업은 이후에 나온 앙리 르페브르의 이론을 앞서 보여주는 면이 있다. 앙리 르페브르에 따르면 "일상은 두 가지 양식의 반복이 교차하는 지점에 위치한다. 하나는 자연에서 지배적으로 나타나는 순환적인 것이고 다른 하나는 '합리적'이라 알려진 과정에서 지배적으로 나타나는 선형적인 것"이다. 인용은 Henri Lefèbvre, "The Everyday and Everydayness," trans., Christine

Levich, *Yale French Studies* 73, 1987. 10.

55) 최재서, 「'천변풍경'과 '날개'에 관하야: 리아리즘의 확대와 심화」, 『문학과지성』(경성: 인문사, 1938), 98~99쪽.

56) 같은 글, 100쪽.

57) 같은 글, 98쪽.

58) 같은 글, 100~101쪽

59) 같은 글, 103쪽.

60) 임화, 「세태소설론」, 같은 책, 361쪽.

61) 같은 글, 358쪽.

62) 같은 글, 357쪽.

63) 나오미 쇼르는 유럽의 문학적·철학적 사유에서 디테일에 대한 해석이 어떤 변화를 겪었는지 분석한다. 변화는 디테일을 "예술 작품의 내적인 계서"를 무너뜨리는 계기로 파악하는 관점과 이와는 달리 독특한 진리가치의 담지체로 평가하는 관점 사이에 걸쳐 있다. Schor, *Reading in Detail*, 20. 임화는 이 분리를 가로지르고 있는 듯하다. 그에 의하면, 디테일은 역사의 진보를 따르는 서사의 힘을 파열시켜 공허하고 연대기적인 진행으로 축소시켜버리지만 디테일의 적절한 통어는 "현실"의 포착을 가능하게 한다.

64) 임화, 「생활의 발견」, 334쪽.

65) 같은 곳.

66) Georg Lukacs, "Narrate or Describe?," *Writer and Critic and other Essays*, trans. Arthur Kahn, 132 (London: Merlin Press, 1978).

67) 같은 글, 134.

68) 김남천, 「세태와 풍속」, 『김남천 전집 1』 (정호웅·손정수 편, 박이정, 2000), 420쪽.

69) 김남천, 「일신상 진리와 모럴」, 『김남천 전집 1』, 359쪽.

70) 김남천, 「세태와 풍속」, 같은 책, 421쪽.

71) Harry Harootunian, *Overcome by Modernity: History, Culture, and Community in interwar Japan* (Princeton, N.J.: Princeton University Press, 2000), 121.

72) 하루투니언은 발터 벤야민에서부터 지그프리트 크라카우어, 곤다 야스노스케에

이르기까지 일상의 이론가와 역사가 들에게서 나타나는, "중요하지 않고 깊이가 없으며 사소한 것들에서 시작해 다양한 실천의 세부사항들"에 집중하는 경향에 주목했다. Harry Harootunian, *History's Disquiet:Modernity, Cultural Practice and the question of Everyday Life* (New York: Columbia University Press, 2000), 71.

73) 민족적 시간과 불화하는 것으로서의 일상이라는 사유와 관련하여 나는 하루투니언의 작업에서 많은 영감을 얻었다. 특히 "Shadowing History: National Narrative and the Persistence of the Everyday", *Cultural Studies* 18, no.2/3 (March/May), 2004: 181-94가 시사적이다.

74) Lee Hi-seung, "Recollections of the Korean Language Society Incident", *Listening to Korea: A Korean Anthology*, ed. Marshall. R. Pihl, 19-42 (New York: Praeger, 1973).

75) 예를 들어 菊池 寬 外, 「新半島文學への要望」, 『國民文學』 3권 3호(1943. 3)의 최재서의 발언 및 임화, 「세태소설론」, 같은 책, 361쪽 참조.

2장

1) 이태준, 「고완품과 생활」, 『문장』 2권 8호(1940. 10), 208~209쪽; 인정식, 「회고지념」, 『문장』 2권 8호(1940. 10), 200~201쪽; 조우식, 「고전과 같이」, 『문장』 2권 7호(1940. 9), 134~135쪽; 김진섭, 「역사의 매력」, 『조선일보』, 1935. 1. 23.

2) Walter Benjamin, "On Some Motifs in Baudelaire," in *Walter Benjamin: Selected Writings 4, 1938-1940*, ed. Howard Eiland and Michael W. Jennings, trans. Harry Zohn (Cambridge, Mass.: Belknap Press of Harvard University Press, 2003), 324.

3) 전집 편자들은 서인식이 해방 직후에 이 단체의 멤버로 이름을 올리고 있기는 하지만, 당시의 불안정한 상황을 고려할 때, 그가 실제로 활동을 했다고 확언하기는 어렵다고 한 바 있다. 차승기·정종현, 「한 보편주의자의 삶」, 『서인식 전집 1』 (역락, 2006), 13쪽.

4) Stewart, *On Longing*, 23.

5) Svetlana Boym, *The Future of Nostalgia* (New York: Basic Books, 2001), 3-18.

6) 같은 책, 7.

7) Reinhart Koselleck, *Futures Past*, trans. Keith Tribe (New York: Columbia University Press, 2004), 268.

8) Boym, *The Future of Nostalgia*, 10.

9) 이상의 전기적 사실들은 서인식 전집의 서문을 참조한 것이다. 다른 문헌이 부재하기 때문에 이 글은 매우 중요한 가치를 지닌다. 차승기·정종현, 「한 보편주의자의 삶」, 5~14쪽 참조.

10) 이 시위에 대한 고찰로는 Dae-sook Suh, *The Korean Communist Movement 1918-1948* (Princeton, N.J.: Princeton University Press, 1967), 169 참조.

11) 차승기·정종현, 「한 보편주의자의 삶」, 10쪽.

12) 서인식, 「향수의 사회학」, 『조광』 6권 11호(1940. 11), 185쪽. [전집 2, 270쪽. 이하 서인식 글을 직접 인용하는 경우 서인식, 『서인식 전집』 1-2권, 차승기·정종현 편, 역락, 2006을 따르며 전집 1, 전집 2로 표시한다.]

13) 같은 곳.

14) 같은 곳.

15) 같은 글, 185~186쪽.

16) 같은 글, 186쪽.

17) 같은 글, 188쪽. [전집 2, 275쪽]

18) 같은 곳.

19) 이러한 논점 역시 차승기, 「추상과 과잉: 중일전쟁기 제국/식민지의 사상 연쇄와 담론 정치학」, 상허학회 편, 『한국 현대문학의 정치적 내면화』(깊은샘, 2007), 255~290쪽에서 온 것이다.

20) 서인식, 「애수와 퇴폐의 미」, 『인문평론』 2권 1호(1940. 1), 55~56쪽. [전집 2, 147쪽]

21) 같은 글, 56쪽. [전집 2, 148쪽]

22) 같은 글, 56~57쪽. [전집 2, 148~149쪽]

주

23) 같은 글, 56쪽. 원문에는 그러한 얼굴들을 찾을 수 "없다"고 되어 있는데 이는 오타로 생각되므로 바로잡았다. [전집 2, 147쪽.]

24) 데카당스와 최명익의 이 작품에 대한 자세한 논의는 "Late Colonial Modernism and the Desire for Renewal," *Journal of Korean Studies* 19, no.1(Spring 2014) 참조.

25) 서인식, 「애수와 퇴폐의 미」, 57쪽. [전집 2, 149쪽]

26) 예컨대 단편집인 『박태원 단편집』(학예사, 1939)을 보라.

27) 이태준의 유명한 수필집 『무서록』의 영어판은 *Eastern Sentiment* (New York: Columbia University Press, 2009)이다.

28) 『소년』은 1908년부터 1911년까지 출판되었다. '청년'의 상징적 중요성에 대해서는 황종연, 「노블, 청년, 제국: 한국 근대 소설의 통국가간 시작」, 상허학회 편, 『한국문학과 탈식민주의』(깊은샘, 2005) 참조.

29) 물음표는 서인식이 직접 붙인 것이다. 서인식, 「애수와 퇴폐의 미」, 58쪽. [전집 2, 151쪽]

30) 막대한 자본과 기술력을 필요로 한다는 점에서, 영화산업은 제국 권력과의 협상에서 운신의 폭이 좁았다. 이 시기 고려영화사가 제작한 영화들이 재발견됨에 따라, 우리는 임화가 영화계에서 활동할 때 직면했을 압박이 어떠했는지 파악할 수 있게되었다. 〈집 없는 천사〉(1941)는 경성 거리를 떠도는 일군의 거지 아이들을 모아 시골에 고아원을 건립한 한 목사의 실화를 바탕으로 한다. 자기희생과 도덕적으로 교화된 시골로의 귀환이라는 주제를 환기시키는 이 이야기를 통하여, 발전에 대한 임화의 이상과 도시 공간은 도덕적으로 타락한 곳이라는 그의 인식을 쉽게 간취할 수 있다. 이 영화가 경성에서의 삶이 처한 가혹한 현실을 에누리 없이 그리고 있기는 하지만, 영화의 결말 부분에 이르면 목사와 고아들이 느닷없이 고아원 밖에 일장기를 게양하고 황국신민의 서사를 낭독하기 시작한다. 이 고아들 중 한 명으로 출연한 바 있는 배우는, 이 영화의 DVD인 〈발굴된 과거〉(한국영상자료원, 2007)에 수록된 인터뷰에서 이 영화가 매우 심한 검열을 받았음을 증언하기도 했다.

31) 임화, 「네거리의 순이」, 김외곤 편, 『임화전집 1: 시』(박이정, 2000), 46~48쪽. [임화, 「네거리의 순이」, 임화문학예술전집 편찬위원회 편, 『임화문학예술전집 1: 시』, (소명출판, 2009), 52~54쪽]

32) 유종호는 『다시 읽는 한국 시인』(문학동네, 2002), 53쪽에서 임화 시의 맥락에
   대해 논한 바 있다. 노동운동에 관해서는 Soon-won Park, "Colonial Industrial
   Growth and the Emergence of the Korean Working Class," *Colonial
   Modernity in Korea*, ed. Gi-Wook Shin and Michael Robinson (Cambridge,
   Mass.: Harvard University Asia Center, 1999), 155 참조.

33) 임화, 「다시 네거리에서」, 『임화 전집 1: 시』, 92~95쪽. [임화, 「다시 네거리에서」,
   임화문학예술전집 편찬위원회, 『임화문학예술전집 1: 시』, 117~119쪽]

34) 토지 소유 관계에 대해서는 김영근, 「일제하 일상생활의 변화와 그 성격에 관한
   연구」(연세대학교 박사논문, 1999), 64~71쪽 참조.

35) 유광렬柳光烈, 「종로 네거리」, 『별건곤』 4권 6호(1929. 9), 68쪽. 또한 거리의 변동
   하는 감각에 대해서는 김영근, 같은 글, 142~153쪽 참조.

36) 서인식, 「애수와 퇴폐의 미」, 59쪽. [전집 2, 151쪽]

37) 유종호, 『다시 읽는 한국 시인』, 141쪽.

38) 오장환, 「여수」, 『오장환 전집』(김학동 편, 국학자료원, 2003), 18쪽.

39) 오장환, 「고전古典」, 같은 책, 28쪽.

40) 오장환, 「성씨보: 오래인 관습―그것은 전통을 말함이다.」, 같은 책, 40쪽.

41) 오장환, 「The Last Train」, 같은 책, 52쪽. 이 시는 원제가 영어로 되어 있다.

42) 서인식, 「애수와 퇴폐의 미」, 60쪽. [전집 2, 153쪽]

43) 같은 곳.

44) 소위 전통으로의 회귀에 대해서는 황종연, 「한국 문학의 근대와 반근대: 1930년
   대 후반기 문학의 전통주의 연구」(동국대학교 박사논문, 1991) 참조.

45) 『조선일보』 1935. 1. 22.

46) 『조선일보』 1935. 1. 1.

47) Stefan Tanaka, *New Times in Modern Japan* (Princeton, N.J.: Princeton
   University Press, 2004)의 논의 참조.

48) Williams, *Marxism and Literature*, 114-115.

49) 서인식의 전통에 대한 정의는 서인식, 「전통론」, 『역사와 문화』(학예사, 1939)에
   나온다. 특히 165쪽에는 전통의 특징을 요약한 설명이 나온다. 서인식의 전통 이해
   에 대한 다른 논의로는 차승기, 「1930년대 후반 전통론 연구: 시간-공간 의식을 중

심으로」(연세대학교 박사논문, 2003), 85~91쪽을 들 수 있다. 전통이란 주체적이며 오직 현재 안에서만 활성화될 수 있다는 서인식의 확신은 전간기戰間期 일본의 철학자 미키 기요시三木淸에게서도 찾아볼 수 있다. 이에 대해서는 Harootunian, *Overcome by Modernity*, 381 참조.

50) 서인식,「전통론」, 182쪽. [전집 1, 133쪽]

51) 같은 글, 181쪽. [전집 1, 132쪽]

52) 같은 글, 182쪽. [전집 1, 133~134쪽]

53) 같은 글, 180~181쪽. [전집 1, 132쪽]

54) 서인식,「현대의 과제 2」,『역사와 문화』, 208쪽.

55) 같은 글, 211~213쪽.

56) 같은 글, 208쪽.

57) 같은 글, 211쪽. [전집 1, 152쪽]

58) 이전에도 '세계사'라는 개념은 존재했지만, 아마도 이 개념이 회자되는 데에는 니시다의 제자들인 고야마 이와오, 니시타니 겐지, 스즈키 시게타카, 고사카 마사아키가 참여한 두 차례에 걸친 좌담회에서 전쟁 동원을 설명하기 위해 이 개념이 사용된 것이 결정적이었다.「世界史的立場と日本」,『中央公論』57권 1호(1942. 1), 150-192쪽과「東亜共栄圏の倫理性と歴史性」,『中央公論』57권 4호(1942. 4), 120~161쪽 참조. 첫번째 좌담회에 대한 논의로는 Harootunian, *Overcome by Modernity*, 42-43 참조.

59) 서인식,「현대의 과제 2」, 207쪽.

60) Georg Lukács, *The Theory of Novel: A Historico-philosophical Essay on the Forms of Great Epic Literature*, trans. Anna Bostock (Cambridge, Mass.: MIT Press, 1971), 29-39.

61) 서인식,「고전과 현대」,『역사와 문화』, 273쪽.

62) 특히「문화의 구조를 논술함」「지성의 시대적 성격」「현대의 과제 1」「전체주의 역사관」, 같은 책 참조.

63) 여기서 서인식은 신라 문화를 이상화하는 일련의 글을 발표한 백철 같은 지식인들을 비판하고 있다.「동양 인간과 풍류성: 조선 문학 전통의 일고」,『조광』3권 5호(1937. 5), 266~278쪽;「풍류인간의 문학: 소극적 인간의 비판」,『조광』3권 6호

(1937. 6), 268~280쪽 참조.

64) 서인식, 「고전과 현대」, 267쪽.

65) 같은 글, 279쪽.

66) Frantz Fanon, "On National Culture," *The Wretched of the Earth*, trans. Constance Farrington (New York: Grove Press, 1963), 212.

67) 같은 글, 223.

68) 서인식, 「전통론」, 182~183쪽.

69) 중국, 일본, 한국에서 '동양'이라는 용어의 용법에 대한 역사적 고찰은 최원식, 백영서 편, 『동아시아인의 '동양' 인식: 19-20세기』(문학과지성사, 1997) 참조.

70) 차승기, 「추상과 과잉」, 256쪽.

71) 백철, 「동양인간과 풍류성」, 266-278쪽.

72) 황종연, 「한국 근대 소설에 나타난 신라」, 『동방학지』 137호(2007. 3.), 337~374쪽 참조. 식민지 시대 초기의 조선 사회에 대한 재현 양상에 관해서는 Andre Schmid, *Korea Between Empires 1895-1919* (New York: Columbia University Press, 2002), 121-129 참조.

73) 예컨대 『인문평론』 3권 6호(1940년 6월)의 특집 "동양 문학의 재반성再反省" 참조.

74) 서인식, 「현대의 과제 2」, 212쪽. [전집 1, 152~153쪽]

75) 서인식의 논의는 다시금 파농의 네그리튀드négritude 비판을 상기시킨다. "아프리카 문화에 대한 무조건적 긍정은 유럽 문화에 대한 무조건적 긍정을 계승한 것이다"라는 문장을 통해 파농은, 식민주의에 대한 투쟁이 식민주의가 취하는 공간화 논리에 근거를 두는 것이 옳은가 하는 의문을 표하며 민족 개념의 역사적 형상이 해방을 위한 기반을 마련하는 데 더 도움이 됨을 암시하고 있다. *The Wretched of the Earth*, 212-213 참조.

76) Peter Osborne, *The Politics of Time: Modernity and Avant-Garde* (London: Verso, 1995), 16.

77) 「평단 3인 정담회: 문화 문제 종횡관」, 『조선일보』, 1940. 3. 19. [전집 2, 287쪽]

78) 같은 글. [전집 2, 286쪽]

79) 서인식, 「동양 문화의 이념과 형태: 그 특수성과 일반성」, 『동아일보』, 1940. 1. 3~12.

80) 에드워드 사이드의 고명한 논의에서 동양은 중동을 가리키나 동아시아 문맥에서 동양은 중국, 일본, 때로는 인도를 중심으로 하는 개념이다.

81) 서인식, 「동양 문화의 이념과 형태」, 『동아일보』, 1940. 1. 4. [전집 2, 158쪽]

82) 서인식은 그의 글이 니시다 기타로의 「形而上学的立場からみた東洋古代の文化状態(형이상학적 입장에서 본 동양 고대의 문화 상태)」(『哲学の根本問題(철학의 근본 문제)』, 1933-34)의 한 장과 고야마 이와오의 「無の哲学と背後の生命(무의 철학과 배후의 생명)」에 기초한 것임을 밝혀두고 있다.

83) 서인식, 「동양 문화의 이념과 형태」, 『동아일보』, 1940. 1. 5. [전집 2, 161쪽]

84) 같은 글, 1940. 1. 12. [전집 2, 173쪽]

85) 같은 글. [전집 2, 174쪽]

86) 서인식, 「문화에 있어서의 전체와 개인」, 『인문평론』 1권 1호(1939. 10), 4~15쪽.

87) 같은 글, 5쪽. [전집 2, 87쪽]

88) 같은 글, 6쪽. [전집 2, 88쪽]

89) 같은 글, 7쪽. [전집 2, 89쪽]

90) 서인식, 「문학과 윤리」, 『인문평론』 2권 10호(1940. 10), 22쪽. [전집 2, 262쪽]

91) 서인식, 「문화에 있어서의 전체와 개인」, 7쪽. [전집 2, 90쪽]

92) 같은 글, 9~10쪽. [전집 2, 92쪽]

93) 같은 글, 14쪽. [전집 2, 97쪽]

94) 차승기, 「추상과 과잉」 참조. 동아 신질서의 맥락에서 미키 기요시 철학의 의미에 대한 자세한 논의로는 Harootunian, *Overcome by Modernity*, 358-399 참조. 미키의 세계성 개념뿐 아니라 전통과 현재에 대한 논의도 서인식은 분명 잘 알고 있었다.

95) 서인식, 「문화의 유형과 단계」, 『역사와 문화』, 314쪽. [전집 1, 221쪽]

96) 통제를 벗어난 실천이라는 개념은 식민주의와 자본주의의 논리를 방해하는 비본질적 실천을 가리키며 이는 멩 유에로부터 빌려온 것이다. Yue Meng, *Shanghai and the Edges of Empires* (Minneapolis: University of Minnesota Press, 2006), xxvii 참조.

97) 김윤식, 「전향 소설의 한국적 양상」, 『김윤식 선집 2: 소설사』(솔출판사, 1996), 215쪽.

98) 『김윤식 선집 2: 소설사』에 수록된 「전향론」과 「1930년대 후반기 카프 문인들의 전향 유형 분석」 참조.

99) 香山光郎(이광수), 「行者」, 『文学界』 (1941. 3), 80쪽.

100) 서인식과 최재서의 관계에 대해서는 김철, 「근대의 초극, 「낭비」 그리고 베네치아」, 『'국민'이라는 노예: 한국 문학의 기억과 망각』(삼인, 2005), 62~104쪽을 참조. 또한 『인문평론』과 더불어 한국 고전 전통의 탐구를 그 주요 존재 의미로 삼은 잡지 『문장』이 동시에 등장했다는 점은 주목을 요한다. 복고주의 운동에 대한 서인식의 입장을 고려한다면 유럽 문학 연구자들이 운영했던 『인문평론』에 그가 보조를 맞추었다는 사실은 그리 놀라운 일이 아니다.

3장

1) '무서록無序錄'이란 문자 그대로 옮기면 '순서 없이 쓰인 수필들' 혹은 '서문 없는 수필들'이 된다. 이 장에서 이 수필집은 영어 번역본 *Eastern Sentiments*의 제목으로 지칭된다. 나는 초판본 『무서록』(박문서관, 1941)이 1944년 재판되어 나온 판본을 참조했다. 모든 인용 출처는 Yi T'aejun, *Eastern Sentiments*, trans. Janet Poole (New York: Columbia University Press, 2009)이다. [한국어판에서는 이태준, 『무서록 외: 이태준 전집 5』(상허학회 편, 소명출판, 2015)에서 인용하며 이하 '전집 5'로 약칭한다.]

2) 이태준의 사적 동양이라는 용어는 에릭 샌트너의 경이로운 저서 Eric Santner, *My Own Private Germany: Daniel Paul Schreber's Secret History of Modernity* (Princeton, N.J.: Princeton University Press, 1996)에서 가져온 것이다.

3) 근대 한국 사회에서 살아남고자 분투하고 있는 어떤 도덕적 가치라는 틀로 과거를 재현할 때 오래됨, 시골풍, 질박함 등의 자질이 중요성을 띤다는 지적이 있어왔다. 황종연, 「한국 문학의 근대와 반근대」, 157~162쪽; 유종호, 「인간 사전을 보는 재미」, 『1930년대 민족 문학의 의식』(이선영 편, 한길사, 1990), 293~307쪽; 김윤식, 「이태준론」, 『현대문학』, 1989. 5., 346~365쪽; 서영채, 「두 개의 근대성과 처사 의식」, 『이태준 문학 연구』(상허문학회 편, 깊은샘, 1993), 54~86쪽; 차승기, 「1930년

주   **363**

대 후반 전통론 연구」, 67~73쪽 참조.

4) Yi T'aejun, "Antiques and Daily Life," *Eastern Sentiments*, 143. [이태준, 「고완품과 생활」, 전집 5, 134~135쪽]

5) 이러한 관계를 친밀성과 관련하여 읽을 수 있도록 해준 릴러 와이스Leila Wice에게 감사한다.

6) Stewart, *On Longing*, 142.

7) Peter Fritzsche, *Stranded in the Present: Modern Time and the Melancholy of History* (Cambridge, Mass.: Harvard University Press, 2004); James Chandler, *England in 1819: The Politics of Literary Culture and the Case of Romantic Historicism* (Chicago: University of Chicago Press, 1998) 참조.

8) Stewart, *On Longing*, 142.

9) 이 문장은 고전 문장에 대한 이태준의 글 끝부분에 나오는데, 이 글은 좋은 문장을 쓰는 안내서의 한 부분을 이룬다. 이 안내서는 처음에는 잡지『문장』에 연재되었다가 나중에 『문장강화』라는 제목의 단행본으로 출판되었다. 이태준, 「문장의 고전, 현대, 언문일치」,『문장』2권 3호(1941. 3), 135쪽 참조. 이 책은 최근에 주석본이 나온 바 있다.『문장강화』(창작과비평사, 2005) 참조.

10) 이태준은 「토끼 이야기」,『문장』3권 2호(1941. 2), 452~461쪽에서 자기의 집과 일상생활을 다룬 바 있다.

11) "완전히 느끼기 전에 해석부터 가지려 함은 고전에의 틈입자임을 면치 못하리니 고전의 고전다운 맛은 알 바이 아니요 먼저 느낄 바로라 생각한다." Yi T'aejun, "The Classics," *Eastern Sentiments*, 126. [이태준, 「고전」, 전집 5, 117쪽]

12) 이태준은 「역사」에서 문헌에 대한 불신을 피력한 바 있다. "그 인물의 진실한 그 당시의 현실을 찾기에는 모든 문헌은 너무나 표현이 비구체적인 것이다." "History," *Eastern Sentiments*, 49-51. [「역사」, 전집 5, 40~42쪽]

13) 이태준, 「무연」,『춘추』(1942. 6), 138쪽.

14) Yi T'aejun, "Fishing," *Eastern Sentiments*, 132-135. [이태준, 「낚시질」, 전집 5, 123~127쪽]

15) 이 글의 영어 번역자로서 필자는 이태준이 사용하는 많은 용어들이 현대 독자들에게는 얼마나 모호한 것인지를 확실히 지적할 수 있다. 여러 종류의 물고기를 지칭

미래가 사라져갈 때

하기 위해 사용된 다양한 단어들은 방언사전, 북한 지역의 언어를 담고 있는 북한 사전, 구식 낚시질에 관한 웹사이트에서나 겨우 찾아볼 수 있다. 이 수필이야말로 이태준이 일상생활과 풍습을 위한 일종의 아카이브를 어떻게 구성해갔는지를 알아볼 수 있는 좋은 사례이다. 오늘날의 독자는 뒤에 나오는 16세기의 언어를 묘사한 이태준의 다른 수필을 읽으며 여기서와 같은 의미상의 모호함에 직면하게 된다. "Kisaeng and Poetry," *Eastern Sentiments*, 82-88. [「기생과 시문」, 전집 5, 74~79쪽.]

16) Yi T'aejun, "Antique," 140. [전집 5, 131쪽]

17) 보드리야르는 이러한 가치를 "역사적임historicalness"이라 명명하고, 그것이 자본주의 사회에서 지니는 의미를 서술하면서, 골동품이란 근대 사물들이 이루는 "체계"의 외부가 아니라 일부로 봐야 한다고 지적한 바 있다. Jean Baudrillard, *The System of Objects*, trans. James Benedict (London: Verso, 1996), 73-84.

18) Yi T'aejun, "Antiques," 139. [전집 5, 130~31쪽]

19) Stewart, *On Longing*, 133. 『사물의 체계』에서 보드리야르 역시 골동품이 본래성과 창조의 시간적 완결을 부여한다고 주장한다. "실제 손이 닿은 흔적부터 시작해서 서명에 이르기까지 '창조의 흔적들'을 향한 탐색은 이제 계통을 향한 탐색과 부계적 초월을 향한 후손의 탐색이기도 하다."(76) 이런 맥락에서 이태준은, 원래 아버지의 소유물이었던 연적의 독특성과 누군지 모를 옛 사람들의 소유물이었던 도자기에 남은 때와 흠이 지닌 익명성에 이중적으로 초점을 맞추는 것이다.

20) 킴 브란트가 「욕망의 대상Object of Desire」에서 야나기 무네요시와 아사카와 노리타카에 대해 논의한 내용 참조. "일본 작가들은 보통 식민주의적 주인 혹은 주체의 지위를 차지했는데, 이는 소비적인 시선으로 풍경, 사람, 사물 등 조선적인 모든 것을 어떤 하나의 통일된 미학적 대상으로 만들어버리는 주체였다. 이러한 조작은 빈번히 서양 텍스트에서 (일본을 포함한) 비서양적 타자들을 종속시키기 위해 구사된 것과 동일한 수사적 전략을 취함으로써 성취되곤 했다. (⋯) 걸작 예술품을 생산하는 아이 같은 조선인이라는 테마는 이 시기 텍스트에서 반복되곤 했다." (736-737) Yanagi Sōetsu, *The Unknown Craftsman: A Japanese Insight into Beauty*, adapted by Bernard Leach, rev. ed., 190-196 (Tokyo: Kōdansha International, 1989)에 수록된 "The Kizaemon Tea-bowl" 참조.

21) '동양'과 '동양사'에 관해서는 Stefan Tanaka, *Japan's Orient: Rendering Pasts into History* (Berkeley: University of California Press, 1993) 참조.

22) 야나기와 아사카와의 작업과 그들의 수집품에 관한 심층적 논의로는 Kim Brandt, *A Kingdom of Beauty: Mingei and the Politics of Art in Imperial Japan* (Durham, N.C.: Duke University Press, 2007), 그중에서도 특히 1장 참조.

23) 야나기의 유명한 글인 「조선인을 생각한다朝鮮人を思う」는 일본의 전국지 『요미우리 신문』에 1919년 5월 20일부터 24일까지 연재되었다. 이 글은 '조선을 생각한다'라는 제목으로 고쳐져, 조선 예술과 문화를 다룬 수필집에 재수록되었다. 柳宗悦, 『朝鮮を思う』, 高崎宗司 編 (東京: 筑摩書房, 1984) 참조.

24) 柳宗悦, 「朝鮮人を思う」, 『朝鮮を思う』, 9.

25) 「불국사의 초극에 대하여佛國寺の超克に就いて」는 야나기가 유럽의 것이 아닌 아시아의 작품을 다룬 최초의 글이었다. 이 글은 1919년 『예술藝術』지에 최초로 발표되었으며 『조선을 생각한다』 10-35쪽에 재수록되었다.

26) 이 글은 원래 『공예工藝』지 1931년 5월호에 발표되었고 『조선을 생각한다』의 192-200쪽에 재수록되었다. 이 책에서의 인용은 영어 번역본인 Yanagi, *The Unknown Craftsman*, 190-196을 따른다. 정확성을 높이기 위해 일정 부분 수정했다. 앨런 탠즈먼Alan Tansman 역시 이 글에 대하여 *The Aesthetics of Japanese Fascism* (Berkeley: University of California Press, 2009), 109-111에서 논의한 바 있다. [여기서는 야나기 무네요시, 「기자에몬이도를 보다」, 구마무라 이사오 엮음, 『다도와 일본의 미』(김순희 옮김, 소화, 2010)를 따른다.]

27) Yanagi, "The Kizaemon Tea-bowl," 194. [야나기 무네요시, 「기자에몬이도를 보다」, 『다도와 일본의 미』, 54쪽.]

28) 이 부분의 인용은 야나기의 원본에 따라 수정된 번역이다. 「喜左衛門井戸を見る」, 196 [같은 글, 52-53] 참조.

29) 이 부분 역시 수정된 번역이다. 같은 글, 197. [같은 글, 53]

30) 이태준, 『이태준 문학 전집 7: 사상의 월야』 개정 2판(깊은샘, 1996); "Antiques," 138-141. [전집 5권, 129~132쪽]

31) Yi T'aejun, "Antiques," 138. [전집 5권, 130쪽]

32) 같은 글, 139. [전집 5권, 130쪽]

미래가 사라져갈 때

33) 이 주제에 관한 구체적 서술은 나의 동료인 린다 루이 펭Linda Rui Feng에게 빚진 것이다.

34) Yi T'aejun, "Antiques and Daily Life," *Eastern Sentiments*, 141~144. [이태준, 「고완품과 생활」, 전집 5권, 133~136쪽]

35) Yi T'aejun, "Copying," *Eastern Sentiments*, 95-97. [이태준, 「모방」, 전집 5권, 86~87쪽]

36) '근대성'이란 순간적이고, 붙잡기 어려우며, 우발적인 예술의 반쪽이고, 다른 반쪽은 영원하고 불가변의 속성을 가진 예술의 반쪽이다." Charles Baudelaire, "The Painter of Modern Life," *The Painter of Modern Life and Other Essays*, 2nd ed., trans. Jonathan Mayne (New York: Phaidon, 1995), 12.

37) Yi T'aejun, "Oriental Painting," *Eastern Sentiments*, 137. [이태준, 「동양화」 전집 5권, 128쪽]

38) 같은 글, 135-138. [전집 5권, 127~129쪽]

39) "이식"이라는 용어는 임화의 1940년 평론(「신문학사의 방법」)에서 온 것인데, 이 글에서 임화가 "신문학사란 이식 문화의 역사"라고 선언한 것은 널리 알려져 있다. 임화, 『문학의 논리』, 827쪽. [임화, 『임화문학예술전집 3: 문학의 논리』(임화문학예술전집 편찬위원회 편, 소명출판, 2009), 653쪽]

40) 『현대조선문학전집 5권: 수필, 기행집』(경성: 조선일보사출판부, 1939). 1930년대 일화적 수필이 끌었던 인기와 그중에서도 특히 이태준의 글쓰기에 대해서는 김현주, 「이태준의 수필론 연구」, 상허문학회 편, 『근대문학과 이태준』(깊은샘, 2000) 참조.

41) 아도르노는 "명백한 논리적 질서는, 그 질서에 부과되어 있는 대립적 성격에 대하여 우리를 속인다. 에세이에 있어 불연속성은 본질적이다. 에세이의 제재는 언제나 정지 상태가 된 어떤 갈등"이라고 한 바 있다. Theodor W. Adorno, "The Essay as Form," *Notes to Literature 1*, trans. Shierry Weber Nicholsen (New York: Columbia University Press, 1991), 16.

42) 최재서는 「문학의 수필화」(『동아일보』, 1939. 2. 3)에서 "수필화"라는 용어를 사용한 바 있다. 최재서는 최근 수필이 인기를 끄는 현상에 불만을 표하는데, 그가 보기에 이는 우연성에 의존하며 시간 때우기에 불과한 형식을 무언가 훨씬 전문적인 것

으로 바꾸는 것이며, 이에 따라 독자와 작가 모두에게 다른 문학 형식들을 압도하는 것으로 받아들여질 위험이 생긴다는 것이다.

43) Yi T'aejun, "The Short Story and the Conte," *Eastern Sentiments*, 61. [이태준, 「단편과 장편掌篇」, 전집 5권, 53쪽]

44) 같은 곳.

45) 이 문제에 관한 보다 상세한 논의는 "Introduction," *Eastern Sentiments*, 1-23.

46) 김기림, 「수필을 위하야」, 『신동아』 3권 9호(1933. 9), 144~145쪽. [김기림, 『김기림 전집 3』(김학동 편, 심설당, 1988) 110쪽]

47) 같은 글, 145쪽. [김기림, 『김기림 전집 3』, 110쪽]

48) 버지니아 울프 역시 김기림과 마찬가지로 수필이야말로 모든 산문 스타일들 중 가장 정제된 것이라는 관점을 취한다. "문학의 불순함이 끼어들 틈이 수필에는 없다. 어떻게 해서든, 오래 힘써 노력을 하든 풍부한 재능을 활용하든, 혹은 그 둘이 조합되든, 수필은 순수해야만 한다. 물처럼 순수하든가 혹은 와인처럼 순수하든가 해야 하지만, 우둔함, 명함, 외적인 문제의 집적체로부터는 순수를 지켜야 한다." 이 태준이 이 글을 읽었는지는 전혀 확인할 길이 없지만, 이런 관점에 그가 동조했으리라는 것은 확실하다. Virginia Woolf, "The Modern Essay," *The Common Reader*, new ed. (London: Hogarth Press, 1933), 270.

49) 이에 앞서 1933년에 『조선일보』에 발표된 글에서 김기림은 이태준을 "스타일리스트"로 상찬한 바 있는데, 비교적 짧은 현대문학의 역사와 많은 재능 있는 작가들이 요절한 탓에, 이태준은 완전히 성숙된 자기 스타일을 지닌 듯한 몇 안 되는 작가 중 하나가 되었다는 것이다. 김기림, 「스타일리스트 이태준 씨를 논함」, 『조선일보』, 1933. 6. 25~27.

50) 김기림 외, 「문예 좌담회」, 『조선문학』 1권 4호(1933. 11), 99쪽.

51) 같은 글, 100쪽.

52) 임화, 「수필론」, 『임화문학예술전집 3: 문학의 논리』, 531~542쪽.

53) 임화는 1935년 10월 9일부터 11월 13일까지 「조선 신문학사론 서설」을 『조선중앙일보』에 연재했다. 「개설 조선 신문학사」는 원래 『조선일보』에 1939년 9월 2일부터 1940년 5월 10일까지 연재되었다. 이 시점에 총독부는 주요 조선어 신문을 폐간시켰다. 임화는 『인문평론』으로 옮겨 1940년 11월부터 1941년 4월까지 연재를 지

속했다. 임화가 수필 장르 문제를 구체적으로 논한 것은 「신문학사의 방법」으로 이 글은『동아일보』에 1940년 1월 13~20일 기간 동안 연재되었고, 같은 해 출판된 기념비적 평론집 『문학의 논리』 819~841쪽에 수록되어 있다. 이 세 편의 글은 모두 묶여『임화 전집 2: 문학사』(김외곤 편, 박이정, 2001)로 재출판된 바 있다.

54) 임화,『임화문학예술전집 3: 문학의 논리』, 535~536쪽.

55) 같은 책, 537쪽.

56) 같은 책, 538쪽.

57) 같은 책, 540~541쪽.

58) 같은 책, 541쪽.

59) Xudong Zhang, "The Politics of Aestheticization: Zhou Zuoren and the Cirsis of Chinese New Culture (1927-1937)" (Ph.D. diss., Duke University, 1995), 140.

60) Yi T'aejun, "Night," *Eastern Sentiments*, 27. [이태준, 「밤」, 전집 5권, 16쪽]

61) Yi, T'aejun, "Copying," 95-97. [이태준, 「모방」, 전집 5권, 86~87쪽]

62) Yi T'aejun, "For Whom Do We Write?," *Eastern Sentiments*, 53. [이태준, 「누구를 위해 쓸 것인가」, 전집 5권, 44쪽]

63) 같은 글. [전집 5권, 44~45쪽]

64) Benjamin, "Paris, the Capital of the Nineteenth Century," 38.

65) 이 부분은 *Eastern Sentiments*, 1-23에 나오는 필자의 "Intoroduction"의 논의를 따른 것이다.

66) Benjamin, "Paris, the Capital of the Nineteenth Century," 38.

67) 식민지 부르주아의 실내는, 식민지 경제의 폭력과 유통에 대립하는 보호의 공간으로서, 문화적 개념으로 코드화되곤 한다. 디페시 차크라바르티와 파르타 차터지 같은 벵골 출신의 탈식민 이론가와 역사가들의 최근 작업에서 이 공간은 강한 존재 감을 띠는데, 이들은 이 실내를 민족 문화의 일종의 완충지대로 전환시키고 있다. 외부가 자본주의 식민 경제에 따라 재배치된 사회로 이해될 때, 내부란 아직 완전히 자본에 종속되지 않은 채 남아 있는 과거와 국내 문화의 흔적을 담지하고 있다고 이해되는 것이다. 조선의 식민지 시대 텍스트들은 식민 국가의 작용으로부터 구분되는 실내라는 이러한 판타스마고리아에 지속적으로 그 기반을 제공한다.

Chattergee, *The Nation and Its Fragments*, 6; Chakrabarty, *Provicializing Europe*.

68) 이태준의 여행기는 원래 「이민 부락 견문기」라는 제목으로 『조선일보』에 1938년 4월 8~21일에 연재되었다. 「만주기행」에 대한 다른 해석으로는 김외곤, 「식민지 문학자의 만주 체험: 이태준의 「만주기행」」, 『한국문학 이론과 비평』 8권 3호(2004. 9.), 301~321쪽 참조.

69) 만주가 일본제국에서 갖는 다양한 의미에 대해서는 Hyun Ok Park, *Two Dreams in One Bed: Empire, Social Life, and the Origins of the North Korean Revolution in Manchuria* (Durham, N.C.: Duke University Press, 2005)와 Louise Young, *Japan's Total Empire: Manchuria and the Culture of Wartime Imperialism* (Berkeley: University of California Press, 1998).

70) Yi T'aejun, "Eastern Sentiments," *Eastern Sentiments*, 57. [이태준, 「동방정취」, 전집 5권, 49쪽]

71) 같은 글, 58. [같은 글, 50쪽] 이태준에게 동양의 지리적 범위는 광범위한데, 여기에는 중국, 일본, 한국의 전통뿐 아니라 페르시아와 오마르 카얌Omar Khayyam의 시까지 포함되어 있다. 이태준은 카얌이 비관주의와 세계를 고통으로 보는 비전을 지녔다는 점에서 동양적 생활 감정을 대변한다고 쓰고 있다. 그러한 감정은 곧 그를 불교 사상과 연결시키며, 이는 또 이태준이 일상생활을 포기하고 운명에 순응하는 태도로 기술하는 것이기도 하다.

72) 같은 글, 59. [같은 책, 50쪽]

73) 전간기 일본에서의 문화주의에 관해서는 많은 논의가 있었다. Harootunian, *Overcome by Modernity*; Naoki Sakai, *Translation and Subjectivity: On "Japan" and Cultural Nationalism* (Minneapolis: University of Minnesota Press, 1997); Leslie Pincus, *Authenticating Culture in Imperial Japan: Kuki Shūzō and the Rise of National Aesthetics* (Berkeley: University of California Press, 1996).

74) 근대문학이 속어로 전환되어간 과정의 배경에 대해서는 Hwang Jongyon, "The Emergence of Aesthetic Ideology in Modern Korean Literary Criticism." 이태준은 1936년 6~9월 동안 황진이를 주인공으로 한 소설을 연재했는데, 황진이는 여

러 시 작품들을 통하여 기생들 중 가장 유명한 인물이 되었다. 이 소설의 제목은 '황진이'이며 『조선중앙일보』에 연재되었다. 이후 『이태준 문학전집 12』(깊은샘, 1999)으로 다시 출판된 바 있다.

75) 제국주의적 시선에서 기생이 얼마나 매혹적인 존재였는지를 알아보려면 당시의 여행 안내서들을 보면 되지만, 그 가장 표준적인 사례는 아마도 대중잡지 『모던 일본モダン日本』의 조선 특집호가 될 것이다. 이 특집호 전체가 최근 한국어로 번역되어 재출판된 바 있다. 『일본 잡지 모던일본과 조선 1939』(윤소영·홍선영·김희정·박미경 옮김, 어문학사, 2007). 기생이 식민지의 시각적 재현에서 얼마나 중요한 존재였는지를 보기 위해서는 당시의 엽서가 유용하다. 이에 대해서는 권혁희, 『조선에서 온 사진엽서』를 참조할 수 있다. 사진과 기생이 함께 등장하고 있다는 점은 이경민, 『기생은 어떻게 만들어졌는가』(사진아카이브연구소, 2005)에서 다뤄진 바 있다. 식민지 시대 이후 현대 학술 연구에서 기생의 페티시화가 반복되어 나타나고 있다는 점 역시 흥미로운 현상인데, 이는 일본어로 처음 나왔으며 이후 한국어로 번역되기도 한, 가와무라 미나토의 책에서부터 시작된 현상으로 보인다. 가와무라 미나토, 『말하는 꽃 기생』(유재순 옮김, 소담출판사, 2002).

76) Yi T'aejun, "Kisaeng and Poetry," *Eastern Sentiments*, 88. [이태준, 「기생과 시문」, 전집 5권, 79쪽]

77) 같은 글, 86-87. [전집 5권, 77쪽]

78) Yi T'aejun, "The Classics," 126. [이태준, 「고전」, 전집 5권, 117쪽]

79) 같은 글. [전집 5권, 117쪽]

80) Yi T'aejun, "Record of a Journey to Manchuria," *Eastern Sentiments*, 166. [이태준, 「만주기행」, 전집 5권, 156쪽]

81) 가라타니 고진은 "풍경의 발견"이 내면 및 아동의 발견과 더불어 근대와 연동된 전도inversion 중 하나라고 강조한 바 있다. Karatani Kōjin, *Origins of Modern Japanese Literature*, translation ed. Brett de Bary (Durham, N.C.: Duke University Press, 1993), 11-44.

82) Yi T'aejun, "Record of a Journey to Manchuria," 168. [전집 5권, 158쪽]

83) 만철에 대한 논의로는 Young, *Japan's Total Empire*, 31-44. 다수의 저명한 일본 작가들 역시 이와 비슷하게 남만주철도 여행에 대한 여행기를 발표한 바 있다.

예컨대 나쓰메 소세키의 『만주·한국의 여기저기滿韓所々』가 있는데 이는 1909년 10-11월 『아사히신문』에 연재된 바 있다.

84) Yi T'aejun, "Record of a Journey to Manchuria," 175. [전집 5권, 164쪽] 아세아 특급은 일본 열도에서 운행중이던 어떤 열차보다도 빨랐으며 유럽과 미국에서 운행중이던 특급열차들과 비슷한 속도를 낼 수 있었다. 냉방 및 냉각 시설에, 유리로 둘러쌓인 전망 데크까지 갖춘 아세아 특급은 금세 만철이 도달한 기술적 완벽함의 상징이 되었으며 나아가서는 만주국 자체의 근대성의 상징이 되었다. Young, *Japan's Total Empire*, 246-247.

85) Yi T'aejun, "Record of a Journey to Manchuria," 176. [전집 5권, 165쪽]

86) 같은 글, 169. [전집 5권, 158쪽]

87) 같은 글. [전집 5권, 159쪽]

88) 같은 글, 166. [전집 5권, 156쪽]

89) 같은 글, 167. [전집 5권, 157쪽]

90) Park, *Two Dreams in One Bed*, 94-95; Young, *Japan's Total Empire*, 39.

91) Yi T'aejun, "Record of a Journey to Manchuria," 186-187. [전집 5권 175쪽]

92) 같은 글, 189. [전집 5권, 177쪽]

93) 1946년 말 지면에 발표된 좌담회에서 이태준은 문화의 핵심에 언어가 있으며, 식민지 말기의 조건에서는 (완전히 반동적이지 않은 내용이라면) 계속해서 조선어로 쓰는 것이야말로 그 쓰인 내용이나 일본어로 썼는가 여부보다도 훨씬 중요하다고 지적한 바 있다. 이 좌담회는 김남천 외, 「문학자의 자기비판」, 『해방공간의 비평문학』(송기한, 김외곤 편, 태학사, 1991), 164~172쪽에 다시 수록되었다.

4장

1) 자본주의적 위기의 성격에 관해서는 David Harvey. *The Condition of Postmodernity:An Enquiry into the Origins of Cultural Change*, Oxford: Blackwell, 1990). [데이비드 하비, 『포스트모더니티의 조건』(구동회·박영민 옮김, 한울, 2013)]

2) 박태원, 「춘향전 탐독은 이미 취학 이전」, 『문장』 2권 2호(1940.2.), 4-5쪽. 박태원은 호세이대학으로 유학을 떠났고 포부도 컸다. 그가 이광수에게 쓴 서신은 『동아일보』에 실리는데 이 점을 잘 보여준다. 편지에는 동경제국대학 학생들에게 위압당하는 느낌이 있어 "중앙부로 진출"하기까지는 그 근처에 숙소를 잡지 않기로 했다고 쓰여 있다.(「편신」, 『동아일보』, 1930. 9. 26.) 박태원의 삶과 가족적 배경에 대해서는 정현숙, 『박태원 문학 연구』(국학자료원, 1993), 28~60쪽.

3) 3부작은 「음우」, 『조광』 6권 10호(1940. 10), 304~317쪽; 「투도」, 『조광』 7권 1호(1941. 1), 332~366쪽; 「채가」, 『문장』 3권 4호(1941. 4), 80~114쪽으로 구성되어 있다.

4) 가장 많이 선별 수록된 작품은 「소설가 구보씨의 일일」(1934)이지만 그는 유쾌하고 때로는 멜랑콜리한 소설들을 통해 경성 시내의 여가·소비 공간을 지도화한 다작의 작가였다. 정현숙, 같은 책; Christopher P. Hanscom, *The Real Modern: Literary Modernism and Crisis of Representation in Colonial Korea* (Cambridge, Mass.:Harvard University Asia Center, 2013).

5) 이에 대한 보다 자세한 논의는 Janet Poole, "Colonial Interiors: Modernist Fiction of Korea", Ph.D. diss.(Columbia University, 2004), chapter I 참조.

6) 1914년 봄, 한성 행정구역의 상당 부분이 경기도 고양으로 재배치되고 경성(한성은 식민지 병합으로 명칭이 바뀌었다)은 한성의 약 8분의 1 면적이 된다. 김영근, 「일제하 일상생활의 변화와 그 성격에 관한 연구」(연세대학교 박사학위논문, 1999), 30쪽.

7) 박태원, 「투도」, 352쪽. 식민지 시기에 '경성'은 공식적으로는 '게이조'였다.

8) 1936년 경계들을 보여주는 지도는 손정목, 『일제 강점기 도시계획 연구』(일지사, 1990), 444~445쪽.

9) 같은 책, 204~205쪽.

10) 이 인구수는 총독부 인구조사 수치에 따른 것으로 손정목, 같은 책, 225쪽 참조. 1965년 남한의 수도 서울의 실제 인구는 이 시기 예상의 약 세 배에 달하는 350만 명이다.

11) 같은 책, 49쪽의 1914~1920년 인구수 및 135쪽의 1920~1930년 인구수 참조. 이 시기에 경성의 일본인 거주민이 거의 세 배 늘어나, 1914년 약 6만 명(총 인구수

의 4분의 1 미만)에서 1942년 약 17만 명이 된다. 같은 책, 49, 258쪽.

12) 조선시가지계획령 전문은 손정목, 같은 책, 398~403쪽 참조. 이 책은 도시계획령의 내용과 그 효과에 대한 가장 상세한 연구 가운데 하나이다.

13) 서울특별시사편찬위원회 편, 『서울지명사전』(서울특별시사 편찬위원회, 2009), 204쪽.

14) 인구 통계는 손정목, 같은 책, 145쪽의 총독부 자료에 따른 것이다.

15) 이태준, 「토끼 이야기」, 『문장』 3권 2호(1941. 2), 452~461쪽.

16) Yi T'aejun, "The Carpenters," *Eastern Sentiments*, 128~131. [이태준, 「목수들」, 『무서록』, 깊은샘, 1994]

17) 같은 시기 김남천의 소설 「맥」(1941)은 젊은 샐러리맨이 시내 아파트에서 돈암정 신주택지의 새집으로 행복하게 이사 나가는 장면으로 시작한다. 신혼인 그는 대가족을 뒤로하고 아내와 함께 집을 옮긴다.

18) 오장환, 「성벽」, 『오장환 전집』(국학자료원, 2003), 24쪽.

19) 이태준, "The City Wall," *Eastern Sentiments*, 42-43. [이태준, 「성城」, 『무서록』(깊은샘, 1994)]

20) Georg Simmel, "The Ruin," trans. David Kettler, *Essay in Sociology, Philosophy and Aesthetics.*, ed. Kurt H. Wolff (New York: Harper Torchbooks, 1965), 260.

21) 같은 글, 265쪽.

22) 같은 글, 266쪽.

23) Hannah Arendt, "Franz Kafka: A Revaluation," *Essays in Understanding 1930-1954*, ed. Jerome Kohn (New York: Harcourt Brace, 1994), 74. [한나 아렌트, 『이해의 에세이 1930~1954』, 홍원표 외 옮김(텍스트, 2012)]

24) 이태준, 「장마」, 『조광』 2권 1호(1936. 10), 312~329쪽.

25) Andreas Huyssen, "Authentic Ruins: Products of Modernity," *Ruins of Modernity*, ed. Julia Hell and Andreas Schönle, Durham (N.C.: Duke University Press, 2010), 20.

26) 이 견해와 관련하여 나의 동료 린다 루이 펭에게 감사를 전한다.

27) 이태준, 「토끼 이야기」, 『문장』 3권 2호(1941. 2), 452~461쪽.

28) 박태원, 「투도」, 『조광』 7권 1호(1941. 1), 336쪽.

29) 만주의 조선인 문학은 식민 말기에 이미 많은 관심을 얻고 있었다. 관련해서는 김오성, 「조선의 개척문학」, 『국민문학』 2권 3호(1942. 3), 18~24쪽. 최근 만주를 배경으로 한 식민 말기 소설들이 재출간되어 연구되고 있다. 민족문학연구소 편, 『일제말기 문인들의 만주체험』(도서출판 역락, 2007); 오양호, 『만주이민문학 연구』(문예출판사, 2007).

30) Park, Hyun Ok, *Two dreams in one Bed; Young, Japan's Total Empire* (Durham, N.C. ; London: Duke University Press, 2005); 川村湊, 『異郷の昭和文学—「満州」と近代日本』(岩波新書, 1990)

31) 문화주택은 20세기 초반 일본 및 그 식민지에 세워진 주택을 가리킨다. 유럽과 일본의 건축적 요소를 절충하여 근대의 "문화적 생활"에 어울리게 지은 것이다. 관련해서는 Jordan Sand, *House and Home in Modern Japan: Architecture, Domestic Space, and Bourgeois Culture, 1880-1930* (Cambridge, Mass.: Harvard University Asia Center, 2005) 참조.

32) 박태원, 「음우」, 『조광』 6권 9호(1940. 10), 317쪽.

33) 연애에 관해서는 권보드래, 『연애의 시대』(현실문화연구, 2003); 서영채, 『사랑의 문법』(민음사, 2004); 최혜실, 『신여성들은 무엇을 꿈꾸었는가』(생각의나무, 2000); Kim Uchang, "Extravagance and Authenticity: Romantic Love and the Self in Early Modern Korean Literature," *Korea Journal* 39, no. 4, winter 1999: 61-89.

34) 과거 부정의 어려움은 소설에 고아들이 많이 등장한다는 점에서 암시되고 있다. 이는 부모의 간섭도 없고 지도도 결여한 상태에서 혼란스럽고도 흥미진진한 시간들을 헤쳐나가며 자신의 길을 다지는 개인 주체를 어떻게 재현할 것인가라는 문제에 대한 상상적 해결이다.

35) 권보드래, 같은 책, 199~202쪽 참조.

36) 인용문의 영어 번역은 Ann Sung-hi, *Yi Kwang-su and Modern Korean Literature: Mujŏng* (Ithaca, N.Y.: Cornell East Asia Series, 2005), 324.

37) 청년의 형상과 근대 초기 문학에 대해서는 황종연, 「노블, 청년, 제국」, 『한국문학과 탈식민주의』(상허학회 편, 깊은샘, 2005), 263~297쪽 참조.

38) 강도 높은 산업 개발 시기였던 1970년대와 1980년대에 연작 형식이 부상했던 것

과 비교해보면 흥미롭다. 일반적으로 연작을 구성하는 소설들은 한 권의 책으로 묶여 출간되기 전에 먼저 다양한 잡지에 별개로 발표된다. 인물들은 연작을 이루는 여러 소설들에 반복 등장하며 시간축과 사건이 추동하는 테마를 공유하지만, 사건들과 그 재현에 어떤 필연적인 연대기적 순서는 없다. 부분들을 장편소설이 취하는 이음새 없는 전체로 구성하려는 시도도 부재한다. 연작소설은 형식에 충실하게 몽타주로 기능하며 그 힘과 의미도 바로 여기에서 비롯된다. 조세희의 『난장이가 쏘아올린 작은 공』(1978)이나 양귀자의 『원미동 사람들』 같은 1970~80년대의 주목할 만한 작품들이 연작소설이었다. 한 커뮤니티의 다른 인물들이 등장하는 소설들은 서로 결합하여 과도기의 혼란스럽고 파편화된 전체라는 인식을 준다.

39) 이 문제는 호미 바바의 "국가의 이중의 시간" 개념을 되짚으며 고찰했다. 그는 수행적 시간이 목적론적 혹은 그가 교육적이라 부른 시간을 중단시킴으로써 생겨나는 이접적 시간 의식에 관해 논했다. 여기서 수행적 시간은 일상과 닮은 듯 보이며 비슷하게 어떤 중단시키는 힘을 지닌 것으로 여겨진다. Homi K. Bhabha, "Dissemination: Time, Narrative and the Margins of the Modern Nation," *The Location of Culture* (London: Routledge, 1994), 139-170.[호미 바바, 『문화의 위치』(나병철 옮김, 소명출판, 2012)]

40) 이태준, 「발문」, 박태원, 『소설가 구보씨의 일일』(경성: 문장사, 1938), 298쪽.

41) 박태원, 「방란장 주인」, 『시와 소설 1』(1936. 3), 23~29쪽.

42) 박태원, 「채가」, 『문장』 3권 4호(1941. 4), 92~93쪽.

43) 백철, 「현실과 의미 그리고 작자의 사세계」, 『문장』 2권 8호(1940. 11), 171쪽.

44) 임화, 「문단적인 문학의 시대」, 『문학의 논리』(경성: 학예사, 1940), 274~275쪽. 이하 임화, 『한국문학의 논리』(국학자료원 영인본, 1998)에서 인용함.

45) 임화, 「본격소설론」, 376쪽. "비사회적" "개성"이라는 용어는 고바야시 히데오의 「사소설론」의 주장을 염두에 둔 것으로 보인다. 그의 사소설론에 의하면 이 형식은 충분히 근대화되지 않은 일본 사회에서 비롯된, 충분히 사회화되지 않은 자기의 특질을 반영한다. 小林秀雄, 「私小説論」, 『小林秀雄全集』 3, 新潮社, 119~145. [고바야시 히데오, 「사소설론」, 『고바야시 히데오 평론집』(유은경 옮김, 소화, 2003.)]

46) 임화, 「현대문학의 정신적 기축: 주체의 재건과 현실의 의의」, 『문학의 논리』, 106쪽.

47) 임화, 「사실주의의 재인식」, 같은 책, 77쪽.

48) 이에 대해서는 '식민지의 내부' 부분에서 상세하게 다룬다. 더불어 정종현, 「사적 영역의 대두와 '진정한 자기' 구축으로서의 소설: 안회남의 신변소설을 중심으로」, 『한국근대문학연구』 2권 2호(2001), 132~156쪽 참조.

49) 사소설에 대한 이러한 이해는 Tomi Suzuki, *Narrating the Self:Fictions of Japanses Modernity* (Stanford, Calif.: Stanford University Press, 1996)에서 자세히 다뤄지고 있다. [스즈키 도미, 『이야기된 자기』(한일문학연구회 옮김, 생각의나무, 2004)]

50) 이러한 이분법적 관점을 보여주는 대표적인 예로는 久米正雄, 「私小説と心境小説」(1925); 中村武羅夫, 「本格小説と心境小説と」(1924)가 있다. 이 글들은 사소설에 관한 다른 주요 비평들과 함께 平野 謙 外 篇, 『現代日本文学論爭史』(東京: 未來社, 1957)에 실려 있다.

51) 임화, 「신문학의 방법」, 같은 책, 829쪽.

52) 小林秀雄, 「私小説論」, 126쪽.

53) 비평가 히라노 겐은 이토 세이의 작품을 토대로 영향력 있는 유형학을 제시했다. 그에 따르면 심경소설과 사소설은 구분된다. 심경소설은 자아와 세계 사이의 조화로운 관계를 위해 노력하지만 사소설은 그 관계를 해결이나 구제라는 목적 없이 위기로 드러낸다. 이러한 이원론은 우리가 일본 소설뿐 아니라 조선 작가들의 작품에서도 보게 되는 경향을 설명해준다. 이태준의 소설이 마지막까지 가정의 위기를 해결하고자 하는 반면, 이상은 이런 결말을 거부하고 위기 안에 머문다. Suzuki, *Narrating Self*, 58-65 참조.

54) 김동인, 「문단 30년의 발자취」, 『김동인 전집 7』(복지, 1988), 334~336쪽.

55) 이태준, 「발문」, 『소설가 구보씨의 일일』, 298쪽.

56) 연재소설 「원구元寇」는 박태원이 공식적인 친일문학인 명단에 오르게 되는 계기가 되었다. 이 명단은 2002년 국회의원 모임(나라와 문화를 생각하는 국회의원 모임, 민족정기를 세우는 국회의원 모임), 계간 『실천문학』, 민족문학작가회의, 민족문제연구소가 함께 작성했다.

57) Henri Lefèbvre, "The Everyday and Everydayness," trans. Christine Levich, *Yale French Studies* 73(fall 1987), 10.

58) Mary Louise Pratt, *Imperial Eyes: Travel Writing and transculturation* (London: Routledge, 1992), 7. [메리 루이스 프랫, 『제국의 시선』(김남혁 옮김, 현실문화, 2015)]

59) 같은 책, 57쪽.

60) 이 문제는 헤이든 화이트에 의해 제기되었다. Hayden White, "The Value of Narrativity in the Representation of Reality," *The Content of the Form: Narrative Discourse and Historical Representation* (Baltimore: Johns Hopkins University Press, 1987), 1-25.

5장

1) 최재서의 아들 이름은 한국어와 일본어 각각의 발음법에 따라 여러 방식으로 발음이 가능하다. 영어로 글을 쓰고 있는 나로서는 확신할 수 없음에도 불구하고 어쩔 수 없이 하나의 발음만을 제시할 수 있을 뿐이다. 최재서가 1944년이 되어서야 일본식 이름을 쓰기 시작했다는 의외의 사실을 고려하여, 여기서는 한국식 발음인 '강'을 채택하기로 한다. 가족들은 아마도 다른 발음을 사용했을 수도 있으며, 여러 발음을 섞어서 썼을 가능성이 높으리라는 점을 지적해둔다.

2) 최재서, 「조선문학의 현단계朝鮮文學の現段階」, 『전환기의 조선문학轉換期の朝鮮文學』(경성: 인문사, 1943), 82~83쪽. [이 책은 일본어로 출판되었으며, 이 장에서 이 책이 인용되는 경우는 일본어 원문을 역자가 한국어로 번역한 것이다. 이 책의 한국어 번역서로는 최재서, 『전환기의 조선문학』(노상래 옮김, 영남대학교출판부, 2006)을 참조]

3) 같은 글, 84쪽.

4) 최재서, 「서문まえがき」, 『전환기의 조선문학』, 4~5쪽.

5) 같은 글, 4쪽.

6) 최재서, 「신체제와 문학」, 『전환기의 조선문학』, 26~42쪽.

7) 최재서, 「국민문학의 요건國民文學の要件」, 같은 책, 53쪽.

8) 최재서, 「무엇이 시적인가何か詩的であるか」, 같은 책, 182쪽.

9) 최재서, 「문학 정신의 전환文學精神の轉換」, 같은 책, 14쪽.

10) 같은 글, 19쪽.

11) 같은 글, 20~21쪽.

12) 오스발트 슈펭글러는 이 책의 성공으로 세계적 명성을 누렸다. 독일어 원제가 *Der Untergang des Abendlandes*(The Going Under of the Evening Lands)인 이 책은 독일에서 1918년에 최초로 출판되었고, 1924년에는 영어로 번역 출판되었다. 서양이 몰락하고 일본 주도의 아시아가 곧 부상하리라 믿고 있던 범아시아주의자들에게 이 책이 매력적으로 다가왔으리라는 점에는 의심의 여지가 없다. Oswald Spengler, *The Decline of the West*, 2 vols., trans. Charles Francis-Atkinson (New York: Knopf, 1926) 참조.

13) 최재서, 같은 글, 17쪽.

14) Spengler, "The Soul of the City," *The Decline of the West*, 2: 87-110.

15) 최재서, 같은 글, 23쪽.

16) '문화생활'에 관해서는 Sand, *House and Home in Modern Japa*n, 194-198과 Harootunian, *Overcome by Modernity*, 3-33에서 논의된 바 있다.

17) 다이쇼 문화에 대한 이 일반적 기술은 Mark Driscoll, *Absolute Erotic, Absolute Grotesque: The Living, Dead, and Undead in Japan's Imperialism, 1895-1945* (Durham, N.C.: Duke University Press, 2010), 그중에서도 특히 2부에서 정교화되었다.

18) 과거의 논의들과는 상반되게, 최근의 논의들은 도시 문화의 휘황한 스펙터클을 강조하는 추세를 보인다. 그 대표적인 예는 김진송, 『서울에 딴스홀을 허하라』(현실문화연구, 1999)에서 찾을 수 있다.

19) 최재서, 「전환기의 문화이론轉換期の文化理論」, 같은 책, 2쪽.

20) 문화주택에 대한 종합적인 논의는 Sand, *House and Home in Modern Japan* 참조.

21) 이 묘사는 최재서의 것이다. 최재서, 같은 글, 2쪽.

22) 같은 글, 5~9쪽.

23) 같은 글, 6쪽.

24) 문화를 둘러싼 1920년대의 논쟁에 관해서는 Jin-kyung Lee, "Autonomous

Aesthetics and Autonomous Subjectivity: Construction of Modern Literature as a Site of Social Reforms and Modern Nation-building in Colonial Korea, 1915-1925" (Ph.D. diss., University of California, Los Angeles, 2000) 참조.

25) 이 주제에 관한 가장 유명한 평문이 최재서, 「「천변풍경」과 「날개」에 관하여」이다.

26) 그 가장 좋은 예는 박태원, 「내 예술에 대한 방변」, 『조선일보』(1937. 10. 21~23)에서 찾을 수 있다.

27) 최재서, 「「천변풍경」과 「날개」에 관하여」, 『문학과지성』(인문사, 1938), 103~104쪽.

28) 최재서, 「전환기의 문화이론」, 『전환기의 조선문학』 7쪽.

29) 같은 곳.

30) 같은 글, 8쪽.

31) 같은 곳.

32) 최재서, 「문학정신의 전환」, 같은 책, 23쪽.

33) 최재서, 「전환기의 문화이론」, 같은 책, 9~10쪽.

34) 이태준은 이 범주를 「조선의 소설들」과 「통속성이라는 것」에서 다룬 바 있다. *Eastern Sentiments*, 66-71, 79-81. [이태준, 『이태준 전집 5: 무서록 외』(상허학회 편, 소명출판, 2015), 58~62, 71~72쪽]

35) 최재서, 「전환기의 문화이론」, 같은 책, 12쪽.

36) 근대의 초고도화된 전문화 현상이 총동원기 지식인들의 담론장에서 핵심적 화제였다는 점은, 1942년 교토학파 철학자들을 중심으로 이루어진 유명한 '근대의 초극' 좌담회에 "문명과 전문화의 문제"라는 부분이 포함된 것만 보아도 알 수 있다. 河上徹太郎 外, 「近代の超克: 座談会」, 『近代の超克』(東京: 創元社, 1943), 257-264.

37) 최재서, 「문학자와 세계관의 문제文學者と世界觀の問題」, 같은 책, 104쪽.

38) 최재서가 구사하는 시대 구분 개념인 '초기'와 '말기'는 보편적으로 받아들여지는 유럽사의 연대기에 의거할 때도 있고 그와 나란히 전개되었던 20세기 초 조선의 연대기에 의거할 때도 있다. 후자는 전자를 불균질적으로 반영한 것이다. 최재서, 「신체제와 문학」, 같은 책, 35~38쪽.

39) 같은 글, 37~38쪽.

40) 같은 글, 39쪽.

41) 일본 문학사에서 사소설에 대한 훌륭한 개관으로 Suzuki, *Narrating the Self*와

Edward Fowler, *The Rhetoric of Confession: Shishōsetsu in Early Twentieth-Century Japanese Fiction* (Berkeley: University of California Press, 1988) 참조.

42) 최재서, 「국민문학의 요건」, 같은 책, 59쪽.

43) 임화, 「본격소설론」, 『한국 문학의 논리』, 376쪽. [임화, 「본격소설론」, 『임화문학 예술전집 3: 문학의 논리』(신두원 편, 소명, 2009), 297쪽] 『한국 문학의 논리』는 1934년부터 1940년까지의 기간에 작성된 임화의 평문들을 모아 1940년 학예사에서 간행한 방대한 평론집 『문학의 논리』의 영인본이다. 사소설에 대한 비판에 대해서는 「주체의 재건과 문학의 세계」 「사실주의의 재인식」 「현대문학의 정신적 기축」 「방황하는 시대정신」 「문단적인 문학의 시대」 「본격소설론」 「현대 소설의 주인공」과 같은 평문을 참조.

44) 최재서, 「국민문학의 입장國民文學の立場」, 같은 책, 133~135쪽.

45) 같은 글, 133~134쪽.

46) 같은 글, 134쪽.

47) 같은 글, 135쪽.

48) 같은 글, 130쪽.

49) 박계리는 1920년대 말부터 1930년대까지 이어진 농촌부흥운동과 같은 시기 일본에서 펼쳐진 신일본주의新日本主義 운동에서 이 개념의 기원을 찾는다. 전자는 '농민문학' 같은 개념을 등장시키면서, 독일과 일본에서 농촌 지역 예술 운동을 강화하고자 한 시도에서 영향을 받은 것으로 생각된다. 이러한 계통의 사상은 다양한 정치학으로 분화될 수 있다. 즉 농촌을 능력 있고 문해력을 갖춘 농민을 통한 혁명의 잠재적 원천으로 볼 수도 있고, 도시 예술가들의 미학적 향유의 대상이라는 탈정치화된 대상으로 보는 것도 가능한 것이다. 신일본주의는 일본 화가들이 일본화日本畵와 서양화의 범주 구분에 따라 자기들을 구분하던 당시의 경향에 반대하여 그 경계를 무너뜨리는 것을 목표로 한 운동이었다. 그러한 목표 추구는 '순수예술'이라는 명분하에 행해졌고 따라서 농촌 부흥론자들의 좌파 정치학과는 거리가 있었다. 여기서 문제가 되는 것은 농촌, 특정 인구 집단의 정치 참여, 예술가와 예술의 역할에 대하여 어떤 관점을 취할 것인가 하는 점이었다. 박계리, 「일제 시대 조선 향토색」, 『한국근대미술사학』 4집(1996), 166~210쪽 참조.

50) 이 기준은 최열 편, 『한국 근대 미술 비평사』(열화당, 2001), 53~55쪽에 전문이 수록되어 있다.

51) 향토색의 영향력은 시각 매체 전반에 걸쳐 분명히 확인된다. 영화계에서 나온 1939년작 〈어화漁火〉는 어촌 출신 여성이 도시로 도망쳤다가 사기당하고 남자들에게 학대당하다가 결국 안전하게 목가적 세계로 귀환하는 이야기를 들려준다. 고향 마을 장면들은 인순이 바닷가에 있는 모습을 계속 보여주는데, 파도가 모래를 때리는 이 고요한 풍경에는 근대화의 변혁과 관련된 그 어떤 기호도 결여되어 있으며 그런 기호는 다만 도덕적으로 미심쩍은 도시 공간에만 귀속된 것으로 묘사된다. 영화에 나타난 풍경은 고요하고 평화로울 뿐 아니라 운명에 대한 인순의 인식을 보여주는 데 활용되기도 하는데, 예컨대 인순의 아버지가 바다로 나갔다가 폭풍을 만나 죽음을 맞는 멜로드라마적인 바다 장면이 그러하다. 따라서 영화는 멜로드라마가 향토색이라는 농촌적 언어와 만나는 장면을 기록하고 있는 것이다. 한국영상자료원 편, 〈발굴된 과거: 1930년대〉(태원엔터테인먼트, 2007~2008).

52) 최재서, 「국민문학의 입장」, 같은 책, 129쪽.

53) 같은 곳.

54) 같은 글, 132쪽.

55) 이런 점에서 "말기 개인주의"는 어떤 점에서는 포스트모던 같은 용어와 비슷한 역할을 수행한다. 피터 오즈번은 포스트모던은 근대성 개념에 내재한 긴장과 모순을 부각시킨다고 주장하는데, 이는 어떤 사회적·기술적 변화 과정과 연관되어 있지만 현재라는 개념 자체를 지시하는 것이다. Osborne, *Politics of Time*, 3-5 참조.

56) Harvey, *The Condition of Postmodernity*, 10-38.

57) 최재서, 「징병제 실시와 지식계급徵兵制實施と知識階級」, 같은 책, 211쪽.

58) 같은 글, 211~212쪽.

59) Tansman, *Aesthetics of Japanese Fascism*, 18.

60) 같은 곳. 이 인용문 내의 인용들은 Christopher Bollas, *Being a Character: Psycho-analysis and Self Experience* (London: Routledge, 1993), 202에서 가져온 것이다.

61) 최재서, 「새로운 비평을 위하여新しき批評のために」, 같은 책, 69~80쪽.

62) 같은 글, 69~70쪽.

63) 같은 글, 76쪽.

64) Benedict Anderson, *The Spectre of Comparisons: Nationalism, Southeast Asia and the World* (London: Verso, 1998), 2.

65) 최재서, 같은 글, 79쪽.

66) 같은 글, 74쪽.

67) 같은 글, 75쪽.

68) 예컨대 「국민문학의 요건」, 같은 책, 55쪽. 최재서는 "그렇다면 작가는 어디에서 창작 정신의 지주支柱를 찾아야 할 것인가? 이것을 오늘날 일본 국민 의식에서 구하는 이외의 길은 없다는 것은 말할 것도 없는 바이다. 그것은 국가의 요청이며 (…) 어느 국민에 있어서도 자유 선택의 범위 밖에 속하는 사정"이라고 말한다.

69) 최재서, 「조선문학의 현단계朝鮮文學の現段階」, 같은 책, 88쪽.

70) 같은 글, 89쪽.

71) 초기의 민족주의자들은 아일랜드 상황에 지대한 관심을 가지고 있었는데, 1916년 부활절 봉기, 1919년 독립 선언과 더불어 상황은 결정적인 지점에 도달했고 이는 1921년 휴전으로 종결되었다. 1919년은 조선 민족주의자들이 서울 중심가에서 독립을 선언하고 몇 달에 걸친 평화적 시위를 시작한 해이기도 했지만, 이는 결국 총독부에 의해 잔혹하게 폭력적으로 진압되었다. 이처럼 시대적으로 동시대에 비슷한 일을 겪었다는 점과 더불어, 작가들은 언어와 문화 정책 면에서 큰 성공을 거둔 것으로 평가받는 게일어 부흥운동 때문에 아일랜드에 특히 관심을 갖게 되었다. 이 시기 일본의 대학에서 공부하고 있던 많은 조선 작가들도 아일랜드의 인물들에 관심을 가졌다. 예컨대 1930년대 농촌 사회를 묘사한 고전적 단편소설 작가로 큰 성공을 거둔 이효석은 대학 졸업 논문에서 극작가이자 민담 수집가인 존 밀링턴 싱John Millington Synge에 대해 다루었다.

72) 최재서, 「조선문학의 현단계」, 같은 책, 94쪽.

73) 최재서, 「문학자와 세계관의 문제」, 같은 책, 113쪽.

74) 같은 책, 100쪽의 (2)항.

75) 이어 벤야민은 "정치를 미학화하는 모든 노력들은 결국 한 지점으로 귀결된다. 이 한 지점이란 전쟁"이라고 했다. 벤야민은 전쟁의 미를 반복적으로 천명하는, 에티오피아에서의 식민 전쟁을 옹호하는 마리네티의 선언문을 언급하고, "오직 전쟁만

이 재산 관계를 유지하면서도 오늘날의 모든 기술 자원들을 동원하는 것을 가능케 한다"고 썼다. 식민지에서의 재산 관계를 보존하는 것을 근본 목표로 둔 제국이 벌이는, 미적으로 치장된 이 두 전쟁은 놀랄 만한 상동성을 띤다. Benjamin, "The Work of Art in the Age of Its Technological Reproducibility: Third Version," *Selected Writings 4*, 269 참조.

76) 최재서, 「무엇이 시적인가」, 같은 책, 181~186쪽.

77) 같은 글, 182쪽.

78) 같은 곳. 실제로 최재서가 군사훈련에 소집된 기자를 다룬 소설에서 주인공은 "하나의 의도에 따라 전체라는 한 사람"이 된다는 것의 아름다움에 사로잡힌다. 최재서, 「보도연습반報道練習班」, 『국민문학』 3권 7호(1943. 7), 32쪽[영인본으로는 6권] 참조.

79) 최재서, 「무엇이 시적인가」, 같은 책, 186쪽.

80) 최재서, 「즐거운 문학樂しい文學」, 같은 책, 165~168쪽.

81) 같은 글, 167쪽.

82) 최재서가 언급하는 "전향을 다룬 새로운 이야기"란, 좌익 작가가 자신의 개인적 삶과 가족을, 그리고/또한 제국 체제를 받아들임으로써 자기의 사회주의적 신념을 포기하는 과정을 서술하는 소설로, 오늘날에는 보통 '전향소설'이라 불린다. 이 소설의 주인공은 필연적으로 남성일 수밖에 없지만, 전향을 둘러싼 문학 비평은 유명한 여성 작가 강경애의 『인간문제』에서 나온 것이다. 전향소설마저 지식인의 정신생활에 초점을 맞춘다는 아이러니는 이중적이다. 즉 이전 시기까지 카프 영향하에 있으며 그러한 식의 유아唯我的 작품을 비판하곤 했던 작가들이 전향소설의 다수를 써냈으며, 황민화를 일단 받아들이면 그러한 퇴폐적인, 과거의 말기 개인주의적 작품으로부터는 벗어나야 하는 것이었다.

83) 최재서, 「비극의 대망悲劇の待望」, 같은 책, 169쪽.

84) 최재서는 강의 죽음을 추념하는 짧은 글을 발표한 적도 있는데 거기서도 강과 『국민문학』 기획을 계속해서 연결짓는다. 최재서, 「아들아 평안하기를子よ安らかに」, 『국민문학』 1권 2호(1942. 1), 90~93쪽. [영인본으로는 1권]

6장

1) 최재서, 「무엇이 시적인가」, 『전환기의 조선문학』, 182쪽.

2) 김남천, 「어떤 아침或る朝」, 『국민문학』 3권 1호(1943. 1), 152~162쪽. [영인본은 『국민문학』 4권]

3) 이 문구는 임화와 대담한 야나베 에이자부로의 "언어가 달느다는 것과 같이 불편한 것은 없"다는 발언에서 가져온 것이다. 「총력연맹 문화부장 야나베 에이자부로-임화 대담」, 『조광』 7권 4호(1941. 3), 152쪽 참조. 식민 말기 일본어 소설에 관한 연구에 따르면 「어떤 아침」은 김남천의 유일하게 알려진 일본어 소설이다. 이에 대해서는 호테이 도시히로, 「일제 말기 일본어 소설의 서지학적 연구」, 『문학사상』(1996), 44~78쪽.

4) 20세기 초반부터 많은 작가들이 일본어로 글을 썼는데 일본어는 종종 그들의 교육 언어이기도 했다. 이 점은 근대의 문학적 조선어가 될 언어로 실험을 하던 작가들에게도 마찬가지다. 이광수는 초기 소설 가운데 몇 편을 일본어로 썼다. 조선어로 쓴다 해도 구상은 우선 일본어로 했다는 김동인의 기술 역시 익히 알려져 있다. 1930년대에는 다수의 작가들이 일본어 출판을 시작했다. 대표적인 작가가 장혁주와 김사량으로 이들은 일본에서 어느 정도 성공을 거두었다. 장혁주는 일본어로 쓰면 좀더 많이 번역될 것이라 말하면서 조선의 "비참한" 상황을 세계에 널리 알리겠다는 욕망을 표했고 실제로 그의 작품은 에스페란토어로 번역되었다. 그는 일본어를 포기할 수 없다고 밝혔고 해방 후 일본으로 귀화했다. 장혁주에 대해서는 전광용, 「장혁주의 조국과 문학」, 『한국현대문학논고』(민음사, 1986), 119~126쪽; 任展慧, 「張赫宙論」, 『文学』 33(1965. 11), 84-98. 김사량은 이 장에서 다룬 것처럼 1939년 아쿠타가와상 후보에 오르면서 일본에서 크게 성공했다. 일본에서 일본어 작품을 발표한 조선인 작가들에 대한 본격적인 논의로는 任展慧, 『日本における朝鮮人の文學の歷史: 1945年まで』(東京: 法政大學出版局, 1994) 참조.

5) 최재서는 『국민문학』에 네 편의 소설을 발표한다. 「報道演習班(보도연습반)」, 『국민문학』 3권 7호(1943. 7.), 24-48쪽[영인본 6권]; 「燧石(부싯돌)」, 『국민문학』 4권 1호(1944. 1.), 105-121쪽[영인본 7권]; 「非時の花(제때 피지 못한 꽃)」, 『국민문학』 4권 5~8호(1944. 5~8)[영인본8-9권]; 「民族の結婚(민족의 결혼)」, 『국민문학』 5권

1~2호(1945. 1~2)[영인본 10권]. 이 가운데 「非時の花」과 「民族の結婚」의 필자명
은 石田耕人으로 되어 있다.

6) 황호덕, 『벌레와 제국: 식민지 말 문학의 언어, 생명정치, 테크놀로지』(새물결,
2011), 190~192쪽.

7) "직역봉공"은 '직분을 다하여 복무함'을 뜻하는 용어로, 「야나베 에이자부로-임화
대담」, 『조광』 7권 4호(1941. 3), 146~147쪽에서 자세히 논의되고 있다.

8) 같은 글, 142~155쪽.

9) 같은 글, 145쪽.

10) "통제"는 당시 정책상의 변화를 알리는, 널리 통용된 유행어였다. 최재서는 "통제"
를 옹호하는 짧은 에세이 「통제의 효과」를 썼고 그의 책 『전환기의 조선문학』에 실
려 있다. 최재서, 같은 책, 163~165쪽 참조.

11) 「야나베 에이자부로-임화 대담」, 같은 책, 149쪽.

12) 같은 글, 150-52쪽.

13) 『朝鮮文選集』 1~3(東京: 赤塚書房, 1940) 참조. 일본 잡지에 실린 임화의 글로
는 林和, 「朝鮮文学の環境」, 『文芸』 8권 7호(1940. 7), 198~202쪽. 당시 '조선문학
특집'이 꾸려졌고 임화의 글은 이 특집에 묶여 있었다.

14) '혼혈아'를 뜻하는 "아이노꼬"는 식민 통치의 결과로 새로운 의미를 지니게 된 단
어이다. 「야나베 에이자부로-임화 대담」, 같은 책, 152쪽.

15) 황호덕은 이러한 상황을 "번역 (없는) 정치"라고 개념화했다. 황호덕, 같은 책,
228-283쪽.

16) 「야나베 에이자부로-임화 대담」, 같은 책, 147쪽.

17) Leo T. S. Ching, *Becoming Japanese:Colonial Taiwan and the politics of
Identity Formation* (Berkeley: University of California Press, 2001), 89-132.

18) 레오 칭은 "동화와 황민화와 관계를 고찰할 때 이들의 이론적 독립성과 전략적
차이가 모두 고려되어야 한다. (…) 우리는 일본의 식민 전통 안에서 일어나는 주제
의 반복과 특정한 역사적 조건 속에서 주어진 새로운 충동으로부터 출발하여, '동
화'를 넘어 '황민화'로 나아가는 특유의 추이를 물어야 한다"고 논한다. 같은 책, 96.

19) 이태준, 「돌다리石橋」, 『국민문학』 3권 1호(1943. 1), 128~135쪽.[영인본 4권]

20) 「조선 문화문제에 대하야: 익찬회 문화부장 기시다 구니오-김사량 대담」, 『조광』

7권 4호(1941. 4), 26~35쪽.

21) 김사량의 생애와 작품에 대해서는 安宇植, 『金史良:その抵抗の生涯』(東京: 岩波書店, 1972. [안우식, 『김사량 평전』(심원섭 옮김, 2000)]; Janet Poole, "Kim Sa-ryang and Minor Literature: Language and Identity in Colonial Korea," M.A. thesis, University of Hawai'i at Manoa, 1995; Travis Workman, "Locating translation: On the Question of Japanophone Literature," *PMLA* 126, no. 3, May 2011, 701~708; 황호덕, 같은 책, 228~283쪽.

22) 심사평은 『芥川賞全集』第二卷(東京:文藝春秋, 1982), 399.

23) 「기시다 구니오-김사량 대담」, 같은 책, 28쪽.

24) 같은 글, 30쪽.

25) 같은 글, 31쪽.

26) 같은 글, 33쪽.

27) 같은 글, 28쪽.

28) 일본제국 내에서 민족 경계를 강화하는 데 동원되어온 언어 사용 방식(악센트, 구문, 어휘)은 1923년 관동대지진의 여파로 일어난 학살을 기억하는 조선인에게는 고통스럽고 생경한 것이었다. 조선인이 우물에 독을 풀고 일본인을 습격할 것이라는 소문이 퍼지면서 자경단은 거리를 점령하고 조선인처럼 보이는 사람들을 바로 살해했다. 자경단이 조선인 식별의 근거로 삼은 것 가운데 하나가 조선인으로서는 어려울 거라 판단한 특정한 일본어 발음이었다. 인지된 말의 차이가 삶과 죽음의 차이가 된 것이다. 관동대지진에 대해서는 Jin-hee Lee, "Instability of Empire: Earthquake, Rumor, and the Massacre of Koreans in the Japanses Empire," Ph.D. diss(University of Illinois, 2004), 44.

29) 「기시다 구니오-김사량 대담」, 같은 책, 29쪽.

30) 20세기 초반 예외상태의 근원적 역할에 관한 조르조 아감벤의 논의는 자유주의와 권위주의의 관계를 사유하는 데 더 많은 연구가 필요하다는 점을 말해준다. 조선의 식민 역사 및 강점의 두번째 10년에 해당하는 시기의 소위 문화통치가 내세웠던 자유주의는 이 연구의 중요한 대상이 될 것이다. Giorgio Agamben, *State of Exception*, trans. Kevin Attell (Chicago: University of Chicago Press, 2005). [조르조 아감벤, 『예외상태』(김항 옮김, 새물결, 2009)]

31) 최재서, 「국민문학의 작가들國民文學の作家たち」, 『전환기의 조선문학』, 238쪽.

32) 1942년 11월 『국민문학』 특집란에는, 조선문인협회 간사이자 경성제국대학 지나 [중국]어문학과 교수 가라시마 다케시의 짧은 글이 경성일보 학예부장 데라다 에이, 『녹기』 주간 츠다 츠요시의 글과 함께 실린다. 이 글에서 가라시마 다케시는 "문단의 국어화 촉진" "문인의 일본적 단련" "작품의 국책협력" "현지에의 작가동원"이라는 네 가지 주요 목적을 위해 조선문인협회를 "개조"했다고 설명한다. 징병제는 문학작품이 지지해야 하는 국책의 하위 항목으로 올라 있다. 그리고 시찰해야 할 전략적 현장에는 "북남지北南支의 전지戰地" "만주개척촌", 그리고 "선내鮮內 현지"가 포함되어 있다. 幸島驍, 「朝鮮文人協會の改造に就きて」, 『국민문학』 2권 9호(1942. 11), 42~44쪽. [영인본 4권] 조선문인협회는 1943년 조선문인보국회라는 새로운 이름으로 다른 단체들과 통합된다. 이와 관련해서는 幸島驍 外, 「決戰文學の確立」, 『국민문학』 3권 6호(1943. 6), 40~47쪽. [영인본 6권]

33) 조선문인보국회의 목적 가운데 하나인 징병 동원 설명과 지원을 위해 많은 소설들이 젊은 병사나 군대 지원을 열망하는 아들들을 그린 것은 그리 놀랍지 않다. 이 소설들은 전장에서의 죽음이라는 주제를 회피하지 않으며 오히려 죽음은 영예로운 희생으로서 불가피하다고 간주한다. 구체적인 예로는 어머니와 아들, 그리고 일군의 병사들과 가까워진 젊은 여성의 이야기를 다룬 최정희의 소설이 있다. 최정희, 「야국초野菊抄」, 『국민문학』 2권 9호(1942. 11), 131~155쪽.[영인본 4권]; 최정희, 「환의 병사幻の兵士」, 『국민총력』 3권 2호(1941.2), 124~130쪽(『近代朝鮮文学日本語作品集3: 1939-1945』, 大村益夫, 布袋敏博 편(東京: 綠蔭書房), 291-297에 수록). 최정희는 가라시마 다케시 글의 조선문인협회 조직 소개 부분에 간사로 이름이 올라 있다.

34) 최재서, 같은 글, 235쪽.

35) 당시 전향은 지속적으로 가족으로의 회귀로 서사화되었다. 「어떤 아침」에 앞서 발표한 「맥」도 마찬가지다. 이 작품은 재판장에서의 전향 진술이라는 드문 장면을 담고 있다. 전향과 동시에 주인공은 자신의 아버지의 마음에 든 결혼 상대를 받아들인다. 비슷하게 전향의 전제조건이자 보상으로서 '가족으로 돌아가기'를 보여주는 소설로는 강경애의 『인간문제』(1934)가 있다.

36) Jacques Derrida, *Monolingualism of the Other; or The Prosthesis of Origin*, trans. Patrick Mensah (Stanford, Calf.: Stanford University Press, 1988),

42~44.

37) 조선의 시인들은 해협의 형상에 기대 식민 권력과 맺는 관계를 드러냈다. 잘 알려진 작품으로 정지용의 「해협」(1933)과 김기림의 「바다와 나비」(1939)를 들 수 있다. 「해협」은 밝은 미래를 향해 해협을 건너는 청년의 흥분을 묘사하고 있으며 「바다와 나비」는 물의 본질에 대한 오인과 환멸의 장면을 그리고 있다. 각각 『정지용 전집 1』, 제2판(민음사, 1988), 98쪽; 『김기림 전집 1』(심설당, 1988), 174쪽.

38) 어떤 의미에서 주체의 자기언명이 언제나 불가능하다는 것은 사실이다. 하지만 그렇다고 해서 이 불가능성이 역사적 상황의 무게를 드러내지 못하게 하는 것은 아니다. 식민 역사를 사유하고 특정한 역사적 폭력과 그것이 설명해주는 보다 일반적인 역사적 실천 사이의 협상을 고찰하기 위해서는 Derrida, 같은 책, 19-27 참조.

39) 「기시다 구니오-김사량 대담」, 같은 책, 33~34쪽.

40) 김사량은 타이완 작가 룽잉쭝에게 보내는 편지에서, 자신의 가장 유명한 소설이 "내지인을 향한 작품"이며 그래서 스스로 "두려움"을 느낀다고 분명하게 언급했다. 그리고 이런 이유로 자신이 "좋아하는 작품은 아니"라고 썼다. 김사량의 편지는 일본어로 쓰여졌으며 한국어 번역은 황호덕, 같은 책, 232쪽 참조.

41) 김사량은 일본어 소설로 유명해졌지만, 일본에서 성공을 거둔 후 몇 편의 소설을 조선어로 썼다.

42) 김사량, 「물오리섬マルオリ島」, 『국민문학』 2권 1호(1942. 1), 231~262쪽.[영인본 1권] 그는 이 잡지에 1943년 2월부터 10월까지 『태백산맥』을 연재하기도 했다. [「물오리섬」 번역은 김재용·곽형덕 편, 『김사량, 작품과 연구 4』(역락, 2014)]

43) 김사량은 일본어 창작의 동기를 조선과 조선인의 "진상"을 "호소"하기 위한 것이었다고 설명한다. 김남천 외, 「문학자의 자기비판」, 같은 책, 166쪽.

44) 유진오, 「창작의 일년創作の一年」, 『국민문학』 2권 9호(1942. 11), 10쪽.[영인본 4권]

45) 같은 곳.

46) 1930년대에는 조선의 수도와 지방 사이의 위계를 기록하고 생산하기 위한 많은 전략이 등장했다. 맞춤법의 통일이나 출판물에 방언을 재현하려는 시도와 더불어 향토색이라는 예술 현상 역시 이런 움직임 가운데 하나였다. 방언의 재현은 백석의 시나 김동인의 소설에서 필수불가결한 요소였다. 이를 통해 그들은 지역 문화의 독특성을 강조하고자 했다.

47) 응구기 와 티옹오는 식민자의 언어로 소설을 쓰는 딜레마에 관해 언급한 바 있다. Ngũgĩ wa Thiong'o, *Decolonising the Mind:The Politics of Language in African Literature* (London: James Currey and Nairobi: Heinemann Kenya, 1986).

48) 이태준, 「해방 전후」, 『이태준 문학전집 3』(개정판, 깊은샘, 1995), 22~23쪽.

49) 친일 협력에 대한 담론사에 관해서는 권명아, 「환멸과 생존: '협력'에 대한 담론의 역사」, 『민족문학사연구』, 31호(2006), 374~405쪽이 유용하다.

50) 두 권의 선집은 모든 일본어 소설은 협력적인 것으로 비판받아 마땅하다는 관점을 복잡화하려는 시도를 보여준다. 각각을 협력과 비협력으로 제시하여 여전히 작품 평가에 협력 대 저항이라는 틀을 유지하고는 있지만 말이다. 김재용 외 편역, 『식민주의와 협력: 일제 말 전시기 일본어 소설론 1』과 『식민주의와 비협력의 저항: 일제 말 전시기 일본어 소설론 2』(역락, 2003). 이런 소설에 대한 다시읽기는 김재용, 『협력과 저항』 및 한수영, 『친일문학의 재인식: 1937-1945년간의 한국소설과 식민주의』(소명출판, 2005) 참조. 최정희의 소설을 젠더화된 근대성이라는 보다 넓은 맥락에서 자세히 읽는 작업은 Kyeong-Hee Choi, "Another Layer of the Pro-Japanese Literature: Ch'oe Chunghui's 'The Wild Chrysanthemum'," *POETICA* 52(1999), 61-87.

51) "자연적인 언어의 소유란 없기 때문에, 언어는 전유의 광기, 전유 없는 질투를 낳을 뿐이다." Derrida, *Monolingualism of the Other*, 24.

52) 김남천 외, 「문학자의 자기비판」, 같은 책, 169쪽.

53) 1990년대 중반 이태준의 일본어 소설이 발견되었고 한국어로 번역, 출간되었다. 「제1호 선박의 삽화」, 호테이 도시히로·심원섭 옮김, 『문학사상』(1996. 4), 79~93쪽.

54) 김남천 외, 「문학자의 자기비판」, 같은 책, 166쪽.

에필로그

1) 지하련의 1946년 소설 「도정」이 이 경험을 그리고 있다.

2) 이태준, 『소련기행』(서울: 조선문화협회, 조선문학가동맹, 1947), 2쪽.

3) 이와 관련해서는 장형준, 「리태준의 작품들의 반동성」, 『새세대』(1958. 4), 53~56쪽.

4) 초기 북한 관련 정보의 확인이 어려운 상황에서 월북자들의 운명에 대한 다양하고 때로는 모순된 설명들이 나왔다. 사건들의 '진실'은 냉전적 검열과 전면적 프로파간다로 인해 결국 확인 불가능하다. 이와 관련해서는 조영복, 『월북 예술가, 오래 잊혀진 그들』(돌베개, 2002), 42쪽에 기대고 있다.

5) 푸코의 역사 쓰기에 관한 에세이의 잘 알려진 서두 부분에서 빌려온 표현이다. "Nietzsche, Genealogy, History," *Language, Counter-memory, Practice: Selected Essays and Interviews by Michel Foucault*, ed. Donald F. Bouchard, Ithaca (N.Y.: Cornell University Press, 1977), 139.

6) 박태원의 북한행에 관한 상세한 설명은 조영복, 같은 책, 301~321쪽 참조.

참고문헌

한국어 문헌

「서적 시장 조사기」, 『삼천리』 7권 9호(1935. 10), 382-85쪽.

「조선문화 문제에 대하야: 익찬회 문화부장 기시다 구니오—김사량 대담」, 『조광』 7권 4호(1941. 4), 26~135쪽.

「총력연맹 문화부장 야나베 에이자부로-임화 대담」, 『조광』 7권 4호(1941. 3), 142~155쪽.

「평단3인 정담회: 문화 문제 종횡관」, 『조선일보』(1940. 3. 15~19).

『현대조선문학전집: 수필, 기행집』 5권(경성: 조선일보사출판부, 1939).

가와무라 미나토, 『말하는 꽃 기생』, 유재순 옮김(소담출판사, 2002).

강경애, 『인간문제』(창작과비평사, 1992).

공제욱·정근식 편, 『식민지의 일상, 지배와 균열』(문화과학사, 2006).

국립현대미술관·사진아카이브연구소 편, 『Photography of Limb Eung Sik: 기록의 예술, 예술의 기록』(국립현대미술관, 2011).

권명아, 「환멸과 생존: '협력'에 대한 담론의 역사」, 『민족문학사연구』 31권 (2006), 374-405쪽.

권보드래, 「연애의 형성과 독서」, 『역사문제연구』 7권(2001), 101~130쪽.

———, 『연애의 시대』(현실문화연구, 2003).

———, 『한국근대소설의 기원』(소명출판, 2000).

권영민 외, 『월북문인연구』(문학사상사, 1989).

권영민 편, 『한국현대문학 비평사: 자료 1』(단국대학교출판부, 1981).

권혁희, 『조선에서 온 사진엽서』(민음사, 2005).

김근수, 『한국잡지사연구』(한국학연구소, 1992).

김기림 외, 「문예좌담회」, 『조선문학』 1권 4호(1933. 11), 99~107쪽.

김기림, 「모더니즘의 역사적 위치」, 『인문평론』 1권 1호(1939. 10), 80~85쪽.

──── , 「수필을 위하야」, 『신동아』 3권 9호(1933. 9), 144~145쪽.

──── , 「스타일리스트 이태준 씨를 논함」, 『조선일보』(1933. 6. 25~27).

──── , 『김기림 전집』 1-6권(심설당, 1988).

김남천 외, 「문학자의 자기 비판」, 『해방공간의 비평문학』 2권, 송기한·김외곤 편 (태학사, 1991), 164~172쪽.

김남천, 『김남천 전집』 1-2권, 정호웅·손정수 편(박이정, 2000).

김동인, 『김동인 전집』 1-10권(복지, 1986).

김두용, 「구인회에 대한 비판」, 『동아일보』(1935. 7. 28~8. 1).

김문집, 『비평문학』(경성: 청색지사, 1938). [영인본: 국학자료원, 1997]

김연옥 외, 「내 지방의 특색을 말하는 좌담회: 평양 편」, 『조광』 5권 4호(1939. 4), 260~282쪽.

김영근, 「일제하 일상생활의 변화와 그 성격에 관한 연구」(연세대학교 박사학위논 문, 1999).

김영희, 「일제 지배 시기 한국인의 신문 접촉 경향」, 『한국언론학보』 46권 1호 (2001 겨울), 39~71쪽.

김예림, 「1930년대 후반 몰락/재생의 서사와 미의식 연구」(연세대학교 박사학위 논문, 2002).

김오성, 「조선의 개척 문학」, 『국민문학』 2권 3호(1942. 3), 18~24쪽. [영인본: 『국 민문학』 2권, 역락, 2001]

김외곤, 「식민지 문학자의 만주 체험: 이태준의 「만주 기행」」, 『한국문학이론과 비평』 8권 3호(2004. 9), 301~321쪽.

김윤수 외, 『한국미술 100년 ①』(한길사, 2006).

김윤식·정호웅, 『한국문학의 리얼리즘과 모더니즘』(민음사, 1988).

──── , 『한국소설사』 개정판(문학동네, 2000).

김윤식, 「이태준론」, 『현대문학』(1989. 5), 346~365쪽.

──── , 『김윤식 선집 2: 소설사』(솔, 1996).

──── , 『임화 연구』(문학사상사, 1989).

──── , 『한국현대문학비평사』(서울대학교출판부, 1982).

──── , 『한국현대 현실주의 소설 연구』(문학과지성사, 1990).

_____, 『한일 문학의 관련 양상』(일지사, 1974).

김인용, 「구인회 월평 방청기」, 『조선문학』 3호(1933. 10), 84~88쪽.

김재용 외 편, 『일제말 전시기 일본어 소설선』 1-2권(역락, 2003).

김재용, 「해방 직후 최명익 소설과 「제일호」의 문제성」, 『민족문학사연구』 17권, 2000, 396~414쪽.

_____, 『협력과 저항: 일제말 사회와 문학』(소명출판, 2004).

김진섭, 「역사의 매력」, 『조선일보』(1935. 1. 23).

김진송, 『서울에 딴스홀을 허하라』(현실문화연구, 1999).

김철 외, 『문학 속의 파시즘』(삼인, 2001).

김철, 『'국민'이라는 노예: 한국문학의 기억과 망각』(삼인, 2005).

김해연, 「최명익 소설의 문학사적 연구」(경남대학교 박사학위논문, 1999).

김현주, 「이태준의 수필론 연구」, 상허문학회 편, 『근대문학과 이태준』(깊은샘, 2000), 219~246쪽.

모던일본사, 『일본잡지 모던일본과 조선 1939』, 윤소영·홍선영·김희정·박미경 옮김(어문학사, 2007).

민족문학연구소 편, 『일제 말기 문인들의 만주 체험』(역락, 2007).

박계리, 「일제시대 조선 향토색」, 『한국근대미술사학』 4권(1996), 166~210쪽.

박영희, 「최근 문예 이론의 신전개와 그 경향」, 권영민 편, 『한국현대문학비평사: 자료 3』(단국대학교출판부, 1982).

박종화, 「「천변풍경」을 읽고」, 『매일신보』(1930. 1. 16).

박태원, 「방란장 주인」, 『시와 소설』 1권(1936. 3), 23~29쪽.

_____, 「내 예술에 대한 방변」, 『조선일보』(1937. 10. 21~23).

_____, 「소설가 구보 씨의 일일」, 『조선중앙일보』(1934. 8. 1~9. 17).

_____, 「악마」, 『조광』 2권 3-4호(1936. 3~4), 376~390쪽; 304~318쪽.

_____, 「오월의 훈풍」, 『조선문학』 1권 3호(1933. 10), 8~17쪽.

_____, 「우무」, 『조광』 6권 9호(1940. 10), 304~317쪽.

_____, 「채가」, 『문장』 3권 4호(1941. 4), 80~114쪽.

_____, 「최후의 억만장자」, 『조선일보』(1937. 7. 1~25).

_____, 「춘향전 탐독은 이미 취학 이전」, 『문장』 2권 2호(1940. 2), 4~5쪽.

———, 「투도」, 『조광』 7권 1호(1941. 1), 332~366쪽.

———, 「편언」, 『동아일보』(1930. 9. 16).

———, 「표현, 묘사, 기교」, 『조선중앙일보』(1932. 12. 17~31).

———, 『박태원 단편집』(경성: 학예사, 1939).

———, 『성탄제』(을유문화사, 1948).

———, 『소설가 구보 씨의 일일』(경성: 문장사, 1938).

———, 『윤초시의 상경』(깊은샘, 1991).

———, 『이상의 비련』(깊은샘, 1991).

백철, 「동양 인간과 풍류성: 조선문학 전통의 일고」, 『조광』 3권 5호(1937. 5), 266~278쪽.

———, 「사조 중심으로 본 33년도 문학계」, 『조선일보』(1933. 12. 23).

———, 「풍류인간의 문학: 소극적 인간의 비판」, 『조광』 3권 6호(1937. 6), 268~280쪽.

———, 「현대문학의 신심리주의적 경향」, 『중앙』 1권 1호(1933. 11), 468~474쪽.

———, 「현실과 의미, 그리고 작가의 사세계私世界」, 『문장』 2권 8호(1940. 10), 170~182쪽.

상허문학회 편, 『1930년대 후반 문학의 근대성과 자기 성찰』(깊은샘, 1998).

———, 『이태준 문학 연구』(깊은샘, 1993).

서영채, 「두 개의 근대성과 처사 의식」, 상허문학회 편, 『이태준 문학 연구』(깊은샘, 1993), 54~86쪽.

———, 『사랑의 문법』(민음사, 2004).

서울특별시사편찬 위원회, 『서울 지명 사전』(서울특별시사편찬위원회, 2009).

서인식, 「동양 문화의 이념과 형태: 그 특수성과 일반성」, 『동아일보』(1940. 1. 3~12).

———, 「문학과 윤리」, 『인문평론』 2권 10호(1940. 10), 6~22쪽.

———, 「문화에 있어서의 전체와 개인」, 『인문평론』 1권 1호(1939. 10), 4~15쪽.

———, 「애수와 퇴폐의 미」, 『인문평론』 2권 1호(1940. 1), 55~60쪽.

———, 「향수의 사회학」, 『조광』 6권 11호(1940. 11), 182~189쪽.

———, 『서인식 전집 』 1-2권, 차승기·정종현 편(역락, 2006).

───, 『역사와 문화』(경성: 학예사, 1939).

서준섭, 『한국모더니즘문학연구』(일지사, 1988).

선일, 「식민지 조선을 보는 눈: 일제시대 사진 아카이브」, 『Bol』 3권(2006 여름),
208~221쪽.

손정목, 『일제강점기 도시계획 연구』(일지사, 1990).

───, 『일제강점기 도시화 과정 연구』(일지사, 1996).

송기한·김외곤 편, 『해방공간의 비평문학 2』(태학사, 1991).

송민호, 『일제말 암흑기 문학 연구』(새문사, 1991).

신범순, 『한국현대시의 퇴폐와 작은 주체』(신구문화사, 1998).

신수정, 「단층파 소설 연구」(서울대학교 석사학위논문, 1992).

신일용, 「세계적 위기의 전면적 의의」, 『개벽』(1935. 1), 12~16쪽.

신형기·오성호, 『북한문학사: 항일혁명문학에서 주체문학까지』(평민사, 2000).

연세대학교 국학연구원 편, 『일제의 식민지배와 일상생활』(혜안, 2004).

염상섭, 「개성과 예술」, 『개벽』 22권(1922. 4), 1~8쪽.

오양호, 『만주 이민 문학 연구』(문예출판사, 2007).

오장환, 『오장환 전집』(국학자료원, 2003).

유광렬, 「종로 네거리」, 『별건곤』 4권 6호(1929. 9), 66~69쪽.

유선영, 「한국 대중문화의 근대적 구성 과정에 대한 연구」(고려대학교 박사학위
논문, 1992).

유종호 외, 『현대한국문학 100년』(민음사, 1999).

유종호, 「인간 사전을 보는 재미」, 이선영 편, 『1930년대 민족 문학의 의식』(한길
사, 1990).

───, 『다시 읽는 한국 시인』(문학동네, 2002).

이경민·사진아카이브연구소 편, 『카메라당과 예술사진 시대: 한국근대 예술사진
아카이브 1910~1945』(아카이브북스, 2010).

이경민, 『기생은 어떻게 만들어졌는가』(사진아카이브연구소, 2005).

이광수, 「문학이란 하(何)오?」, 『매일신보』(1916. 11. 10~23).

이동구, 「문예시평」, 『가톨릭청년』 7호(1933. 12), 58~59쪽.

이석훈, 「문학 풍토기: 평양 편」, 『인문평론』 2권(1940. 8), 76~79쪽.

──, 「우감」『조선문단』속간 1권(1935. 2), 20~21쪽.

이재선, 『한국소설사: 근현대 편』(민음사, 2000).

이탄구, 「신판 경성 지도: 자미있는 서울 이야기」, 『중앙』(1935. 5), 112~120쪽.

이태준, 「무연」, 『춘추』(1942. 6), 137~145쪽.

──, 「문장의 고전, 현대, 언문일치」, 『문장』 2권 3호(1941. 3), 134~137쪽.

──, 「발문」, 박태원, 『소설가 구보 씨의 일일』(경성: 문장사, 1938).

──, 「석양」, 『국민문학』 1권 3호(1942. 2), 78~103쪽. [영인본: 『국민문학』(역락, 2001)]

──, 「제1호 선박의 삽화」, 호테이 도시히로·심원섭 옮김, 『문학사상』(1996. 4), 79~93쪽.

──, 「지원병 훈련소의 일일」, 『문장』 2권 9호(1940. 11), 126~129쪽.

──, 「토끼 이야기」, 『문장』 3권 2호(1941. 2), 452~461쪽.

──, 『무서록』(경성: 박문서관, 1941).

──, 『문장강화』 개정판(창작과비평사, 2005).

──, 『쏘련기행』(조선문화협회 조선문학가동맹, 1947).

──, 『이태준 문학 전집』 1-17권(깊은샘, 1995~2001).

이효석, 「첫 고료」, 『박문』 12권(1939. 10), 21~23쪽.

인정식, 「회고지념」, 『문장』 2권 8호(1940. 10), 200~201쪽.

임종국, 『친일문학론』(평화출판사, 1966).

임화, 「단편소설의 조선적 특성」, 『인문평론』 1권 1호(1939. 10), 127~137쪽.

──, 『문학의 논리』(경성: 학예사, 1940). [영인본: 『한국문학의 논리』(국학자료원, 1998)]

──, 『임화 전집』 1-2권(박이정, 2000~2001).

장형준, 「리태준의 작품들의 반동성」, 『새세대』(1958. 4), 53~56쪽.

전광용, 「한국작가의 사회적 지위」, 『한국현대문학논고』(민음사, 1986).

정종현, 「사적영역의 대두와 '진정한 자기' 구축으로서의 소설: 안희남의 '신변소설'을 중심으로」, 『한국근대문학연구』 4권(2001), 132~156쪽.

정지용, 『정지용 전집』 2판 2권(민음사, 1988).

정현숙, 『박태원 문학 연구』(국학자료원, 1993).

조연현, 「자의식의 비극: 최명익론」, 『백민』(1949. 1), 132~137쪽.

조영복, 『월북예술가, 오래 잊혀진 그들』(돌베개, 2002).

조용만, 「구인회의 기억」, 『현대문학』 3권 1호(1957. 1), 126~129쪽.

조우식, 「고전과 가치」, 『문장』 2권 7호(1940. 9), 134~35쪽.

차승기, 「1930년대 후반 전통론 연구: 시간-공간 의식을 중심으로」(연세대학교 박사학위논문, 2003).

_____, 「추상과 과잉: 중일전쟁기 제국/식민지의 사상 연쇄와 담론 정치학」, 상허문학회 편, 『한국현대문학의 정치적 내면화』(깊은샘, 2007), 255~290쪽.

차승기·정종현, 「한 보편주의자의 삶」, 차승기·정종현 편, 『서인식 전집』 1권(역락, 2006), 5~14쪽.

천정환, 「1920-30년대 소설 독자의 형성과 분화 과정」, 『역사문제연구』 7권 (2001), 73~100쪽.

최명익, 「병상과 춘」, 『조광』 5권 6호(1939. 6), 300~301쪽.

_____, 「비오는 길」, 『조광』 2권 4-5호(1936. 4~5), 285~297쪽; 369~379쪽.

_____, 「수형과 원고기일」, 『문장』 2권 6호(1940. 6/7), 246~247쪽.

_____, 「여름의 대동강」, 『춘추』 2권 7호(1941. 8), 196~198쪽.

_____, 「제일호」, 『민족문학사연구』 17(2000), 415~442쪽.

_____, 「조망 문단기」, 『조광』 5권 4호(1939. 4), 311~313쪽.

_____, 「폐어인」, 『한국근대단편소설대계』 27권(태학사, 1988).

_____, 『글에 대한 생각』(평양: 조선문학예술총동맹 출판사, 1964).

_____, 『장삼이사』(을유문화사, 1947). [영인본: 『한국현대소설총서 9권: 장삼이사』(태영사, 1985)]

최열, 『한국근대미술비평사』(열화당, 2001).

최원식, 『문학의 귀환』(창작과비평사, 2001).

최원식·백영서 편, 『동아시아인의 '동양' 인식: 19~20세기』(문학과지성사, 1997).

최인진, 『한국 사진사 1631~1945』(눈빛, 2000).

최재서, 「문학의 수필화」, 『동아일보』(1939. 2. 3).

_____, 『문학과 지성』(경성: 인문사, 1938).

최혜실, 『신여성들은 무엇을 꿈꾸었는가』(생각의나무, 2000).

미래가 사라져갈 때

한국영상자료원 편, 〈발굴된 과거 2〉(태원엔터테인먼트, 2007~2008).

한수영, 『친일문학의 재인식: 1937~1945년간의 한국소설과 식민주의』(소명출판, 2005).

한효, 「자연주의를 반대하는 투쟁에 있어서의 조선문학」, 김재용·김병민·이선영 편, 『현대문학 비평 자료집: 이북편』 2권(태학사, 1993), 391~522쪽.

호테이 도시히로, 「일제 말기 일본어 소설의 서지학적 연구」, 『문학사상』(1996. 4), 44~78쪽.

황종연 편, 『신라의 발견』(동국대학교출판부, 2008).

———, 「노블, 청년, 제국: 한국근대소설의 통국가간 시작」, 상허문학회 편, 『한국 문학과 탈식민주의』(깊은샘, 2005), 263~297쪽.

———, 「문학이란 역어」, 『동악어문논집』 32권(1997. 12), 457~480쪽.

———, 「한국근대소설에 나타난 신라」, 『동방학지』 137권(2007. 3), 337~374쪽.

———, 「한국문학의 근대와 반근대: 1930년대 후반기 문학의 전통주의 연구」(동 국대학교 박사학위논문, 1991).

황호덕, 『벌레와 제국: 식민지말 문학의 언어, 생명정치, 테크놀로지』(새물결, 2011).

일본어 문헌

『芥川賞全集』第二卷(東京: 文藝春秋, 1982).

『朝鮮文學選集』第三卷(東京: 赤塚書房, 1940).

高山岩男 外, 「東亜共栄圏の倫理性と歴史性」, 『中央公論』第五十七卷 四号(1942. 4), 120~161.

———, 「世界史的立場と日本」, 『中央公論』第五十七卷 一号(1942. 1), 150~92.

久米正雄, 「私小説と心境小説」, 平野謙 編, 『現代日本文学論争史I』(東京: 未来社, 1957).

菊池寛 外, 「座談会: 新半島文學への要望」, 『國民文學』第三卷 三号 (1943. 3), 2~14. [영인본: 『국민문학』 5권(역락, 2001)]

金南川, 「或る朝」, 『國民文學』第三卷 一号(1943. 1), 152~162. [영인본: 『국민문

학』4권(역락, 2001)]

金史良, 「ムロリ島」, 『國民文學』第二卷 一号(1942. 1), 231~262. [영인본: 『국민문학』2권(역락, 2001)]

柳宗悦, 『朝鮮を想う』, 高崎宗司 編(東京: 筑摩書房, 1984).

李泰俊, 「石橋」, 『國民文學』第三卷 一号(1943. 1), 128~135. [영인본: 『국민문학』4권(역락, 2001)]

林和, 「現代朝鮮文学の環境」, 『文藝』第八卷 七号(1940. 7), 198~202.

石田耕造(崔載瑞), 「民族の結婚」, 『國民文學』第五卷 一·二号(1945. 1-2). [영인본: 『국민문학』10권(역락, 2001)]

――, 「非時の花」, 『國民文學』第四卷五―八号(1944. 5-8). [영인본: 『국민문학』8-9권(역락, 2001)]

小林秀雄, 『新潮小林秀雄全集』全一五卷(東京: 新潮社, 1978).

辛島驍, 「朝鮮文人協会の改租について」, 『國民文學』第二卷 九号(1942. 11), 42~44. [영인본: 『국민문학』4권(역락, 2011)]

―― 外, 「決戦文學の確立」, 『國民文學』第三卷 六号(1943. 6), 40~47. [영인본: 『국민문학』6권(역락, 2001)]

安宇植, 『金史良: その抵抗の生涯』(東京: 岩波新書, 1972).

兪鎭午, 「創作の一年」, 『國民文學』第二卷 九号(1942. 11), 2~15. [영인본: 『국민문학』4권(역락, 2001)]

前田愛, 『都市空間のなかの文学』(東京: 筑摩書房, 1992).

田中英光, 『酔いどれ船』(東京: 小山書店, 1949).

仲摩照久 編, 『日本地理風俗大系』全十八卷(東京: 新光社), 1929~1932.

中村武羅夫, 「本格小説と心境小説」, 平野謙 編, 『現代日本文学論争史I』(東京: 未来社, 1957), 93~97.

川村湊, 『異郷の昭和文学: 満州と近代日本』(東京: 岩波新書, 1990).

崔載瑞, 「報道練習班」, 『國民文學』第三卷 七号(1943. 7), 24~48. [영인본: 『국민문학』6권(역락, 2001)]

――, 「燧石」, 『國民文學』第四卷 一号(1944. 1), 105~121. [영인본: 『국민문학』7권(역락, 2001)]

———,「子よ安らかに」,『國民文學』第一卷 二号(1942. 1), 90~93. [영인본:『국민문학』1권(역락, 2001)]

———,『轉換期の朝鮮文學』(京城: 人文社, 1943).

崔貞熙,「野菊抄」,『國民文學』第二卷 九号(1942. 11), 131~155. [영인본:『국민문학』4권(역락, 2001)]

———,「幻の兵士」, 大村益夫・布袋敏博 編,『近代朝鮮文学日本語作品集3: 1939−1945』(東京: 緑蔭書房, 2001), 291~297.

秋田雨雀 外,「朝鮮文化の将来」,『文学界』第六卷 一号(1939. 1), 271~279.

平野謙,『現代日本文学論争史』(東京: 未来社, 1957).

河上徹太郎 外,『近代の超克』(東京: 創元社, 1943).

香山光朗(李光洙),「行者」,『文學界』(1941. 3), 80~85.

———,「内鮮一体随想録」, 小沢有作,『在日朝鮮人』(東京: 新人物往来社, 1978), 357~361.

横光利一,「純粋小説論」, 平野謙 編,『現代日本文学論争史III』(東京: 未来社, 1957), 71~79.

イム・ジョネ,「張赫宙論」,『文学』第三三卷(1965. 11), 84~98.

———,『日本における朝鮮人の文学の歴史: 一九四五年まで』(東京: 法政大学出版局, 1994).

영어 문헌

Abbas, Ackbar. *Hong Kong: Culture and the Politics of Disappearance* (Minneapolis: University of Minnesota Press, 1997).

Adorno, Theodor W. "The Essay as Form." In *Notes to Literature* 1. Translated by Shierry Weber Nicholsen (New York: Columbia University Press, 1991).

Agamben, Giorgio. *State of Exception*. Translated by Kevin Attell (Chicago: University of Chicago Press, 2005).

Alloula, Malek. *The Colonial Harem*. Translated by Myrna Godzich and

Wlad Godzich (Minneapolis: University of Minnesota, 1986).

Anderer, Paul. *Literature of the Lost Home: Kobayashi Hideo—Literary Criticism 1924~1939* (Stanford, Calif.: Stanford University Press, 1995).

Anderson, Benedict. *The Spectre of Comparisons: Nationalism, Southeast Asia and the World* (London: Verso, 1998).

Anderson, Perry. "Modernity and Revolution." In *Marxism and the Interpretation of Culture.* Edited by Cary Nelson and Lawrence Grossberg (Urbana: University of Illinois Press, 1988), 317~133.

Arendt, Hannah. *Essays in Understanding 1930~1954.* Edited by Jerome Kohn (New York: Harcourt Brace, 1994).

Armstrong, Nancy. *Fiction in the Age of Photography: The Legacy of British Realism* (Cambridge, Mass.: Harvard University Press, 1999).

Armstrong, Nancy, and Leonard Tennenhouse. *The Imaginary Puritan: Literature, Intellectual Labor, and the Origins of Personal Life* (Berkeley: University of California Press, 1992).

Bakhtin, M. M. *The Dialogic Imagination.* Translated by Caryl Emerson and Michael Holquist (Austin: University of Texas Press, 1981).

Barker, Francis. *The Tremulous Private Body: Essays on Subjection* (Ann Arbor: University of Michigan Press, 1995).

Barlow, Tani E. *The Question of Women in Chinese Feminism* (Durham, N.C.: Duke University Press, 2004).

Barthes, Roland. *Camera Lucida.* Translated by Richard Howard (London: Vintage, 2000).

Baudelaire, Charles. *The Painter of Modern Life and Other Essays.* 2d ed. Translated by Jonathan Mayne (New York: Phaidon, 1995).

Baudrillard, Jean. *The System of Objects.* Translated by James Benedict (London: Verso, 1996).

Bauman, Zygmunt. *Modernity and the Holocaust* (Ithaca, N.Y.: Cornell University Press, 2000).

Benjamin, Walter. *Charles Baudelaire: A Lyric Poet in the Era of High Capitalism*. Translated by Harry Zohn (London: NLB, 1973).

―――. *Selected Writings*. Edited by Howard Eiland and Michael W. Jennings. Translated by Edmund Jephcott et al. 4 vols (Cambridge, Mass.: Belknap Press of Harvard University Press, 1996~2003).

Bhabha, Homi K. *The Location of Culture* (London: Routledge, 1994).

Bollas, Christopher. *Being a Character: Psychoanalysis and Self Experience* (London: Routledge, 1993).

Boym, Svetlana. *The Future of Nostalgia* (New York: Basic Books, 2001).

Brandt, Kim. *A Kingdom of Beauty: Mingei and the Politics of Art in Imperial Japan* (Durham, N.C.: Duke University Press, 2007).

―――. "Objects of Desire: Japanese Collectors and Colonial Korea." *Positions* 8, no. 3 (Winter 2000), 711~746.

Buck-Morss, Susan. *The Dialectics of Seeing: Walter Benjamin and the Arcades Project* (Cambridge, Mass.: MIT Press, 1989).

Carroll, David. *French Literary Fascism: Nationalism, Anti-Semitism, and the Ideology of Culture* (Princeton, N.J.: Princeton University Press, 1995).

Chakrabarty, Dipesh. *Provincializing Europe: Postcolonial Thought and Historical Difference* (Princeton, N.J.: Princeton University Press, 2000).

Chandler, James. *England in 1819: The Politics of Literary Culture and the Case of Romantic Historicism* (Chicago: University of Chicago Press, 1998).

Chatterjee, Partha. *The Nation and Its Fragments: Colonial and Postcolonial Histories* (Princeton, N.J.: Princeton University Press, 1993).

Ching, Leo T. S. *Becoming "Japanese": Colonial Taiwan and the Politics of Identity Formation* (Berkeley: University of California Press, 2001).

Ch'oe Wŏnsik. "Seoul, Tokyo, New York: Modern Korean Literature Seen Through Yi Sang's 'Lost Flowers.' " Translated by Janet Poole. *Korea Journal* 39, no. 4 (Winter 1999), 118~143.

Choi, Kyeong-Hee. "Another Layer of the Pro-Japanese Literature: Ch'oe Chunghui's 'The Wild Chrysanthemum.' " *POETICA* 52 (1999), 61~87.

Chow, Rey. *Primitive Passions: Visuality, Sexuality, Ethnography, and Contemporary Chinese Cinema* (New York: Columbia University Press, 1995).

――――. *Woman and Chinese Modernity: The Politics of Reading between West and East* (Minneapolis: University of Minnesota Press, 1991).

Cumings, Bruce. *Korea's Place in the Sun: A Modern History* (New York: Norton, 1997).

Derrida, Jacques. *Monolingualism of the Other: or, The Prosthesis of Origin.* Translated by Patrick Mensah (Stanford, Calif.: Stanford University Press, 1998).

Doak, Kevin Michael. *Dreams of Difference: The Japan Romantic School and the Crisis of Modernity* (Berkeley: University of California Press, 1994).

Driscoll, Mark. *Absolute Erotic, Absolute Grotesque: The Living, Dead, and Undead in Japan's Imperialism, 1895~1945* (Durham, N.C.: Duke University Press, 2010).

Eagleton, Terry. *The Ideology of the Aesthetic* (Oxford: Basil Blackwell, 1990).

Em, Henry H. "Yi Sang's Wings Read as an Anti-colonial Allegory." *Muae* 1 (1995), 104~111.

Esty, Jed. *Unseasonable Youth: Modernism, Colonialism, and the Fiction of Development* (Oxford: Oxford University Press, 2012).

Fanon, Frantz. *Black Skin White Masks.* Translated by Charles Lam Markmann (New York: Grove Press, 1967).

――――. *The Wretched of the Earth.* Translated by Constance Farrington (New York: Grove Press, 1963).

Foucault, Michel. *Language, Counter-memory, Practice: Selected Essays and Interviews.* Edited by Donald F. Bouchard. Translated by Donald F.

Bouchard and Sherry Simon (Ithaca, N.Y.: Cornell University Press, 1977).

Fowler, Edward. *The Rhetoric of Confession: Shishōsetsu in Early Twentieth-Century Japanese Fiction* (Berkeley: University of California Press, 1988).

Fritzsche, Peter. *Stranded in the Present: Modern Time and the Melancholy of History* (Cambridge, Mass.: Harvard University Press, 2004).

Gabroussenko, Tatiana. *Soldiers on the Cultural Front: Developments in the Early History of North Korean Literature and Literary Policy* (Honolulu: University of Hawai'i Press and Center for Korean Studies, 2010).

Hanscom, Christopher P. *The Real Modern: Literary Modernism and the Crisis of Representation in Colonial Korea* (Cambridge, Mass.: Harvard University Asia Center, 2013).

Harootunian, Harry. *History's Disquiet: Modernity, Cultural Practice, and the Question of Every day Life* (New York: Columbia University Press, 2000).

———. *Overcome by Modernity: History, Culture, and Community in Interwar Japan* (Princeton, N.J.: Princeton University Press, 2000).

———. "Shadowing History: National Narratives and the Persistence of the Everyday." *Cultural Studies* 18, no. 2/3 (March/May 2004), 181~194.

Harvey, David. *The Condition of Postmodernity: An Enquiry in the Origins of Cultural Change* (Oxford: Blackwell, 1990).

Hell, Julia, and Andreas Schönle, eds. *Ruins of Modernity* (Durham, N.C.: Duke University Press, 2010).

Huyssen, Andreas. "Authentic Ruins: Products of Modernity." In *Ruins of Modernity.* Edited by Julia Hell and Andreas Schönle (Durham, N.C.: Duke University Press, 2010), 17~28.

Hwang Jongyon [Chongyŏn]. "The Emergence of Aesthetic Ideology in Modern Korean Literary Criticism: An Essay on Yi Kwangsu." Translated by Janet Poole. *Korea Journal* 39, no. 4 (Winter 1999), 5~35.

Ivy, Marilyn. "Foreword: Fascism, Yet?" In *The Culture of Japanese Fascism.*

Edited by Alan Tansman (Durham, N.C.: Duke University Press, 2009), vii~xii.

Jameson, Fredric. *A Singular Modernity: Essay on the Ontology of the Present* (London: Verso, 2002).

Karatani Kōjin. *Origins of Modern Japanese Literature*. Translation edited by Brett de Bary (Durham, N.C.: Duke University Press, 1993).

Kim Chong-un and Bruce Fulton, eds. *A Ready-Made Life: Early Masters of Modern Korean Fiction* (Honolulu: University of Hawai'i Press, 1998).

Kim, Janice C. H. *To Live To Work: Factory Women in Colonial Korea, 1910~1945* (Stanford, Calif.: Stanford University Press, 2009).

Kim, Thomas W. "Being Modern: The Circulation of Oriental Objects." *American Quarterly* 58, no. 2 (June 2006), 379~406.

Kim Uchang. "Extravagance and Authenticity: Romantic Love and the Self in Early Modern Korean Literature." *Korea Journal* 39, no. 4 (Winter 1999), 61~89.

Koselleck, Reinhart. *Futures Past*. Translated by Keith Tribe (New York: Columbia University Press, 2004).

Krakauer, Siegfried. *The Mass Ornament: Weimar Essays*. Translated by Thomas Y. Levin (Cambridge, Mass.: Harvard University Press, 1995).

Kwon, Nayoung Aimee. "Translated Encounters and Empire: Colonial Korea and the Literature of Exile." Ph.D. diss. (University of California, Los Angeles, 2007).

Lacan, Jacques. *Écrits*. Translated by Alan Sheridan (New York: Norton, 1977).

Larsen, Neil. *Modernism and Hegemony: A Materialist Critique of Aesthetic Agencies* (Minneapolis: University of Minnesota Press, 1990).

Lee, Ann Sung-hi Lee. *Yi Kwang-su and Modern Korean Literature: Mujŏng* (Ithaca, N.Y.: Cornell East Asia Series, 2005).

Lee Hi-seung. "Recollections of the Korean Language Society Incident."

In *Listening to Korea: A Korean Anthology*. Edited by Marshall R. Pihl (New York: Praeger, 1973), 19~42.

Lee, Jin-hee. "Instability of Empire: Earthquake, Rumor, and the Massacre of Koreans in the Japanese Empire." Ph.D. diss. (University of Illinois, 2004).

Lee, Jin-kyung. "Autonomous Aesthetics and Autonomous Subjectivity: Construction of Modern Literature as a Site of Social Reforms and Modern Nation-Building in Colonial Korea, 1915~1925." Ph.D. diss. (University of California, Los Angeles, 2000).

Lefèbvre, Henri. *Critique of Everyday Life*. Vol. 1. Translated by John Moore (London: Verso, 1991).

──────. "The Everyday and Everydayness." Translated by Christine Levich. *Yale French Studies* 73 (Fall 1987), 7~11.

──────. *The Production of Space*. Translated by Donald Nicholson-Smith (Oxford: Blackwell, 1991).

Lippit, Seiji M. *Topographies of Japanese Modernism* (New York: Columbia University Press, 2002).

Lukács, Georg. "Narrate or Describe?" In *Writer and Critic and Other Essays*. Translated by Arthur Kahn (London: Merlin Press, 1978).

──────. *The Theory of the Novel: A Historico-philosophical Essay on the Forms of Great Epic Literature*. Translated by Anna Bostock (Cambridge, Mass.: MIT Press, 1971).

Marx, Karl. *Capital: A Critique of Political Economy 1*. Edited by Frederick Engels, translated by Samuel Moore and Edward Aveling (New York: International Publishers, 1967).

Mbembe, Achille. *On the Postcolony* (Berkeley: University of California Press, 2001).

McClintock, Anne. *Imperial Leather: Race, Gender, and Sexuality in the Colonial Conquest* (London: Routledge, 1995).

Meng, Yue. *Shanghai and the Edges of Empires* (Minneapolis: University of Minnesota Press, 2006).

Mitchell, Timothy. *Colonising Egypt* (Berkeley: University of California Press, 1991).

Muæ: A Journal of Transcultural Production 1 (1995).

Ngũgĩ wa Thiong'o. *Decolonising the Mind: The Politics of Language in African Literature* (London: James Currey, and Nairobi: Heinemann Kenya, 1986).

Osborne, Peter. *Philosophy as Cultural Theory* (London: Routledge, 2000).

―――. *The Politics of Time: Modernity and Avant-Garde* (London: Verso, 1995. Oxford English Dictionary. 2nd ed. 1989).

Park, Hyun Ok. *Two Dreams in One Bed: Empire, Social Life, and the Origins of the North Korean Revolution in Manchuria* (Durham, N.C.: Duke University Press, 2005).

Park, Soon-won. "Colonial Industrial Growth and the Emergence of the Korean Working Class." In *Colonial Modernity in Korea.* Edited by Gi-wook Shin and Michael Robinson (Cambridge, Mass.: Harvard University Asia Center, 1999), 128~160.

Peukert, Detlev J. K. *Inside Nazi Germany: Conformity, Opposition and Racism in Everyday Life.* Translated by Richard Eveson (London: B. T. Batsford, 1987).

Pihl, Marshall R., ed. *Listening to Korea: A Korean Anthology* (New York: Praeger, 1973).

Pincus, Leslie. *Authenticating Culture in Imperial Japan: Kuki Shūzō and the Rise of National Aesthetics* (Berkeley: University of California Press, 1996).

Pinney, Christopher, and Nicolas Peterson, eds. *Photography's Other Histories* (Durham, N.C.: Duke University Press, 2003).

Poole, Janet. "Colonial Interiors: Modernist Fiction of Korea." Ph.D. diss. (Columbia University, 2004).

_____. "Kim Sa-ryang and Minor Literature: Language and Identity in Colonial Korea." M.A. thesis (University of Hawai'i at Manoa, 1995).

_____. "Late Colonial Modernism and the Desire for Renewal." *Journal of Korean Studies* 19, no. 1 (Spring 2014), 179~203.

Pratt, Mary Louise. *Imperial Eyes: Travel Writing and Transculturation* (London: Routledge, 1992).

Sakai, Naoki. *Translation and Subjectivity: On "Japan" and Cultural Nationalism* (Minneapolis: University of Minnesota Press, 1997).

Sand, Jordan. *House and Home in Modern Japan: Architecture, Domestic Space, and Bourgeois Culture, 1880~1930* (Cambridge, Mass.: Harvard University Asia Center, 2005).

Santner, Eric L. *My Own Private Germany: Daniel Paul Schreber's Secret History of Modernity* (Princeton, N.J.: Princeton University Press, 1996).

Schmid, Andre. *Korea Between Empires, 1895~1919* (New York: Columbia University Press, 2002).

Schor, Naomi. *Reading in Detail: Aesthetics and the Feminine* (New York: Methuen, 1987).

Shih, Shu-mei. *The Lure of the Modern: Writing Modernism in Semicolonial China, 1917~1937* (Berkeley: University of California Press, 2001).

Silverberg, Miriam. "The Ethnography of Modern Japan." *Journal of Asian Studies* 51, no. 1 (February 1992), 30~54.

Simmel, Georg. *Essays in Sociology, Philosophy and Aesthetics.* Edited by Kurt H. Wolff (New York: Harper Torchbooks, 1965).

_____. "The Metropolis and Mental Life." In *On Individuality and Social Forms.* Translated by Edward A. Shils (Chicago: University of Chicago Press, 1971).

Spengler, Oswald. *The Decline of the West.* 2 vols. Translated by Charles Francis Atkinson (New York: Knopf, 1926).

Spivak, Gayatri Chakravorty. *Outside in the Teaching Machine* (New York:

Routledge, 1993).

Stewart, Susan. *On Longing: Narratives of the Miniature, the Gigantic, the Souvenir, the Collection* (Durham, N.C.: Duke University Press, 1993).

Suh, Dae-sook. *The Korean Communist Movement 1918~1948* (Princeton, N.J.: Princeton University Press, 1967).

Suh, Serk-Bae. "The Location of 'Korean' Culture: Ch'oe Chaesŏ and Korean Literature in a Time of Transition." *Journal of Asian Studies* 70, no. 1 (February 2011), 53~75.

Suzuki, Tomi. *Narrating the Self: Fictions of Japanese Modernity* (Stanford, Calif.: Stanford University Press, 1996).

Tanaka, Stefan. *Japan's Orient: Rendering Pasts into History* (Berkeley: University of California Press, 1993).

―――. *New Times in Modern Japan* (Princeton, N.J.: Princeton University Press, 2004).

Tansman, Alan. *The Aesthetics of Japanese Fascism* (Berkeley: University of California Press, 2009).

―――, ed. *The Culture of Japanese Fascism* (Durham, N.C.: Duke University Press, 2009).

Taylor, Charles. *Sources of the Self: The Making of the Modern Identity* (Cambridge, Mass.: Harvard University Press, 1989).

Thompson, E. P. "Time, Work-Discipline, and Industrial Capitalism." *Past and Present* 38 (December 1967), 56~97.

Wallerstein, Immanuel. "The Bourgeois(ie) as Concept and Reality." *New Left Review* no. 167 (January/February 1988), 91~106.

White, Hayden. *The Content of the Form: Narrative Discourse and Historical Representation* (Baltimore: Johns Hopkins University Press, 1987).

Williams, Raymond. *The Country and the City* (New York: Oxford University Press, 1973).

―――. *Marxism and Literature* (Oxford: Oxford University Press, 1977).

미래가 사라져갈 때

_____. *The Politics of Modernism: Against the New Conformists* (London: Verso, 1989).

Woolf, Virginia. *The Common Reader.* New ed. (London: Hogarth Press, 1933).

Workman, Travis. "Locating Translation: On the Question of Japanophone Literature." *PMLA* 126, no. 3 (May 2011), 701~708.

Yanagi Sōetsu. *The Unknown Craftsman: A Japanese Insight into Beauty.* Rev. ed. Adapted by Bernard Leach (Tokyo: Kōdansha International, 1989).

Yi T'aejun. *Eastern Sentiments.* Translated by Janet Poole (New York: Columbia University Press, 2009).

Young, Louise. *Japan's Total Empire: Manchuria and the Culture of Wartime Imperialism* (Berkeley: University of California Press, 1998).

Zhang, Xudong. "The Politics of Aestheticization: Zhou Zuoren and the Crisis of Chinese New Culture (1927~1937)." Ph.D. diss. (Duke University, 1995).

Žižek, Slavoj. *Tarrying with the Negative: Kant, Hegel, and the Critique of Ideology* (Durham, N.C.: Duke University Press, 1993).

옮긴이의 말

자넷 풀의 역작『미래가 사라져갈 때』의 영문판 표지는 출판사 창문사에 모인 세 인물의 사진을 담고 있다. 이상, 박태원 그리고 김소운. 이들은 꽂아놓은 펜들이 선명하게 보이는 테이블을 앞에 두고, 반듯하게 격식을 갖춘 자세로 우리의 시선에 응한다. 이상의 눈빛은 형형하고 도전적이며 박태원의 표정은 좀 가라앉아 침울해 보인다. 옆의 김소운의 얼굴은 그래도 여유 있게 부드럽다. 벽에는 괘종시계가 걸려 있는데, 막 두 시를 넘긴 시간이다. 사진 속 문인들이 '생활'하느라 분주했을, 식민지의 오후 혹은 경성의 한낮이다. 뚜렷한 음영이 깊은 이 사진을 보고 있자면 백석의 시「내가 이렇게 외면하고」가 떠오른다. 여기에는 "잠풍 날씨"가 좋아서, 작은 월급이나마 받은 것이 다행스러워서, 가난한 친구가 그래도 안녕해서 "이렇게 외면하고 거리를" 걸어간다고 말하는 '나'가 있다. 정확한 시간은 알 수 없지만, 역시나 백석이 보냈을 법한 식민지의 어떤 하루 풍경이다.

이 사진과 시는 우리에게 역사를 이해할 때 복합적인 충돌과 긴장에 민감해질 것을 요구한다. 식민지라는 정치, 경제, 문화 체제와 이를 자기 삶의 불가피한 공기이자 터로 받아 그 안에서 고투하거나 기투했던 존재들의 삶의 결은 단순하게 파악될 수도 없거니와 그래서도 안 될 것이다. 앞에서 말한 사진과 시에 가시적으로 기록되어 있거나 아니면 분위기나 기미로 감지되는 것들은 여럿이다. 다층적 의미에서의 척박함과 곤궁함, 그리고 벗어나기 어려운 한계와 제약조건들에서부터, 이로 인해 배태되는 절망감과 패배감 혹은 짙은 피로, 그럼에도 불구하고 생생해지고 절실해지는 시대에 응답하려는 의지, 응답의 방향과 기술을 남달리 고민하고 고안한다는 데서 우러나오는 자존감과 자긍심, 그리고 사적 · 공적 열망을 구현해나가는 에너지에 이르기까지, 모든 힘들이 함께 표현되고 작동하고 있기 때문이다. 식민지를, 식민지의 문학인들을 읽어낸다는 것은 결국 이 몇 겹의 발산이 일어나는 상황을 숙고한다는 것이 아닐까.

자넷 풀의 『미래가 사라져갈 때』는 이런 작업의 사려 깊고 뛰어난 성취를 보여준다. 그녀의 연구가 식민성을 천착하고 식민주의를 고찰하며 탈식민과 후식민을 되짚어 묻고 있다면 그것은 궁극적으로 저 교착의 장면과 그 주인공들을 이해하기 위해서이다. 주지하듯 식민 말기는 제국주의의 폭력성이 극대화된 시기로, 피식민 주체는 전면적인 위축과 풀기 어려운 모순을 새로운 강도와 밀도로 경험하게 되었다. 이 역사적 국면은 1990년대까지 주로 민족주의적 관점에서 '암흑'의 시간으로 서사화되어왔으나, 이후 포스트콜로니얼리즘 이론, 파시즘의 정치학 · 미학 · 인식론 연구, 동아시아론 등 한국 학계의 이론 지형 변화와 맞물리면서 새롭게 구성된 문제틀을 바탕으로 보다 입체적이고 다면적으로 탐구되기에 이르렀다.

2000년 무렵을 본격적인 시작으로 하여 지금까지 축적되어온 식민 말기 문학 연구는 한국 학계에서 폭넓게 진행된 지적 담론의 전환 및 재편과 맞물린 새로운 역사적 발견과 독해의 성과물이라 할 수 있다. 자넷 풀의 『미래가 사라져갈 때』는 국내 한국문학 연구계의 이 같은 움직임과 어깨를 나란히 하고 있다. 해석적 동반과 대화의 관계망에서 그녀의 연구가 더 들여다보려고 한 부분이 있다면 그것은 식민 말기에 형성·유통·공유되었던, 자기 시대를 향한 역사철학적 인식 혹은 예감의 가장 어둡고 불길한 지점이라 하겠다. 세계 및 세계사의 중심이 바뀌고 있다는 식민국가의 '기대'의 언어가 식민지를 다시 한번 크게 훼손하고 있을 때, 이런 식의 기대란 없는 막막한 장소는—그것이 인식의 차원이든 물리적 시공간의 차원이든—가장 치열한 장소가 되었고, 거기에서 마치 난산하듯 어렵게 태어난 문학 및 철학의 언어는 오늘날 무엇보다도 중요하고 소중한 자산이 되었다. 이를 '주저하는 말들'이라 부를 수 있다면, 저자가 보내는 애정과 관심과 존중은 미래가 열릴 것이라는 전시戰時 제국의 소리를 들어가며, 아예 귀를 막지는 못한 채, 미래는 없는 듯하거나 없을 것 같다고, 잦아드는 목소리로 토로하는, 식민 말기 특유의 이 머뭇거림의 흔적을 향해 있는 것이다.

『미래가 사라져갈 때』는 영어권의 신모더니즘론New Modernist Studies 연구 경향 속에서 이뤄져온 동아시아 모더니즘에 대한 일련의 연구와도 접속되어 있다. 1990년대 이래 영어권 문학비평에서 모더니즘은 예술의 자율성, 실험성, 난해성을 축으로 한 이론의 결박으로부터 자유로운 개념이 되어갔다. 신모더니즘론은 우선 19세기 후반부터 20세기 초에 걸쳐 일어난 테크놀로지 혁신과 그에 따른 매체 환경 및 생활세계의 급속한 변화에 연동된 현상으로 모더니즘을 인식한다. 예컨대 모더니즘 미학의 핵심 이념인 예술의 자율성이라는 것도, 대중매체를 소비하는 대중이라는 새로운 주체성에 대한 반대급부로 성립되었다고 설명된다. 모더니즘 작품의 실험성 같은 경우에는, 영화나 라디오 등의 신매체에서 영감을 얻은 기법이 문학이라는 구매체에 적용되며 나타난 것으로 해석되곤 한다.

한편 대중 소비사회 안에서, 예술성과 그 근원으로서의 천재적 개인의 개성이란 고도의 상품성으로 환원되어버리고, 전위적 예술의 실험적 기법은 곧바로 패셔너블한 스타일로 전유되어버린다. 이런 면에 주목한 신모더니즘론은, 모더니즘 예술이 사회정치적 현실에 대한 비판적 거리를 지닌 채 자율적으로 존재하는 양상보다도, 그러한 현실에 적극적으로 개입하고 참여하는 양상에 초점을 맞춘다. 이러한 신모더니즘론적 연구 경향은, 1920~30년대 상하이나 도쿄의 도시문화를 배경으로 하여 근대성 담론과 모더니즘 문화연구를 결합하는, 1990년대 이후 영어권에서 나온 동아시아 모더니즘 연구에도 분명히 나타나 있다. 자넷 풀 역시 식민 말기의 한국 작가들인 최명익, 서인식, 이태준, 박태원, 최재서, 김남천을 대상으로 하여 그러한 경향의 연구를 수행하고 있다. 이 작가들에 대한 해석은 매체 및 생활세계와 사회정치적 환경의 변화를 늘 염두에 둔 채 이루어지는 것이다.

옮긴이의 말

이 책은 식민 말기 한국 작가들의 글쓰기를 그 물적 토대와의 관련성 속에서, 첨예한 정치성을 띠는 이데올로기들에 대한 응전이라는 면에서 분석한다. 사진술의 일반화와 대중 독자를 대상으로 하는 인쇄문화의 부흥, 근대적 교통과 통신 기반시설의 확충, 산업화와 도시화에 따른 도시 공간의 재구조화 등의 변동 속에서 식민지기 한국인의 삶은 근본적으로 재조직되었다. 이 급속한 변동은 근대 이전의 과거와 근대적인 현재 사이의 완벽한 단절과 알 수 없는 미래를 향한 끝없는 개방성이라는, 모더니즘 특유의 시간 인식을 낳았다. 그러나 식민 말기 한국은 민족적 주체성과 미학적 자율성 양자 모두를 폐색시키는 식민지 동화정책과 총동원 체제하에서 미래를 완전히 차단당했다. 이 책에서 살펴본 작가들은 이 상황을 모더니즘적 상상력에 근거를 둔 미학적 전략들을 구사함으로써 견뎌냈다. 자넷 풀은 사회정치적 맥락 속에서만 의미를 띠는 글쓰기 행위, 그러한 행위를 수행하는 작가의 복잡다단한 내면성, 그러한 주체성의 표현 형식으로서의 다양한 글쓰기 양식의 특질을 끈질기게 추적하여 재구성하는 데 성공했다.

저자의 이러한 기획의 성격상 『미래가 사라져갈 때』를 직조하고 있는 문장들도 미묘하고 다층적인 경우가 많았다. 어느 하나 허투루 쓰인 것이 없는, 구조적으로 복잡하나 의미상으로는 명료한 문장들을 한국어로 옮기는 과정은 쉽지 않았다. 많은 경우, 꽉 짜인 문장 구조를 해체하여 재배열함으로써 의미를 분명히 하는 방향으로 번역하는 것 외에는 방법이 없어 보였다. 가독성과 명료함을 고려하느라, 긴장도가 높고 섬세하며 복잡한 문장들의 두터운 의미와 매력이 깎여나가게 된

듯해 아쉬움이 남는다.

이 책의 한국어판 서문과 1장, 4장, 6장, 에필로그는 김예림이, 감사의 말과 서론, 2장, 3장, 5장은 최현희가 옮겼다. 모든 과정은 공유하여 검토했으며 용어 및 형식도 확인을 거쳐 통일했다. 번역서의 어느 부분에서 오류가 발견된다면 그 책임은 모두 두 역자에게 공동으로 있다. 이 책의 한국어 번역은 황종연 선생이 아니었다면 애초에 시작될 수 없었다. 기회를 만들어주시고 번역이 마무리될 때까지 독려해주셨다. 감사드린다. 원래 계획보다 많이 늦어진 이 작업을 인내심 있게 기다려준 문학동네 편집부에도 감사를 표하고 싶다.

2021년 6월
김예림, 최현희

미래가 사라져갈 때

초판 인쇄 2021년 6월 30일
초판 발행 2021년 7월 12일

지은이 자넷 풀
옮긴이 김예림 최현희

책임편집 김영옥
편집 김봉곤 황현주
디자인 고은이 이주영
저작권 김지영 이영은
마케팅 정민호 이숙재 우상욱 정경주
홍보 김희숙 김상만 함유지 김현지 이소정 이미희 박지원
제작 강신은 김동욱 임현식 | 제작처 한영문화사

펴낸곳 (주)문학동네 | 펴낸이 염현숙
출판등록 1993년 10월 22일 제406-2003-000045호
주소 10881 경기도 파주시 회동길 210
전자우편 editor@munhak.com | 대표전화 031) 955-8888 | 팩스 031) 955-8855
문의전화 031)955-3578(마케팅) 031)955-1905편집)
문학동네카페 http://cafe.naver.com/mhdn | 트위터 @munhakdongne
북클럽문학동네 http://bookclubmunhak.com

ISBN 978-89-546-8088-2 93810

잘못된 책은 구입하신 서점에서 교환해드립니다.
기타 교환 문의: 031) 955-2661, 3580

www.munhak.com